美麗的眷戀、

薩薩——著

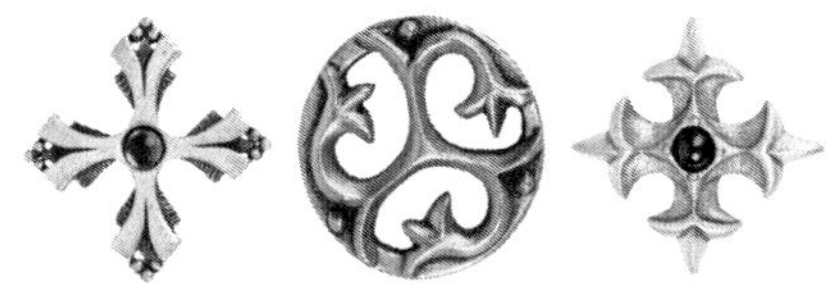

目次

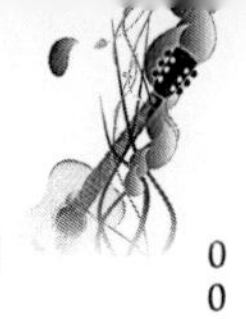

第一章 沒說再見

描摹青春，是用什麼表情？
描繪出的景象，
是沉穩的河床，還是浩蕩的大海？
灑滿天際與人間的愛，
即使逝去了、錯過了、隱瞞了，
我還是不放棄。
不輕言放棄。
永不放棄。

「每年的相聚，總是那麼短暫啊……」

那年輕男子最近開始蓄起鬍渣，他望著滿是秋楓碎花的步道上，眼神是那麼哀怨。

年輕女子坐在他的身旁，不近不遠，大概還有一個人身的距離，從外人的角度來看他們兩個，有一種既熟悉又有點陌生的感覺，像是相識很久，卻又很無言以對的情境，是情人嗎？

不像。

因為感覺不是那麼親密。

是朋友吧？

好像是，但沒那麼有話講。

長髮隨風飄逸，她的淡妙，總刺著那男子的心。

「一定要那麼快離開嗎？」他的吉他，還來不及彈完那首〈偶然〉。

「嗯，謝謝你陪我一整個下午。」

「謝什麼，聽著妳的哀愁，我也快樂不起來。」男子露出一抹苦笑。

「別這樣，你只是個聽眾而已。」

「回鄉下吧！也許妳會快樂些！」

「並不會！凡諾，你不覺得這個地方很無聊嗎？」

女人準備起身要走，那金商吹起她的裙襬，細緻的雙腿掠過季凡諾的眼前，那一陣不能想像出答案的昏眩，只是風帶它不走。

「等等！我是真的不懂，既然過得那麼不快樂，那為什麼要回去那個令妳不開心的地方？」

女人背對著他，幾刻無語。

季凡諾好像問了不該問的話，但也欲言又止。

女人轉移話題，「嗯？天色已經那麼暗了啊，你不打算回家嗎？你媽媽應該已經燒了滿桌的好菜等你回去吃吧？」她顧左右而言他，刻意裝著笑臉說著。

「妳……可以聽完這首〈美麗的眷戀〉嗎？」

「曾淑勤的那首歌，是嗎？」她長長的秀髮似乎想要欣賞，逆著她的臉龐，直指地朝著季凡諾的方向紛飛。

「是啊，對我而言，妳就是我心中最美麗的眷戀！」

女人依然背對著他。沉默。

「可以嗎？聽我唱……」

她轉過身，有意無意地藉著風把臉藏在萬卷黑流之中，她的眼有著淡淡的霧，「每年，你都還會來到這

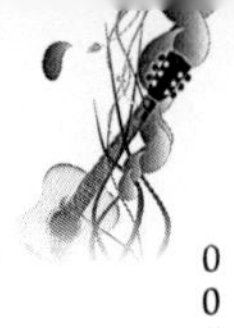

裡陪我聽我的心事，你總是那麼地不厭其煩。」

「那是一件美麗的事，我很願意！」他打斷她的話。

季凡諾的指間開始叮鏘地彈出第一個和弦。

「凡諾，你把時間浪費在我的身上太久了。」

女人的雙頰鼓起，像是不願意說出來又要強逼自己的那種無奈，想要點破癡心卻又沒有理由，她只能待在原地，讓風繼續紊亂她的長髮。

季凡諾輕輕地撥著六弦，一反原曲的極短前奏，吉他換了兩個和弦之後仍未進入歌詞，他揣摩著她的表情，尋著另一種感覺。女人終於忍不住，「我這身……因為嚮往走在城市中，滿是傷痕的樣子，並不適合你……」

他搖著頭，前奏終於走完開始入歌，他擰著眉唱著：

「真不知該是悲……還是喜？
久別重逢的時刻，該說些什麼？
道不盡的是，心中思念的苦，
訴不完的是，不曾熄滅的情。
啊～那年別離，你臉上掛著的淚。
來不及為你、來不及為你輕輕拂去。
今日相逢，許我吻去你的淚。
再將我的思念、我的思念……
一一附上。
相聚，雖然僅是如此短暫。

相愛，卻是無盡無盡綿長。分離，雖然充滿無奈，
只為他日的重逢，
亦可無怨無哀。
啊～千年傳說，說了千年不滅的愛！
是否我和你，也如同傳說般的無奈！？
長長來路，容我保留你的淚，
再將我的祝福、我的祝福，
一一附上。」

（原唱：曾淑勤／作詞：蔡忠男／作曲：蔡忠男）

女人就要走了，背影在男人的視窗內移動著，儘管天色已黑，他仍然惦著在數刻前秋陽下的美麗臉龐，儘管，他們已是默默無語。

「智恩，這是我的決定，請讓我關心妳就好。」

「你別那麼傻！……不要等我！」

男的比女的小一屆，是同鄉的隔壁鄰居。

翟智恩，應該說是一位已經三十而立的女人了吧，但在都會區中幾次刻骨銘心的戀愛中，常被背叛、遭遇對方膩了、或是嫌她分不清友誼與愛情的情感界線而受了極大的傷害。原本不再選擇任何的戀情，卻在一次因緣際會下轉職，而面試她的依舊是讓她無法拒絕深情對待的男人。

說要三十而立像在騙人，她其實一點都堅強不起來，反倒是懦弱不堪，沒有人陪伴的生活，即使工作成就再怎麼大，也無法填補感情上的寂寞。這次她新男友的誕生，常在她的心裡有一種像是撿到天上掉下來刻

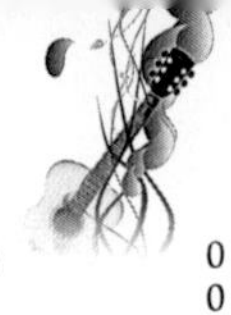

意要給她無價之寶般的驚喜。

他是一位高科技公司的年輕副總，有著高超的學歷與商業戰鬥力，他的父親就是這家公司集團的董事長。從小出生在富貴家庭的他，總是自信滿滿，英姿煥發，幾乎風靡所有的女職員，他是她們茶餘飯後的話題人物，待得越久的老鳥，越能說出他的故事，諸如他歌唱得好、尾牙盡情投入表演、說話客氣、開會時從不罵人，但一不小心踩到龍鬚翻起臉來就會知道他的可怕。

鞏智恩尚在前一家公司任職時，他們曾經在某一次的商務活動中見過面，這位年輕的副總就已經對她印象深刻，沒想到就這樣巧合地，鞏智恩因為與前男友分手搞得滿城風雨之時，索性分手即刻等於永不相見，於是當辦公室戀情的自我消滅程式啟動之後，自投羅網地來到他的公司參加新的祕書職缺面試。

「我常常在想，妳一定是故意的！」

「什麼？」

剛進來擔任推廣部祕書工作的鞏智恩，看到這位年輕的副總竟然莫名其妙地走到她的辦公位置，也不管其他同事的眼光，只聽他又戲謔地說著：

「那天在國際商展的活動中，我知道妳有偷看我好幾眼。」

「我哪有！你是有妄想症嗎？」鞏智恩堅聲地否認她有做過這件事，雖然事實上她有做過，她真的有偷看他幾眼，只是矯飾的心態下不想被這樣輕易地搭訕。

「ㄟ，任何人在公司裡頭都不會對我使出這麼沒禮貌的口氣耶……」

「對……對不起，副總。」她立即掩滅音量，略微地往下壓了額角的高度。

「沒關係，給妳特權。」

「……」

「妳既然否認，那為什麼還想要來我們公司找我面試？」

「……」鞏智恩一時眼珠子化白，還真讓她有點哭笑不得，天曉得你會是這家公司的副總啊！當時遞過的名片轉眼就已經交給前一家公司的主管了，誰還會記得我要面試的公司就是你的公司啊！

鞏智恩在自己的內心小房間裡，拍著桌子吶喊著。

「這位先生，我怎麼知道你會在這裡啊！我只是剛好想要轉職！轉職！轉職！給你五秒鐘思考，這樣聽懂了嗎？」鞏智恩簡直爆氣的咧，不過，年輕的副總當下反而揚起了笑容。

「嗯嗯……」他稍作清理喉嚨，屈身下腰，用很淡的聲音說著，「我想，妳的口氣要……修正一下。」

「是你剛剛說要給我特權的！」

「也對，我是這麼說過。」

「不但有妄想，而且還有健忘。」

「哈哈……」年輕的副總揚起的笑頰更大了，而且這回還直接笑出聲音，周遭的職員都一臉驚奇，今天的副總感覺非常地愉悅。

「我記得那天活動結束後不是有交換過名片嗎？」

「有嗎？早就丟了！」

「是喔，真直接，但我還是覺得妳是衝著我來的，對吧？」

「才不，你面試我的時候我才在想，唉呀！真糟糕，我好像投錯公司了咧！」鞏智恩的表情演得誇張，惹得副總更開心了。

「呵，那好，換我承認一件事。」

「承認什麼？」

只見他立即收起笑容改換一臉正經，「是我呼喚妳來到這裡的！」

「神經病……」鞏智恩已經不想理這位副總先生了，轉頭假裝要撥起電話。此時話機卻被他給按住。

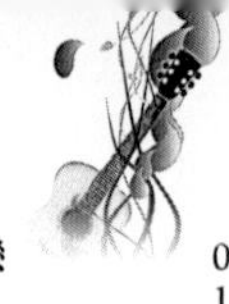

「我敢確定妳現在沒有男朋友，而且還是剛分手沒多久。」

咦？他怎麼會知道？難道他去我的前一家公司扒了八卦回來不成？我的履歷自傳上應該不會笨到寫了自己的私密生活吧？或者是我的情傷之類的故事已經被廣為流傳成了世間一種任人可以朗誦的詩歌了？

不可能，想也知道：不可能。

還是他有讀心術？

長髮俏麗的她，瞥了他一眼，意外發覺似乎有一道光芒正在照耀著他，不由得羞澀到回答不出任何話語，她立馬刻意地將長髮從頸背撫到右臉側邊，總之就是不要瞧見他那正在試圖散發致命吸引力的瞳孔就對了。

「別這樣，好歹告訴我有沒有猜對嘛！」

「不，對……」

她打算起身去茶水間倒水，這兩個斷字，讓年輕的副總堆起微笑，見她走進彎角處，他在她桌面的便條紙上，寫下了幾個字：「剛剛好，我目前也沒有女朋友。」

於是，沒有幾天的光景，他立刻展開熱烈的追求。直到對方的承諾與保證，永遠不會使她悲傷和難過，鞏智恩才答應了他的追求，重新開始了新的一段戀情。他不像其他的富家公子哥，給人感覺非常地單純，沒有糜爛的私生活也沒有複雜的交友圈，他只是受到家庭影響而盡力投入工作，他令她覺得年輕有為，帶給她許多不同的想法與經驗，也藉很多公務參展機會，不斷地私下帶她出國考察，對她的窺奇毫不保留地滿足，於是幾個月之後，她已深深地墜入豪門之子尹碩傑的情網。

「甜！要我去接妳嗎？……我剛剛回國！」

「喔……好……我等等下山會搭九點半的火車，大概兩個小時後到吧……」

鞏智恩與她的男友通著電話。而季凡諾背著吉他，就走在她的身後，秋襲繚繞讓路燈暗了許多，那一段的手機鈴響與對話，同時也彷彿凍結了季凡諾的心，眼前他所能做的，就是默默地看著她的背影，聽著她與另外一個男人的甜言蜜語。

季凡諾突然想起了這首歌，他低喃地吟著。

可惜不是你，陪我到最後……曾一起走，卻走失那路口……

可以跟她甜言蜜語的男人，一直都不是我。

「對不起，你送我到這裡就好了。」

「嘿，鞏同學，我家就在妳家隔壁耶，我也要回家啊，幹嘛那麼快就要趕我離開妳的視線呢？」

季凡諾強起笑臉，頑固地瞪著她的後腦勺。

「我要直接去車站，不回去了。」

「這麼快？不跟妳爸媽說一聲嗎？」

「我離開家的時候，已經跟他們說我要回台北了。」

「這樣啊……好吧。」

季凡諾的瀏海被風吹得不再平靜，如同他的心情。

「那你肚子一定有點餓了吧，我們到車站前買東西吃，就到趙老闆的古早板子陽春麵，小時候我們很喜歡去捧場的，一直到我們長大……」

「我不餓。」她依然沒有回頭看他一眼。

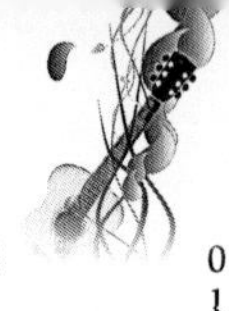

「不過，今天真的非常謝謝你……」

「趙師傅真的很想妳耶！他常常問我說那個美麗的小姑娘有沒有回來鄉下呀！？」他學著那麵攤師傅的湖北口音，斯文的五官依然不斷地湧現熱情。

「我可以陪妳到妳上車嗎？」

「不！不用了！你別這樣子對我，很不值得的！」

女的用長髮舀閃掩著她的臉，總是不讓男的正眼瞧視。

「喂！怎麼了？我看到了喔，妳的鼻子旁邊有亮晶晶的東西……」

「……」

「是淚水嗎？」

「季凡諾！別過來！」

她知道他正要移動他的腳步，未封入袋的吉他，在風的隱隱吹彈下，響了一兩鏘弦音。

「為什麼？」

「因為，從今以後，我不要再讓你看見我的任何脆弱！」

鞏智恩突然氣厲聲豪地說著：「你的關心，讓我壓力很大！」

「妳在說什麼啊？我們從小到現在都是好朋友不是嗎？」

「不是、不是的！好朋友不會讓我這麼痛苦！」

「是嗎？真的是這樣嗎？」季凡諾簡直不敢相信他的耳朵。

「這種壓力……是讓我覺得一生都很對不起你的感覺！……凡諾！拜託你好嗎？去愛別人吧！別再惦記著我，這樣我才能專心地去愛別人呀！」

季凡諾聽了震啞，在鄉下飆猛勁冷的街道上，宛如要凍成一道冰牆，將他與她隔成兩個世界，他的腳步不再前進，他的臉頰似是僵住了，盯著那條漸行漸遠的人影，內心受到那斯激語的衝撞無法停止。

兩個人，都，沒說再見，

他的眼紅了。

還在國中的時候，季凡諾常常替受到欺負的鞏智恩出頭，大家都是看得出來他對她是多麼地體貼出眾，只是怕被笑吧？鞏智恩常向人解釋他只是一個弟弟，「懦弱的姐姐，總是需要一個弟弟幫幫忙吧？」

有一次季凡諾不小心牽到了她的手，那種觸電的感覺，她也隱之不提，之後更是迴避遠鄙，即使從小玩到大，再怎麼熟稔對方，在她的認知裡頭，卻有一種自圓其說，那就是鄉下的男孩對她所釋放出來的都只是純情、友情，只是喜歡而不是愛，甚至於可能是貼近同村里、鄰居間一種大家庭間的親情，而非真正的愛情。對，即使是青梅竹馬，也非嬋娟，也或許曾經對他有過愛可是他卻置之度外。於是她開始捨近求遠，她在上了大學之後到都市尋求發展，努力渴望出現一場轟轟烈烈的愛情，追求真命天子，鶩尋真愛。

鞏智恩算是個愛情的挑戰者吧，積極地散發光芒，且易陷情網，但愛情智商並沒有特別高的她，總是遇人不淑，老是承受敗戀情傷。

而季凡諾或許是個愛情的耕耘者吧，即使因為斯文的外表讓他的周圍總是繞著多隻的花蝴蝶，他有分心過，但歷經青春期的掙扎與追尋，他逐漸認知自己想愛的人是誰，於是開始安定與情願默默等待，無論她已經離開他有多遠，但每年約有一兩次回鄉，季凡諾會在鄉下那個學校的鐘樓底下，看到她長擺花裙等待他的身影。像手頭放出去的風箏終究會回到自己手裡般，每當相約見面的那時那刻，他似如狂喜。但同樣的公式裡總是產出同樣的答案，他只是為了修補她為愛犧牲之後所受的傷疤，以及清理了她瘡痍脫落的垃圾，這樣的關懷付出企圖敲進她的心房，卻沒有一次能夠成功。

這個答案是固定的，假如條件設定永遠不變的話。

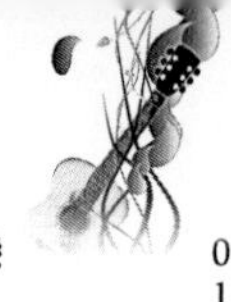

沒錯，是一樣的結果。他與她沒有更進一步的可能。

而像今晚的這次無言別離，他究如狂悲，連身後的吉他也在為他長嘆著。

其實這一次回到鄉下老家之前，鞏智恩才跟她的男友吵架而已。沒想到她還是那麼輕易地原諒他了。原因是尹碩傑在幾天前的宴會上，與另外一位業務部門的經理直接公然接吻。雖然那只是舞會活動中的一個串場，她的激情演出來得突然，也毫無妨備，算是被那名經理給強吻的吧？

「因為那種場合，我真的很難翻臉！那麼多人在看，如果那樣做的話，會讓我很不好下台！所以，倒不如做得自然一點……」

「那豈不是讓她得了便宜？」鞏智恩弧起圓潤犀紅的雙頰，看都不看他一眼。

「我保證，不會發生第二次，好嗎？」尹碩傑的雙手從後環繞，把她緊緊地抱著。

「不過，我聽說她真的很喜歡你！」

「誰說的？」

「很多人都這樣說呀！而且都說你們是門當戶對！」鞏智恩虐著自己的表情，仍就相當不高興地陳述。

這個傳聞自從她進到公司然後跟他交往之前，就一直有所耳聞，只是八卦流言總是要聽聽當事人怎麼說，才可能比較貼近事實，她還是寧願選擇相信自己目前所愛的男人。

「那是她自作多情啦！我從頭到尾都對她不感興趣。」

「那以後呢？」

「絕對不會！」尹碩傑列了四指朝天，說得斬釘截鐵。

「嗯……」她的臉泛了一片紅。

「但，有件事忘了告訴妳，我後天要出國，這一次不能帶妳去喔。」

「咦？為什麼？不是連我的機票都訂好了嗎？」

「我老爸也會出席這一次的考察，本來是要跟一位世交的伯父去參加政府的產經會議，是那個伯父牽線的，但後來聽說他老人家身體不適，緊急出國治療了……」

「世交伯父？」

「對，一個我國光電技術的頭號人物。」尹碩傑突然面露一種很蹭惡的表情，「小時候常去他家，要不然就是他們來我家，到現在還是對我陰魂不散的。」

「陰魂不散？」尹碩傑一下子連了太多情節，讓鞏智恩無法立即理解，只有在腦中亡出頻頻疑問。

「聽聽就好，總之……因為這樣我老爸才改變行程要陪我去。我要是帶著妳，我怕他會找妳麻煩。」

「喔……我知道了。」

雖然不是很如自己的意，她在尹碩傑的懷裡嘔得臉青。不過她可以隱約感覺到董事長並不喜歡他的兒子跟一個低階的女助理交往，在總部巡視各單位或是部門會議時，只是擺著鐵面不給她任何一絲的笑容，就連點頭說話都還沒有過。多少次還曾聽說，董事長暗示推廣部的主管要將她「高昇」為國外長駐的業務幹部，榮耀的表面說是要借重她的經歷，冠冕堂皇地調她到美國廠去發揮其商貿所長，只不過被尹碩傑知道了之後馬上撕毀簽呈，這件事還因此讓他們父子之間鬧得很不愉快。

「沒辦法，董事長也要去……」

「雖然可惜，但以後總還有機會的啦！」看著鞏智恩不斷地用原子筆毫無意義地畫著圓圈，那已經注水深濃的紙頭，恐怕早已滲破。

「那就跟我去宜蘭玩吧！」鞏智恩的好同事喬瑄端著剛泡好的咖啡，鏗鏘得一聲遞在鞏智恩的眼前。

「好燙！」

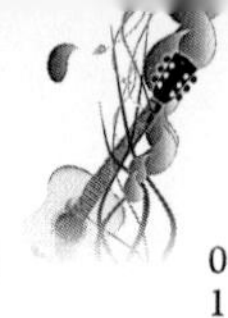

「妳小心一點，我的杯子很貴的。」她撫著喬瑄的手背，「妳熱水加那麼多幹嘛？有燙到手嗎？」

「還好，大小姐，我剛剛在問妳話耶。」

「要我陪妳去嗎？」鞏智恩思考了一會兒，還是矛盾地搖搖頭。

「去啦，大家都蠻熟的！反正妳的飛機票被軋了，也沒有行程啊！」

「妳還真體貼啊……我考慮考慮。」鞏智恩輕瞪了喬瑄一眼。

「還考什麼慮啊？驢子都快烤熟了啦！」

「妳說跟工程部的一起去嗎？是張皓強要開車嗎？」

「是啊！免費的司機耶！」喬瑄的髮夾一取下，同樣也是秀細烏黑的長髮翩然灑下，那燙直的線條映在燈下閃閃發亮的光澤，是任何人都想多看一眼的耀眼。

「不了吧……我才不要去當電燈泡呢！」

「唉——噫！我要降天雷，劈亂講話的小孩了喔！要我說幾次啊，不要每次都把我跟他扯在一起好不好啦！再說一次，本小姐我——跟他不來電！！」

喬瑄話才剛說完，張皓強就進了門。

「嗨！兩位美女，下午茶的時間到了嗎？」

「喂！張先生，你是不懂得敲門嗎？很沒有禮貌耶！」喬瑄馬上就破口大罵，「滾蛋啦！」

「哇靠……喂，妳這樣很大聲耶，會吵到隔壁財務部的人啦！」張皓強馬上癟著小嘴以身作則地降低音量。

「有屁快放啦！」

「呵呵，我去一下洗手間。」鞏智恩掰個理由藉故想要離開座位，打算想要讓那小倆口好好地聊一下，整間推廣部秘書室，就只有她們兩人的辦公位置，在她們的身旁還有一張大的工作桌，整間三面牆擺滿了文件檔案與推廣招牌，一台多功能事務機立在角落，明亮的窗圍附著漂亮的綠色百葉窗，這是她們同心協力與閒暇之餘談心的小天地。鞏智恩剛進這家公司時，就一直受到喬瑄的照顧，雖然她只比鞏智恩早兩個月進來而已，不過，這剛成立不到一年的推廣部秘書室裡，她們迅速投緣地成了無話不說的姐妹淘。

「等等，別走……」

喬瑄一眼看穿，她拉住鞏智恩的長裙，擺明了就是不跟張皓強單獨相處。

「唉呀！妳這樣會讓我走光耶！別拉了啦！」

「誰叫妳要偷溜！」喬瑄噘起嘴說。

「呵，小強，我幫不了你了。」鞏智恩只得乖乖地回到座位上端起咖啡。

「嘿，喬大美女肚子餓了嗎？我請妳到樓下的星巴克任君點食，如何？」

「不了！我剛剛才泡好咖啡，要影印趕快去印，別打擾我們姐妹聊心事。」

喬瑄仍然不給張皓強好臉色看。

「喬小瑄，妳也別這樣，要請人家當司機還擺出這副跩樣！」鞏智恩拍了一下她今日身穿緊身牛仔褲而塑起漂亮圓俏的屁股。

「沒關係、沒關係，我很樂意幫她做任何事。」張皓強笑顏不退，依舊不改天性豪邁的熱情。

「免、免、免！少噁心了……」喬瑄提起咖啡杯刻意地遮住了張皓強，然後視若無睹地看著電腦上的網頁。

張皓強是一個善良的人，經常被辦公室的美女群們當做小弟使喚，他的學歷不差，熱心助人是他的生活準則，只是長得不夠帥，即使有黑悠悠的傻勁，也始終吸引不住喬瑄的眼光。

影印完畢之後，張皓強看了鞏智恩一眼，

「大姐，聽說你跟副總和好啦？」

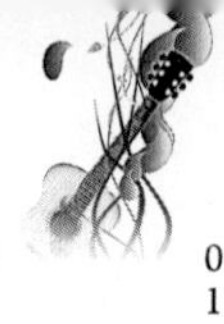

「嗯？你怎麼知道？」

「這當然躲不過我這個八卦收音機的耳目啦，一般男女朋友都是這樣子床頭打床尾和嘛，是不是？」是的音拉得特長，還帶了點嬉笑，他用影印出來的數十張表單，驕傲地煽著自己額頭上高聳俏起的西裝頭。

「低級的傢伙！什麼床頭床尾啦！噁心死了！乘以平方！乘以立方！好好的人不當，當什麼狗仔啦？滾！」喬瑄依然火大，像對待仇家一樣，即刻猛推著張皓強出這間辦公室的門。

「喂喂喂！別這樣啦，我才剛來耶，大姐幫幫我……啊！」

「你們兩個真是的……」鞏智恩搖頭失笑著。

此時電話響了，鞏智恩在笑靨與咖啡唇味間接起了鈴聲。

「鞏智恩，聽說……你在你的鄉下，有一個男友？」

「咦？是楊經理嗎？……您是在說什麼？我聽不懂。」

鞏智恩心一驚，竟然有人會知道「他」的事？喔，不！她不需要如此地緊張，因為她與季凡諾只是「好朋友」的程度，最多也只是稱得上兩小無猜一起長大的知己罷了，這句話老早已經在她心中謄習了好幾千萬遍。

但是，為何這個經理會知道？這才是她需要驚訝的地方！

而且她打電話過來的目的何在？

「別裝了，已經有人看到了！想不到你的劈腿功力還真是令人讚賞啊！」

對方冷冷的笑氣讓鞏智恩渾身不對，她急忙吼著，「經理，如果沒有別的事，我要掛電話了！」

業務部的經理楊佩怡，就是與尹碩傑在大庭廣眾面前接吻的女人，原本是推廣部的經理，但為了更貼進尹碩傑，她自願請調到業務部，開始學習接洽客戶，以及搶奪與尹碩傑隨時出征國外拜訪客戶的機會。就是因為她的離開，才有增設推廣部秘書室來取代楊佩怡的空缺。

「一個剛來不到一年的秘書，口氣就可以這麼硬囉？」

「對不起，我還要忙。」

「呵呵……看樣子，確實煞有其事喔！拜～」

「……」

沒給鞏智恩下一步走，短暫的不說分由，讓鞏智恩的心像是掛斷的分機聲，一直嘟嘟個不停。

咖啡廳裡，浪漫的燈光，象徵著都市叢林中的一塊淨土。所有匆忙的腳步，都會在這裡停下腳步，甚至歇息半晌。下班後，鞏智恩與喬瑄正坐在靠著窗邊的幽靜角落，面對面地談話。

「她真的這樣挑釁！？那個人好陰險喔！」喬瑄簡直不敢相信這個女人竟然可以如此地公私不分。

「當下我連掛上電話都還在發抖。」

「以她的行事作風，我看即將會傳遍整間公司的！」

「現在好想跟碩傑講講話喔，可是他現在有客戶……」鞏智恩暗鬱的眼神不斷地在手機螢幕前躁動著。

喬瑄主動拎走了鞏智恩的不安，「小姐，不需要擔心，很多愛情因為流言蜚語就經不起考驗，妳如果堅信對方是愛妳的話，那就不要怕什麼風風雨雨的。」

「嗯，謝謝。」她笑了一下。

「那就多少吃一點東西吧！」雖然認識不算很久，喬瑄似為理性樂觀的自信，剛好可以安撫另外一個因為多次戀傷陰影而徬徨不安的感情弱者。所以鞏智恩才信任她、需要她。

「不過，真的不曉得她是如何知情的？」喬瑄想到了另外一個問題。

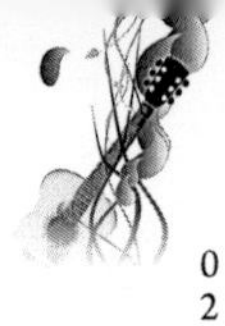

「這也是一直讓我匪夷所思！」

「妳跟妳的『前男友』走在一起被她親眼看到了嗎？不可能啊，他不是一直都待在妳的故鄉嗎？」

「他，並不是我的『前男友』，不要跟楊經理一樣，這句話麻煩妹妹妳要牢牢記住！」

「幹嘛那麼硬啊！是就是！不是就不是嘛！或許他曾經在你心中有一定的情份，只是妳不願承認罷了！」喬瑄不知為何的神來一筆，讓鞏智恩差點無法持穩咖啡杯，鏗鏘地與桌上的盤子激烈碰撞在一起。

「我……」

「瞧妳的眼神，被我說中了吧？」

鞏智恩仰頭喘了口氣，「如果在十年前，他能夠坦白地對我說愛我，我想我跟他現在就是一對戀人，甚至都可能已經結婚生小孩了！」

「喔？妳還真的直接承認喔？」

「承認什麼？我們根本沒有在同一個時間內愛過彼此啊！」

喬瑄一臉不可思議，這到底是什麼樣的邏輯？她嘖嘖出聲地問，「那他當時為何沒有說愛妳？或者，他是個情感遲鈍的笨蛋？」

「不曉得……當時圍繞在他身邊的人很多……」

「所以妳索性吃醋就不再對他來電？還是他是個花心的人！？」

「不、不！」鞏智恩突然提高分貝，「他不是那種人！」

「喂，姐姐，不必那麼誇張吧？妳這樣我還蠻訝異的耶！」喬瑄看著她的詭譎表情，抹出苦笑。

「當時我們才幾歲呀？多單純！」她搖著匙桿，在長髮下似乎有滿滿遺憾的忖思，然後輕輕地搖著頭。

「太多的單純，反而產生了太多的錯覺？」

「也許。」

「是啊……我覺得你是因為他給的那種單純並非真愛，所以才拒絕他的吧？」

「……」

「或是這種單純的愛情，太過於一廂情願地被哄著、被保護著、被習慣接受地愛著，根本就不是妳要的愛情？……喔！鞏智恩，原來到頭來都不是他的問題，而是妳的問題，對吧？我沒說錯吧？」

「……」對面的她，沉默著，雖然有些許的驚蟄，但她仍然假裝沉穩，不強行狡辯，倒映在喬瑄的瞳裡，是一種默認。

喬瑄轉向窗外，沒等鞏智恩給屬於沉默的任何一個終點，或許沒有必要等到下一句應答，喬瑄用羨慕的口吻說，「不過……我倒是覺得，就是那種單純，才令人喜愛呢！」

「妳也有過？」鞏智恩終於從恍惚中回神，她疑問著。

「不……」她大喇喇地飲完最後一口最平凡的美式咖啡，「我從來沒有遇過最單純的愛情。」

隔日，在接近下班的時間，果然八卦已經傳開。公司上上下下已經開始詢問著第三者是誰？這種喧囂先是用一封外部匿名的帳號傳進公司，而後縱橫在五百多個公司的mail收信者帳戶之間流傳著，並有一堆照片的附加檔案為證，馬上就成為集團內部眾人討論的話題。

「這男人是誰啊？幾乎所有人都收到了呢！」剛好到工程室送企劃書的喬瑄，被張皓強喊著去看他的電腦，是背著一支吉他的男人與鞏智恩在街道上走著，以及從遠處望去疑似他們倆肩併肩地坐在草皮上的照片。

「是誰傳的？太過份了！」喬瑄的怒眼差點沒瞪爆張皓強的螢幕，原本在手的資料夾也被她用力地擲在張皓強的桌上。

「智恩姐應該不會腳踏兩條船吧……？」

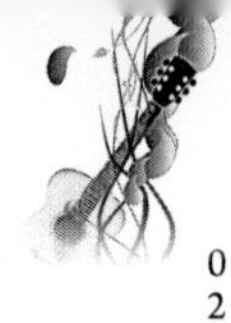

「你給我閉嘴，張小強！」

此時楊佩怡剛好從內部會議室出來走過身旁，喬瑄狠狠地厲了她一眼。

「經理，這些照片是妳發的嗎？」她還是忍不住開口問了。

「喔？喬瑄，妳也有興趣嗎？」

「我有興趣的是妳怎麼弄到手的？妳派狗仔啊？還是徵信社？」

「妳在說什麼我並不清楚，我還以為是妳對這個男的有興趣哩？」

「經理，做一位主管不需要這樣為愛公私不分吧？妳這樣弄一個黑函，只會危害公司與副總的聲譽而已！」喬瑄的分貝已經讓整個辦公室的同事兜起耳朵，他們正默默地欣賞這兩個女人的針鋒相對。

「哼！妳這個小職員懂個什麼商業經營啊？一張照片是怎樣可以危害公司聲譽啊？別笑死人了好不好？」楊佩怡失了剛剛一副若無其事的優雅，竟然被一位小助理給嗆上了，個性倔強的她自然不願表示弱勢。

「先說好，信不是我傳的，重點是照片中的女主角，她已經犯了劈腿的愛情大忌了，這會產生多惡臭的譴責我看她要怎麼洗得清！」

「是不會有多惡臭的譴責啦，反正又不是拍到牽手、摟摟抱抱、接吻或是上摩鐵什麼的，幸好妳的本事不夠。」

「別一口就咬定是我，聽不懂嗎？」楊佩怡的高跟鞋突然蹬得爆裂，簡直快要扎入水泥地板似的，「你也別那麼激動，幾張照片而已，鞏智恩會睡不著覺嗎？呵！」

說完，甩門下了樓層回到她的辦公室去了。喬瑄氣得發抖，張皓強也不敢去觸碰她一根寒毛，急忙地找救兵。此時他的分機響了，是鞏智恩打過來的，剛剛好她要喬瑄下樓回到她的座位上去，這才結束工程部一整間僵化的氛圍。

喬瑄憤懣充填地回到她的座位，直接把門給鎖上，然後乾脆就豁了性子把資料夾給摔上桌。沒錯，這是摔第二次，連摔的人都直覺地感受到那些資料夾挺可憐的。

但是沒辦法，她就是氣！

「就是她了，可以確定！真是氣死我了！」

「喬小瑄，我都不生氣了，妳在氣什麼呢！？妳不是教我，真金不怕火煉的嗎？」

「是沒錯，可是妳剛剛沒看到她那張嘴臉。」

「大家都認識有一段時間了，還不了解她嗎？」這回換鞏智恩異常冷靜。

「喂，妳是怎麼了？我好像覺得妳一點情緒也沒有啊？」

「因為我已經做好防範措施了。」

「喔？妳已經跟副總解釋清楚了喔？」她點點頭。

「還好吧？」

「嗯！」只見鞏智恩的笑容轉為燦爛，喬瑄才呼了一口氣。

「別氣、別氣，真的要感謝妳為我抱不平！我的好姐妹。」她拍了她的肩膀，「瞧妳，臉紅成什麼樣！」

還差十分鐘，一個令人放鬆的時刻即將到來，喬瑄這才意會到鞏智恩的舒坦，心中彷彿也跟著放下了石頭般。

「真奇怪，明明是妳的戀情，我卻比妳還擔心。」喬瑄亮眼地一笑，像天邊的彩虹相當地迷人。「換我問妳，照片中那男的，真的是他嗎？」

「什麼照片？」

「妳裝傻啊？就是被公佈出來的照片裡頭那個男的啊，不是妳那個青梅竹馬？」

「對呀……」鞏智恩稍有遲疑地回答。

「很帥啊！為什麼不要？」喬瑄的眼睛直落落地在那個背負吉他的男人身上，她變得若有所思，由滑鼠點選出來的畫面，直到下班鐘響前都沒有更動過。

「就當作沒緣份吧，我想。」

每當談到季凡諾，鞏智恩的眼光就會不由自主地閃躲，好像是不願釋放內心珍藏的寶石一樣，口是心非。她看著喬瑄再度打開mail裡的圖片檔，他的正面臉孔被拍得十分清晰，俊俏的五官，端正的線條，斯文的清秀，很自然地就深入她的眼神，怎麼就跟回到鄉下相約出來聊談心事時，兩個人的距離明明是那麼近，感覺若要她描繪出她所看到他正面臉孔的印象，卻遠遠比不上這張照片要來得更清楚呢？

它召喚著她的回憶，那種熟悉又刻意遠離的壓抑、那種說不出來的不捨與眷戀，跟現在的男友在一起的感覺比起來，季凡諾，就是一種特殊的氣味，永遠無法消褪，更無法被徹底取代。

「是嗎？緣份不是等它來，而是主動去抓取的吧？」

看著那幾張照片，喬瑄發現到她有絲絲的遺憾在心頭。

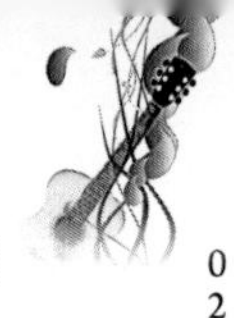

第二章 幸福要自己找，不是等它來

清靜的校園，學生們已經照了應有的常規陸續地離開，校長室裡還有一壺茶正在砌圍著熱水，滾滾蒸騰，長者戴著黑框的老花眼鏡，正在貼著報紙上一條條的新聞，從早上看到下午，每天總是這樣，因為要兼課代班一直沒能有足夠的時間閱讀完畢，只得在放學過後才可享受安靜的清幽，慢慢地欣賞。他並不習慣網路，那刺亮的螢幕讓他的眼睛太捨得流淚，所以還是平面紙板的文字好。而每天往校長室裡看過去的畫面，在這個年輕的男老師眼中，像是記憶中的圖騰，如此鮮明與富有寓意。

「我想休一個禮拜的假，請您准許。」

季凡諾向他遞了請假單。校長是他十幾年前教他的恩師，頭髮滿槼花白，眼神灼亮，過去執教以嚴厲著稱，鞏智恩與季凡諾兩人都是他優秀的學生之一，他曾經渴望兩人都能夠回鄉服務，只可惜另外一位高材生卻選擇在都市中繁華的商業界奮鬥。

「鄉下的學生……一課都不能少你的粉筆灰、一刻都不能沒有你的聲音呀！」他黑斑點點的臉頰隨後僵硬不動，掛在鼻下的雪白八字鬍抵抗深鎖的眉頭，抖出微笑。

「我……我只是去台北走走，很快……就會回來。」季凡諾凝著那伏起的八字白鬍，支支吾吾地答著。

「我最怕的是，你也要到都市裡去。」校長把自己的老花眼鏡給摘了下來，他輕閉著眼，徐徐側了肥胖的身軀吐了一口氣。

「老師，您別誤會，我沒那個意思，我只是單純地想去台北增廣見聞。」

「增廣什麼？」老校長似乎沒聽清楚。

「其實說穿了，是一堂一直都沒有修完的學分。」

「喔……跟她有關嗎？」

「我……」

「你爸常來找我泡茶，都說了……你真是他的笨兒子啊！」老校長開亮了嗓子，白鬍子被法令紋給向上拉開，只從眼皮縫了一條線縫中才知道他其實是在笑。

「我是，我是傻、是蠢蛋一個啊！所以才想要去找最後的答案。」

「都已經為人師表，還要受到這種扣情困緣的牽絆？」

「是……我慚愧。」

「犟智恩她爸爸也說，」老校長起身，搭搭季凡諾的肩膀，「是因為從小的感情就是太好了啊……要在一起早就在一起了，現在沒緣就是沒緣，怎可奈何？」

「是無可奈何，所以想去確定一下，然後就……放手。」季凡諾秉起嘴角。

「我知道了，你儘管去吧，我會代你的課的……」

「那就麻煩老師了！」季凡諾恭敬地回了一個九十度的鞠躬，緩吐一口放鬆的氣，像解了一頂不安的箍罩一樣。因為在這個鄉下學校裡的老師不多，要請個假真的必須頗多思量，喬不好翹班的課，學生可就要獨自自修，白白浪費學習的寶貴光陰了。

「幫我問問犟智恩最近好嗎？不想待在那兒的話，就回來教教這些鄉下偏遠無助的孩子吧……」老校長的眼神溜出鏡外嘆出語重心長。

「好！我會幫您問的！」季凡諾反倒是一臉快意暢然。

這個秋天來得真的是有點早，此時映在學校鐘樓旁九呎高的牆面，已彩了橘紅一片，老校長看著季凡諾走出校長室外的足跡，當他踩在那夕陽的斜照下，那個顢頇的影子，不知道會有幾分被台北的晶光喧華給吸引留戀住，之後就捨得離開這個偏山地窘的窮村里了？

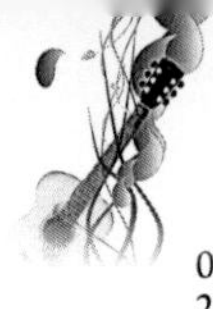

那字字的心語沉重，老校長如此憂慮地釀出。

炫亮的高樓101，在燈花爛燦的夜晚，顯現台北不夜城的風華。東區裡每家富麗的門板如此厚重，沒有錢骨之力的人無法開啟，象徵金字塔頂端高貴的採購消費群，他們在荷袋繡上甲貝金磚，過度誇張的飽滿，可想似是揮霍不盡。

「生意談得很好嗎？瞧你的表情！」鞏智恩翹起眉影盯著眼前的男友看。

「妳好像很興奮的樣子，小別勝新歡嗎？」尹碩傑瞇著眼，仔細地欣賞對方在燭光剪影下的美豔，那五官深濇的美，怎樣都覺得自己十分幸福。

他們在第六十七層享用著奧地利維也納風味的咖啡簡餐。

鞏智恩躲不過那雙會把人逼到絕處的眼睛，急忙用自己的手機擋住，「幹嘛一直看啊，我今天的妝已經都掉得差不多了！」

「不，掉得剛剛好。」尹碩傑向前撫住她的下顎，充滿摰摯羅紘地說，「沒有我的夜晚，會想我嗎？」

「是呀！幾乎每晚都會不停地想你。」被他刻意挪高的下顎，鞏智恩被沉椗著只好用瞧首大方的角度承認。

「我也想天天看妳陪妳喔！只是，以後的工作會越來越忙，妳可要有心理準備，希望妳能體諒我的身不由己。」他握著她的手，像在捏著一具還和著泥水未乾的雕塑般，不停地把玩那纖細柔嫩的玉梢，陣陣暖意也同時傳達到了鞏智恩的心坎裡。

「嗯，這我知道，你專心工作別惹董事長不高興。」

「我們已經交往快半年了吧？」尹碩傑沒理會她的話，自行兜出其圓轉了個問題。

「是呀，怎麼了嗎？」

「沒有，只是想給妳一些特別的東西紀念。」

「你還想送我新禮物嗎？不用了！七夕你才送我身為女人最愛的東西而已，不用再破費了。」

鞏智恩馬上秀出她右手無名指上的半克拉鑽戒，表情甚是滿足。

「我可不是那種虛華的女人喔，你給我再貴的東西我也不會再接受了，這個戒指也是你為了證明我是你的，所以才勉強戴上去的。」

「我知道。但我想要做的，也只是希望比這個宣示要來得更有意義的事情，為了鞏固妳是我尹碩傑最愛的女人的這個事實。」

「鞏固什麼？」鞏智恩笑得有點心虛，她在想這是不是在意會著每每在愛情初跑階段的她的脆弱？抑或是他的脆弱？

他立起身子，正經地說：

「妳的笑裡藏著尷尬……」

等到鞏智恩收回笑容，他才繼續說著：「不管妳怎麼想，其實我正確的意思是，今晚妳就不要回去了，來我家吧！」

「啊？」鞏智恩驚慌了起來，「這……不好吧？到你家？怎麼臨時提這個？我……我還沒準備好……」

「別擔心、別擔心，我會極力維護妳的！半年雖然不算長，但是我覺得我們在一起的感覺好得很，不必覺得我爸那種頑固型態的長輩很難對付。這個時代還有什麼理由談那些老掉牙的門當戶對？真是笑死人了。他只是想圓自己年輕時未完的夢而已。」

「啊？你爸的……什麼夢？」

尹碩傑難得用輕蔑的語氣談他父親的事，但點到為止之後就不再說了，鞏智恩有聽卻是無解。

「這妳不必知道太多，反正以後就會看得出來了。」尹碩傑摸著她的長髮，「就這樣決定了吧！」

「可是……我……」

正當尹碩傑要進一步克服鞏智恩的猶疑之時，他的手機響了，他仍然持續用眼神當做說客，而雙方的表情在輸送著彼此答應與不答應兩造間的拉扯。

「爸，我正在約會！而且我已經下班了，有什麼事情如此重要？可以請那一位客戶明天再來公司好嗎？」

「不為什麼，見見一位公司的大客戶。」那一頭講話的正是他的父親。

「什麼？要我現在回去？……為什麼？」

「你那是什麼態度！」尹華喻憤怒地吼著，手機傳來的音頻極近可以震動著整桌的餐碟。

「我知道你要我回去見誰，什麼都不必說了！」

「給我等一下，那你現在是在跟那個姓鞏的秘書在一起囉？」尹華喻簡直一針見血，父子就是父子，彼此插刀從不拖泥帶水得直接。

「沒錯，晚一點我會帶她回去！」

「混帳！你不知道那女人精得很，姑且不論她現在腳踏兩條船，以前跟了幾個男人上了多少間的摩鐵飯店，私生活有多亂我都已經查出來了，你都不知道嗎？」

「事實並不這樣，別再說了，多說無益。」還沒等他父親回應，就把手機關了。

「喂，你別那麼倔，這樣我會很慘的！」一旁的鞏智恩驚慌不已。「弄得你們父子不合，我會很內疚的！」

「這妳別管，」尹碩傑收起嚴肅，將蹙緊的額紋敉平，然後笑著，他挽起她戴著鑽戒發出閃亮光芒的手腕，語帶輕鬆地說：「我爸是個戀棧傳統守舊的人，說他堅持或是頑劣，永遠也只能那樣，我們去奉承迎合並沒有什麼用。我畢竟是他唯一的兒子，最後還是得向我妥協。」

不管尹碩傑已經用千百萬頓的自信當作賭注地壓在她的面前，但他沒發現那份自信也同時壓在她的心裡，像搬進一塊大石頭堵著，她想喘口氣似乎變得很有難度。

「為什麼？」

「我希望……我們別那麼快，好嗎？」

我……我要說我的每一段戀情都沒有很長的事實給他聽嗎？鞏智恩在心裡默默地問了自己這個問題，一個可能會嚇到對方的問題。猶如新聞報導中常常講的交往後才發現對方有隱疾或是方知自己的另外一半有特殊的癖好等等，一個被揭露出來的醜陋事實足以完全毀滅現在火燙的愛情。

「時間可以換來更多磨合的空間，這樣的戀情才會長久，你說對吧？果子要是熟了，自然落下才會是甜的，不是嗎？」

尹碩傑想了想，反覆折著自己手指，然後在桌上摳摳了幾聲，他的表情從一開始的肅穆到放鬆，答案是可以預見的。

「OK，不勉強妳就對了。」

「嗯……」就是喜歡他紳士的樣子，鞏智恩滿足地笑著。

經過短暫的靜謐沉默，在餐盤已罄而被收拾整齊之後，他啜飲了最後一口咖啡，「對了！」

忽然想到什麼，尹碩傑眼睛倏地發亮，「聽說工程部的同仁有在舉辦私下旅遊，我知道妳有參加，我可以參加嗎？」

「你知道張皓強喜歡我的姐妹——喬瑄嗎！？」尹碩傑搖搖頭。

「這次的旅遊是打算要搭成他們倆紅線的。」

「喔？這麼說你們幾個都是月老就對了？」他笑得有點僵，表情一副不置可否。

「呵……是呀，你可別弄巧成拙喔。」

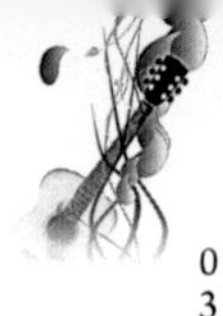

她勉為其難地接受。

「不過，人家喬瑄有Fu嗎？」換鞏智恩搖搖頭。

「不用說我也曉得，喬瑄給人的感覺是不會喜歡張皓強那一型的。」

「你怎麼知道？你又對我的姐妹了解多少？」

「呵。」尹碩傑露出一種很壞的笑容。鞏智恩不是很喜歡他那種笑，但是看在他是個帥哥富少的份上，

「有什麼好笑的？老實說，我對你那種很詭異的笑，不太舒服。」

「不會吧？幹嘛這樣說我啊！我只是覺得我看女人的直覺往往比其他自以為是的女人要來得準而已！」

「你說我自以為是？」她蹙緊眉心，一份怒怒的樣子，「那你到底是對我的姐妹了解多少？」尹碩傑睨著眼睛，他了解鞏智恩沒有得到她想要的答案之前，恐怕不會罷休的。

「我當然了解喬瑄不會比了解鞏智恩這個女人還多，但是，你們都覺得郎有情、妹無意嘛，那為什麼你們還硬要送人做堆？萬一成就一樁孽緣可是會遭天譴的喔！」

「天譴？沒那麼嚴重吧？」她非常不以為然。

「喬瑄從她一進本公司我就覺得她對男人是很有距離感的，就是僅限於同事的友誼，所有的男人都不能越過界一樣。雖然她真的很美，簡直就跟妳不相上下，除了比較瘦弱以外……」他稍作停頓，留了幾秒在觀察鞏智恩幾乎快認輸的表情，「連我自己都覺得無法得寸進尺了，張皓強更是沒有機會的！」

「你曾經試過？」

「不……確切來說，她是不戰而可屈人之兵的那種強拒。」

「哼！還敢說自己是商場的天生贏家！」鞏智恩失笑著。

「喂，妳那麼聰明，難道不知道嗎？」

「什麼……？」

「就妳剛剛說過的嘛，果子要等自然落下才會甜，那強摘下來的，那種不熟的不是苦的嗎？幹嘛讓人家

吃苦啊？」

「說得對。」鞏智恩自己笑著點點頭。

「所以讓別人苦，就是造孽，會遭天遣的！這是我媽之前常教我的！」他看著鞏智恩似是在檢討自己的臉孔，心中開始享受勝戰的滋味，他補著下一刀，「我是看過幾次啦，張皓強簡直都用熱臉去貼喬瑄的冷……」

「好了，我知道。」還沒聽完，鞏智恩自己的心房卻突然震動了一下，像是關鍵的暫停密語般，她不願意聽完，只是刻意地笑著。是啊！那種事真的常常發生，原來尹碩傑也看過，所以他才斷定。然而講的這句話卻如同一支突襲而來的長槍，深深地刺進了心坎，痛楚的感覺讓她想到自己真的也跟喬瑄一樣，總是無情地對待另外一個對她熱情愛慕的人。

是真的沒感覺，還是刻意地逃避？這句問自己的內心話，差點就奪口而出。

「不讓我說完？妳的笑裡藏著尷尬。」這句話似乎很耳熟。

「沒……沒有啦。該回家了……」

「明天是週末，幹嘛那麼早！今天晚上的星空非常漂亮，我們上陽明山吧！」他提議著。

「不要，我累了……」

「妳瞧妳！今晚把我的安排都推得好乾淨！」尹碩傑雙手抱在胸前，一臉不悅的表情盯著鞏智恩微微鬱悶的臉。

「你幹嘛這樣子啦！我會很難過的，今晚真的只是有點累而已嘛……」鞏智恩輕柔著自己的下腹部，眼窩稍有微縮的彆扭。

「妳MC來嗎？」

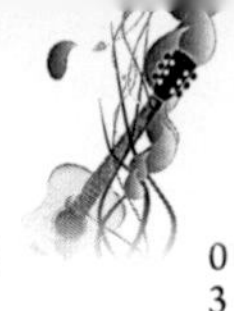

「嘿！男人！你也問得太直接了吧！」

「喔，我的直覺還蠻準的耶！好吧，就放妳一馬！我幫妳買補的，讓妳迅速恢復活力，順便送妳回家！」

「可真謝謝你囉，我的好男人。」鞏智恩露出滿意的臉對著尹碩傑些許失望的表情，雖然對方最後仍然勉強擠出不太真誠的笑容，離開這幢高聳的建築物停車場，保時捷仍然車燈閃爍，慢慢駛進這條滲捲冷風的車流。

高華堂麗的客餐廳，上座有三位嘉賓，他們面帶微笑地與一位在室內也要戴著暗黃的雷蒙眼鏡、十足敦泰的老男人聊著。

「老楊，看你康復，我真是替你高興啊！哪一天我們再一起去球場比劃比劃？」

「大病初癒，還不能太走動，剛下飛機還能夠來這裡，很給你面子啦！」鼎鼎有名的光學科技公司麥格威董事長楊茂生，中氣不算足，還帶了些微的哮喘，他的滿頭白髮，像雪一般地亮。

「老公，今晚就別喝多了，對身體不好。」楊茂生的夫人正是楊佩怡的親生母親童薇玲，年輕時與現在的楊佩怡比較起來，相似度簡直接近百分之百。童薇玲遊走在政經兩界，可以說是在媒體下經常被報導的人氣名媛，這多年來已經為楊茂生打穩了事業，但也謳垮了青春。儘管是這樣，她的風韻依然可人，總是讓楊老董醋罈四溢。

「老喻啊！我看你那位放浪不羈的兒子今晚是不會回來了啦！」他的眼神看似溫和，但在微微收起目瞳的那一瞬間卻有屠人冷峻的氣勢。

「哈！你也知道，小時候他那個脾氣啊，就拗得很！」

「沒辦法了，這婚事恐怕讓他跟我都想逃呀！」楊茂生一口巴西煙膠，在空氣中塗滿了淡淡的藍色。

「老頭，你在說醉話了嗎？我記得你沒那麼容易就醉了……」童薇玲紫晾色的薰草雙眸差點就要瞪了出去。

「老楊，你話是什麼意思啊？」

「呵呵，你自己應該知道，假如他不把我當岳父看，那你覺得我難不難堪？」

「哼，我們都相熟了幾十年了，見過多少大場面，跟一個孩子相處你會覺得棘手？」

「別人的兒子我並不在乎，但，是你老喻的兒子……說棘手還算太輕了點。」

「爸！你在說什麼啊！」一旁的楊佩怡聽得緊張、坐得如遇針吻，她心慌如麻纏，深怕她在未來的公公面前加不到分。

「尹伯伯……我爸他喝醉了。」

只見尹華喻左手一揮，毫無慍色地回答：「你爸不是醉，他腦袋清醒得很，我們都很熟了，妳別太擔心啦！其實他說得沒錯，我兒子是頭我管不動的脫韁野馬……」他順手夾了一口菜：「可是老楊，你這個女兒我真的很喜歡！」

「喔，那我倒知道，只是替兒子選媳婦吧？不要是你喜歡就好！」

「老頭你真的醉了，在胡說些什麼啊！今晚就談到這裡吧，未來的女婿沒回來，就找別的日子談吧！」

童薇玲拉著楊佩怡的手，準備離席。

「嘿！好主意，薇玲，妳們母女倆到客廳吃水果吧！」尹華喻也跟著起身，吩咐著家廚準備甜點，然後他往後邊喊著：「老楊，酒就別喝了，我的酒櫃最近忙到都忘了補新貨，儘量別在我這兒摧殘，吃飽一點就好，這樣對你比較健康！養生的東西我家廚娘那邊還很多。」

「少囉嗦！你當我豬嗎？最近膽固醇高得嚇人，你要害我腦袋破洞嗎？」

「還是你要一起過來吃水果解解油？」尹華喻的嘴裂出曲度很大的笑，調侃的語調直搗楊茂生的瞳渦。

「我的肚子是圓了些，不過，福氣也更旺了點！知道彌勒佛長什麼樣吧？」

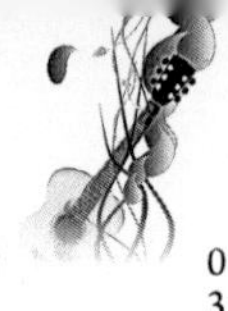

「知道、知道啦！所以要你過來解解油嘛！」

「他媽的，我的糖尿病又要復發了……」

「彼此彼此啦。」說完兩人哈哈大笑了起來。

「嘻嘻！這兩位老人家真是挺會鬥嘴的……」

楊佩怡看得既尷尬又心喜，畢竟與尹家相熟識幾十年了，表面上因為公務職稱的關係，喊得很陌生也叫得很有距離，但在私底下他們是相熟很久的世交，離開公司之後，就可以對上較為親暱或是有熟識度的稱呼。

她還記得很小的時候，大概是在幼稚園的時候吧？因為兩位長輩要談商業的機密，總是喜歡在住處談，尹碩傑還常常到她家來玩呢！她最喜歡他那個還一把鼻涕沒擤乾淨依然固執玩著遙控飛機、專注那個在飛翔的物體卻任意地讓鼻涕流到下巴的臉龐了！即使尹碩傑的母親早逝，他還是會跟著他爸爸常來她們家，直到長大以後，各自出國深造，一直也跟尹碩傑見面聊不滿幾分鐘，這幾分鐘對楊佩怡而言卻是個幸福的時光。但不知是如何發生、幾如卜碎的變化，尹碩傑像是與她斷了緣份般，她始終沒交過任何的男朋友，她只認定他，然而他卻愛著其他的女人。不過生性不服輸的她至少會相信，最終的結局幾乎會在這個親上加親、門當戶對的名詞下，奪得她從小最夢寐以求的白馬王子。

季凡諾將蓄起的鬍渣剃淨，收拾了簡單的行李，準備好用一個禮拜的時間，好好整理自己多年來無意義的愛慕，順便確定一下自己的未來。而所謂的未來，他自己也不太清楚，除了教育這個天天與小朋友為伍、並且可以固定休幾十天寒暑假的工作以外，雖然沒有自己的房子與車子，跟老爸老媽一起住的樸實生活倒也愜意，只是因為沒有落實的戀情，一個人有時候會覺得寂寞而使他的生活變得不知所措。

「不想再繼續虛耗地——等待下去。」

這幾個字在心中不知怎麼，它自然生成，而且，越來越濃。

臨行前，他的父親還不斷地在調侃著：「那麼久都還沒搞定，趕快做個了斷吧，笨兒子。」

他慈祥過頭，暖暖的笑聲季凡諾並沒有聽進耳裡，但他大概知道，如果要讓自己真正愛的人得到幸福，他也只能夠放棄那個曾經被自己真真正正愛過的人，讓別人給她幸福。

「凡諾，早點回來，路上要小心喔！」他的母親在門外叮嚀著。

「別擔心啦，就當作我是去國外旅行嘛……」一把吉它，行程似乎既定離不開他的背，雖有些許沉重，但只有弦音能幫他散去哀愁。

他，要嘗試最後一次去尋找真愛的飄葉。

「小季，怎麼了？滿臉哀怨的樣子，心情不好啊？今天不用上課嗎？你要去哪裡？不教書了嗎？」車站前的古早麵店老闆趙師傅叫住了他。

「趙師傅，抱歉，今天我是吃飽才出門的喔！」季凡諾笑著。

「不是啦，我是說你在幹嘛？要遠行？」老師傅擦著額頭上的汗珠，一副熱情帶著疑惑地問。

「算是。」季凡諾回他一個微笑。

「喔，今天不是週末你卻翹班？我以為你不教書了咧！像那些年輕人一樣，不喜歡這裡就一去不回。」

趙師傅離開蒸騰的鍋爐旁，坐在店前的石敢當上，他要季凡諾向他靠近一點說話。

「怎麼啦？師傅……」

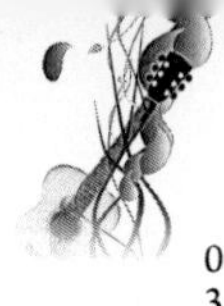

「你，不會是要去找小恩吧？」

「嘿……您已經問了我七、八個問題了耶！我到底是要先回答哪一個好呢？」

「隨便……」趙師傅的笑圍快到臉頰的邊界，感覺已經兵臨城下的那種笑。

季凡諾掏出車票，指著上面的坐票位置，「您看，這是我要去豐原火車站坐的自強號，第三車十號，剛好就是智恩的生日，連班次都對了！」

趙師傅拂著自己的下巴，滿嘴插點且顏色不均的白鬍子被騷擾了好久。

「小子，我是無神論者。」

「您覺得如何？像不像是一場命中注定？月下老人是否還願意幫我們牽起紅線？」

看著他的自圓其說，老師傅回頭不去理會季凡諾的那個爛謎縞，他回到鍋爐前，手腳很快地打了一碗乾麵，然後熱騰騰地裹上了季凡諾行李旁的側袋。

「對我來講，我從不管數字，即使做生意也一樣。如果硬要我說什麼評語，我只能說，這些數字絕對不會是某種力量從未來或是哪個精神時空給你的訊息，看清楚它，它只是一張車票，當你下了車，就再也不會帶給你任何意義。」

「嗯，您說得沒錯……」

「小季，幸福是要自己找，不是等它來。」

季凡諾看了看公車站前的電子時鐘，沉默了片刻。

「就像……你有時麵錢都少算或者不收一樣，愛情也同樣，有時不計回報的，是嗎？」

說完，每日上午僅有一班由梨山發往豐原的客運，站前的司機已經開始招呼著旅客趕快上車，季凡諾背起吉他，併著忐忑的心穿過站前鬧區的十字路，準備越過收票口，他轉過頭來笑著揮手，趙師傅開懷地點著頭。

很多人告訴我說，

守株待兔是等一個人回頭過來愛我，這是最笨的愛情，

倒不如冒險進取地去求愛。

我懂，但是現在的我，做不到啊！

「嘿嘿，喬瑄，我已經訂好飯店囉，我們行程稍微改了一下，品保部的同事希望能夠順著北橫回來，但是民宿的部分卻一直訂不到比較有主題性或是風景絕美的房間，所以我選擇比較次等級又不算貴的飯店可以嗎？」

張皓強一到休息時間，馬上就坐來喬瑄旁邊。

「你走開啦！別靠近我！」

只見喬瑄用手頭上的資料夾胡亂地拍打，像在打蒼蠅似的，惹得張皓強滿臉無奈。

「唉唷，別這樣嘛！你們女生先選擇房間，可以嗎？這間飯店也有特別的景觀房，交通方面黃亦泰經理的休旅車可以載七個人，我也會開第二台車，但是我的旁邊呢，希望能夠載到美女！」

「千萬別找我！拜託！」喬瑄口氣冷冷地噗在他們彼此的空氣中。

「小強，應該沒問題的！我先代我的姐妹謝謝你囉！真是辛苦你策劃了！」

剛進門的鞏智恩好像聽到了張皓強的行程，順口就回了一話。

「唷，鞏小姐，妳想去了嗎？」喬瑄一臉驚喜。

「好姐妹，我其實早就想答應妳了，因為碰到楊經理的喧然大波，我才會索性悶了起來。」

「真是太好了，妳陪我去走走就對了！」

鞏智恩放下資料報表入座，挽起喬瑄的手，「也要感謝你們願意延期，讓碩傑回國之後跟大家一起去！」

「別謝，那是因為黃經理上週臨時有事，這個死老頭一直說是我們跟他講錯日期，害他跟別攤的活動相撞！不過正好促使妳和妳男朋友都可以參加，真是天賜良緣呢！」

喬瑄向鞏智恩比了個讚。

「那是一定要的啦！副總對我們都很nice，當然要邀他去的嘛！」張皓強插了嘴，而且繼續用興奮的表情，將行程表遞給鞏智恩。只是喬瑄突然扳起臉孔準備離開座位。

「先說好，我不要插我話的人坐我旁邊！」

喬瑄看了窗外正拍打上來的雨珠，她提起咖啡杯，表情迅染了灰色，順便發表警告的訊息走了出去。

張皓強看來有點洩氣。他那黝黑的皮膚，帶單眼皮的眉下，雖然為人耿直真誠，卻怎樣也掀起不了喬瑄對他的好顏悅色。

「唉唷……要怎樣才能讓她高興啊！」他一臉慘澹，原本微焦的表情變得更為黯黑了。

「我說句真心的，小強，她是吃了對你絕緣的秤砣。」

「大姐，連妳也這樣說喔！唉……」

張皓強搔了搔頭，呆視著在鞏智恩手裡的行程表，突然靈機一閃地想到了某件事。

「啊，最後一張王牌，應該要去求副總出面的時候了！」

「怎麼說？他出面就有用？」

「由副總出面幫我塑造形象，應該會……嘿嘿嘿，白回來！」

鞏智恩心裡笑著這年輕人的天真，再怎麼樣一個「白」字怎麼打得贏三個「嘿」呢？

「這樣你就會白回來？」她不由自主地笑了出來。

「大姐，妳幹嘛這樣說啊，別笑嘛！」

「Sorry！」

「喬瑄剛進來的時候，就是副總面試的。在大姐還沒有來之前，副總都會帶喬瑄去做推廣活動喔！」

「喔？我都不曉得有這段事情呢。」

難怪，尹碩傑曾經有過一段話，聽起來好像很了解她似的。

「幫幫我吧！」張皓強瞬間臉一默茶，低聲地求著。

「我們幫是沒有問題啊，但還是要你自己努力囉。我可是話說在前頭，你要追她這件事，宜蘭回來有了確定的答案之後，無論是好是壞你都得接受，好嗎？」

「我知道……大姐，謝啦！」

鞏智恩對他笑了笑，準備開始整理資料，張皓強轉身要離開時，突然先是到門口探了探喬瑄是否有要走回辦公室的跡象，然後又走回鞏智恩的身旁問了一句話。

「大姐，喬瑄的項鍊……」張皓強用一種對著小蟲子說話的音量，說了一半，就是在等待著鞏智恩從螢幕轉過來正眼瞧他。

「怎麼了嗎？」。

「她是不是一直都載著同一款的銀色十字架？」

「嗯，怎麼？」

「知不知道它的來由？」

「這……」鞏智恩擰著眉想著，「我也不清楚，我從來沒問過她這類的事情耶！你要不要自己去問她？」只見張皓強點點頭，轉而離去。

「她的項鍊？」

安靜的辦公室，鞏智恩不覺主由地開始對張皓強的問題感到興趣。她曾經看過，在夏季時分比較簡單清涼的胸口上，那串銀十字會暗發瑩光，如水澄明，但喬瑄始終把它藏得很好。

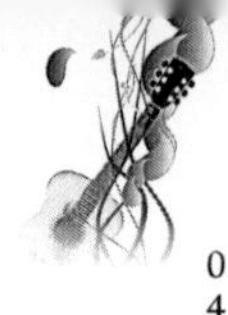

不像在她右手指頭上的閃耀，總是杳亮奪目。

被日本人稱為逢魔時刻的黃昏，下過雨的天邊出現了彩虹，像戴了一頂色彩繽紛的髮箍。喬瑄每天都要搭著捷運回到天母，車站附近的人潮總是被擠得悶躁，平時已接近水洩不通的擁態，今天又多了雨傘相爭的雜攏。

整天的煩與忙，讓疲憊的她在那群鼉中想要輕鬆地呼吸都顯得困難，她在下班前的言語能力似是被蒸氽殆盡，殘餘了剩面帶青黃與精神不濟隨著她離開公司。

「晚上要吃什麼好呢？」

這個問題從一出公司門口始終無解。她那樂觀活潑的個性今天顯得憂鬱，喔不，應該說是在同事面前表現一個樣，回家後自然就要卸除那張虛偽的臉孔，不必再上模以及委蛇作態。每天近似如此地演著兩款表情，一種黑與白的強烈落差。

喬瑄如一個沒有主靈在體的空殼，起先沿著熟稔如習的動線不斷地走著，忽高忽低地行進，突兀地擠在人潮中　出一個恍神，就在下天橋的倒數幾個階梯，腳不慎踩上缺了半角的璃磚，一個反射動作縮起前一步要踩下的腳尖，頓時失去踏實的反應而凌空躍起，「哎呀！」

轉眼就要摔落在橋底的人行道上，未著地之前，喬瑄已經有了糗態盡獻的心理準備。就在緊急的剎那間，一個背著吉他的男人抱住了她。

「啊～～～」她只是驚覺意外地尖叫著。畫面還沒跟她的腦袋連接，她的長髮遮滿了對方的臉孔，是男人抱住她嗎？什麼樣的男人？帥的還是醜的？……不過，那雙手接觸到腰背上的忽瞋，是一種很體貼也似溫暖的感覺。

就在喬瑄還在找尋焦距之時，一句柔和的聲音恰巧與她的感覺相湊合。

「小姐，你沒事吧！？」

隨即映在眼簾的，是一個五官俊秀，白面文清的書生型男子，滿臉真實的輪廓與他背後的吉他，瞬間敲醒了喬瑄的記憶，這個記憶不是最近，而是感覺相當遙遠的故事。

「啊……你是……」

那個男人正是季凡諾。如果她的雙眼是一套臉部辨識系統，老早就從公司裡的mail照片檔存入她腦袋裡的資料庫對應出來，可以百分百確定她應該沒有認錯人才對。

怎麼會這麼巧？台灣真的是太小了。

「你認識我？不會吧？」季凡諾笑了笑。

「沒……沒事。」喬瑄不知為何，臉竟然紅了。

「腳沒事吧？可以繼續走路嗎？我剛剛看妳在階梯上好像先扭了一下才往前仆街的，現在如何？」

只見喬瑄點點頭，順便帶了個疑問，「仆街？」

「喔，粵語吧，聽人家講就是跌倒、滑倒的意思吧……抱歉，我以為這是共通語……」

「共你個頭啦！」喬瑄在心裡大喊著。但又隨即想到：「喂！你都看見了嗎？全程看見我的醜態？」她突然懊惱著她這個美女怎麼會醜樣畢現地給這個男人看啊！

季凡諾不假思索地點點頭，表情有點裝起無辜的刻意，對，刻意。

天啊？那他有看到本宮的裙底嗎？……還是什麼地方？

這是惡夢嗎？怎麼會這麼剛好遇到智恩的前男友啊？又怎麼會第一次見面……本宮就這麼糗啊！

本宮的天啊！

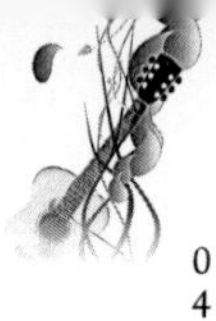

喬瑄任由內心不斷地吶喊著，這一個令人不可置信的巧遇，讓她原本鬱悶的心情突然換了版本似的。由藍色的憂鬱變成橘紅色的羞赧。

她正回神時，那男的沒打下個招呼就要上天橋，一把大吉他和一個小背包，那背影顯得孤獨，似乎是帶著沉重的落寞或是什麼的來探訪這個冷酷的城市，喬瑄彷彿嗅得出這些味道。

「先生！」喬瑄沒叫出他的名字，她的理性告訴她，目前絕對不能說出她知道他或是知道他和鞏智恩的事。

「嗯？」已經踏上幾個台階的他，在安靜無聲只管移動的人群裡可以清晰地聽到喬瑄的聲音，驀然回首的他，表情上有些許的不由自主。

「可以送我回家嗎？我的腳好像有點問題……」她俏皮地撒了個小謊。

「啊？真的扭傷了嗎？」季凡諾受騙認真的表情略帶著緊張，是單純也是質樸的那種可愛，剎地與喬瑄心海裡那個似曾有過的記憶相互牽引著。

「有一點痛痛的啦！」她手握住左腳踝，裝著很疼的樣子。

「可是……」季凡諾下了台階，仔細看著喬瑄扭擦腳踝的動作，然後抬起頭向四處張望，「但我對台北不熟，我才剛來到這裡而已，因為出錯車站門口迷路才又走回來，這附近好像沒有派出所耶……」

「喂……幹嘛找警察啊？你以為我在對你仙人跳喔！我可是純真美少女耶，不是那麼隨便的好嗎？」她看著季凡諾一臉不知如何接下去的表情，無奈地吐了一口氣，「至少送我回家順便請你吃個東西，可以嗎？」

「不是啦，我是想說請警察直接送妳去醫院或是叫救護車……」

「喔，你心地可真好……」

但是，不用麻煩了。

突然她很想白他一眼卻忘了說出口，真是單純憨厚的一個人！

應該可以確定他就是季凡諾，但既然確定是他，那我又能夠做什麼？

喬瑄在心裡忖度許久，最後搶下還是堅持撥打一一九的季凡諾之古老傳統的手機，她喊著：「我還可以走。」

她不由得真的白他一眼，而他卻露出驚訝且不明所以的眼神。

他們再度上了天橋，越過了左右各四大線道的大馬路，喬瑄才剛從那一個區塊脫離，現在又滾了回來，不久之後他們就在斜對邊的速食店裡坐定。

「傷心地鐵？」

「嗯？妳怎麼知道？」季凡諾再度面露驚訝。

「歌譜啊……」喬瑄用手指筆直向著吉他皮套外袋的譜，那一頁正好晾在外面的歌名。

「妳眼睛好利啊。」

「有眼睛的人都看得到，好嗎？」她沒好氣地嘆了一口，只見他憨直地笑了一下。

「對不起，還沒請教貴姓芳名？」

「喔，我叫喬瑄。三國的大小喬的喬，別給我加人字旁或是木字旁，雖然我不喜歡跟我爸這個姓，但寫錯我還是會生氣的！你呢？」

「真嚴格。」

季凡諾笑著注視眼前這一位看似喜歡用兇巴巴口氣說話的女人，但其實眼底有股脆弱是不易外洩的，像海洋型的香水，不靠近是無法聞出它的味道般。

「敝姓季，季節的季……平凡的凡與承諾的諾。」

「喔。」

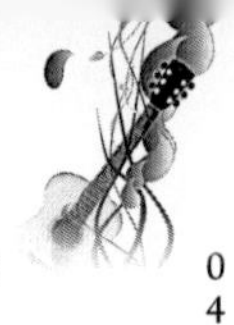

果真就是這傢伙。原來如此，平凡的承諾啊！這樣純樸的男性，難道就是因為太平凡了，所以智恩才不會愛上他，對他動不了真情？

「怎麼了？好像陷入了沉思，妳的腳很痛嗎？……痛到不能說話了？」

季凡諾說完很自然地就往她桌下的腳邊看，霎間他突然猛抬起來，「對不起！請原諒我，忘記妳穿短裙了……我不是故意要看的，失禮、失禮！」

「還算你有禮貌，放心，我暫時不會告你！」

「感謝。」季凡諾鬆開喉嚨吐出一臉慶幸。

「放心，我有穿安全褲，真的有色狼要看或是偷拍的話，我就打爆他的門牙！」

「是喔……」他慶幸著他的門牙現在還在。

「哈哈，南部人都這樣嗎？懂得非禮勿視？」喬瑄見他害羞發紅的臉孔，忍不住張起笑靨，「我還要謝謝你抱住我呢！」

「這沒什麼。」

「不過你怎麼會注意到我要仆街了？」她試著也用這兩個陌生卻是生動的字眼。

其實這件巧遇說起來讓喬瑄非常納悶，平時走路都走得好好的，偏偏就在下最後幾個台階的那時候，她的腿就臨時失常地不聽使喚，是今天太累了嗎？還是遇到地　靈的捉弄？

「喔，妳這樣問我才想起來，當時整個夕陽正好照著妳，突然我就被一道刺眼的光線給吸引，抬頭一看是妳胸前的項鍊正在發光，然後妳就飛了起來……」

溫柔的回答，像在描述浪漫的電影一樣，讓喬瑄感到訝異。

「你是說它？」

喬瑄把那條鑲鑽的銀色十字架，從衣領中掏出。

季凡諾認真地再瞧上一眼，「是啊。」

「怎樣會這樣，真是怪了，平時我都是藏在衣服裡面的啊……」

她笑著，是一種眼神不知道要往哪裡躲的笑。

「很漂亮的十字架。」季凡諾不假思索地問，「妳信教？」

「沒……」

「我家附近也有個教會，小時候常常聽〈奇異恩典〉，那首歌還真好聽，後來學歷史，還去找這首歌的故事呢！」

「……」

「妳的腳痛嗎？」季凡諾再問一遍。

一樣沒回答，銅鈴大的雙眼有點紅潤，張貼在眼皮上的假睫毛似乎有些許的反潮，她不自主地多停留在他的臉上幾秒，隨後飄向了他的吉他。

「你的吉他彈得很好嗎？」

「啊，這個喔……普普通通啦，我只是個喜歡唱情歌的傻瓜而已。」見他緩緩地打開皮套，當皮套逐漸褪去而在琴橋下露出一串略有印象的符號時就停止剝去，他只是習慣性地擦拭著那六條琴弦。

「沒錯，你可能真的是個傻瓜。」喬瑄忍不住回著，但他並沒有什麼表情。

「怎麼每個人都這麼講啊？連妳這個剛認識的陌生人也是！看來我的臉一定是有寫著傻瓜這兩個字，而且傻這個字一定是簡體的。」他搖搖頭。

「噗！」喬瑄忍不住笑了出來，「你真搞笑，請告訴我，為什麼一定是寫簡體的？」

「如果是寫繁體的，那我的臉不是要皺得更緊嗎？」

「哈哈……」喬瑄被逗得合不攏嘴，竟然會突然地蹦笑開來，自己也感到蠻意外的。

「有那麼好笑？妳的笑點會不會太低啊？」

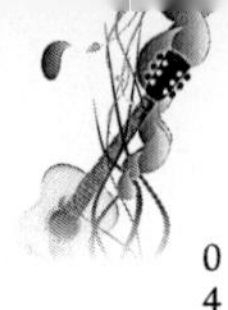

我的學生的笑點都還比妳高呢！季凡諾有點不能適應眼前這位怪女人，一下子暗沉泌出淚霜，一下子又笑得差點湧出房水般，她的精神到底有沒有問題啊？還是……台北的女孩子都有這種病態？

「能不能彈那首〈傷心地鐵〉給我聽？」他還沒描述完內心正在瞎喊對這個怪女人的感想，眼前的她立即又換回一副正經柔美的表情問著。

「咦？妳要聽？在這裡嗎？人那麼多，我會不好意思耶……」

「那送我回家吧！你就在我家門前唱給我聽。」喬瑄把長髮弄成馬尾，她很少綁得如此紮實，接著看了牆上的時鐘，「外面大概已經黑得可以了……」

「啊？妳不怕我這個陌生人嗎？」

「不怕！一看就知道你是個好人。」

「多謝妳的誇獎，但恕難奉陪了，我還有事。」

果然是這樣，他會到台北，肯定是為了智恩吧？

「我知道啦……等一下說不定我會幫你的忙喔！而且，你一定會需要我幫忙的！」

「妳會幫忙我什麼啊？」季凡諾扮起愣笑的小丑臉，這個女人果然怪怪的，吃完東西之後又開始瘋言瘋語了。

疑想之間，喬瑄已經離開座位順便抽起他的歌譜，「走吧！待會兒我幫你出車資，怎樣？帥哥？」

「不用不用，怎麼好意思呢，我們才剛認識，況且我又不是沒帶錢……」

「走啦！別一直囉哩叭嗦的！」喬瑄隱不住心中一股莫名的熱情，拉了季凡諾的手，逕自地往捷運車站走去。

他從鄉下來到這座城找她，對吧？

這個男的，真傻！

這個女人不是才剛認識而已嗎？

對我而言，也太過熱情了吧？

真怪！

約莫半小時的捷運車程，他們出了車站，在另外一處車水馬龍的天橋上走著，然後越過了幾處的十字路口，霓虹燈下一前一後的身軀，並沒有與記憶中不久之前，才與鞏智恩一起走的分離路段上有什麼不同。

「還真是漂亮啊！想不到台北在下過雨的天空，也和鄉下一樣，可以看到好多的星星！」

喬瑄的家就在眼前，他們在社區旁的公園坐了下來，儘管午後那場大雨造成了多處水坑，但在涼亭下恰有個乾燥的好位子正等著他們。在接近初冬之計，風是涼了一些，但還讓人可以忍受。

「我之前也認識一個在鄉下出生的男生，但他卻是在台北長大，簡直和你一個調。」

「是嗎？」

季凡諾先是笑了笑，不過他發現她眼中隱隱藏著另一種哀思。

「你第一次上台北？」

「不是，已經是很久以前的事了，只不過台北的變化太大。」

「你似乎在找你的舊愛？」

「你怎麼知道？」季凡諾十分驚奇。

「感覺！感覺！……我感覺啦！」喬瑄嘟起了嘴，似乎是在責怪自己的舌尖溜得太快。

「妳的腳不痛了嗎？」

「嘿！你還在關心我的腳啊？」喬瑄眼睛睜得很大，從剛見面開始，她就可以感覺到一股有意無意向她

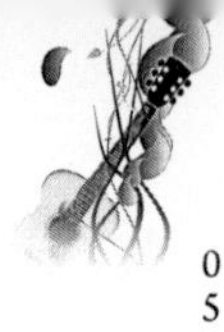

吹送過來的窩心。

「是啊……要不然我會送妳到這裡嗎？」季凡諾輕輕地拉起吉他套的拉鍊，「多年前我也來這裡的棒球場打過球喔！」

「真的？」

「一場令人難忘的比賽，從領先到落後，然後追平，最後還是輸了……大學時代很瘋！」

「那樣才是青春啊！哪像我平淡無奇。」喬瑄臉上露出一壺醉意，柔柔地看著他。「你好像全能的喔……會打棒球、唱歌、彈吉他，還是個……」差點就說出他是個老師，幸好腦袋有裝碟煞。

突然喬瑄心裡出現了反射性的思考，如果直接點破她早就知道他是誰的話，會怎樣？

「還是個什麼？」原來最後一句他有聽到，喬瑄俏皮的表情帶著尷尬。

「沒、沒有啦……我是說還是個溫柔的男人！跟我之前的那個男友很像……很像。」

此時季凡諾反而若有所思地撫著吉他，好像沒在聽她講話，接著雙方沉默了幾秒鐘。

「像妳這種美女，大學時代可能平淡無奇嗎？」看他只顧著調整弦音，原來他真的有在聽。

「真的是平淡加上無聊啊！都沒有人追呢！」

「我不相信。」

「隨便你！」

「呵呵，不是妳自己不想談戀愛就是別人都以為妳已經死會了所以才不敢來追妳吧！反正不是自己的問題就是別人的問題。」

「廢話，這不用你管啦！」

「好吧，給妳台階下。」

「信不信由你啦！」喬瑄差點惱怒，但是看著他雖然油嘴地與她答腔，但手指頭的動作卻顯得專注，優柔熟練得整頓著，她的一股火啊瞬間不可思議地就熄了。

季凡諾似乎調整完畢，手指已經停止在他的吉他上撫動。

「那你可以彈那首歌給我聽了嗎？」喬瑄指著那張歌譜。

他反而看著喬瑄，不發一語。

「請吧，麻煩你了……」可能因為受不了一直被他盯著，喬瑄向左撇了四十五度，躲開季凡諾鍥而不捨的眼神。

「妳的表情變得好怪。」只見她手一攤，彷彿是要抹去所有的『好怪』，然後單純地不斷戳動著自己的食指，任性地就是要他開始彈唱。

「妳很喜歡這首歌？」

她沒有多說，只是點點頭。季凡諾隨手開始操著數部和弦當作暖身，他龜毛地又調緊了一顆弦栓，隨後才讓那首歌真正的前奏響起。

「你不用看譜？」喬瑄輕聲地問。

「我對這首歌很熟，譜會拿出來，只是要再次品味裡頭的歌詞意境。」

「喔……」喬瑄如別下金釵地把馬尾打開，灑直的髮絲隨風散下，一陣髮香四溢。

季凡諾指間熟悉地撥弄，他溫柔地看了一眼喬瑄，音律由唇啟而出，對眼出聲地在詮釋著：

「拋開那盟約，和你四目相接，
想必你的眼裡，應該隱瞞著更多的細節。
他想必狂野，讓你對我堅心拒絕，
會陪你過今夜，他也許就在這列車的某一節。

冬天的紐約，冷的這樣直接，

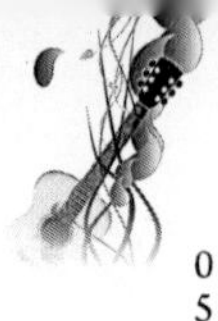

像是你的拒絕，它千真萬確讓人心淌血。
他令你狂野，你們愛得轟轟烈烈，
他在等著你過今夜，我知道他在這列車的某一節。

憑一種啊！男人的直覺，去承受這份殘缺，
當緣起和緣滅，
所有的過去，要如何重寫？
我獨自在陌生的世界，
在這傷心的地鐵，這麼傷心欲絕，當列車停止在第五街。

那一夜，
那心裡深深的雪，
那男人的直覺，
那傷心的地鐵。」

（〈傷心地鐵〉作詞：李宗盛／作曲：光良／原唱：光良）

尾奏結束，季凡諾自然地抵住所有的弦音。他的眼神離開他心愛的黑吉他，在燈火昏黃的公園涼亭長板凳下，他輕輕地吐了一口氣，像是在調和聲韻的氣息，手指收攏，只是從歌的情境中走出來，他沒得到掌聲，回頭想要看看身旁唯一的聽眾時，猛然地發現喬瑄的臉上滑落了兩道淚痕。

「喂！妳怎麼哭了？」

「沒……沒事！你唱得好好聽！啊，對了，忘記給你鼓掌了。」

喬瑄擠出一點笑容，用力地拍著手。她胸前的銀色十字架不知為何也出來聆聽，透過亭外一柱街燈照下的光反射，映進了季凡諾的眼裡。

「妳一定有傷心的往事。」

「沒有、沒有，你別亂猜！只是真的很抱歉，嚇到你了……」喬瑄硬是現了一抹悲情苦旦的妝卻仍為甜美的笑，「你的吉他彈得真的很棒喔，練很多年了吧？」

「哪裡，過獎了……我是為了一個人而學的，其實也沒幾年。」

「真謙虛。」此時她的酒渦在不算明亮的照衍下顯得深韭，季凡諾不自覺地盯緊她稍低的頰邊一陣子，那個角度看起來，好美。

「對了，為了回報你的歌聲，我想要告訴你一件事。」

「不用回報好嗎？」季凡諾搖搖頭，埋著臉正收起吉他再度進入封套中。

「不用回報？那是要我給你投零錢嗎？」

「喂，我又不是街頭藝人，沒牌沒實力啦！」

「那你到底要不要聽我講？」她的表情變得嚴肅。

季凡諾瞧她一臉認真，「妳這個長得甜美的怪女人，才認識你不到三小時，妳的喜怒哀樂我好像全都看過了。」

說完仍不太理她地繼續收拾，但那女人頳紅的雙唇突然冒出一句：

「你是不是在找鞏智恩？」

「妳怎麼會知道！？」季凡諾詫異到差一點就跳了起來，整個晚上簡直是驚奇連連讓他有種吃不消的感覺。「妳到底是什麼人啊？會讀心術的女巫？」

「我是女神啦！」

「女神？」季凡諾一臉烏鴉剛剛飛過的無奈。

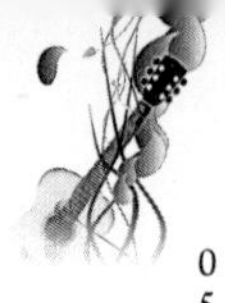

「唉唷，我是說真的，我的確在我們公司的電腦上看過你，還有你和智恩走在一起的照片，是被徵信社的人偷拍的，然後又被公司的某個主管，傳到每一個人的信箱中……」

「到底是怎麼回事？那個主管為什麼要這樣做？所以，妳和智恩認識？」季凡諾接受著突來的訊息沉成一頭霧水。

「我們是同事！」

「啊？」

於是，終於打破身分的喬瑄，把這幾天在公司中發生的事都說給了季凡諾聽。

就在東區一間高檔餐廳的店門口前，尹碩傑帶著鞏智恩與一位美國來的老客戶一起用餐，大概的細節都已經談妥，但有些精密產品的訂價，由於金額龐大且有供應商品質的保證條款，尹碩傑顯得不敢作主，於是在客戶的當面要求下，尹碩傑有些不願地撥打了他父親的手機，隨後在差不多用餐完畢之後，尹華喻與他的貼身特助王凱斯立即來到現場。

尹華喻與那位老客戶握手擁抱，用簡單的英語打過招呼之後，隨即透過王凱斯的翻譯，要請他續攤到另外一處商談。

「我也要去嗎？」鞏智恩輕聲地在尹碩傑的耳邊敲著。

「不用！她只是個小小的助理，哪有資格去聽我們的商貿機密！」還沒等尹碩傑回答，他的父親老耳尖銳地反射出一臉勃怒。尹華喻剛剛見到鞏智恩，早擺了非常厭惡的臉色給她看，無奈在客戶面前仍以公事為重的尹碩傑，顯得不敢放肆。

「Jay，我就先送她回去，這樣可以嗎？」王凱斯立馬切入他們父子倆的視線，提了一個建議，讓自己和這個不需要在場的女人離開。

「好吧，Case，就麻煩你了！」尹碩傑握著拳頭輕碰了王凱斯的胸口，然後對著鞏智恩苦笑。

「走吧，他們還要繼續上班，我們就先下班囉！」王凱斯慢條斯理地向他的主管們與客戶點個頭，鞏智恩就在後頭安靜無聲地跟著離開。

「真是一點禮貌也沒有！」尹華喻在她的腦後用相惡的嘴角依舊碎唸著。

離開了數十公尺遠的距離，看著對街上的繁華，鞏智恩才打開悶燥的唇腔對著跟在後面、氣質彬彬的王凱斯說話。

「你不跟著董事長沒問題嗎？」

「我都已經被准許下班了，他們自己會解決。」

沒想到王凱斯竟然會這樣回答。

「喂，你是特助耶！董事長的貼身秘書不是嗎？他們談什麼你不是都要在旁邊記錄或排行程什麼的嗎？」

「喔喔，妳比我還清楚嘛！幹過像我這種角色啊？」

「有做過一陣子。」

「之前那家公司對不對？」王凱斯從後頭引著鞏智恩往對面一家不起眼的咖啡館走去。

「你怎麼知道？」

「猜的。」

「屁啦，你們這些高階主管真愛看人家的履歷表！」鞏智恩裝起一張不太高興的臉，「侵犯我的隱私權，等等你要請客！」

「正有此意。不過……」

「不過什麼？」

「我可以問妳一些事情嗎？」

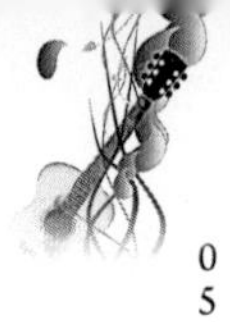

「蛤？我這個小嘍囉有什麼好問的啊？你知道的公司機密比我多吧？剛剛董事長不是說了嗎？我這個小助理哪有資格知道啊？」她用嗤之以鼻的笑，兼拍打王凱斯的臂膀，像是自嘲，但卻又很不甘願地嘔出氣來，打著隔壁的這個男人抵帳。

「嘿！妳打人很痛耶！」

「不管啦，沒人可以打，誰叫你在我旁邊，就打你出氣！」

王凱斯驚嚇著她竟然連腳都使出來了，連忙閃了幾呎之遙。

「我不是要問公事啦！」

「那還有什麼東西可以問我？要心理諮商的話我可沒這種本事。」

「是關於感情的。」

「什麼？」還沒等他說完，她疑惑地卡斷王凱斯的話，然後面露一屢微笑，「你有想追的女人需要我幫忙嗎？」

「暫時沒有。但我要問的事，妳可別太驚訝喔！」

「速速奏上。」

「呵呵，妳之前的男友我認識耶，而妳就是他的特助，對不對？」

「咦？」鞏智恩閃爍著眼中的驚訝，索性地又打了王凱斯幾下。

「我還知道……本來他想娶妳，可是又勾搭上另外一個秘書，所以……」

「吼～～～我實在不願承認本公司，光華大～～～科技集團，怎麼會有那麼多的『履歷偷窺狂』啊？」

她指的不是別人，就是尹碩傑跟王凱斯，她些微地尖叫了起來，講些微，實際上是很震耳的分貝了。

她感嘆著是不是每家公司的高層主管都這樣啊？

「沒辦法，是妳長得太耀眼了。」

「還真是謝謝你的誇獎喔！」鞏智恩沒好氣地踏上班馬線。小綠人才剛起步，王凱斯卻用跑的，甩脫原本的斯文端正，搞笑地跑到她的面前然後用倒退小跑步的方式，也不管其他路人怎麼看他，他用一本嚴厲的表情說著：「那個傢伙最近竟然對我說，他還愛著妳，他想回到妳身邊，然後我就說：滾蛋吧，你！」

翚智恩立即停下腳步，剛好就到對街的人行道上，王凱斯停下小跑步，解了自己稍稍鍍著汗水的領帶，翚智恩就在他眼下約莫三十度的第三象限上。

「說得好！」她用她的手掌，輕輕地貼在王凱斯的胸口上。「你有沒有說謊亂唬弄我？」

「Sure not！」

她露出滿意的笑容準備踏入咖啡館，王凱斯微起嘴角，接著又聽到她說：「我不愛這種男人很久了！」甩上自己的西裝外套，王凱斯的嘴角裂得更大了。

「天底下哪有這麼巧的事？傍晚我在台北車站的天橋下迷了路之後，就那麼神奇地發生了？」

「算是緣份吧！」喬瑄看了那把吉他，「就湊巧讓我遇到的你，跟我的前男友一樣，愛背著吉他、也愛那首〈傷心地鐵〉。」

「妳的前男友？」儘管知道去探究別人的隱私是一件很沒有禮貌的事，季凡諾仍然無法停止對眼前這個沉鬱不定的女人的好奇。

「妳是因為剛分手嗎？所以難過？」

「不是。」

季凡諾發現喬瑄的笑容消失快速，立即停止無禮的提問，他馬上確定這是他所不能碰觸的禁區，也許是塵封已久的傷或痛吧？他刻意多餘地留注那一點眼尾淚光，以及那一臉在幽暗燈火下的深紅。

就當作她是剛失戀吧，女人的懦弱就是堅強的偽裝，所以女人的眼淚也許就是一種堅強吧！

「只不過妳也真厲害，馬上就能認出我是智恩的朋友！」

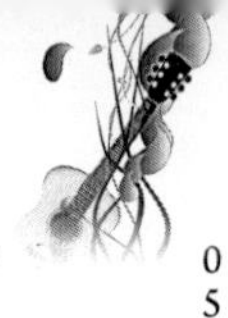

「是一種感覺吧！」

「感覺？原來妳是瞎矇的喔？」季凡諾咕之一笑，露出皓齒。

「你不相信啊？」喬瑄大眼一瞪，馬上讓季凡諾關進白牙。

「再給你一次機會，我是不是有可能幫到你？」這女人的大眼馬上瞇成一條像是販賣機投幣孔的形狀，剛剛漱紅的珠子頓時消失，彷彿沒有過那種悲傷的情緒般。

「是啊！這樣我明天就可以見到智恩了吧？真的要好好得感謝妳！我就覺得奇怪，哪有一個女人會這麼熱情，要一個不認識的陌生男人送她回家的，妳真是一個善心的好女人耶！」

「不是吧？你剛剛好像是說我是個甜美的怪女人耶？」

這女人怎麼那麼喜歡握緊拳頭、扁起眼球跟人家說話啊，季凡諾的臉一僵，尷尬地笑。他真的十分意外，明明就只有在自己的心裡頭想而已啊，怎麼可能失魂地說出她是甜美的怪女人啊！如果有，「甜美」那兩個字，應該也是她自己加上去的吧？

「季先生，我再說一遍喔，我可不是那種隨便的女人喔！」

「喔！是的！妳當然不是！」

「那你今晚要住哪？」

「可以拜託妳明天帶我去你們公司嗎？我一直都沒有智恩的手機號碼，只有從她爸媽那邊知道公司地址。」

蛤？沒有她的手機號碼？也太瞎了吧？

都什麼時代了？

他不是她的前男友嗎？錯，喬瑄忽然想起了鞏智恩對她的修正，他們只是從小到大的鄰居而已。就算是這樣，沒給他任何的通訊方式，那不就代表著除了智恩回到鄉下的時間以外，他們簡直就像牛郎織女一樣，要那麼久才會見一次面、講一些話不是嗎？

為了愛，沒有任何的聯絡方式，他百里迢迢。

不是他笨，就是智恩絕情，把他當成什麼了？喬瑄突然無法接受這種不對等關係。

「哈囉，妳在想什麼？有聽到我剛剛講的話嗎？」

陷入忖思的喬瑄，熊熊被拉出，心跳好像失序地多跳了幾十下。

「你剛剛說了什麼？」

「我說……」季凡諾仍然溫溫柔柔地說，「可以拜託妳明天帶我去你們公司嗎？等等我先在附近找一家飯店住，明天早上妳通常會幾點出門？」

「當然沒問題囉！見到你本人之後，我就開始吶悶著智恩怎麼會捨得放棄你呢？」

「緣淺吧。我這次上來就是要再次確認這段緣是否已經乾涸……」季凡諾收起笑臉，剛剛的歡笑眉雲悄悄地彎下。

「是要有個了結嗎？」

「嗯，要斷就斷乾淨一點，如果我不是她的幸福，那我會祝福她去找她的幸福，這樣她不會受困擾，我也可以重新過活我自己！」

「說得真好！」喬瑄立起身，留下了他的電話號碼，隨著那風搖曳著她的長髮，似乎要告別今晚的邂逅。

上來台北就為了這麼簡單的確認？好純情的男人。

他揮了揮手。

平直的長髮被風蜷曲著繞在喬瑄的頸椎，透著暖意的瞬間看著那男人的背，在心裡彷彿有一個影子與他相互重疊。那個肩負吉他，不凌亂的腳步，近乎無聲地遠離自己的眼簾，莫名其妙的一股熱流，竟然讓自己的眼淚不爭氣地往下決堤。

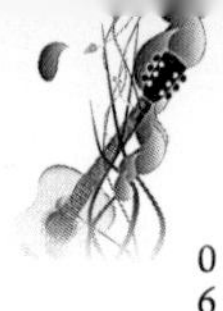

第三章 到底是誰的問題？

初陽一現，在天母清新的空氣，有別於想像中都市蒙塵的污濁，喚醒了從鄉下來的小孩。陽光並未刺眼，但自己的眼睛卻睜不太開，大概是昨晚沒睡好吧？還是因為可以見到智恩而太過興奮？抑或是即將面對未知的答案而鬱悶徬徨？

絨幕緩緩地拉開，沒有多久就可以聽見都市裡的喧囂聲逐波增溫，從著名的飯店八樓高度俯瞰而下，車流不停地在馬路上奔往各自的目的地，好不急迫。

而昨晚的女人，會不會是夢幻中的仙女真的是來指引迷途？還是倒楣遇到撒旦特地派來的小惡魔要耍他這個白癡大傻瓜？又或者是夢一場，根本就沒有這個女人的存在？

他騷騷頭，努力地回想昨晚的種種情境，從一出台北火車站，正要走上天橋，遇到了她，然後他的腦海裡瞬間就被那女人傷心流淚的臉容給佔滿了。

怎麼回事？他不想解析這段好像喝茫了的失戀醉客，進到劇院裡看傻了糊塗戲，然後與被紅塵愚弄的戲子莫名其妙的聯結，他想要睜大眼睛，正要說服自己今天開始要好好地過的時候，瞬間竟然感覺有道人影正撫著他的吉他，吉他不出封套卻能輕輕地彈出弦音。

是風嗎？是吧！沒想到秋臨城都的高空上，風是如此地銳利，竟是可以穿透那封皮套來打擾他的六根清弦。

「是誰允許你這樣做的？」

他起身後細聲地對著大自然的空場說著，臉上露出笑容，然後進了浴室梳洗。

數分鐘後，季凡諾整理了服裝儀容，準備到餐廳吃早餐，手機似乎裝了鏡頭般被某人給碇駐控響了。

「你好？」

「早安啊！季凡諾先生！」

「喔……是你呀，喬小姐。早安」

「你叫我喬瑄就好了。」對方的答應相當響亮，「再半小時我就要去搭車囉！要一起吃早餐嗎？」

熱情柔美的聲音讓季凡諾的心情頓時不再那麼矛盾複雜而開朗了起來，。這個聲音可以瞬間給他活力與自信，真是不可思議。

「喔……這樣啊？有什麼好吃的嗎？」季凡諾不自主地回問。

「先到我家門口吧……就昨晚的那個公園門口正對面社區。」一講完對方隨即結束通話，不說紛紜地竟然讓季凡諾迅速背了吉他，往樓下跑去。

「妳都那麼早出門？」季凡諾匆忙地跑到了喬瑄家門口，幸好離飯店只是一兩百公尺的距離，只見她一樣穿著秋裝點綴著亮片上衣以及與昨天沒多大差別的短裙，甜美的笑容仍然翩翩展悅，瞇起月彎彎的雙眼，真像天使的臉龐，而她那對令人注目的酒渦，更十足地吸引季凡諾的注意。

「你跑步的樣子好好笑喔。」

「你……沒看到我……背著吉他跑嗎？呼……呼……」才正想稱讚她美麗的，沒想到先聽見對方很直接的吐嘈。

「可以先寄放在飯店啊，為何不這麼做？」

「妳都這……這麼早出門嗎？……現在才六點半……呼！」季凡諾沒聽進她的話，只是喘呼呼、上氣不接下氣地看著她略有紅腫的下眼瞼。

「耶？你不是鄉下小孩嗎？六點哪算早啊？」

「是沒錯啦，我以為你們台北人都睡很晚。」

「你是沒聽過通勤族嗎？這世界上最可憐的就是通勤族了，你懂嗎？早出晚歸，每天浪費接近十二分之一的時間在坐車，也沒有正常的早晚餐時間，可不可憐？」

可憐的通勤族？瞧她氣憤的樣子大概就懂了。

「那妳為何那麼笨，不找選離家近一點的……」話還沒說完，季凡諾已經被喬瑄給瞪著，不敢說下去了。

「你剛剛說什麼？我沒聽清楚。」

「沒事。你們公司離你家很遠嗎？」他擦著滿頭大汗，努力地換個字句。

「時間有點趕，馬上帶你去吃好吃的。」

晨風帶著不算厚的霜涼，輕輕地吹著這嬌媧的短裙襬，那黑色絲襪蒙塑著一雙纖細的腿，搭配著黑色高根鞋，前頭滾著銀色亮片、貼成心形的樣式，感覺十分俏麗、熱情與自信。喬瑄指著背後的方向，打算帶著季凡諾去吃她平常最愛吃的福州炒麵。

就在那昨晚公園的斜對面巷子口，有一家歪斜老舊的看板掛在木頭欄柵上，似乎是年久失修，上頭福州炒麵的字樣也淡卻不明，只留下一個較為顯著的「福」字，從外頭一看還不曉得這麵店到底還有沒有開著，或只是個曾經有張羅過的遺址而已。

似是老闆特意留著的，「福」字讓人感到吉利吉祥，人潮並非因為老舊的牌面而乾涸，他們大排長龍襯著鍋爐上的熱氣奔騰，耀顯著這麵的主色概算非一般陳味。

「這家店，跟我家鄉的趙師傅好像。」

「趙師傅？」

「嗯，古早味！」

喬瑄略顯訝異，是啊，這就是她喜歡吃的理由。

「妳還沒告訴智恩吧？」麵很快就上桌，季凡諾突然意起問著。

「沒有。不過……你真的很傻！」

「咦？……」這話差點讓季凡諾噎到，那福州炒麵雖然味香口感極佳，但是那厚重的胡椒鹽粉卻不小心讓他吃得面紅耳赤。

「你單純的傻就像個傻B，這算是什麼驚喜？她已經有一個他了！難道你不知道嗎？」

「我知道啊。」季凡諾趕緊喝了口可以順化短咳的熱豆漿。

「那為什麼還要上來找她？這樣死纏爛打的，人家會說你很沒有度量喔！」

喬瑄用很嚴謹的態度說著。這句話昨天晚上其實就一直想要說給他聽，只是因為自己聽了歌之後太情緒化了，沒能在最適當的時間點說出來。

但話一出口，又覺得為什麼要去潑這位癡情男冷水呢？

幸好，這個冬天不太冷。

「愛情有規定當對方已經有愛人了，就不能默默地愛著她嗎？」

「那確實是你的自由，不過這會讓你自己覺得痛苦吧！」

「這我承認。」

「而且你有站在智恩的立場想嗎？這樣也同樣會讓她感到困擾的！」

季凡諾沒答腔，只顧著挑起自己的麵條。

「唉呀，看來你也不是個理性的人嘛！」喬瑄攤了攤手，她沒空理自己的麵糊了，只是目不轉睛地看著對面的這個男人。

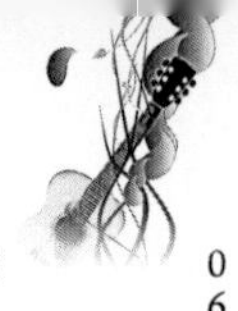

「我只是要確認。」

「確認？」

「我只請了一個禮拜的假，今天是禮拜二，週末我就會回去了。」

「什麼啦？聽不懂。」

「因為，過去她的情人都沒能好好地對待她，我上來只是因為不放心，我只要確認她過得好不好而已。」

季凡諾終於把麵吃完了，他似乎很餓的樣子，接著拿起面紙擦擦嘴，若有所思，盹了自己的眼皮，然後又開始認真地面對喬瑄說著：

「如果愛她的人真的能讓她幸福的話，那我真的就可以放心，並且死心、勇敢地放下那個自己愛那麼多年的女人。」

那話持續彈在喬瑄的心坎裡，莫名的感動如狂潮般地湧上來。

可是，用幾天的時間，怎麼能夠確認她的愛情是否可以是永遠幸福的？

真是夠笨的！傻B。

「所以，你要來監視？」

「喂，需要這樣講嗎？我是以朋友的身分，來關心個幾天可以吧？」

「愛一個人真的好累。」

「可不是嗎？」季凡諾聽著喬瑄的語氣收攏，也同時盯上她那一盤麵，「喂，妳不是說很好吃嗎？怎麼還放著讓它爛啊？本來的美味就走精啦，妳這個在地的還真古怪。」

「干你屁……哎呀！時間快來不及了！」

晃過牆上的時鐘，喬瑄像醒了般狠勁地攉著在自己面前已經乾掉的麵團，「喂！幫我吃啦！」

「啊？」

真的是怪怪的在地女生。

七點十分，他們搭上捷運，在擁塞的車廂內，繼續著他的與她的故事。

「不知道為什麼，雖然不常見面，但從她寄回來的信件中，她還是會時常對我透露著她的種種心事，總覺得她還是需要我的陪伴，尤其是她難過的時候。」

「她會這樣？寫信給你？」

喬瑄的雙眼漾起了許多的不能理解。

「對啊，難道要我放下她任由她受傷難過不管嗎？」

「或許你們只能做到類知己、或好朋友互傾心裡垃圾的那種層級吧。」

「……」

「不能再多了。」聽著她的下一句，他沒有回話。

「愛情與關心，有時候這兩種東西並不能混在一起，或者是……」

「或者是什麼？」

「你說，把這兩種動作的角色混淆是不是成為一個笨蛋的基本條件？」

季凡諾眼神稍有呆愣，看著那柔晰如麗的笑臉，似在調侃，又疑在解惑。

「我想妳說得沒錯。」

「那就對了。所以，這到底是誰的問題？」

他點點頭，轉頭望向窗外，他沒有其他的情緒也不說話。

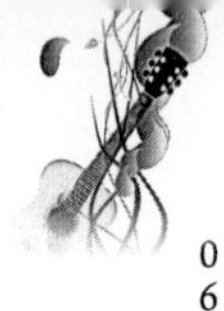

「或是這種單純的愛情，太過於一廂情願地被哄著被保護著被習慣接受地愛著，根本就不是妳要的愛情？」喬瑄想起了她曾經對鞏智恩說過的話。

她就站在季凡諾的身後，眼珠子定著他的後腦勺與那把黑色封套與印著似曾相似的mark，幾近同款顏色造型的黑色吉他，她的心裡在問自己，她到底是在幫誰？或者是在說服誰？連她自己也搞不清楚了。

他沒有回答。

「有時候給對方自由，是不是會讓自己好過一點？」

「當然啊！理論上是……」

「那你為什麼不給她自由？」

因為我怕我放了，從此以後再也不能懂她的悲傷了。

寬敞的高樓大廳，充分表現出豪華大公司的氣派，高跟鞋與皮鞋的合奏，震響整個挑高六米八的中庭與梯廳，強烈地演出這塊都市人的自信與忙碌。很多人可能忘了最原始的生活是怎麼樣的型態，是赤腳踏在柔軟質樸的黃土上，感受大自然的無利無私與從容不迫，但是為了配合現代科技前衛的步驟，生活的大部分被幾項動作且必須固定耗損的時間給奴役著，相信很多人經常因此而哀怨或抱怨，但也有不少人樂在其中。

「喬瑄！」

張皓強從後頭叫住了長髮美女，他並沒有注意在她身旁戴著鴨舌帽，穿著白色T恤，背著吉他的男人。

「妳好早喔！平常都是快遲到的時候才出現耶，今天是怎樣？莫非是你家的鬧鐘早上秀斗啦？」

「秀斗的是你的腦袋！滾！去跟別人喊早安啦！」

喬瑄依舊，這種態度幾乎是不分任何時刻的，但這個深邃的五官卻不退其氣，反而每一次的碰壁都是他的興奮劑一樣，不被罵反而就欠缺精神動力，儼然是個已經罹患童年缺乏關愛症候群的男生。

寬廣的中庭頓時已經站滿了人，在各式各樣穿著打扮的男男女女已經佔據了電梯門的外頭，各自安份地排隊等候著。

左右各三座電梯全部都在十五樓以上的燈號中凍結，張皓強緊貼著喬瑄後頭，不自覺地品聞她的髮香，喬瑄的白眼似乎沒有效果，根本轟走不了這隻黑碩的蒼蠅，於是恨不得離張皓強遠遠的心態，驅使她稍微往季凡諾的身邊貼近，並且故意抓起季凡諾的T恤尾巴，要他與她換個位置，此時張皓強終於注意到了這個異於其他人打扮的男人。

「咦？這位老兄是誰呀？」張皓強心裡起了疑惑，疑惑的是喬瑄幹嘛那麼自然地抓起他的衣服啊？正覺得奇怪，他突然間想到自己已經幫喬瑄帶來了早餐的手。

「美女，別撞到別人了，哪，我幫妳買了早餐。」

「我吃飽了！」

「這麼早就吃了，妳平常不是都來不及買早餐，開完早會才偷溜出去買的嗎？看來今天的妳不一樣喔！這麼早起，是昨晚失眠嗎？」

「張皓強，你這隻死蟑螂、死小強，你真的很煩耶，一大早就來吵我的耳根子，去搭別台電梯別排在我後面好不好？」喬瑄整個漲紅了臉，音調放大到整個中庭都響遍了，直到周邊的人眼環顧他們一圈之後，她才咬緊嘴唇作勢超想踹張皓強一腳的樣子。

「好啦！好啦！別生氣嘛，我安靜一點就是了。」

一旁的季凡諾依然不發一語，電梯剛好降下，原本空盪的裡頭，才一瞬眼就要站滿，喬瑄一手拉著季凡諾，硬是擠了進去。喬瑄還帶著俏皮的一句給張皓強：

「Wait next！」電梯門就這樣無情地關了，留下了一臉茫然的張皓強。

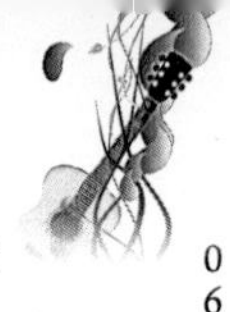

電梯外的他卻開始吶悶地想著：「那個男的到底是喬瑄的什麼人啊？不會是舊情人吧？」眼睜睜地看著他們的那台電梯，緩慢地在各樓層停停升升，正在騷著頭大敲木魚之時，鞏智恩往他的背膀一拍，「早啊！怎麼一大早就呆呆的啊？」

「是大姐呀，早……」

「今天我比較晚了，因為公車發生了小拋錨，應該還來得及打卡吧？」鞏智恩回頭看了一下大門，「看來喬瑄又要遲到囉。」

「她已經上去了。」

「啊？真的？難得比我還早。」她笑著，即使臉上還有一絲絲受到昨天被尹華喻臭罵的元氣遺缺。

「她……還帶了一個……背著吉他……的男人。」張皓強撫著鬍渣未淨的腮，表情甚是無奈。

「背著吉他？」鞏智恩顯得驚訝，要不是因為張皓強的斷句太多，她肯定懷疑剛剛是不是他刻意在開玩笑？不……不太可能吧？

「是喬瑄認識的人嗎？是她帶來的？你確定是個男的？」

「姐，我昨天睡很飽，眼睛沒有花，我確定是男的。」張皓強反而像是在深化他剛剛那句話的真實度，認真地揉起眼皮，「大概沒錯，是喬瑄帶他來的。」

「大概沒錯？」

「妳的問題等於是我要問的啊！可是喬瑄沒有說我也不敢問啊！我絕對是看得很清楚的啦！那一把就是吉他沒錯啦，這裡都是西裝筆挺或者是穿著襯衫的男人，沒有人會背那種東西來上班的，今天演藝廳又沒有安排表演活動。」

說到這，倒是非常凸顯張皓強十分介意那個男的與喬瑄的關係，他的表情帶著平常沒有的誇張，還一副焦躁不安的樣子，大概除了比手畫腳的動作以外，不足以表示他的在意。

「雖然沒看到正面，但喬瑄拉了他的手，我真的看得很清楚啦！」

聽得出來張皓強的內心寒　，簡直快到了凍界三尺之上，再往更深刻的裡頭去想，恐怕也要心碎了無痕。連帶著鞏智恩的心裡頭毅然地也出現了七上八下以及出乎意外的忐忑。

會是他嗎？可能嗎？

如果真的是他，他是上來找我幹什麼？

沒想到沒有給他手機號碼，就能找到這裡來……喔，不，可能是從她爸媽那裡知道公司的名稱或地址吧？

鞏智恩的手心莫名其妙地出汗了，明明就對那個無緣的好朋友隔了一層防靜電的玻璃，可是心裡卻又為何如此地矛盾，想要避也避不了，想要中止對他有所反應的任何情緒也沒辦法做到，這到底是為什麼？

是一種虧欠嗎？還是……？

因為玻璃是透明的，雖然不會來電，但是可以看透彼此的心。

電梯門慢慢地打開，喬瑄領著季凡諾進入了十五樓，剛跨過玄關，經過了中庭的左右兩側有數不清的OA辦公桌被間隔著，每個辦公桌及電腦螢幕上都有被張貼著琳瑯滿目的便條紙，而埋頭在電腦前的職員們，不是嗑著剛帶來的早餐，就是開始講著電話，還沒有鐘響之前，也許還玩著手機遊戲或傳著line的自由時間。

還是老師的工作自由！季凡諾心裡想著，雖然教育是一種傷喉嚨以及高度專注心力在孩子身上的工作，但與其像這樣朝九晚五被機械化地壓搾著，他可不要。

幸好當初聽老爸老媽的話，孝順地繼承他們的衣缽。

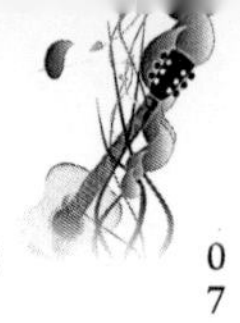

走過了悶燥的辦公空間，喬瑄正要引著他進入員工休息室，門口附近是一整片的落地窗臺，對外明亮，倚靠在窗邊有幾落的高腳咖啡桌，有一杯還冒著煙未被飲盡的香淳被寄放在最靠近門口的桌上，季凡諾稍稍地注目約略幾秒，而後就跟著喬瑄進了休息室，裡頭的窗戶剛好面向東方，百葉窗並未旋合，陽光將整個休息室照得亮眼。

「你們的公司真大，我上網查了資料，這裡是你們的企業總部，真令我開了眼界，果然不同凡響！」

「是凡響啊。平凡人幫大老闆建造了響徹雲霄的大金字塔。」

「妳說得可真哀怨。」季凡諾眺望著遠處。

「不同凡響這四個字可跟你的名字完全相反啊！凡諾先生……」

「嘿！真直接。」季凡諾用手指搔著自己的右臉頰，「就是因為這樣，才沒有什麼異性緣啊！」

「瞧你這個樣，會沒異性緣？連鬼都不會信！」之前鞏智恩形容圍繞在這個傢伙身邊的女人很多，看來不假。

「若沒對到彼此的心，緣這個字怎麼能夠輕易地從表面想抓就抓得到？」他轉過頭繼續望著那看似離這棟建築物不遠的山頭。

「嗯？」

「那是象山……」

喬瑄走近站在他的身邊，風暖暖地戲弄她的髮絲。她突然覺得他是一個很愛山的人，因為眼睛透著深邃卻藏不住真性。

「感覺你是個智者啊，為何面對感情那麼笨啊！」

「又講我笨，妳又多聰……」

原本想要駁個一句回她，可是那一雙等著接招的大眼睛正嚴陣以待，以及那一對會讓人降下慍火的酒渦，不知怎麼搞的，好像就沒辦法對她怒個幾分顏色看看。

「說你笨還不承認，那你上來幹嘛？找緣？這裡大概沒了。」

「我……」

「好像太過直接，sorry！」

瞬間鑽入的風颳大了點，喬瑄的長髮被吹得紊亂，這個冬初的太陽，雖然偶有涼意，但仍讓她覺得舒服，來到這裡工作，憶起過去的每一天都沒有像今天這樣，自己不由恣意地接近一個男人，猶如望遠卻是在想如何竊探他的心思。

或許是這個男人很特別的關係嗎？聽他講話，如斯柔敦，橫霸地切入她的心坎莫名地得到暖和。那繫在季凡諾的背彷佛是一種沉重掛在她的心頭，像踩住記憶的影子，在她光亮的眼渦中，正在沉醉著某種惘然。

「喬瑄，這個人是誰啊？」突然的問聲使其清醒，意覺不善的口氣響過她的耳邊，楊佩怡立在休息室門口，低吟且似乎帶著睡意的表情問著。

「他……」喬瑄在驚頓中猶如吃了黃蓮，不像平常的口齒伶俐，她心裡懊惱著今天出門時忘記看煞星在哪個方向了，平時的楊佩怡都是九點過後才來的啊！今是黃道吉日吃錯藥了嗎？難怪走廊高腳桌上的那杯咖啡淹著熟悉的香水味，早該發現她的蹤跡的！

不等喬瑄回答，季凡諾立刻轉過身來，他點個頭輕聲回答著：「您好！我是這位喬小姐的朋友，有很緊急的業務問題特地來貴公司商量事情的。」

因為背陽的關係，楊佩怡第一時間沒認得季凡諾的臉，只覺得對方是個深沉幽暗的廠商，馬虎地點頭示意準備離開，卻又回過頭刻意地交代喬瑄：

「長話短說，今天副總要到你們部門開會，別耽誤到了會議，還有，」她加強語氣，同時也向季凡諾撇了一個眼角，「別讓妳們自己的工作出包！」

「好的。」看著她離開視線，喬瑄總算鬆了口氣，幸好季凡諾這傢伙腦筋不差，一句話就應付過去了。

如果讓她知道這個不速之客，不但會成為她藉此破壞智恩跟尹副總之間戀情的把柄，而且鐵定也會讓全公司大出八卦了吧，一想到這裡，喬瑄才驚覺自己怎麼會那麼白癡，把智恩約出來公司外面不就好了嗎？

不是這樣子就好了嗎？她全都給卡住了，在這之前幾乎全公司的人都看過季凡諾的照片了呀！

「這下糟了！」

「怎麼了？」

「ㄟ……是這樣的，季先生，智恩今天請假！我忘記了！」

「什麼？」季凡諾一臉錯愕。

「係地！你沒聽錯，我竟然忘記了！我是真的忘了智恩今天不會來上班，她昨天有跟我說過今天會請假！請生理假！所以……請你先回去，等等我call她！OK？」

「我要先回去？」

「廢話！請生理假你不懂嗎？就是女人那個很不舒服的時候請的嘛！」

季凡諾的臉要笑不笑的，但他還是很認真地看著喬瑄那雙正在瞎掰的胡鈴大眼。

「就先回去你住的飯店啦！或是要先去哪裡逛逛都好……至少，你也已經知道她在哪裡上班了不是嗎？」

「真的還是假的啊？那我今天就見不到她了嗎？」

「不會見不到她啦！我有手機我有line！別怕別怕！」喬瑄的慌張加速，更讓季凡諾感到莫名其妙，但她那可愛又有趣的臉容卻讓他覺得好玩，他不免掘笑著。

「你笑屁啊！事態非常緊急，你還不正經！」

「因為我是真的不明白啊，妳怎麼會變得如此慌張？」

「她就是那個來很痛ㄇㄟ，你是要明白什麼啊？」

「我知道了，那就麻煩妳了。」季凡諾雖然難掩失望，但依然覺得能夠遇到這位熱心的女孩並且能夠找到這裡，已經是很幸運的事了。

「記得幫我約她。」他緩緩地走出這間微風持續吹拂的休息室。

「一定、一定！」喬瑄催著季凡諾趕快趁著其他同事都還沒有人認出他之前，要他趕緊下樓，偏偏樓下是楊佩怡所在的業務部，真是糟糕，業務部的舌最毒最長了，該怎麼辦才好！

季凡諾戴起鴨舌帽，表情努力地維持自然，就像外頭的陽光仍舊保持笑臉般。

「麻煩妳告訴她，我會在這裡附近一整天。並且告訴她，我不會耽誤她太久的時間，聊完一些事，我就會離開。」

「喔，好。」

喬瑄的雙眼還沒有定住，圓滾滾地在框裡打轉，她還沒想好下一個步驟該怎麼走，彷彿在舞台上展開沒有樂譜的無聲演奏，指揮早已亂了陣腳，各個樂手無所依據不知所措，正當她用稍嫌回避季凡諾的臉孔轉頭探出休息室門外時，鞏智恩與張皓強就已經出現在門口了。

「凡諾？」鞏智恩一臉不敢置信，她臉上的驚訝並沒有比剛剛出現荒腔走版的喬瑄來得誇張，只是喬瑄臉上的淡妝差點就要扭出了其他顏色來。

「哈哈……還是來不及了，她竟然來上班了，哈哈……」

喬瑄為她臨時瞎掰的善意小謊而哭笑不得。

「嗨！智恩。」季凡諾笑著看她。

「什麼我竟然來上班了，我本來就會來上班啊！喬小瑄，這到底是怎麼回事啊？」一頭霧水的不只是鞏智恩，還有站在一旁的張皓強。

「原來這個傢伙就是那個傢伙啊？」

「什麼跟什麼？黑麵包，你在說什麼啊？」

「我是說……」沒等張皓強說完，喬瑄就硬推著他離開現場，「走走走！這裡沒你的事，回你的辦公

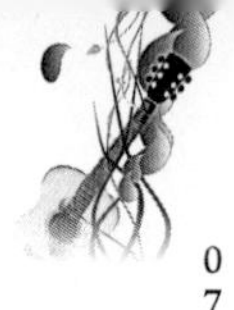

室，滾！」然後碰鏘一聲，休息室的門被緊緊地鎖著。

「對不起，嚇到妳了！是喬瑄小姐帶我來的。」

「喬瑄？」鞏智恩鼓著濃濃的疑腮，望向喬瑄。只見喬瑄散亂的長髮略帶著刻意冷靜的表情，但她現在不想解釋太多。

「鞏小姐，現在要說得明白可能不太行，立馬來個重點要不要聽聽看？」

「嗯？」

「妳應該不想被楊經理或尹副總其中一位看到吧？可不可以請你們出去公司外面講呢？」

「可是等等就要開會了不是嗎？」鞏智恩仍在躲著眼前這個男人，一個遠從故鄉來的朋友，直到進門的那一刻起，她都還沒有正眼對上他的臉。

「妳也知道要開會嘛……所以呢？妳目前正在交往的男人不會介意這號人物的出現嗎？」

「這號人物」這四個字故意拉出長音，像在提醒季凡諾的特別。喬瑄好像比鞏智恩還緊張，她想她的暗示已經夠清楚了。在這個一大早、狹隘的空間裡，她的眼神看著季凡諾的次數比鞏智恩還要多出個好幾倍，整個房間被風填滿得似乎不再舒適柔和，而是讓他們的表情瞬間感到僵涼，三個人的內心卻有一種洶湧未止且帶著不安懲剉的氣息在流動著。

總之，這個感覺好像沒有當初所想得如此單純，喬瑄的心城不斷地默默篤疇著。

「你怎麼跑上來？」

這一句話像是質問，搭配著半截憂鬱與愁容，那女人掛著滿面陰涼，他遠遠跑來，似乎特地要打擾她的一響清夢般。

他們在樓下離公司大約隔了十幾間店面的早餐店坐了下來，秋流沉沉地掃淨一地的亂絮，然後看似無根的風，將那絮又徐徐地帶起煩煙困塵，穿進店內掩沒了那兩個人。

在都市裡每一個人都有自己的生活作息、工作規律，就像誰也無法跳脫更不願有人強行介入改變其日行不變的軌道，抗壓性不夠或是意志不夠堅定的人，有時候很難接受某種突如其來的衝擊。

「對不起，打擾妳工作了，我……只是想來看看妳。」看著鞏智恩稍有不耐的表情，季凡諾的心頭擰出了一點酸芻。

「這話……你早該收起來了，不是嗎？」鞏智恩實在不願多提，但這個男人的眼神在她的心裡總像一模烙了很深的印記，始終無法洗去，是她不願意放還是不忍忘？她自己也無法解釋，所以只好假裝不能再容忍，不能再繼續納入季凡諾這種存在已久的關懷，除了在她有需要的時候。所以她現在如臨大敵，勢必決下徒手抓起刺蝟也須將牠甩走的痛快。

「是我不對，可能是我太擔心，太煩躁，所以才會做出如此愚蠢的行為，一個人莫名其妙地就想上來台北，打擾妳的工作我很抱歉，但請給我幾天的時間去確認，我想看看妳跟妳的他在一起幸不幸福。」

「你還是那麼傻！」鞏智恩的眼睛盡可能地閃避他，而在他看來他絕對知道，她始終沒辦法放掉他已累積十多年來在她心中，那個成長過來的印記裡頭，曾經無時無刻對她無限關懷的那段記憶。

「憑個幾天？你可以看到什麼？確認到什麼？」

她眼角看到的他只有浮不出自信，且看得出來有一拂茫然的傻笑。

季凡諾沒有回她，然後不太順手地撕開奶球的上蓋，白色的乳液不受控地沾上他的手指，他用最虛偽的自然，以笑掩著笨拙，假裝順手之間就已經倒好了般，一手輕輕地攪拌著奶球，另外一手則用桌上的面紙擦拭著那脫隊的白色小逃家。

他不太喝苦的東西，尤其是甘澀澀的那種。當他攪拌得差不多了，倏地抬眼盯著她持續閃躲的眉宇之

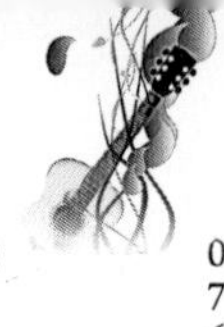

間，他索性微笑地說著：「不用幾天，我們就要分別了，別再用那種不耐煩或是裝作厭惡的眼神看我，好嗎？」

他刻意抓住她的矛盾，然後將它給放大。

「你！」聽進耳裡又苦又酸，鞏智恩心一扭，她那種無法言語的感覺，使她想要大罵他一頓！

「凡諾，為什麼總是要說出這些話你才會甘心呢？你也可以去追求你的幸福啊，為什麼你就一定要來打擾我的幸福呢？」

「如果上天註定妳我的緣份就到這裡，我會停手的！」

「到頭來你還是相信緣份天註定這件事？」她對著天花板哈笑了一聲，由喉頭掏出的氣息，遠比一次鼻斥來得更有情緒。

「那種感覺，你我曾經都有過！」季凡諾突然提高分貝，他的嚴肅像一把利刃，直直地在鞏智恩的雙眼之間劃上一線，從未看過的表情，試圖翻動她這些年來不斷用假裝不在乎的皮草掩蓋的真心。

他銳利的眼光探得出他此時此刻的全然心意，然而遲了；他知道遲了，現在再也撼動不了她的心了。

「雖然只是曾經有過，等我回過頭看著妳追著妳的那幾年之後，我就明白認定緣份這種東西原來是一種無可救藥。」

「既然知道緣份這種東西原來是一種無可救藥，那麼你就該……」她重複他的話，也在試著幫他找個出口。

「認定妳了，之後卻任妳飛翔、讓妳遨遊於夢想與現實之間，所以我深了、茫了，想到當然的無可救藥，我持續病著，每一年不變地在梨山上等妳回來。」

「然後呢？」

「只是……我笨，我到現在都不曉得是如何錯過，導致妳我的緣份逐漸淡薄！或許我曾經仗勢著青春愛玩、或許我太晚承認、或許我認為一點也不急、或許是我太白癡認為妳不會離開，所以沒能夠在那個時候、那個今生可能只有唯一一次對的時間點，接受妳的關懷、妳的愛。」

季凡諾激動到似乎連背後的吉他都能體會他的心波而奏響著。這話，鞏智恩聽進耳裡，那股穿過咽管的傻愣直讓她人中下方的雙唇微跳凌波，她明亮的雙眼撲朔迷離了起來。

「現在為了撿回愛情，我的確是昏了頭，我很抱歉……」

一個出乎意外的早晨，兩個人的對話，在季凡諾補上那句道歉之後，約莫幾分鐘後也同步跟著現場原本的氛圍，只有咖啡杯與湯匙的踢敲聲以及不嫌惡的店員歡迎光臨聲。

「歡迎光臨！」

突然在鞏智恩的前方出現了另外一張熟悉的臉孔——尹碩傑！勤練健身的體格，從店外撓出的浮光掠影，像是突襲而來的黑騎士，滿滿的殺氣，卻不見猙獰。

「你怎麼會來這兒？」還沒等他走近，鞏智恩馬上收起心谷驚濈，看著前方的兩個男人，一陣茫然地她竟然不曉得要把眼睛落在誰的身上。

「這位是……」尹碩傑紳士地表達了禮貌的問候。

「喔，你好，我叫季凡諾，是智恩鄉下的朋友。」

「哈哈，原來就是你呀！」尹碩傑笑了笑，然後嘎然地結束場面禮儀，他頓了一下，繼續說著：「我剛剛才從對面的馬路開車來上班，遠遠地就看到智恩跟著一位男人進這家早餐店，我第一個直覺，你知道是什麼嗎？」

他看了看鞏智恩，又端詳著季凡諾，似有一種憂鬱的表情，「不知道嗎？」

他們默然無語。

「我不是介意有人一大早就來找我的馬子聊天，我介意的是，這個女人是不是又賴床遲到，來不及買早

餐了，而你剛好路過想要請她吃早餐順便搭訕是嗎？哈哈，因為她實在是太漂亮了啦！」

尹碩傑顯然今天心情不錯，他拍拍了季凡諾的肩膀，也順勢在鞏智恩的身旁坐了下來。

「來，我也要點一份早餐！我還沒吃呢！季先生您覺得要點些什麼來吃好呢？」尹碩傑的右手指在空中畫了兩圈。

「都快十點了，不是要開會嗎？怎麼……」還沒等鞏智恩說完，尹碩傑就立即往她的臉頰上吻了一抹深情，畫面直接印入季凡諾的眼簾，他得意的表情激烈地上演著：「這是我的女人」！

鞏智恩躲得不及，被襲吻的當下，她竟有一股強烈的抗拒感卻無法隨便逃開，季凡諾就像是個觀眾，觀賞著她的男人對她有多恩愛的樣子！這個男性表演者似是因為季凡諾的突然出現，反而強烈地、刻意地，藉由一個吻，明明白白地向他宣示著，他只是個與他倆愛情劇碼中無關的陌生人！

「會可以不開，但這女人的心我總得要顧。」

因為那浮動秋水的美麗，恐怕會禁不起一直留在原地等她的柳絮飄揚。

沒想到，季凡諾竟然笑了。

「很高興認識你！先生，我相信你很愛智恩！」說完，季凡諾準備離開位置。

「喂，朋友，你要走啦？我們……還沒有開始耶！」這唯一的觀眾戲看一半就打算中途離席，尹碩傑顯然不太盡興。

「他只是北上出差順便過來看我而已。」

「我知道，所以我也想交交朋友！一個不一樣的朋友。」他撫著她的肩膀，又附帶一說：「順便看看妳的青梅竹馬有沒有比我好！」

「哈！絕對沒有比你好！」

這話他代替了鞏智恩回答，季凡諾深深呼一口氣然後笑著，「從她會先愛上你就可以看得出來了啊！先生，你不用擔心我會把智恩從你手中搶走，你已經是個有心愛的女人待在身邊的勝利者了，只要你珍惜與她現在的幸福，我是絕對不會打擾你們的。」

「說得很乾脆！當一個老師，應該不會只是說說故事唬騙小朋友而已吧？」

「唬騙小朋友？先生，您可能誤會教育的意義，教育是一種專業與熱誠的神聖天職，不是隨便用哄騙的手段亂教一通，領完乾薪之後就會心安理得地活下去的職業！您太小看教育工作者了！」

「……」

尹碩傑尖矗的眼神不再帶有挑釁，他緊盯在季凡諾身上數秒，先是無言以對，他扭著頸椎下了回應，「不錯！有自己的個性！」

「碩傑，凡諾沒有別的意思，你不要生氣喔，剛剛我已經……」一旁的鞏智恩無由地著急了起來，看在季凡諾的眼裡，那種近似求和的嬌嗔，讓他非常地不習慣。

「我知道。」尹碩傑不理會身旁的女人，仍然酷酷地看著季凡諾片晌，接著轉為會心一笑，「他那是為對的事情而堅持的個性，我怎會鄙視這種人呢？」。

「謝謝，那麼我走了，祝你們幸福。」

季凡諾背起吉他，倏地轉過身，鞏智恩的眼睛盯著那條瘦長的背，不由得心裡酸了起來，風鈴在上頭被慢慢張開的門縫吹起幾聲哀愁，有一絲的寒意逕自灌進她的心裡。仔細看那皺摺滿滿的米白，是穿戴多年該丟卻未丟棄的顏色，她突然想起，那是多年前她還沒上台北工作前，在他生日的時候送給季凡諾的生日禮物。

到底有多久？她現在也想不太起來了，那身孤獨不見回頭，也沒有第二聲再見，她懦弱地沒有起身追上那一摺的背影。從小到大，他就是這樣可以自己忍受孤獨且不斷地向前走的男孩，可不是嗎？

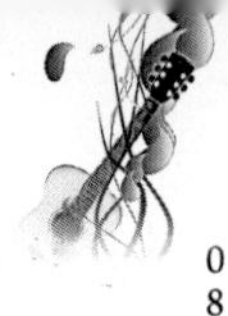

了他。

「喂！背吉他的！」尹碩傑突然爆開喉嚨，驚動四座地惹得滿身的白眼，他不屑回顧卻也著實地叫住

只差半吋的吉他套影，季凡諾停下了腳步。

尹碩傑手插在西裝褲口袋，皮鞋拓闊拓闊地走了出來。

「要不要跟我們一起去宜蘭玩啊？」

「宜蘭？」他往裡頭看，只見鞏智恩空洞的眼珠看著她的男人。

「對，這個週末，兩天一夜。」

兩天一夜。這四個字在腦海盪了好久。

背吉他的停下腳步，剛好他的前方是一部黑色的保時捷，大剌剌地停在馬路邊的紅線上，高貴的氣勢，不聲不響地擋住了季凡諾面對愛情的退縮，以及自我獻欷的回鄉之路。

「原來是你這個大嘴巴？」喬瑄斜眼瞪了張皓強一下。

「才不關我的事咧！副總有沒有進公司，我都還不曉得呢！」

「那他怎麼會知道？」

「我哪知啊！」

「你該不會是偷偷用line去當抓耙子吧？」

午餐時間，喬瑄、張皓強為了尹碩傑怎麼會跟去鞏智恩與季凡諾的會面而吵了起來。

「好了、好了，別吵了，我頭好痛……」鞏智恩顯得悶悶不樂，當然也食不下咽，兩人只好應聲閉嘴，各自低抵眼下的菜餚。

大概是事出突然，好像整個打亂了鞏智恩的生活般，外頭明明就是大晴天，可她的心卻透著雨絲點點，漣漪片片。

「那凡諾呢？」喬瑄忍不住問，她抓住了鞏智恩蹙眉間些微放鬆的一刻。

「靠……叫那麼親咧！妳跟他是什麼關係啦？」張皓強啃著排骨，眼神憤憤卻不敢正視著對面的喬瑄，嘴角的酸意凸顯著心頭的不自在。

「需要告訴你那麼多嗎？不干你的事好嗎！再囉嗦就叫你去隔壁桌吃！」喬瑄狠狠地對張皓強再度咆嘯了一遍，像在嗆罵仇人，惹得周遭的同事都忍不住想要看看張皓強接下來的一臉哀怨。

「我不知道，」鞏智恩還是回了話，只是口氣非常地輕，懶懶地，「我也沒有他的手機號碼。」

「你們也太疏離了吧？這樣也叫好朋友？」喬瑄勉強地搖搖頭，裝著不可思議，誠如昨晚她知道季凡諾也沒有她任何的通訊方式一樣。

「都什麼時代了？」她出了一聲帶點調侃的笑，「難不成你們都是用飛鴿傳書聯絡啊？」

「哇哈哈，喬小瑄，妳這個梗好笑！」

張皓強噗嗤地自嗨了起來，而且笑得差點把整口飯都給傾倒出來，喬瑄喊著「噁心死了！」之後又白了他幾眼。

「我們都有各自的生活啊！」

「是啊，不給彼此的手機號碼是對的！那妳就應該要對他講得很確實或是表現得很清楚才對！」

喬瑄似乎更加確切地在表明，表明著鞏智恩對季凡諾這個人的曖昧，正常的好朋友或是知己，應該有一條很明白的界線才對，可是她卻故意把那界線給塗銷淡化。

「妳說得一點也沒錯。」鞏智恩動起筷子，雙眉卻突然嚴肅了起來，她反問著喬瑄，「昨晚妳碰巧遇見

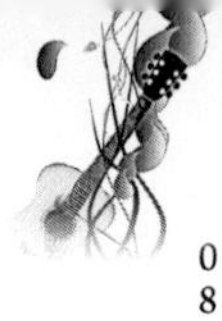

他之後，妳有他的聯絡方法嗎？」

「有啊……」

「哇哩咧，妳連手機號碼都有了咧！靠。」

喬瑄沒搭理張皓強，「妳要打給他嗎？」

「不用了。」

「有什麼關係，就問他晚上會在哪裡，我們一起過去吃個飯就好啦！」喬瑄不由自主地提議著。

「喂喂喂！妳都沒有顧及副總的感受喔！」張皓強繼續在一旁吃味地嚷著。

「你想太多，吃個飯而已，顧及他什麼鳥感受啊？」

喬瑄接著問，「那你男朋友人呢？」鞏智恩只是苦笑地搖搖頭。

「開會吧，中午前幾分鐘我剛好去業務部，聽說是被董事長給叫上去了。」

「那副總今天應該會很忙了！怎樣，今天晚上到底要不要約凡諾呢？事情早一點解決早一點輕鬆喔！」

她希望鞏智恩快朝著她所建議的方向作決定。「不用猶豫了啦！」

禁不住喬瑄的左催右請，她左手按摩著自己的太陽穴，表情忽明忽暗，右手使筷子在盤上不斷地胡勦多時，終於宛如挖開喉頭的一塊鬱結，準備向好同事們坦白。

「你們知道剛剛碩傑跟凡諾說了什麼嗎？」喬瑄和張皓強同時地聳聳肩。

「他們沒有針鋒相對嗎？」喬瑄緊張地問。

「還好……不過，」

「嗯？」

「碩傑邀了他一起去宜蘭玩，所以不用我約他了。」

「蛤？」

喬瑄與張皓強的異口同聲，一種超乎意外的發展，在這吵雜的午間時刻，帶著不知所措的氣流，蔓延在後續的對話中。尤其是張皓強，這個週末是他精心策劃的旅遊安排，是他想藉由此次機會要跟喬瑄告白的嘔心計畫，卻突然闖進了一隻背著吉他的猴子，即將徹底地煞費他的苦心。

張皓強真氣，到底是誰把猴子放縱上來台北，擾人幸福的啊？

尹華喻在辦公室裡接受了王凱斯的評估報告，將與政府進行一樁國際合作的建設型方案，也將拉攏麥格威集團進入合作夥伴。尹華喻與楊茂生雖為三十多年的舊交，但在商場上兩人均是一板一眼的生意人，在商言商，對於搶單與殺價均毫不留情。但在上下游的供料上，光華科技還要仰賴麥格威的光學耗材與精密機械元件，尹華喻深知，如果不能好好地掌控與麥格威之間的關係，在物料的供應上必定會遭受打擊。

三十多年前他與楊茂生共同追求當時的社交名媛童薇玲，最後因為尹華喻初嘗生意失敗而喪失了童薇玲，這件戀愛往事，在尹華喻心中一直耿耿於懷。情場上他是敗者，商場上他又像一隻怕老鼠的大象，內外不相襯的心理波折，使他的眼神時常沉潛在雷蒙眼鏡的黑暗之中。

即使尹華喻的父親老早就與楊姓家族有著深刻的往來關係，兩家仍為世交與商業合作的燙金外表，遇到了感情這種層次，難免剝落。

「這次的案子如果順利標到，這筆長單恐怕讓我們的產能必須馬上擴充，同時我們的營收也會跟著成長兩至三成。」

「嗯……」尹華喻把煙斗放在缸上，他起身踏往窗外，筆挺的西裝與套直的統褲，道地的匈牙利Shanclan皮鞋，個個深層厚重，散發一種獅子總裁的霸氣。

「凱斯，你知道當年你爸爸王力賈是如何地信任我，並且不惜一切助我東山再起的嗎？」

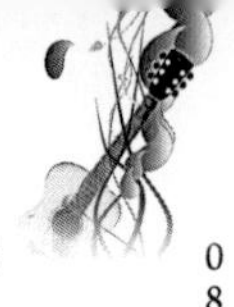

「報告董事長，家父並沒有向我提起過。」王凱斯依然恭敬地站在尹華喻身後六呎的距離。

「當年我聽信黑道的話，把好好的大賣場生意拿去兼賣地下黑貨走私，導致我的家產被騙，唯一慶幸的是，沒有吃上刑罰。」

尹華喻面對著王凱斯略帶驚訝的臉，雷蒙眼鏡仍不透光，他沌著口沫繼續說著：「你爸當年全都替我擋了下來，我真的很感激他！」

他用很沉的嘆氣聲作結，最後一句沉到幾乎王凱斯都快聽不清楚。

「這樣啊……我都不曉得那個從山西高原逃來台灣的老頭那麼偉大呢！」

「我的父親就住在他的隔壁村，麥格威的老楊他父親是他的姑丈。」

這麼說來，他的父親還跟楊茂生是表兄弟呢！王凱斯這回真正感到詫異，就恍如他所聽說過的記憶跟尹華喻剛剛所講的有很大的出入般。

「當年他是個國民政府的小官！我父親也只是個跟著逃亡過來的小孩而已。要不是都攀著山西大貨號楊家的關係，我們兩家都沒有下一代可活……」嘎啦啦的皮鞋聲在砂質地板上磨蹭，再度讓王凱斯聽不清楚：「你和他相處的時間不長，我想你也沒有機會能多了解他！」

「我聽說他本來想孤身終老，但在我看來卻是個笑話，過了不惑之年遇見家母才生下我，然後在外風流，我高中不到畢業他就死了……但，我母親從來不為他的離世掉過一滴眼淚。」

「這樣啊……」尹華喻依舊嘿嘿兩聲。

「對不起打斷您，請您繼續。」

「因為他知道我在商場上的眼光和魄力，二話不說地支援我這匹駿馬，我真的很想報答他，所以我一直把你當做我的親生兒子，想盡辦法要栽培你呀！」說完，尹華喻拍著王凱斯的肩膀。

「這我知道，謝謝您！」

「你有兩成的公司股權，這裡就像你的家一樣，也同時有你父親奮鬥過的影子。」

王凱斯看著尹華喻桌上的照片，是尹華喻與他父親王力賈的合照，或許他曾經相信，有一段深厚的友誼厚植在這個已經壯碩成城的集團土地上。

「這次的訂單，我們一定要贏！」

「是！」

楊佩怡走進副總經理的辦公室，尹碩傑正在研讀各部門給他的公文報告。

「妳進來都不敲門的嗎？」尹碩傑冷冷地說著，他低頭盯著報表，並沒有要理會這位不速之客的意思。

「現在是休息時間，可以陪我聊一下嗎？」

「我沒空！」

「你就是這樣！」楊佩怡忍不住提高分貝了起來，「為什麼總是不肯多給我幾秒鐘呢？我有那麼難看嗎！？」

尹碩傑依舊沒有動靜，這使得楊佩怡更火了。

「那個女人是比我好在哪裡？低賤的職員、鄉下來的村姑！」楊佩怡此話一出，總算動搖了尹碩傑：

「混蛋！妳給我滾出去！立刻！別讓我見到妳！」

「哼，提到她，你就有反應啦！」

「幸好妳還沒指名道姓，要不然我就一巴掌轟過去！」他立起身，作勢舉了一份卷宗，要朝她丟去。

「你有資格對我動粗嗎？我爸媽都還沒有這樣對待我呢！」楊佩怡的抗勁也不甘示弱，嘴臉可硬得很，但眼神間仍然透露著一屨鬆軟，「這場婚姻，我勢在必得。」

「如果妳很堅持，那麼不是妳離開就是我離開！」尹碩傑變得冷靜，繼續回到他的位置上辦公。楊佩怡

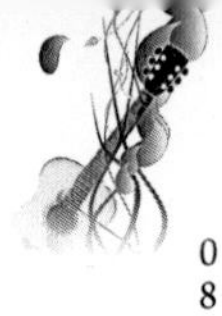

眼見自己的情緒突然間不受控地暴走，她打從心裡也很後悔，於是盡力地讓臉部表情降溫，並委婉地伏貼在尹碩傑的身上。

「唉呀！人家也只是說笑而已，你就不要介意了嘛，好歹我們也已經公開接吻過了啊。」

「妳！」尹碩傑幾乎快要抓狂，他撥開她那故意軟癱的身軀，為了驅散她頸椎間那股迷人的香水味，硬是把桌上那一疊卷宗全都給擲在地上，「妳的格調已經低俗難耐到我再也不能容忍的地步！」

「我這哪是低俗？我愛著你有什麼不對嗎？」

「不對！不要愛我，不准愛我！小時候看妳，都還沒有像現在這麼令我厭惡程度的十分之一！」

他咆哮未完，門板上忽然出現了敲聲。

「副總，外頭有一位季先生找您。」外頭的秘書隔著霧面的門板通報著。

尹碩傑愣了一下。

「季先生？」

楊佩怡瞧了面無表情的尹碩傑一眼，也沒有再鬧下去，青豔的臉龐往尹碩傑的鼻尖貼去：「想必又是一個想要拜碼頭的供應商吧，親愛的，不吵你了……」

她的態度變得十分輕軟，「哪天可以的話，把你的心空出一點給我，你就可以感受出我對你的愛是什麼顏色！」不見尹碩傑回應，她只是嘴角一笑，走了出去。

「請他進來。」尹碩傑按下了秘書的分機。

門後，楊佩怡並沒有多看那位她所謂的供應商一眼，咖啡的高跟鞋敲地聲，伴隨著長廊的迂迴響去又返來。

同樣的那頂鴨舌帽，季凡諾原本瘦長的身影，穿上輕鬆大闊的T恤服，硬是撐起空虛的厚實，彷彿在這楮著嚴肅的辦公室中，才可以平等地與之共處。兩個人的第二次見面，顯然與這位西裝筆挺的商業主管非常不搭。

「你好。不好意思來打擾你。」

「不會。先請坐。」

尹碩傑早在心裡猜到，他一定會再來找他。兩天前的初會雖然沒聊到幾句，但以男人的直覺而言，兩個人的決戰時刻似乎還沒有來臨。第一臉的印象除了清秀俊俏的外表外，還有某些無法用言語形容的感覺嵌在他心裡，他深知，那些散發出來的特質，絕對是勝過他目前可以給鞏智恩所有一切以外的另類吸引力。

「有什麼事嗎？」尹碩傑囑咐秘書來兩杯咖啡。

「我想再次確定。」

「確定什麼？你這個人，好像一直很放不下心，極力想尋找最真的答案似的，當老師的都這樣嗎？」尹碩傑說完哈哈兩聲，跟他老爸簡直同一椿霸氣的板型，「我還真的不太了解你，季老師。」他脫下外套，臉孔的溫度飆升飛快，大樓外頭的涼意漸重而室溫也只有二十度，他感覺要冒出汗似的。

「我這個陌生人，你不需要了解的。」

「為什麼？」

「你只要真心回答我一個問題就好。」

「OK，什麼問題？」尹碩傑攤攤手搭著笑意，一坐下來就翹起習慣於會議桌上先聲奪人的高傲談判之腳。

「我想確定你是真的愛智恩嗎？」

「哈！季老師，怎麼你就這麼喜歡懷疑別人？」

「請您回答。」季凡諾皺緊眉間。

「我想你是真的很愛智恩吧？這個問題換成我問你，你怎麼回答？」

「我是真的很愛她。」

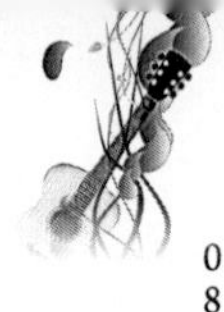

「如何證明？」尹碩傑鍥起牙齒笑著。

「不需要證明，我現在是個出局者，沒什麼好說的！」季凡諾乾脆地回著。

這時秘書進了門，將兩杯熱騰騰的咖啡，夾帶著秘書身上濃厚的香水味，生熱的咖啡味道因此抑了幾成。

不知過了多久，兩人始終沉默，尹碩傑索性品了其中一杯他常用的，上頭畫有公獅回頭看著母獅圖案的黃色咖啡杯，而留下對面圖案是伯朗先生帶著草帽去釣魚的白色咖啡杯。

季凡諾也跟進地嚐了一口。

「苦嗎？」

「嗯？」

「我說，咖啡苦嗎？」

「喔……苦了點，也蠻澀的，平常我是不太喝這種的。」

「當老師的都不愛喝咖啡？」

「我壓力沒那麼大。」

「不好意思，因為是秘書泡的。我自己泡的就不會有苦跟澀這兩種味道，而且我的咖啡只給我心愛的人喝，現在就只有鞏智恩能喝得到，沒有別人。」尹碩傑深邊的眼角，閃爍著自豪的表情，並且自信滿腔地看著季凡諾，像那天對他宣示的那樣。

季凡諾覺得他真的不會忘記。那個表情。

「這就是你的答案？對吧？」

「你對情感很有韌性，鄉下老師！」

「掌管那麼大的企業，真有你的。」他笑了笑。

「你知道嗎？我本來以為，你是要來奪回的，你在想這是最後的機會，如果讓你看到最後的一絲希望，你還是會繼續不斷地追下去，對吧？」

「真厲害！那麼我的最後一絲希望，可以高抬您的貴腳幫我踩熄嗎？」季凡諾說完，笑著飲盡那表面像是甘甜，下了肚卻是滿懷苦澀的咖啡。

「那，要跟我們一起去玩嗎？」

「是剛剛那個問題的延伸嗎？」

「算是。」

辦公室裡的電話突然響起，尹碩傑的眼梢絲毫不理會那桌上吵雜的鈴聲。

「你對智恩的愛，何時開始？為何這樣分隔兩地、一年沒見幾次面的機會都還可以緊追不捨？」

「你不先接電話嗎？」季凡諾打斷了他。

「我想聽你的答案遠勝於那些龐雜的公務。」

「對她，也許是從青梅竹馬的感情開始，昇華的速度快得讓我無法分辨，也許她對我只是家人，而我只是聆聽她所有悲愁喜樂的知己吧。我們彼此互相信任，年少的執著，或許有過度的濃情蜜意，但我一直都沒有發現那就是愛情。」

「……」

「好像錯過了。」季凡諾低聲地補充。

「錯過？」

「當我回過來想要重拾那份愛的時候，她好像不願意等我了。」

「你辜負了她？」

「不，只是未能體認那就是愛！」

「怎麼那麼笨啊！」尹碩傑笑了出來。

「是啊，那時年紀很輕的我，把她對我的關心與付出當做是理所當然的親情在使用……」

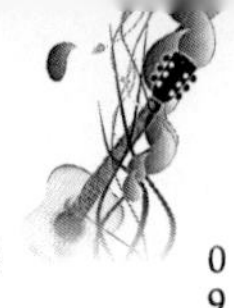

「話說回來，現代男女也是這樣傻傻分不清吧，季老師。」

「或許吧，她比我早熟，也想離開梨山到外頭的世界看看，但我沒能跟得上，所以我們也就越來越遠。」

「原來如此。」

「這麼多年，像是我的報應，反過來是我情不自禁地用力在燃燒。」季凡諾說至此，眼框泛紅，他哀怨的神情全看在那位勝利者的眼裡。

「我說得太過實了，她對我是沒有感覺的，我只是在虛耗，在回補那些之前欠她的。而現在，最真實的情景就是你愛她，她也愛你，不是嗎？」

尹碩傑笑而不回。

「所以，我今天是來交棒的。」季凡諾馬上立起身，他搔搔頭，苦笑著，「對不起，好像把自己說得很偉大的樣子。」

尹碩傑仍然不語地坐在沙發上看著他，注視這個謙遜又充滿溫柔的男人，翟智恩曾經喜歡過他，感覺上也是理所當然的事。

「其實偉大的人是你，經營這麼大的公司，挺厲害的。」季凡諾起身，瘦弱的身軀仍然在點頭彎著腰的瞬間給曝露了出來。

「打擾你了，我要回南部囉，智恩的幸福就交給你了喔！改天有喜帖的話，一定要寄給我嘿！」他看著尹碩傑，像照相機一樣鎖定著鏡頭，他正要拍下一個近似永恆的證據般。

只見尹碩傑淺淺地微笑，鈴聲又在另外一頭響起，這回是尹碩傑的手機，來電鈴聲一進尹碩傑的耳裡，他知道，那是他的甜打來的。

「聽說你們處女座的性格總是追求完美，那樣多才又有豐富的多愁善感，相信有很多女孩子會吸引上門的。」尹碩傑仍然不理會鈴聲。

「哈哈，是嗎？才談了幾句話而已，你就了解我了是嗎？謝謝你囉！」

他們倆就在門前握起手來，兩隻手掌上不規則的擠痕劃過彼此間對眼過的頰面，也許是在互相化解無形的敵意情懷，不用解釋也不需言明，彷彿都懂對方的心思。

突然間辦公室的門被打開了，一陣門板被急迫地推晃，內部的氣流無處宣洩，直接激烈地衝向窗板，透明的玻璃面硬生生地模糊了起來。

「喂，副總，已經過了三點半您還沒來開我們的旅遊行程討論，忘了嗎？我們小小的員工就只有短短二十分鐘的休息時間而已耶……」

開門的人是張皓強，後頭跟著翟智恩與喬瑄，看到了他們兩個正在握手，驚訝的表情與臉孔，無不像拓在池塘邊鱷魚的浮雕，嘴巴僵直地合不起來與放空呆滯的眼神。

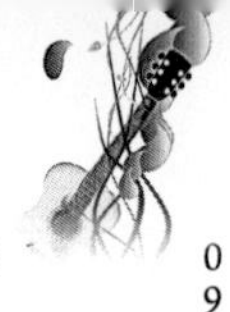

第四章 瑄字輩的女生

在台北第三天的傍晚，浪漫的夕陽，正映著昔日也經常䰀著溫暖的兩個人，此刻的心情，像是充滿焦躉的困境，彼此間無法交流清楚的情緒，在一片橘紅下，沒有溫度只有黯淡的光。他知道這就如同他對翬智恩的愛戀，也應該要降到了已經感覺不到暖意的橘紅色。

兩人都在遠眺著，注視著看不清的未來。

幾乎沒有什麼言語要對他的愛戀者述說，因為確定了就要放手、就要割捨遷就，同時也要正式別離。心頭有一股錯綜複雜的遺憾曲線，逐漸要來擾亂他的腦波，頓時灰色的心情就要湧出，他不斷地壓抑著。

「想不到你會主動和他見面。」翬智恩目送著夕陽說話了。

微風使她的長髮飄逸，就像在鄉下的那個時候一樣，蔓蔓的髮絲襯出她那依然令人相憐的臉，季凡諾眼底依然，那種依然看穿卻也依然無法逃脫，無法使硬，無法耍狠的吸引力。

「智恩，這次要換我拜託妳了。」

「拜託什麼？」

「我們就要真真正正地切割了！妳說是嗎？」

「切割？」翬智恩明明就知道這兩個字的意思，但她想聽到最真切的解釋，一個真實屬於他心裡頭的意思。是嘆的一聲，在彼此的心裡頭，逼使兩個人不能呼吸，也沒能說出下一句話，遠方有學校的鐘聲正在敲打著，一嗡一嗡地傳來，依稀敲打在季凡諾的心門，更是一鐘一鐘地使心碎得更為徹底的痛，但，沒有碎裂著地入土換取養份，哪來的重生枝芽煥然新吐呢？

那像是鄉下學校裡的鐘鈴，幾近相同的聲音，只是北都裡頭的天空霧茫一片，鞏智恩不由得看了他一眼，看著從鄉下而來清純的他，他身上的線條竟然模糊了起來。

「他不像過去妳所交往的那些爛人，應該可以好好地照顧妳。」季凡諾勉強展開笑顏，他的眼神裝著理性思維，盯著他心目中住了很多年的戀人。

「比我好，就不要再有其他的感覺了，呼應妳前天跟我說的，我不會再來打擾妳的幸福了！」

「我……」鞏智恩趨向前去，抓著季凡諾的手臂，她只有淡淡地說出一句：「凡諾，你是我最要好的朋友！」

「我知道……我也要謝謝妳！」季凡諾握著她的手，這已經是很久很久，不知道已經過了多少年的光陰，荒廢了數不清的青春，他始終沒能好好握住的那一雙手，「謝謝妳讓我一直這樣地喜歡妳，雖然我們從小距離就這麼近，但我怎麼會都沒有勇氣說出我愛妳呢？我怎麼這麼笨，沒有在那一刻明白妳的心意，直到發現我的真心才在妳後面追，不知不覺地追了十年也趕不上。這可能是我一生中最大的遺憾吧！」

他把那些幾近相同的話，再說了一遍，像是在表達內心一直反覆自責的懊悔，不管她有沒有聽懂，也許是種宣洩，如果現在不說，以後大概也沒立場或機會說了吧！

眼淚滑下，這最像針砭在心中的痛，鞏智恩說不出話來，季凡諾將雙手自然地往後環繞，給她一個輕輕的擁抱。

「這是我們曾經有過的感覺吧？還記得我大學放榜的那天，妳到我家恭喜我上師大，妳高興得給我一個擁抱，我也笑著把妳摟得緊緊的，那個時候妳的心情是什麼呢？」

「我……我是……替你高興啊！」她濡濕的鼻頭，哽哽咽咽。

「還有呢？」

「沒了……」

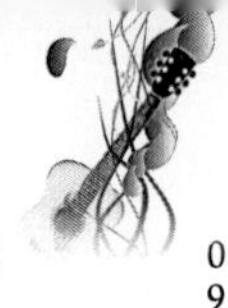

「是嗎？我當時也以為沒有了。」

「……」

「但後來我才發現」，季凡諾把雙手無力地放下，然後再用殘餘的勇氣撥弄著她的長髮，看她的淚眼珠流。

「原來那個時候妳想當我的女朋友啊？我這個書呆子一直都沒有發現呢！」

之後，兩個人笑了，那笑在臉上被北風毫不容情地識破，給了霜傷沁骨而後默默無語。

最後的那個擁抱是一個很有距離的擁抱，很輕很淡，幾乎沒有感覺，他用君子的尺寸，劃開了過去與現在，鞏智恩卻在最後一刻才想起，十年前的擁抱，那種至今還殘留在記憶裡溫存的感覺是有多麼地緊密。

記憶當然很難放掉，但感情就很難說了。

女的一直愛男的好多年，是純純的愛嗎？

不曉得。

不過從女的離開鄉下的那個時刻開始，

換男的愛女的好多年。

週五晚，尹碩傑接到了工廠突然來的緊急來電，是一樁客戶投訴產品規格嚴重錯誤的重大事件，因為作業疏失，加上解釋溝通不良，使得品牌客戶正火冒三丈地嗆出嚴重的字眼，如果不盡速處理，最壞的情況將會讓光華賠上巨額的代價。

「怎麼會這樣呢？」電話一頭傳來聲聲的不是。

「我不是要你道歉，你趕快說明這一切！這一批貨到底是怎麼出的？」

尹碩傑開始頂不住內心的焦急，這是他到德國光電展搶下的第一張訂單，如果沒有獲得客戶首批信任，後續的單子無非也會跟著消失。原本預計會有一票長期的合作專案要談，如今卻發生這種事情，他的心血恐怕將被全部敉平。

「不知什麼原因，印刷電路的底片明明就不是原先的版本，不曉得誰交給外包商試作，就驗過了回我們母廠，還有客戶端的海關，竟然發現我們貨附的乾燥劑中有異常粉末，像是毒品之類的，目前就被查扣在德國海關……」

「Bull shit！」聽完一陣火怒，他簡直不能相信他耳裡剛剛收進的瘋言瘋語，尹碩傑立刻掛了電話，他立馬驅車飛奔至公司門下，立即聯絡各部門主管到總部開會，行間已經接到客戶高階主管的問候，「毒品？怎麼可能？」這種莫名其妙且在客戶眼中又帶了點商業詐欺與犯罪疑慮，第一次在他的人生中即將爆開。

週末的出遊看來是泡湯了。他心想。

公事要緊，那些浪漫休閒娛樂什麼的，還是滾到一邊去吧！沒錯，他就是個公事大於私事的工作狂。

客戶仍然沒聽懂他的解釋。但事實擺在眼前，是自家出貨的錯誤也好，被客戶或者是其他人栽贓也罷，總之他現在非得到客戶的面前不可，否則將一發不可收拾。他沒立即告訴他的父親，只在公司的信箱捎了一封信給尹華喻。他聯絡秘書立刻安排最近班次的機票，並且要求公司的法務律師，也要緊急跟著他飛到德國去。

上飛機前，還差一件事情沒做，就要趕緊通知鞏智恩，這是他將公務處理到一個段落之後才會做的事，一件沒比公事還來得重要的事。只不過已經在接近半夜的倉卒之間，他幾乎忘了她可能已經睡了。

「甜，sorry！明天的行程要說聲抱歉了。」尹碩傑簡單明瞭地告訴她公司突發trouble，正急速需要他趕往德國解決。

「沒關係的，你不必考慮我太多啦！真的！」鞏智恩在手機的那頭，沒有太多的失落感，反而聽見她正

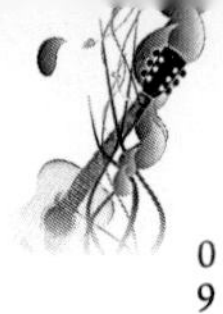

處於人聲吵嚷的街道上，背景沙沙嘈嘈，沒能完整收取到她原本娓軟的美聲。

「妳在哪裡啊？」他立馬放下那個出包事件的相關報告將手機擴音，他要貼緊耳哨，仔細地聽清楚鞏智恩的每一句話。她竟然沒在宿舍休息，到底是去了什麼地方？

「我在夜市啊！」她的音量有跟著提高，旁邊似乎有人在買東西甚至是交給她的聲音。

「夜市？都這麼晚了，一個人去？」

「是特助啦，他晚上載我和喬瑄來逛逛，為了明天要去宜蘭玩又特地來買衣服跟化妝品，很誇張吧！」

「現在你們三個還在逛？」

「喬瑄很早就回家了，等等特助會載我回家。」

「喔……」尹碩傑的口氣由一開始的狐疑微慍變得平淡，「我還以為妳單獨跟那個老師一起出去約會呢！」

「你別想太多好嗎？快去處理公司的事情吧！」

「其實你們要去逛街，我也可以載你們去啊。」

「怎麼可能，你太忙了！未來的接班人！我掛囉……」

沒等他回應，尹碩傑也不想緊緊抓著她的聲音不放，就這樣切斷之後，閉上眼又攤開眼，心裡頭最在意的還是公事，此時公司內部依舊有夜班產線的人來人往，在炙亮的燈火下，在他的眼前照耀的是一堆又一堆的公務文件，他忽然想到，確實他給公司的時間比給他的女人還要超出許多，簡直可以到無法計量的地步。

哼！誰叫他是尹華喻的兒子呢？

「未來的接班人……呿！」

隨後他苦笑，為什麼他就不能像王凱斯一樣準時下班而有屬於他自己的自由呢？

瞬唬之間有一股好怪的感覺，陪他女朋友逛街的竟然不是他啊！

在台北的第五天，季凡諾獨自搭著捷運逛完了士林夜市之後，回到飯店裡正要休息，他打算明天就要起程回到鄉下。一個人的夜市真的是無聊，如果有人陪的話，在接近子時的黑夜還願意一起走在街道上閒聊並且享受宵夜，那很可能會是一種戀愛的感覺吧，可惜一直以來，他始終是孤獨的。

他無意識地笑著，搖著一向認為無奈卻仍死命地笑的頭，單戀同一個女人的他，真的是好好笑的一個人呢！

凌晨時分，寒風已經冷冷地覆滿了整座落地窗，索性打開電視觀賞了一部電影之後，他看看桌上昏黃的燈，燈下的手機正在閃著，「沒電了嗎？」

原本不想理會的，反正也沒有別的事情了，明天可以睡到飽之後再出發，正當他想閉起眼睛時，突然意識到那是簡訊傳來的閃光，「這麼晚了，誰呀？」他起身打開手機螢幕，確實是一封簡訊，而且是不久前傳來的。

「明天早上一起吃早餐！　喬瑄」

兩點傳的，這女人還沒睡？

季凡諾捉起那支傳統的N手機，按著手機凸起的軟鍵，回了簡訊給她。

「明天我就要回南部了，這幾天謝謝妳。因為我這裡沒網路，可以的話幫我訂一張火車票好嗎？」

不久之後，喬瑄竟然馬上回了訊息給他。

「可以，但明天無論如何，一定要來跟我吃早餐！」

這個女人是怎麼回事？怎麼這麼不怕素昧平生的人啊？他應該告誡她還是萬事都要小心一點得好，畢竟這個社會無論在哪裡，或是有多熟稔的關係都是同樣令人憂心的。

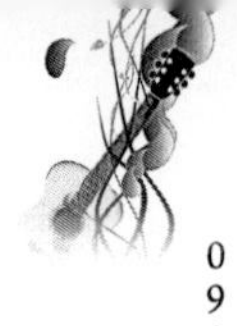

還是在都會區裡生活的女孩子都是這樣？

熱情、主動、大方、不彆扭、不做作、敢自我？

他又同樣地問了自己這個自我假設又不求證的問題。好吧，幾天之緣的女孩，對她好的印象也大過於任何事，他直覺無妨地答應她了。

喬瑄這個名字，剛認識她時，他幾乎沒去想過命中「遇瑄則憂」的偶然。以前讀小學時，隔壁座的同學叫萬惠瑄，他老是愛故意地叫她浪味先，偏偏她又是個討厭吃浪味先這種餅乾的女生，因此就與那個女同學交惡不少日子。

大學的時候有一個同學叫方淑瑄，因為她討厭中間那個淑字，要大家都叫她方瑄就好，但他老是要叫她全名，也被指正了好幾次，最後在系上被她點名為最討厭的男生之一。

第一次去實習教學的學校，遇到一位叫吳愷瑄的年輕女老師，似乎是對他一見鍾情，他始終不理會人家，最後被壞心眼的學生傳說吳愷瑄在倒追他，朝夕送暖還幫他做早晚餐，風聲傳得越來越難聽，最後逼使她自己申請轉調，離開的時候，還對著他說：「就算你對我沒感覺，也沒必要利用學生趕我走吧？」

在那個時候，對這個長相標緻的未婚學姐原本的印象還挺不錯的。但第一次教學連學生都搞不定了，哪有時間理她啊？這裡是教書的地方，並非是浪漫戀愛的大學生活，不是嗎？

簡直是莫名其妙。

所以，瑄字輩，他得敬而遠之。

無論是他的幼稚、固執或是太過遲鈍，不管之前之後，他都得小心翼翼地對待她們。

有瑄字的女人。

而這次上來台北找鞏智恩，經過了幾次的碰面與了解她在台北工作的周遭，其實那就是屬於她的天堂，屬於她的自由世界，不可否認地，季凡諾完全不能想像她在都會區裡的生活，那些他不熟悉的人事物，是她回鄉下的時候不曾告訴過他的，那在台北的一切是她有所保留的隱私，能夠告訴他這個鄉巴佬的，只有她受過傷的殘疤。

「不要打擾我在台北的生活，你跟我保持這樣的距離就好。」所以，他沒有她的手機號碼、通訊方式，她將他鎖在梨山。

他自嘲，他真是個鄉巴佬！

他淡定，原來有一個更適合智恩的男人，追逐了十年才發現那個人並非自己，他突然覺得釋然了，而且還覺得有點好笑，他像是在狂倒自己青春的瘋子，拒絕一切美好的機緣，而在浪盡三千六百五十天的日子之後，在屬於自己的歲月行囊中，竟然沒有一寸是鞏智恩可以給他的東西。

他起身，離開那張原本令他困窘憂緒的床，走進浴室內淋浴一番，任熱水蒸出白煙，萬點水滴沸盡他鬱疾勃勃的殼，縱使他傻傻地哭著，也變得不再那麼苦痛。

他自娛，再度穿起由自助洗衣機洗淨並且帶著過重香氛氣味的長袖睡衣，打開吉他封套撩起那六根弦身，在半夜三點唱起一首王傑的歌：

「黑色的夜燃燒著風，無情的細雨淋得我心痛。
最後一班車，像是你的諾言狠心離去，濺濕了我的心。
一個人走在冰冷的長街，想起分手前熟悉的臉，
淡淡地留下一句，忘了我吧還有明天，心碎的聲音有誰會聽得見。
我告訴自己愛情早已走遠，可是胸前還掛著你的項鍊，
逃離這城市，還剩什麼可留在心底，忘記你不如忘記自己。」
（原唱：王傑　作詞：張方露／作曲：Johann Ziller）

「忘了我吧，還有明天。」就讓他一吐為快吧！

還剩什麼可以留在心底？他想說現在已經乾乾淨淨了，但是很難，畢竟那只是故弄玄虛。弦音的振尾未歇，撇見手機上的簡訊再度閃亮，於是他輕輕地撫平那些弦愛。

「早點睡，別跟我一樣，一起睡不著。」

他笑那話裡的矛盾，都叫我別跟她一樣了，又要叫我跟她一起整晚失眠？況且，時候也真的是不早了，她在幹嘛？

他突然發現，帶領著他一起進行這最後確認之旅的，竟然是一個有瑄字輩的女孩。真是巧妙的安排。

或許這趟北上，自己的人生也可以跟這些帶著瑄字的女生，來場大和解吧？

一下子天就亮了，他的手機沒設定鬧鐘，但卻發出一陣擾人清夢的聲響，季凡諾在快接近破曉之時才真

正熟睡，那鈴聲音樂傳進耳裡，在不耐煩的掙扎當中，窗邊似乎有鳥叫聲來提醒當下的時間，「唉呀！我睡過頭了！」他才恍然意識到他跟一個女人有約。

「嘿！早安，我以為你不敢下來呢！」

她早已戴著一頂遮陽帽，在飯店大廳等著了。季凡諾非常訝異，這名瑄字輩的女生居然令他感到一股莫名的欣喜。

「妳整晚都在幹嘛？」他要她瞧瞧手機裡的簡訊，多到十餘則，通通都是由網路上截取下來的笑話。

「妳不用睡覺啊？」

「呵……」喬瑄只是圓起了那個充滿惡作劇意味的酒窩。

「妳傳了那麼多簡訊，不用錢啊？」

「現在都是智慧型手機，只有你的不是，要不然傳line就免費囉！」

「幹嘛花錢亂傳？」

「沒辦法，怕你心情不好啊！」她笑著，然後順便咕噥著原來處女座愛唸的傳聞不是假的。

心情不好？她怎麼知道？

「猜的！」

「是嗎？」

「看你的臉色就知道了，昨晚沒睡好吧？」

「唉！難得來台北休假的，」季凡諾意有所指的眼神逼向頷下這個身穿簡單的白色上衣及紅色短百褶裙的女人，「是沒錯，這幾天一直睡不好，大概是我會認床吧。而且沒睡多久，一大早又被某人給準時吵醒……」

「喂，在說誰啊？你睡不好才不關我的事咧，而且我只跟你約兩次而已耶！兩次！」喬瑄噘起嘴唇，像

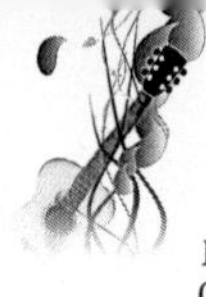

含苞待放的粉紅玫瑰。

「好啦，跟妳開個小玩笑而已。」季凡諾覺得十分成功，她竟然真有點小生氣，索性立刻轉個話語，「對了，有幫我訂火車票嗎？幾點的車？」

「那個……」喬瑄吞吐間依然一臉笑容，今天早上的臉頰多了點紅潤，映在太陽光底下顯得相當亮麗。「你先別回南部好嗎？」

「為什麼？」季凡諾不解她的要求。

「既然都已經看開了，那就要真的看開，你說對吧？」

「唔……」季凡諾看看手錶，也看得懂喬瑄似乎知道什麼，但他不想面對那樣的問題，「不是要一起吃早餐？」

「對。但今天要加上某些行程。」

「啊？」

「跟我們一起去玩吧！」她拍拍他的背，沒有肉響，只有骨頭的硬。他瘦瘦高高的身材，大概有高過喬瑄一個頭，是書生型的骨架子，從手背上看手腕到指頭，都顯得細緻，像女孩子的手一樣。只有在彈起吉他的時候，露出掌上的繭，才覺得特別有男人的味道。喬瑄遲疑了幾秒鐘才離開他的背，然後繼續使喚她那迷人的酒窩對額上的那個人笑著。

季凡諾仔細瞧了她的一身打扮，除了剛剛發現臉上有微紅的淡妝外，其穿著十分地休閒，陽帽下的馬尾輕盈搖曳，整個人神清氣爽地在自由跳躍著，根本不像是整晚熬夜沒睡覺的人，他不得佩服城市人的活力。

「喂！去哪裡玩啊？我可沒答應妳喔！」季凡諾仍感相當猶豫之餘，就被喬瑄半推半拉地走向飯店外頭的廣場，一輛銀色的休旅車閃著黃燈臨停在那裡，喬瑄向他們招招手，駕駛是一位頭已經禿到發亮的中年男子，而幽暗的車窗加上陽光照射下的反光，看不清楚裡頭還有誰。

「經理，我們來囉！」

原來是智恩的同事們，幾張陌生的臉孔在滑下車窗之後立馬呈現在他的眼前。

「喂，季先生，今天是我們的旅遊日啊！你不是跟我們副總約好了嗎？別那麼見外，就好好地玩一玩再回去，怎樣？」

喬瑄再度拍著他的背，這回是用很深的面積，穩穩地壓覆在他的軀幹上，她深沉地呼凌一口，像是滿足、像在回憶、像得到救贖般的療癒，顧不得他疑雲未解看她的眼神，她嘟起嘴只是笑笑，順勢把他簡單的行李給放好，然後由行李外面的網袋中將他的鴨舌帽給抽出，「有沒有發現？我跟你是一樣顏色的帽子呢！昨晚去士林夜市買的！」

「昨晚去士林夜市？」

這麼巧，我也去了怎麼沒看到她？

經理黃亦泰黑色的墨鏡一抬，熱情地說著：「年輕人上車吧！別以為我們在綁架你啊，Relax！如果你想報警的話，麻煩請說主謀是喬小瑄，跟我們無關，我們是被逼的！」

在副駕駛座上的是張皓強，一臉慘鬱在幽暗的車窗內更凸顯著不太舒適的表情，「喬小瑄，我有說要讓這個傢伙來嗎？剛剛被妳騙了，以為妳是去飯店裡借廁所勒！」

「他是我朋友，你有什麼意見嗎？」喬瑄怒眼橫瞪，張皓強只好不敢吭聲，後座還是空著，季凡諾發現一個熟悉的包包，那是兩三個月前才在鄉下看過的。

他本能地回應著，「對不起，不好意思這樣地打擾你們，我還是先回……」

「季凡諾！你答應我的喔，男子漢大丈夫。」喬瑄用她的右手小指頭頂著他的胸膛，「不用逃避什麼，你們若是談得非常地清楚，彼此也都還是朋友，不是嗎？」

季凡諾飄零的眼神不斷地亂鑽，彷彿不願意見到什麼似的，他幾乎忘了有承諾過喬瑄什麼，除了要一起吃早餐之外。這時眼頭的焦點剛好掃到馬路的另一邊，這才看到鞏智恩與王凱斯一同買完早餐正在對街上等

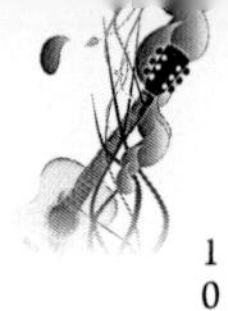

著紅綠燈過來。

想逃也來不及了。

「嗨！早安！」王凱斯面帶笑容地向他問早，「很多人已經跟我談過你了，歡迎你跟我們一起出去玩！」

「你好……」回應完那位年輕的同事，季凡諾卻不知如何面對那張在陽光下既熟悉又美麗的臉孔，「早啊……智恩。」

「凡諾，早安！」只見鞏智恩迅速地回話，之後兩人在下一秒又變得尷尬無語。

「好了啦！上車啦！兩個老朋友這個樣子真的挺怪的！前幾天也都有看過聊過唸過想過不是嗎？別那麼無聊了好不好，先上車吃早餐啦！」

喬瑄拉著兩個人的手，上了中排的後座，「經理，你先餓一下肚子，兩個小時後等我們吃完再換您吃，這樣你的鮪魚肚就會瘦個兩吋，你該感謝我的！但是千萬不用謝我，小女子我會非常不好意思的，所以請快一點出發吧！」

「呿！臭丫頭，早就知道妳會出賤招整我，早餐我早就吃過啦，哇哈哈哈！」黃亦泰戴上了太陽眼鏡，一副精神飽滿的樣子，「GO！」於是，整車出發往宜蘭的方向前去。

「嗯，因為今天我們的尹副總臨時缺席，所以大家才勉強擠在同一台車上。至於他是誰呢？他現在可是鞏智恩的男朋友喔！」喬瑄就在車上直言不諱，也不管別人怎麼想，也許這是歡樂旅程最好的開場白。

「尹副總臨時不能參加是有點遺憾，但是我找了智恩在梨山鄉下的老朋友季凡諾先生，他剛好上來台北玩，所以就順便讓他代替尹副總陪陪我們。」

喬瑄特別瞧了季凡諾一眼，他露著些許無奈，她似乎不以為意地接著說：「再來介紹我自己，其實我是季凡諾先生上來台北之後第一個擁抱的朋友喔！」

「擁抱？我靠……」前排聽見張皓強的咕噥。車窗上，也立即映著鞏智恩意外的神情。

「不用問原因，我就是長得很美麗，極似三國時代小喬的絕代風華，而智恩當然是不會輸給我的大喬囉！」

「好有自信的女人，介紹得太棒了！」王凱斯聽完之後竟然出乎其他人意料之外地在後頭拍手叫好。

「哇靠，特助，這不像在公司裡的你耶！」黃亦泰忍不住轉頭看坐在最後面的他一眼。

「專心開車好不好啊！黃老頭！」

「喂喂！在外人面前請回想一下『尊重』這兩個字怎麼寫好嗎？」

「好啦！抱歉、抱歉！」喬瑄向她敬了一個舉手禮，臉上的愉悅似乎有點過頭，「下面一個是我們黃經理，首先我們真的要敬老尊賢一下，除了頭上光亮的電燈泡之外，他還是個幽默與風趣的色胚……」

「喂！喬小ㄚ，剛剛妳已經丟出一句黃老頭了，別以為我沒有生氣喔。妳知道我這部車有什麼祕密嗎？剛好妳坐在中間，妳再亂講我就打開天窗用自動吊娃娃的機器手臂把妳給抓起來丟出去喔！」

「哇～～～好可怕、好可怕！好啦，對不起啦，你是育有三個女兒的貼心好爸爸，同時也是風度翩翩的正人君子，這樣可以了吧！」

「哼，即時悔改，無罪！」黃亦泰的墨鏡被陽光刺得發亮，嘴角揚起。

「再來呢，是有肌肉沒頭腦的張小強，他能進入本公司當工程師，算是瞎貓碰到肥老鼠的祖墳，同時也別想要在今天跟我告白，我直接就告訴你，NO WAY！」

整車被誇大語調的喬瑄惹得大笑難止，只有張皓強在副駕駛座上氣得冒煙，季凡諾則是尷尬地瞥向窗外。

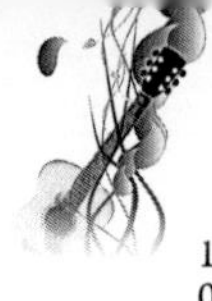

「利美是品保部最可愛的小妹了，張小強可別辜負她喔。」

「妳別亂配行不行啊！？」

「那妳也別亂追我行不行啊？」喬瑄猛吐舌頭，作出不屑的表情，張皓強在前頭透過後照鏡的表情一直沒好過，持續吐著悶氣。利美則坐在最後座，與王凱斯同坐在最後一排，她個性內向害羞，張皓強一直是她心儀的對象，這次張皓強發起的出遊，利美二話不說就答應了。無奈外表不甚亮麗的她卻始終不上張皓強的眼。

沿途風景在冬季來臨前已不見夏季時的繽紛，逐風墜落的滿地枯葉對應在枝頭上的空虛，顯得多麼地滄桑。蜿蜒在這條通往宜蘭的山路上，除了一開場的喬瑄耍寶之後，就一直安然無聲，像是各有各的煩惱般，各自的心思在自己的腦海裡擱淺著。

「特助，副總是去處理什麼事啊？」喬瑄又刻意地打破沉默。

「是件麻煩的事。」王凱斯像是突然被敲醒的樣子，撫著自己的後腦勺淡淡地說。

「那就是很嚴重囉？難怪非常匆忙地說不用當地駐點的國外業務辦公室去處理，而是他直接去德國！前陣子才剛去而已，智恩妳也是在很匆忙之間得到消息的吧？」喬瑄轉向坐在左邊車窗的鞏智恩。

「是啊……昨晚才臨時跟我說的，他很抱歉他這次的缺席。」

「哪有什麼關係，大家都那麼熟了，好長官好同事無所謂的啦！」黃經理附和著。

「那特助……我想問問您幾個問題。」喬瑄轉過頭看了坐在她後方的王凱斯一眼。

「什麼問題？」

「聽說你父母和老闆、楊經理她的爸媽三位大老是世家，楊經理大可回去她們家的集團當個什麼千金董事之類的，沒有的話至少也有個副總、廠長、特助什麼的可以當，幹嘛跑來我們光華當經理啊？」

「喔，這個問題啊……」王凱斯推推自己的眼鏡，淺思個幾秒鐘才說，「其實我是不能隨便告訴外人的，不過既然是漂亮的小瑄瑄問了，那我就透露一點點吧！」

「耶！快說快說！」喬瑄瞇起眼興奮地要求答案。

「以後直接叫我凱斯或是Case吧！別那麼見外。」

「喔，好喔。」喬瑄又點點頭。

「但是，你們聽聽就算了，傳出去的話，我可是會翻臉的喔！」

喬瑄比了OK的手勢，此時坐在她右側的季凡諾也轉頭望了望那位具有文青氣質的男人，他的鏡框底下似乎有一對銳利光芒的眼神，他很少這樣說話，連張皓強都稍微驚訝地看了王凱斯一眼。

只待王凱斯在左搖右晃的山路間，一陣重機車隊呼嘯而過之後，聲音才又緩緩傳到每個人的耳裡。

「因為多年前楊佩怡的母親吃了不該吃的股權，變成了光華的大股東，所以她有權安插自己的女兒來光華擔當任何的職位，相對的，她本是麥格威董事長夫人，因為他們夫妻的感情非常不睦，在麥格威她想做什麼卻處處碰壁，所以楊佩怡到光華，他們的心裡都有個底。」

「不懂……」利美在大家都聽得一頭霧水之時，冒出了一句大家最想說的話。

「呵，現在不懂以後就會懂了。」

「喔！那我實際上最想問的是，楊經理為什麼老要死巴著尹副總不放啊？她明明知道副總愛的是智恩啊！老是靠著跟上頭的關係很好的樣子，還一直針對智恩，有時候真的很氣人吶！」喬瑄直示破題，還帶著憤憤不平的口氣。

「妳幹嘛問這個啊……」鞏智恩拍了一下她的大腿。

「下一次她來找麻煩的話，喬小瑄就直接給她一拳不就爽快？」黃亦泰開了風涼一句。

「我沒那麼猛，我還要保住我的飯碗好嗎？老頭！」

「妳們難道不覺得親上加親，想要解決掉一些矛盾的問題的話，會是一條不錯的捷徑不是嗎？」說完，王凱斯似有一抹詭笑，但他注意到了季凡諾正用他皺起的眉頭看著他。

「Oh，我忘了還有一位外人在，講太多了……」之後王凱斯就示意結束，後來只留下車上另一階段的默然。

沒多久有另一群車隊從後頭正準備呼嘯飛過，其中一輛金黃色的B牌重機車主，一頭黃褐頭髮過肩，後頭被一位穿著緊身上衣與熱褲的女生給緊緊抱牢，這吸引了喬瑄的眼光，她目不轉睛地盯矚著，即使那只有一瞬間的瞥影，季凡諾意外地發現她似有一陣揪住呼吸的驚惶。

「我在想碩傑應該是會跟智恩結婚了啦！哪輪得到那個心機重的女人楊Paggy啊！」黃經理倒是也對楊佩怡有諸多不滿，神來一句就將喬瑄的注意力拉回車內。

「每次會議上都是針對我們品保部，說我們生產檢驗散漫、出貨把關不確實，明明客戶都還可以接受、也沒有反應品質異常，我們沒去惹她，她就反過來咬我們，這像話嗎？」這話牢騷有理，除了王凱斯與季凡諾以外，大夥兒都鏗鏘諾諾著。

「智恩趕快把碩傑訂下來啦！讓她氣死！」

「訂什麼啦……」鞏智恩靦腆地失笑著，然而就在她回話之間，她偷瞄到坐在中間的喬瑄，正定眼看著季凡諾。

「NO～經理你不懂啦！我們年輕人就是要玩！自由地玩！誰要那麼早就定下來啊！你們說對不對？」一團附和聲簇擁而來，「更何況……不可靠的男人難用表面判斷的啊！現在很多男人都在當飯桶，還要女人養呢！男人真的愛一個女人而想要結婚的話，那最好一開始到最後死去都要不斷地證明他對她的愛始終不離不棄，若是還沒到最後就放手了、跑掉了、離開了、消失了，都是不負責任的王八蛋！」

對，對！來自後頭利美的聲音，她是唯一的附和者，喬瑄喝了口水，繼續說著：「可是我們要是真的遇到那種爛人，也只能怪自己認識不深，自認倒楣，所以我們女生要自立自強，絕對不能犯下重蹈覆轍的錯，是不是？」

喬瑄反倒像是在宣示她的女性主義，她看看旁邊的鞏智恩與後面的利美之後，又加了一句：

「不過這裡的好男人也不少，除了張小強以外。」

「喬小ㄚ，妳知道我今天的心情指數是多少嗎？」

「不想知道啦！」

「沒必要把張小強排除啦……」黃亦泰跳出來說句公道話了。

清楚知道喬瑄就坐在第二排的中間位置，張皓強只要些微轉頭就可以看到喬瑄面露不屑的表情。

「我今天的心情指數是六十！」

「OK啊，還有及格。」

「妳真的不給追！？」張皓強斗了膽子問。

「本小姐終生不嫁！」

「老了妳就知道了啦！等到妳變得皺巴巴的就沒人會要妳啦！變成孤獨的老太婆啃饅頭……」黃亦泰呵呵地笑。

「不用你管啦！笨光頭，你給我好好開車！」

「妳說什麼？」黃亦泰刻意變臉地問，「妳知道我今天的心情指數是多少嗎？」

「拜託，經理，你是老人耶，一個成熟的老人家耶！別學張小強那麼幼稚叫我猜心情指數好不好？」

「猜一下嘛，猜對有獎。」

「九十！」

「錯！」

「錯？看你今天蠻高興的啊，怎麼會錯！難道是一百！？」

「錯！」

「難得你今天是自由之身耶！老婆女兒都沒跟！怎麼又錯？」

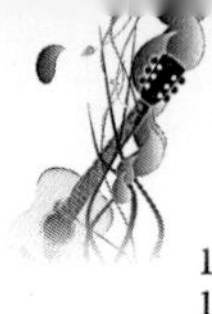

喬瑄搞笑地摸著他的光頭，「唉唷，經理，要我猜你的高血壓指數我可能比較會猜啦，別再玩無聊的心情指數了好嗎？」

「哇哩咧！」於是，車內又是一團哄笑。

行程似乎刻意規劃閃過壅塞的國道五號，直接走通往宜蘭的山路台九線，沿途的楓黃與尖葉凌霧，有著比故鄉裡的峰雲奇嶂更加五彩繽紛，所有人幾乎是笑臉綻放，仍然放不開的，除了他以外，還是只有她吧。

喬瑄看破了某種懸合，於是在整天的旅程中，度至欣賞了許多美麗的景點，她一路主動大方地牽起季凡諾的手，招著要去看最漂亮的花海，領著去瀑布的最前端享受山谷中的潮墜澎湃，還要利美幫她拿著她的手機，擺了很多的pose硬要季凡諾跟她一起合照，她的活潑與俏麗，逐漸動搖了季凡諾，他的手被她牽得習慣了，從非常尷尬到順勢自然。

沉默較多的他，終於被她敞開胸懷。

既然自己的最愛已經有了最好最棒的歸宿，心中那塊重重的石頭、已經又黑又臭長滿青苔的石頭，也應該要隨之化消了吧？這些話不知道已經重複千百遍，這一回可真的是把過濾心想通了吧！

來到抵達住宿地之前的最後一個風景區，就在那南方澳的海邊，季凡諾終於有一張能夠開心大笑的照片了！

「不錯喔！這就對啦！季凡諾！」喬瑄用力拍著他的背，「跟我這個美女一起合拍還笑不出來的你是第一個呢！好色的男人都哈得要死，你卻一直擺著臭臉！」

「我不是笑出來給妳看了嗎？」季凡諾給了一個靦腆的微笑。

「嗯！看得出來你的石頭好像減輕了，對吧？」喬瑄也給他一個甜美的微笑。

「真正想通了？」

那五個字，她小聲地說，卻是很響徹地在他的腦殼裡，「被妳發現啦？」

「我好像很容易了解你。」

「瑄小姐，我們也才認識沒幾天吧！」

「瑄小姐？什麼啊，我姓喬，好嗎？」

「呵呵，我知道啊，可是我總是對瑄這個字蠻沒輒的。」

「沒輒？」喬瑄望著季凡諾講「瑄這個字」時的表情，有一種詼趣的感覺。

「沒什麼，只是覺得虧欠幾個瑄字輩的女生，」他不知如何說起，「就，我以前的朋友。」

「喔喔喔喔，原來你是個花心大少啊？對很多瑄字輩的女孩子始亂終棄是嗎？」

「不是不是，我才沒有呢！妳別亂講。」季凡諾一臉正經地反駁著。

「你幹嘛啊？我開開玩笑而已嘛！」

「喔……」

「你真的是個很～～～～～單純的笨蛋。」

喬瑄笑了笑，撫一下了季凡諾的頭髮，好像是一種很出於自然的習慣動作，把他當成嫩草般地撫摸，他的憂鬱受她抹平了不少。感覺她像是曾經折過翼、又總是可以自癒得了的天使，季凡諾也注意到她的瞳心深處，也有一道被封閉起來的禁地，不知道如何確定，他只看到她摸著他的頭彎下腰的同時，從那脖子垂下的銀色十字項鍊，那銀灰飄得慘白透亮，像眼淚，渴望一種得到救贖解脫的眼淚。

突然他好奇地問一句：「那片藍色的海，給妳什麼樣的感覺？」

只見她的眼裡的溫度，汛寒了起來，她望著季凡諾認真的表情，嘴角微微地說了很小聲的一句話：

「深遂，有一種不可預知的冰冷。」

「喔……」季凡諾瞥瞥著她另外一半的臉頰，海風吹亂了她的髮絲，她勾翹的上睫毛絲毫不被吹動，

就像她的表情一樣，整天下來發自她那歡笑的爐火，瞬間熄了。海看似沉靜，其實並沒有；海與夕陽執浮的天連成一線，被燃燒的海其實還是冷的。海本是可以替任何人沉澱一切的煩瑣與憂愁，但這些雜物並沒有消失，只是暫時被封存在最深最隱密的區塊，然而可以任由海面上不同時刻的浪潮點綴最表面的色彩，那是一種虛掩、也是一種保護。

望著海看似的寧，隨著一波波的漲潮在腳前的細沙上吹破了它的謊，他們沒有再說過任何一句話。

海盡力了，封不住祕密，並不是它的錯。

在鞏智恩的眼裡，喬瑄與季凡諾之間超乎想像的互動，竟然有一點揪心的酸，為何才認識不到一個禮拜他們就可以發展成像好友般的感覺？是喬瑄太過超出水平面的主動，還是季凡諾的心已經在水平底下悄悄地改變？很想逃避也不想再往眼裡收，於是她一路都刻意與王凱斯走在一塊，儘量不看不聞地閃躲，她的臉固執地望著王凱斯，專注討論起公司上的事情來，談談公司的發展，聊聊尹碩傑的工作狀況以及董事長對她的看法。

「愛一個人有需要牽涉到他的父母對妳的評價嗎？」

「難道不必嗎？根本就不可能脫離了的嘛！」鞏智恩撩起她的長裙，正要小心翼翼地跨過奇形怪狀的台階。

「如果我是妳，愛就要愛得直接一點，我才不管別人對我怎麼看咧！」

鞏智恩聽完，眼一愣地看著王凱斯。

「這不是我所認識的王特助吧？」她朵起笑薇。

「妳還對我不了解嗎？畢竟我總覺得我跟妳彼此間說過的話、聊過的天，應該都比Jay跟妳之間多很多吧？」他露出一副滿足的表情。

「沒辦法，我的男友是個大忙人啊，我們只是投緣，變得無話不談好像也沒什麼好奇怪的吧？」

「呵！那妳還不懂我嗎？」

鞏智恩搖搖頭無語，眼神不自覺地往季凡諾的背影看去。

「但，我卻不太懂妳現在的心情！」

「……」

他循著鞏智恩瞬間望去的直線，指向在海岸另一頭。

「認識喬瑄以來，她不是對所有男人都保持得很有距離的嗎？明明就沒有幾天，卻可以和那個鄉下老師像個知己一樣，簡直超越了我和妳之間的程度！」

王凱斯這一臉笑得有點慘鬱，像是吃了很酸的東西，嘴上還帶了點苦澀後的餘勁，「難道過去的樣子是件虛偽的外衣嗎？」

「……」

虛偽這兩個字用得直接，鞏智恩頓時也覺得自己遜掉了對好姐妹的了解，這話一進她的耳裡，突然一下子感覺喬瑄這個人變得好陌生。

王凱斯看著她的無奈，在下個石階的盡頭，他說了一句更重要的事，「他們怎樣就別管了。」

他轉身看著她，就在那轉角處，仰起一點下巴，表情轉成嚴肅地說：「回到原來的話題，我就直截了當地說了吧！董事長他非常討厭妳！」

「……」隨著王凱斯的口氣，聽起來雖然有點震撼，但也不令她意外，鞏智恩先是愣了一兩秒之後，微微笑著。

「他只屬意Paggy當他的媳婦。」

「喔。」她聽完，心再度地揪著，雖然這不算是最可怕的結果，就以往的戀情來看，什麼樣的結局她幾

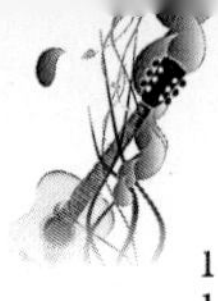

乎都歷經過了，沒差再一場慘敗，但如果最後沒有跟尹碩傑有個美好的結局，那她還有勇氣繼續談下一場戀愛嗎？

她看著那兩個人，雖然只是瞥一眼喬瑄和他坐在一起的畫面，心就不可思議地越揪越緊，剛剛王凱斯說的不要管他們怎麼樣什麼的，她壓根就沒聽進心裡。

「方才說過，愛一個人，需要在乎別人嗎？」

鞏智恩停下腳步，聽著像在調侃她死盯著他們的一句話，她忽然低下頭。

長裙隨風擺擺，像浪捲地飄向那位男人，「如果妳跟Jay分手了，我會第一個去追妳！」王凱斯依然用那極為正經又帶點剛硬的口氣，一點都不像那平時文質彬彬、優柔寡斷的書生樣，今天這種反常的姿態，鞏智恩聽得真不習慣。

「就算妳那個故鄉的青梅竹馬知道了，他想要回頭過來贏回妳，我也不會給他任何機會的。因為我是真的很喜歡妳！」

這句豪語來得突然，鞏智恩整個愣住，今天要告白的不是張皓強嗎？怎麼換成他了呢？王凱斯獨自走下台階，搭著被俯視的背影傳來一句話：

「碰巧遇到對方感情空缺的機會不常有，但緣份卻隨時可捉。」

他的愛，跟楊佩怡的愛一樣。

愛就是要直截了當地去愛，誰管得了我啊！

他們在一間靠山望海的民宿下榻。原本這是一間非常熱門一直訂不到房間的景觀民宿，後來因為對方一團人臨時取消，張皓強在接到電話之後，立即又改回了這間民宿，剛好可以滿足他們一群人的需求。每個人的行李都不算太大，因為只有兩天一夜的行程，也沒有攜家帶眷的，黃亦泰他們一夥人就直接扔了各自的行李袋子，如附輕鬆地拿著小包或皮夾即刻起身，準備要走一趟羅東夜市鬧區。

他們先到夜市入口前有一間特別有名的芒果冰沙店，不忌等稍有排隊的人潮，黃亦泰夥著張皓強自告奮勇地排隊，笑嘻嘻地請其他的隊友們，可以放心地坐在一旁輕鬆等待。

「喂喂喂，經理，你要拍馬屁，別找我陪你當人龍好不好啊？」張皓強有點不悅。

「當人中之龍有什麼不好啊？」黃經理拍拍他的背，只見張皓強沒回話，他的眼睛不斷地掐緊喬瑄與季凡諾。

「你是在吃醋嗎?哈哈。」

「當然。」

「呵，不是說才認識幾天而已，小瑄瑄好像跟那個吉他男一見如故的感覺。」黃經理摸摸自己的下巴，然後打量著張皓強此時此刻的表情如蒸籠般的火燙，他想說出勉勵的話。

「我說啊，小強，你是在怕什麼啊？」

「你說我怕？」張皓強扭著臉，強裝笑容。

「你自己想想看啊，是你跟喬小瑄的距離比較近還是那個吉他男跟喬小瑄的距離比較近？」

「事實擺在眼前，他現在跟喬瑄比較近……」

「靠北，我是說平常的時候啦!明天以後那傢伙就要回鄉下了啊，不是嗎?那是在偏遠深處的梨山耶！」

「然後？」

「所以咧，猴子要回深山去了，你怕什麼？」

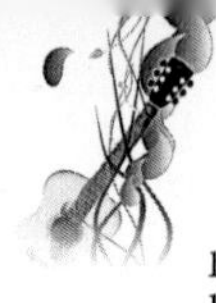

「老頭，你不懂啦！」

「什麼老頭？什麼我不懂？您杯吃過的豬肉比你喝過的豬肉湯要多很多啦！」

「跟距離一點關係都沒有好嗎？我怕的是，喬瑄的心已經被偷走了……」張皓強嘆了一口很長又沒力的氣。

也對，這句話讓黃亦泰傻了，在這個無線通訊發達的時代，遠距離確實已經不算什麼，即使不能每天見面，用那種即時的影像彼此直播並且對話，誰還會對她或他的遠方情人感到陌生呢？

「所以呢？老頭，你還有什麼安慰的話可以說給我聽嗎？」

行頓間老光頭突然感覺無能為力，看了那一臉四方黑皮的頹喪樣，只有不斷地拍拍他的肩膀，然後說了一句毫無意義的話。

「看開一點……」

「靠北。」

夜市裡人滿為患，季凡諾也不是第一次來到這個東部號稱最大的夜市，只是日子真的有點久了，感覺回鄉執教之後，就忘了如何讓自己快活，忘了什麼是能夠令他自己大開眼界的人生。現在故地重遊，突如來的邀請再度闖進了這種燈火宵煬壯觀的夜晚，讓他頗有回溯青春的暢快。

「喔，還真熱鬧！自從回鄉教書之後，東部真的很少來了呢，有好的風景也有新鮮的夜市攤可逛。」

「第一次來這？」

「沒，當時年少輕狂，從我們鄉下騎車來這附近露營，那天大雨，只有稀稀落落的印象。」

「你那天的運氣還真差，今天幸好有我！」

喬瑄忽然拉著季凡諾的手，也同時牽起鞏智恩的手，她笑笑地對鞏智恩說：「現在就把這傻瓜交給妳喔，我發現他沒事了，我覺得妳也可以放膽地跟妳的老朋友一起開心地逛逛夜市了吧！」

「我……」鞏智恩一時之間不曉得要擺出哪種表情，只是手卻沒有掙扎。

「讓我休息一下喔！」喬瑄把她的手讓季凡諾握住，自己快步地往前頭的人潮中深埋而去。一晃眼，留下了彼此尷尬的兩人。

其他人都不曉得走到哪裡去了？只知道晚間九點要回到剛剛停車的位置集合，迷路的人就用line發出求救，畢竟一團人要在擠來擠去的小巷迷籠間彼此招呼互等還挺麻煩的，倒不如自強活動來得方便。

季凡諾刻意地鬆開手，他的眼睛看著一佇寫著甜甜圈的攤位，巧逸地用很輕的手指敲著身旁這個女人的肩膀，「智恩，這是妳最愛吃的，焦糖脆皮布蕾甜甜圈，對吧？我記得妳有一次回來的時候跟我說過，我有偷偷記下來喔！」

不等她的任何回應，他瞇起眼睛充滿興奮的表情說著：「我們買兩個來吃吃看好不好？我從來沒吃過耶，那是什麼好吃到不行的感覺？」

鞏智恩仍在沉默的臉色中未著任何異彩，他已經叫了老闆要兩份，回頭又說：「等一下我們去喝仙草茶，不曉得跟趙師傅隔壁的王阿姨比起來，有沒有一樣好喝，好嗎、好嗎？」

他淘氣地像個小孩，都沒見鞏智恩回話。

「怎麼了？不舒服嗎？」

「沒有。」鞏智恩搖搖頭。

「那就來享受一下夜市美食，難得妳跟我出來玩耶！」他開懷地笑著。是的，距離上次一起逛夜市，一

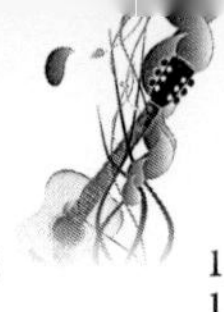

晃眼就是十年。

「凡諾。」

「嗯？」

「謝謝……」

「謝什麼啊？跟我那麼客氣幹什麼？有距離欸！」

「我，會幸福吧？」

「幹嘛，為什麼用疑問句？」季凡諾接過手，向老闆遞過百元鈔之後說聲謝謝，他用微燙的甜甜圈觸碰著鞏智恩的雙唇，「燙不燙？」

她搖搖頭。

「別在搖頭了，你的愛情正在火燙不是嗎？」

她抿起嘴，語不出。

「會，妳會幸福的！而且一定要幸福。」他摸了一下她的腦袋，溫溫柔柔地摸，像撫著小貓般，「用妳那顆和我一樣聰明的腦袋，好好地追求幸福、留住幸福、享受幸福！」

聽完，她終於點起頭，只是多了些勇氣開口說：「感覺你要離我很遠很遠……」

「自從妳上來台北之後，不是一直都離我很遠很遠的嗎？」他笑著，是一種很鈍很苦的笑。

「你是不是一直都認為我很笨？」

「哪會？妳一直都是我心目中最聰明的女人。」

鞏智恩停了幾秒，甜甜圈只咬了一口，嘴裡在微冷的夜風中吐了一絲的暖，「喬瑄她……」

季凡諾愣了一下，他正眼探索著鞏智恩瞳孔中模糊的神態。

「她怎麼了？」

「她對你是……」

不太明白鞏智恩為何會這樣問，季凡諾只是自然地微起笑痕。

「只是台北天橋下的萍水相逢。」

不帶衍生詞地，不顧鞏智恩想問的下一個欲言又止，他向斜對面的那台仙草茶攤喊著，「老闆娘來兩杯！」錯步的距離漸漸與鞏智恩拉開。

台北天橋下的萍水相逢，

哪能比得上自幼的郎騎竹馬、妹弄青梅？

此刻的心情，誰最清楚，誰最無奈？

尹碩傑到了德國海關，在律師以及客戶的陪同下，進到了密室會談，初步結果就是這一批貨要全部退回國內銷毀，而所發生的後續賠償與運費，都要由光華全部吸收，並且要付一筆正當結貨的保證金，粗估會讓光華損失一億元以上。尹碩傑的心情大受打擊，他在談判結束後打電話回報給尹華喻，說明一切原委，並且氣憤地決定要展開對內部的全面調查。

「到底是誰在搞鬼？非得要抓出來不可！」

「別急，這個應該是有心人士做的，先讓事情平靜地展開，安然地結束，如果太過喧鬧，報導會被記者寫得亂七八糟的，所以先不動聲色慢慢調查，到時候再來看誰會露出馬腳。」

尹華喻在電話的另一頭，出乎他兒子意外的冷靜。

「可是從公司的出貨端回溯每一個環節都有內部規範的作業流程與記錄，就可以查得出來了不是嗎？工程圖面交樣的相關窗口，不就只有那一群人而已嗎？犯人不就是在那一堆可以圍搜的名單裡了嗎？」

尹碩傑顯得憤慨難平，他把手機握得超緊，猶要把整塊面板給捏碎般。

「那些作業員誰敢膽大包天啊？在光華的福利都比外界的好很多，你想他們可能需要用這種手段來報復光華嗎？根本不會有好處啊！你先休息，德國那邊的高層我來搞定，你只要回來召集相關的部門主管重新訂定雙重檢驗標準就好了。」

尹華喻似乎沒把此案看得非常嚴重，他給他兒子的感覺簡直是想趕快掛上電話不願繼續講下去的匆忙，尹碩傑在他父親遙遠的手機傳聲筒中，依稀聽到了另外一個女人的言語窸窣，他頓時了悟蹊蹺，也幾乎不太敢相信他所聽見的。

「你真是夠冷靜的。」

「是你太心浮氣燥。」

「好吧……董事長，你忙你的。」因為聽見那個女人不斷放大的喘息聲，他竟然就這樣冷靜下來了。

電話掛上的同時，他攤在飯店房內裡的沙發上歇息，他閉上眼睛冥想著，這是他第一張親自到德國大廠所簽到的大訂單，首批出貨就面臨這種遭遇，還沒等到媒體出手，自己已經開始在享受內訌式偷襲的挫敗。他的自尊受到打擊，因而沒有辦法讓他打通電話跟自己心愛的女人舒放現在的情緒，縱使現在台灣的時間還早。唯獨還可以做的，就是讓自己的腦袋放空。

雖然在午餐敘議之後已經過了一個多小時，胃裡面半腐的食物仍在拚命翻攪，象徵著他的鬱抑正佔滿他的身心。沉悶了數分鐘之後，德國漢堡市已經下起了大雪，看著窗外的滿天白雨，心情仍然無法平靜，正當想去沖個澡洗去煩悶之時，他的手機響了，沒意識地接起電話，沒想到聲音的來源是楊佩怡。

「Hey，Jay，如何？處理得OK嗎？」

「不勞妳費心！打來有什麼事？」

「沒，只是想你而已。」

「我想妳該去睡了！」尹碩傑扭扭領帶，短短兩句說得有氣沒力，他打算就要掛上電話，但那頭仍然妞著絅媚之音，「幹嘛這樣，人家還想要多跟你聊幾句，別急著掛我電話啦！有什麼事情需要我幫忙的，你儘管說。」

「不必……」本來想拒絕，後來尹碩傑忽然想起這女人的專長之處，沉默了幾秒之後，「Paggy！」

「嗯？你剛剛叫我什麼？可不可以再說一次？」她顯見意外，十足的興奮傳到他耳裡，感覺是那樣地輕柔嬌媚，讓尹碩傑頗感尷尬。

「快點再說一次啦！快點！」

「喂、妳別這樣喔，再鬧下去我就要掛電話了喔！」

尹碩傑抵不住火悶，微微地從七竅噴出惱煙，他真後悔叫出Paggy這個單字。自從她來到光華，他沒有這麼開口叫過她，最多也只是楊經理，或是喂！然後再加個「妳別太過份了」之類的話。

「好啦，不逗你了啦，快說是什麼事需要我幫忙？」

尹碩傑努力地想穩住情緒，要不是因為公事的關係，他才懶得跟這個女人講那麼多的話。從小他就是看不慣她那種嬌生慣養的嘴臉，那種討人厭的個性，怎麼也想不透自己的父親是在安排什麼，計畫什麼，除了與麥格威是策略聯盟的上下游關係以外，身為麥格威的千金為什麼還要進來擔崗光華的高階主管職呢？他就是想不透。

好吧，就算是兩家再怎麼好，楊佩怡的終身大事又關我什麼事呢？想到這裡，一股氣又開始上來。

「我想，還是改天再說好了！」

「什麼，喂！喂！……」還沒等楊佩怡唱起矯情的曼波，尹碩傑仍舊執意地把手機給關了，他脫下襯衫，準備好好地洗個澡先睡個午覺再說。他覺得累了，就在今天一連串商與法之間的澄清與保衛，然後進一步的委屈與退讓之後，他壓根都不想再跟任何人說話了，他只想要好好地休息。

誰也別想再跟他說話，包括他的女人在內。

一場挫敗，他不想打壞鞏智恩他們出遊的興致。以及他也不想去聯結：

他邀請季凡諾同遊而自己卻在德國這種意外的狀況，以及這種意外之後在未來可能會發生的任何火花。

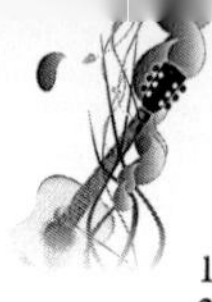

第五章 她會幸福的，因為有我在

晚間九點，逛完夜市，黃亦泰從便利商店中又買了幾瓶啤酒與飲料上車，包括從夜市提回來的滷味、梅香雞、玉米捲、七里香、臭豆腐也夠多的了，拿這些來當今晚的宵夜與餘興節目的配菜，他們想應該是很令人滿足的。

民宿裡有兩間十坪大的卡拉OK視聽室，張皓強已經在check in之後就預訂了一間晚上十點到十二點的使用權。雪白的大螢幕從天花板垂落，隨之而來的是彩色的點歌畫面，於是開始有人七嘴八舌地選歌點歌，一堆曲目代碼隨之在螢幕前跳來飄去。

「各位請看這邊，聽我說。嗯嗯……」黃亦泰拿起麥克風，順便傳著清理喉嚨的聲音。

「因為明天還有緊湊的行程，所以請各位不要太晚睡，我們就唱到十二點就好，不要選太長太難聽的，如果唱太久就給他卡歌，儘量節省不識相的人使用太久的廢唱時間，你們宵夜就趕快吃啊！很不好意思，就由我來唱第一首歌，〈黃昏的故鄉〉！請各位給點掌聲嘿！」

搞笑的黃經理微醉地嗨了起來，台下也開始吃著喝著，兼著給老人家打拍子，沒想到他還有第二首歌——陳小雲的〈愛情的騙子〉，就在間奏的時候被卡了。

「喂喂喂，誰卡的？」

黃亦泰在錯愕間尋找著是哪個膽大包天敢卡他的歌的小鬼。

「是你自己說的喔，我們隨時都可以卡歌的啊！而且它的間奏實在是好長……」喬瑄的臉露出無奈，彷彿她卡歌是一種義不容辭。

「愛情的騙子，這首歌好聽啊！我小時候常常聽耶！」後面的王凱斯反而替黃亦泰說話，他那桌上的啤酒似乎已經有兩罐被悄悄地壓扁。

「特助……你醉了。」只見喬瑄沒好氣地說。

「臭ㄚ頭，給我記著，等一下妳的歌給我小心一點！」黃亦泰心不甘情不願地交出麥克風，「好啦！換人啦！等我吃完再上。」

「有氣度有氣度！」喬瑄轉過頭，看看比較沉默不說話的利美，「來！美美換妳！這首是妳點的吧？」

看著螢幕上孫燕姿的〈天黑黑〉，只見利美靦腆地點頭，喬瑄立刻把麥克風遞給了她。利美是很單純的女孩，一個公主頭，沒有任何的紅妝豔抹，就連簡單的隔離霜也沒有，一培清湯掛面的素淨，唯獨不算缺點的缺點，就是太過內向不多話，她總是安安靜靜地聽人家說。

「喔，這首好聽！」喬瑄拍拍她的肩膀，要她大聲地唱。

「天歐歐？老子只知道要下雨啦！哈哈……」

「光頭醉鬼，你給我安靜一點！」

「我的小時候，吵鬧任性的時候，我的外婆總會唱歌哄我。
夏天的午後老老的歌安慰我，那首歌好像這樣唱的；
天黑黑欲落雨、天黑黑、黑黑。
離開小時候，有了自己的生活，新鮮的歌、新鮮的念頭。
任性和衝動，無法控制的時候，我忘記還有這樣的歌……
天黑黑欲落雨、天黑黑、黑黑。

我愛上讓我奮不顧身的一個人，我以為這就是我所追求的世界。
然而橫衝直撞、被誤解被騙，是否成人的世界背後總有殘缺？

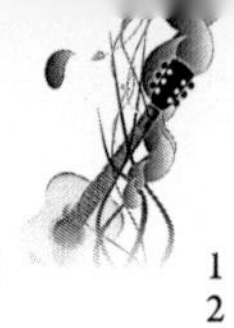

我走在每天必須面對的分岔路，我懷念過去單純美好的小幸福，
愛總是讓人哭讓人覺得不滿足，天空很大卻看不清楚好孤獨。
……」

（詞：廖瑩如&April／曲：李偲菘）

掌聲伴著一堆尖叫，利美出乎大夥意外地唱得非常好聽，惹得眾人驚奇地對著她歡呼，尤其是黃亦泰。

「原來我們家的小美這麼會唱歌啊！震到我了！」微亮的小光頭轉過去看著張皓強，「但是那個讓小美奮不顧身的人，到底是誰啊？」那種竊笑，讓張皓強深染黑墨的眼框闔白了眼，直覺地超想打他。

「那還用說，不就是張小強嗎？」喬瑄拍拍著利美的手背，挑著眉向著正巧坐在燈光下，臉上有一半陰影蓋在上面的張皓強。

「不要・再・亂・配・了・好・嗎？」臉頰印著密密麻麻的血管，他不懂為什麼，喬瑄老是愛把利美跟他配做堆？

喬瑄完全不想理會張皓強的勃然大怒，「好了！第三首是……〈心雨〉？」

「我的……」鞏智恩微微地開口，一旁的季凡諾原本想要開始酌飲著王凱斯倒給他的啤酒，聽到是智恩要唱歌，舉起的杯，也跟著沒意識地放下。

「喔？是智恩的歌啊！大家鼓鼓掌！」喬瑄把麥克風交給她的時候，瞥了一眼坐在後頭季凡諾，那種略為嚴肅的暗淡，似乎想要傾聽歌曲之間隱藏的祕密。

他似乎擅長藉著音樂來感受一切訊息的傢伙，同時也是專門用音樂傳遞感情的高手吧？於是轉過頭來繼續偷看他了兩眼，那雙注目在鞏智恩手持麥克風引喉獻唱的眼睛，喬瑄心中忖思半晌。

唉，真是個傻瓜。

「我的思念，是不可觸摸的網，我的思念，不再是決堤的海。為什麼總在那些飄雨的日子，深深的把你想起。我的心是六月的情，瀝瀝下著心雨，想你想你想你想你，最後一次想你，因為明天，我將成為別人的新娘，讓我最後一次想你。」

音樂一停，他的耳裡沒有聽見張皓強讚賞她唱得好深情、黃經理虧她跟他一樣老是只會唱這種老歌，唯一灌進去腦裡的，只是簡簡單單的兩個字：「懂了」。他的手不自覺地跟著用力拍手，回憶起來，他幾乎沒有聽過鞏智恩的歌聲，就算是從小一塊長大，一起上過音樂課，也沒有聽她唱過幾次，因為她總是五音不全，對歌曲的旋律一直無法駕馭，她只喜歡聽他唱聽他彈，甘願當個無聲的聽眾，也充作不太有資格講評的讚美者。

但為什麼離開鄉下身處都會多年，終於對音樂的歌唱領域開竅了？他想，原因應該也只是有戀人吧？鞏智恩是跟從前不一樣的。原來，這就是生活在都市裡的鞏智恩，一直守在鄉下的季凡諾現在終於聽懂了。

心雨，潦過他的腦海，清楚直接。這是一首別有用意的歌吧？

「智恩姐好棒！常跟副總去夜唱不是蓋的，有準備年底尾牙的歌唱比賽大展身手了吧？」張皓強把一瓶啤酒舉起敬了之後，猛力不停地倒進深喉。

「沒有啦，我只會唱這種小品的歌啦。」她看了一眼季凡諾，無線麥克風緩緩傳遞過去，季凡諾傻愣地看著她走過來。「真正會唱歌的人在這裡。」

螢幕上現著王傑的〈伴我一生〉，那是她最了解他的地方。

「喔，謝謝。」季凡諾接過手，依稀聽到座位比較有距離的張皓強對著黃經理說話的聲音，「怎麼又是

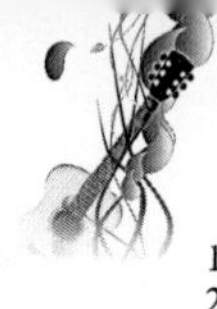

這種過氣的歌啊……」

「張小強你給我閉嘴！」喬瑄立馬吆喝著，前奏一起，喬瑄也立即拿起另外一支麥克風，「這首歌我也很熟，你信不信？你跟我根本就不同調嘛！這樣夠清楚了嗎？」

她狠狠瞪著他，張皓強只得低頭，無奈地又開了一瓶啤酒解悶。

「妳要不要先唱？」季凡諾覺得很抱歉地示意要請喬瑄開唱。只見喬瑄雖然握著麥克風，卻搖著頭。季凡諾神疑地看著她，縱然勉強對他笑著，此時給他的，是一種莫名的憂情傷感過了腦門。

但歌來了，他眼一沉，隨著薩克斯風的前奏結束開嗓：

「我雖然還沒走完我的旅程，明天終究還是滾滾的紅塵。為了你，我的愛愈苦情愈濃，讓我哭、讓我笑、讓我痛。我雖然還沒嚐過幸福的夢，明天依舊存在不變的承諾，為了愛，我的心愈走夢愈久，讓我悲、讓我喜、讓我憂。

只要你伴我一生，共度那無盡晨昏，這個夢疊了一層又一層，不再有寂寞的人。曾經是浮浮沉沉，總害怕緣淺情深，而你讓飄落的往事，安靜地不再揚起前塵，伴我一生。」

（詞：李子恆／曲：李子恆）

整首歌喬瑄一直是沉默地緊握麥克風，連開口都沒有開口，只是側著臉看著那位演唱者，用輕輕柔柔的聲音全部唱完。他投入旋律中的眼神勾著喬瑄，一開始還有笑容地看著他，後來手裡的麥克風垂了，她自己的長髮散了，連笑容也掉落在地面。

「真的很會唱！」王凱斯在他背後喊著，同時利美也讚揚他好棒的歌聲，誇著很少聽到高手蒞臨在她旁邊展現歌喉的。

「不愧是王傑的紛絲喔！」連最放不開的鞏智恩，也給了他很久沒有過的一抹微笑。

「謝謝……」

季凡諾向前要把麥克風給放在桌上，好讓下一位點歌的人去拿取，沒想到幾天前的畫面，又重複出現在季凡諾的眼前。他沒得到喬瑄的掌聲，其實是無所謂的，但她那悄然的沉鬱讓他覺得不解，才要走回他的座位時才發現喬瑄仰著臉，極力要隱藏已經滾落的淚珠。

「喂！妳怎麼又……」

他很輕地問，在她的耳裡卻是很響很響，她用纖細的右手食指，與她的雙唇成了十字貼合，「剛剛被雞塊裡的胡椒粉彈進眼睛！好難過喔……你唱得好好聽！啊，對了，又忘記給你鼓掌了……」

又……忘記給你鼓掌了。他記得。

她依舊擠出一點笑容，就像初次相遇那天的天母公園，他唱完〈傷心地鐵〉之後，用力地拍著手。莫名的哀傷，更惹出他對她的思疑。她胸前的銀色十字架彷彿藉由上頭的彩燈，透出光芒地再次映射在他的眼裡。

那銀色十字架是怎麼回事？季凡諾老是覺得它喜歡探出頭看他。但它刺眼得反而沉重，他不願在她的胸前多一秒的停留。

「妳一定有傷心的往事。」他走過她的身後，徐個幾片秒陰，後頭是張皓強爆裂呼嘯的動力火車搖滾歌曲正在轟炸他們的耳際，他的細問仍然傳達給她。

「你別亂猜！」

「妳根本就沒有吃雞塊，而且那一袋沒有所謂的胡椒粉。」

「……」

「胡椒粉是另外放的不是嗎？」他指著一小包裝，就橫在張皓強的桌上。

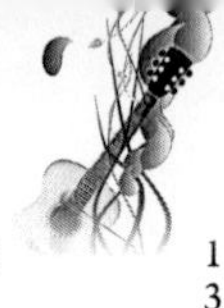

「你幹嘛當起偵探啊？」喬瑄斗大的眼睛看著季凡諾，表情似乎說著，怎麼那麼不配合，就當作是被騙了行不行啊？

「沒辦法，誰叫妳的表情變化那麼大，我看了就想問原因。」

喬瑄看著他，隨後仍不變地擠出若無其事的表情。她習慣性揪緊肚子的動作，季凡諾也注意到了，像是眼淚摻了毒似的，流經她的唇，淹過她的心，然後溶在她的胃裡翻攪著。

此時，鞏智恩看著季凡諾在喬瑄耳旁互相私語，直覺剛才對他的笑是多餘的，隨即臉上出現一抹被涮黑的黯然。王凱斯則全然啜窨著酒林，茫醉之中，兩眼有神似無地看著那三個令人費解的氛圍。

嚇到我了！

連著兩次的淚讓我覺得跟妳平常的笑臉幾乎沒有辦法相容，你們是同一個人嗎？

好似不成形的拼圖，那種不完整告訴我，妳一定有說不得的哀傷。

如果妳不說實話，那是否我可以把妳當做是一個還活在回憶裡的病人？

天氣配合得不錯，豔陽藍天，約莫九點，從不同房門出現的幾隻睡眼惺忪，不約而同地往民宿裡的餐廳集合用餐。季凡諾是與王凱斯同房，而張皓強則是與黃經理，另外的三個女生鞏智恩、喬瑄與利美，則住在一間四人房，前一晚還可享著裡頭的日式泡湯浴室。

「大家早啊！」喬瑄仍舊精神抖擻地跟那幾個男生打聲招呼。除了王凱斯以外，其他人的狀況都還不差，尤其是季凡諾更是神清秩朗，早就在王凱斯身旁吃完了兩盤西式早餐了。

「特助昨晚喝多囉？」

喬瑄微笑地看著王凱斯，只見他幽幽的仰著下巴，「安啦！還沒回國之前就常應酬練了酒槽功，沒有海量也有河量，倒是……」他突然猛盯著喬瑄的臉，「妳的酒窩今天怎麼變大了？」

「哪有可能變大啊，你還在醉是吧？」她沒好氣地笑，眼角稍微向右移了一下角度看著季凡諾，「昨晚不是吃了很多宵夜了嗎？怎麼一大早還可以吃那麼多啊？你一副營養不良的樣子還真看不出來。」

「啊？會嗎？」季凡諾低瞄了眼下的幾個空盤，然後不理會地繼續進行吃的動作，「妳會不會認為我在敲妳竹槓啊？放心啦，如果要跟我加收費用，我會付清的！」季凡諾的臉躲在一片土司中，鼻竇騷動，似乎是想確認這一片是鋪著藍莓還是草莓果醬的土司。

「又沒要叫你付！」喬瑄細數著他的餐盤，然後看看自助式的餐檯，接著就問，「有什麼好吃的？你剛剛都吃些什麼？藍莓果醬好香喔！」

「我……」

「皮蛋、油條與咖啡……」還沒等季凡諾開口，王凱斯竟然搶先答了喬瑄的問題，「好噁，吃了更暈……」

「Mr.Case，我又沒在問你，看到你現在的表情我就不想吃了！昨晚喝得太多睡得太少，還是怎樣？」

「沒辦法，有些問題想問問智恩的老朋友。」王凱斯撒撒眼，一臉倦意還是可以勉強笑著，露出雪白的牙齒，仍不失那一份斯文。

「你們聊到很晚？」

「也還好啦，東聊西聊，認識一下彼此而已。」季凡諾在一旁答腔，只剩喬瑄嘟起嘴玩弄自己的雙頰，搖著頭兼嘆口氣，然後用手指頭左右比對著，「那你們兩個的精神狀態也差太多了吧？」說完，就去餐檯前取餐了。

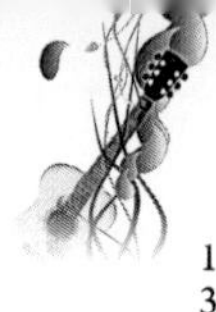

沒等喬瑄到他們的位子上，鞏智恩已經與張皓強他們共桌享用早餐，張皓強還特地幫喬瑄準備好中西式各一份的愛心早餐，恐怕要等待其他有緣人享受了，因為喬瑄已逕自坐在季凡諾面前，還沒來得及招呼她過來，也沒那個勇氣提高分貝大叫她的名字，只好委屈地乾瞪他們一起邊聊邊吃起來的畫面。

「小強，還好嗎？」

「沒事。」

說完，不再搭理黃亦泰想搞笑卻又想安慰的臉孔，他默默地喝著他的粥，昨晚吼叫太多首動力之魂，惹得喉嚨一早起來不太爽出門。

「小強，別太在意，你也知道小瑄一向都是外向活潑的啊！」鞏智恩雖然想要打著安慰牌，卻隱約暗量她的力不從心。

「智恩，你那個青梅竹馬不會對小瑄有意思吧？」黃經理啃著饅頭，拍著張皓強的背問著，那種力道差點就讓張皓強剛吞下去的粥，像過個胃水馬上就要跑出來似的讓他猛咳了幾聲。

「不……不會的。我對他的了解，應該是……不會的……」吞吞吐吐的語調，暗示著她有多沒把握。

一旁的利美卻神來利落地說，「好像從來沒看過瑄瑄姐對一個男生那麼有話聊，尤其是公司以外的男生。」

話一完，整桌的聲音頓時安靜下來，只剩八隻眼睛無聲無息地定住，定在隔著幾桌的客人身後，那另外一個角落的兩男一女。

車子往北橫的方向開，來到三星安農溪分洪堰風景區，時至秋末，橫跨安農溪的兩岸，有著飄紅的闊葉林，延著石貼板橋連接整個洪堰道，處礎黃綠，搭著數個人工湖布置出十分美麗的公園景觀，狠狠地奪了數十張他們手機內的記憶卡照片容量。

緊接著附近的九芎湖，是一塊水源保護區，有一對男女郵差公仔共同豎有「天送埤，長埤湖，地熱，久芎林」的幸福票卡，不少遊客在小小的草屋票亭前求祈「天長地久」打卡留念。

最後一站為北橫最美的景點，且有「北橫明珠」美譽的明池國家森林遊樂區，山中滯留的霧氣有些濃厚，與山下的氣候差得可大，還不時伴有霎然的雨珠落下，臨時沒有隨身帶傘讓他們的肩膀與髮上透濕了一股清涼。

「氣象說晚上有鋒面。」季凡諾緩緩地說。

「這麼快就來了？」喬瑄瞪眼，「怎麼不告訴我要拿傘啊？害我的妝……可惡。」

「喔，不好意思，我以為你們都有看新聞。」

「沒看！好嗎？」他們幾乎異口同聲地怨著。

「不過，這樣的明池才更美！」季凡諾在那個雨絲漫漫的池邊，硬是多留了幾分鐘。

就在他們躲回車內，隔著車窗聽著稀稀落落的雨聲，眼前的明池，像是灑滿了乾冰的迷濛，隨著從樹梢旋空而降的氣流，白霧不斷地配著清瑩的雨珠持續點綴著明池，季凡諾的眼睛亮了，已坐在車上的喬瑄從注視在外頭的靄靄淒美，不知不覺地落在他的背影，盯著最後上車的他，以及剛在池邊讓迷濛為他上彩的身軀。喬瑄的表情就僵在那裡，一語不發，一動也不動地，直到張皓強透過中間的後視鏡發現了喬瑄不自掘竅向右傾的凝望，不耐的言語如暴落的急雷打亂了她的思盹。

「我說小喬小姐，妳是在看風景還是在看男人啊？」

像是被揍醒了般，她有一股不是滋味，尤其是被張皓強揍醒的，瞬間升起的火氣更大。

「你管那麼多幹嘛？本小姐愛看什麼就看什麼，關你什麼事啊！」

「好了、好了……」鞏智恩依然坐在她的左側，她拍拍喬瑄的手，欲使她放輕鬆的微笑，只是喬瑄稍有揮怒的頰紅，沒能被她的淡妝給蓋過。

「喂！教書的，台北會不會已經下雨了？」王凱斯解了車內瞬間發生的尷尬，出了一個話題用來扭轉氣氛。

「嗯，海拔越高的迎風面就是冷空氣第一個到達的地方，可能北橫整路都會有降雨路滑的景象，黃經理開車就要特別小心了喔！累了我也可以接手。」

「不用輪到你啦！」張皓強帶點怒意地接話。

「那下山之後就要告別了嗎？」王凱斯繼續問下一個問題。

「是啊！等一下方便的話，隨便路過的火車站就讓我下車吧！下了北橫最近的應該就是鶯歌火車站了，感謝各位的邀請，這兩天的行程我很開心！」

「要不要先回到台北再一起吃個飯？」王凱斯再問。彷彿車內就只有他一個正在專訪的記者，想要替自己挖掘答案，或是替某人挖掘？

「不用了吧？這幾餐大家也一起看了我很多遍不雅的吃相了吧？哈哈，我這個庄腳聳的吃相。」季凡諾搔搔頭，那份自然古樸的笑，感覺沒有敵意沒有虛偽，在喬瑄的眼中恬淡得盡是單純。

「是很聳啊……」前座依然出著嘲諷的聲音。

「張皓強，你沒講話沒有人會當你是啞巴啦！」喬瑄還是一頭怒火中燒，即使車子已經在蜿蜒的山路上硬是被濕涼的雨水迎面給浸洗著，仍然無法冷卻喬瑄突來勃炙的不滿。

這種表面上對著張皓強的暴氣，卻是一種打從內心隱隱產出的淡淡哀傷。喬瑄心裡明白，此時此刻，她真的有些無奈與無法解釋，對於季凡諾的出現與即將消失，竟然有一種非常濃郁的失落與悵然。

這個對她而言簡直是人生當中的唐突人物，即便是僅僅認識幾天而已，對他的存在，遺留在她心中的份量是徨徨地如此之重，只要一離開天平，馬上就會失衡地傾倒向另一邊。這幾年來她曾經努力過的堅持，竟然會在這一個禮拜之內所發生的事情瞬間動搖，甚至那猶如固若金湯的死城，上頭的千磚百瓦正毫無預警地出現了斑駁掉屑的痕跡。

幸好還見得到日光的路程，經過下巴陵的爺亨梯田附近就沒有見到什麼雨絲，只是烏雲朵朵，伴隨著東北季風的尾勁，車窗外陣陣猛打，一種由外而內的衝擊無法言諭，這是冬要來的訊息。

然而下了山道，如季凡諾所預期的，導航也配合地即將帶著黃經理操控方向盤轉進最近的鶯歌火車站路線。那假日黃昏下，從老街商圈離散的人群，些許逐著車流往後火車站集中。黃亦泰繞過站前的迴轉圓環，才剛停住，雨又開始落下。

「再見！季老師。」王凱斯在後座說著。其他人也跟著道別。只見季凡諾點點頭，他的眼光跳在最左邊的那個女人身上，輕輕地說著，「智恩，加油囉！妳一定可以幸福的！我會在梨山等待妳的修成正果喔！」

「謝謝你，凡諾。」鞏智恩一臉失了精神，她沒有正視就要開啟車門手拿背包即將離去的那位青梅竹馬，反而只盯著從天上劃在車窗上無數道的雨痕。

「她會幸福的！因為有我在。」王凱斯舉出右手拳頭，指向季凡諾，而他笑著，也用右手握拳相互擊出聲響，「謝謝你們，再見。」

步出車外，季凡諾的頭髮與肩膀再度被雨禮給洗滌一遍，他緩步地踏上台階，不回頭的履履沉重，這一別，就要跟他的舊愛從此分隔，或許對她的感情也將永歲凋零。

是啊，該是時候了啊，不是嗎？季凡諾啊，你也該醒了、該放自己自由了，也該，勇敢地去打開另外一扇窗，看看另外一個世界了啊！

他對自己如此地訴說著，很清，也很輕地說。

一個簡單的背包，季凡諾似乎遺忘了什麼，腦袋簡直裝滿了空虛，他取了車票通過剪票口，在他的身後有對依依不捨的情侶，女的緊握著即將搭上火車的男孩的手不放，那是一位將要入伍的新兵。

「原來如此。」

季凡諾與他擦身而過，心想那四個字的自然獨白，也不願意多看一眼那女孩的哀傷。離別，真的很揪

心、很痛，那種真正愛對方很想跟他永遠在一起、捨不得離開他的那種痛，他多少能夠體會。他緩步越過他們的難捨難分，默默地為這對情侶祈禱。

雖然要離別，但至少他們還彼此相愛著。

反觀自己，是報應吧？想愛的時候，對方已經不給他愛了！多諷刺。當他領悟到自己的遲鈍之後，為了鞏智恩，在大學時代他拋棄了多少個曾經對他愛慕的機會，他情願等她一個人。

而現在仍然是個空。他沉笑著，笑裡有一種無以言喻的悔。他再度探索著那種不明的寂寥到底出自哪裡？他漏掉了什麼？或是遺忘了什麼？他想到的除了就此失去鞏智恩之外，似乎也沒有任何可能會遺忘在台北的東西。

「不是這樣糊塗的吧？」

一句熟悉的女聲，在他等待火車的月台上，燈火開始點亮了夜，昏黃冉冉，他驀然回首，意外地看著那一位既不是那樣陌生，也不是特別了解的長髮俏麗女人身上。

「真是夠了！怎麼會跟他那麼像啊！」

只見她淚流滿面，在距離他不到幾公尺的身後，季凡諾的雙眼直瞪著那個女人，他的表情正看著一齣莫名其妙，沒有前情提要也不知中段過程，更別講而後恕果啡啡的劇情，瞬間，他只知道有一分的疼憹，在她向他狂奔之後，那一臉滲滿淚水的扭曲，也扭曲了他的呆滯，隨即只是溫柔地將她擁抱著。

尹碩傑終於結束了兩天與德國客戶的和解談判，準備在飯店裡好好地休息一晚之後，隔日搭機回國。這一次的出包，客戶也願意再給光華集團一次機會，而德國海關也以委任律師的代理保證下，勉為其難地以專案處理，光華科技以繳交部分的罰款來解決這件事，初步損失達三百萬美元。

「真的假的！？」

在車上，鞏智恩接到了尹碩傑的越洋電話，言語中聽得出來他的疲憊，但也聞得出他急忙地想要知道這個週末鞏智恩他們玩得怎麼樣。

「還不錯啦、大家都玩得很開心喔！」鞏智恩也將手機過給其他人，紛紛都說副總辛苦了，以及簡單回報他們都有把鞏智恩照顧得很好，沒有缺角或是少一塊肉之類的玩笑話。

手機又回到鞏智恩手裡，他才又問，「季凡諾呢？」

「他……已經回梨山了！」觸碰到這三個字，像舌頭被打了麻醉藥一樣，不但口語不清，還有一種失去記憶的茫然，鞏智恩看著窗外，那回答的聲音意外地小，已經沒有一開始剛接到電話時夾帶興奮感的音量。

「回到妳的故鄉了是嗎？」

「嗯。」

「那裡聽說不錯，改天帶我去一趟吧！」

「啊？帶你去？為什麼？」這一問差點讓她掛在耳垂邊上的手機滑落，她的疑問句讓尹碩傑有股莫名的頓挫，從遠遠的聲音裡都聽得出不悅。

「幹嘛？不能去喔？」

「不是啦，你不要生氣，我只是……覺得你不會想要去那種地方的啦，坐車上去超久又超偏僻的，處處都是農村小道，爛泥巴、還有稀落的……」

「那些我都不管！」手機那頭無聲了幾秒，才又說著，「我只是想要看看妳的故鄉而已。」

「窮鄉僻壤，你在德國的每一處風景遠遠勝過於那裡啊！」

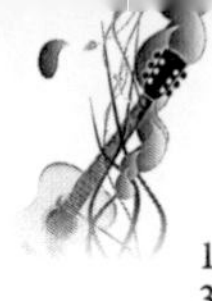

「我真的要生氣了喔！」

話筒裡的聲音被拉高了一個音調，鞏智恩瞥著大家，安靜的車內好像正在聆聽著廣播劇般，她感覺所有人都在豎起耳朵，只有一邊的獨白，沒有另外一邊的對話，卻都聽得有底有感。

「好啦……我知道了！」沒有直視著她的諸瞳，車內的無聲氣息似乎逼迫著她最後的勉為其難。

「這樣，我就可以開開心心地回台灣囉！呵呵。」尹碩傑像是討到糖果吃的小孩，高興地差點叫了起來。

「你在幹嘛啊？」鞏智恩先是一愣，然後被他爽朗的歡愉給逗笑了，「你剛剛還在跟我耍小脾氣呢！」

「我哪有在生氣！」

「你明明就有！」

裝著俏皮的嗓調，電話的那頭滿意地掛上電話。只是手機螢幕一暗，鞏智恩回撩著自己灑在臉孔的無數黑流，這才發現王凱斯一直在注視著她，停留在她臉上的眼神沒有明顯的喜怒哀樂，只見他微笑完轉過臉龐，鞏智恩像是被他的微笑給挖空了眼神，這時她才想起昨天王凱斯對她說的那一席話。

他，究竟是開玩笑？還是認真的？

「喔！對喔，我的吉他還寄放在那個飯店裡！」季凡諾終於恍然大悟，原來那股空虛感就是他的好夥伴，他自己也大感不可思議，那是他的第二生命啊，竟然會把它給忘了！

「真的是腦筋很大條耶！你不是最愛他的嗎？要上來台北還特地帶著它，怎麼這一兩天只在乎智恩就把它給忘得一乾二淨啊？」

喬瑄失笑著，她臉上的淚痕尚未乾涸，眼底還透著紅痳，季凡諾關注她的神情遠遠地超過想要回答她那番話的濃郁，一晃秒就被喬瑄給發現。

「幹嘛一直盯著人家看啊？」

喬瑄不自覺地紅起臉，撇過頭望向窗外。他們就坐在鶯歌老街前的一間咖啡廳內。

因為喬瑄的及時出現，搶在火車尚未到站之前還來得及退票，在喬瑄拉著季凡諾走出月台的那一刻，那位新兵正用驚訝的表情看著他和她，這是什麼情形？不會是原本也要離別的男女，卻在最後一刻女方反悔不想讓他離開了，是嗎？

喔，是吧！在那新兵的眼裡是多麼地多麼地羨慕的畫面，真希望他也能夠這樣演出，然而他的國家意務是如此地身不由己，看著他們可以手牽手地離開傷心月台，而同一班車正從遠方的軌道轉彎處亮著燈火，恐怕會讓他今晚愁上加愁吧？

「妳怎麼會突然想到？那他們呢？」季凡諾不想那麼直白地問方才喬瑄失控的畫面是怎麼回事，他用最順情合理的方式問起，是不是大家還在附近等著他，這樣他會非常不好意思的。

「沒。」喬瑄啜了一口美式咖啡之後，緩緩地說，「我要他們先回去了！」

「這樣啊……」季凡諾揚著他的眉頭。「打通電話給我就好啦！幹嘛還要丟下妳的同事跑上月台找我啊？真奇怪耶妳！」

「我也不知道……」

「蛤？」

她從漆暗的窗外轉過頭來，平整的離子長髮，從瀏海、從耳畔、從細頸、從雙肩，上頭的燈光寫下數片亮澤切斷那連續的黑。她的眼神落在季凡諾的臉上，平時話語直腸、舌刀齒刃都佔滿了她上下兩片櫻桃的光彩，現在面對著季凡諾，那副刀刃顯得無用武之地。

鮮紅的唇瓣反而吸引著季凡諾，這是除了翟智恩以外，第二個會讓他直視這麼久的女生。但他沒想去沉淪更多的沙秒，眼神飄回自己的台式咖啡和那乳白漸散的渦流，隨即陪她沉默。她不說明她的心境，他這個

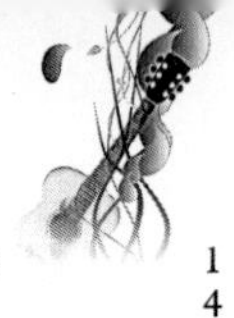

外人也沒有立場要她說明什麼，曾經他有想過要問個明白，但自己又有什麼資格知道？充其量只是在滿足自己的好奇心而已。

然而他只是感謝她，從上來台北的第一天開始，受到她諸多的幫忙，才不用多耗時間去尋找不肯留下確切住址的舊戀。要回鄉下之前的最後一刻，也是她在陪伴著。

他慶幸能認識這一位特別的女性朋友，不由得用微笑去感受這份幸運。一個瑄字輩的女生，終於不再是會因為自己的白目和她們產生相互衝突的際遇，喬瑄打破他人生中一直特別無奈與瞎扯的宿命，如果可以，希望這段友誼可以再拉長一點時間。

沒想到當他抬頭映入眼簾的，卻是一弧無聲透明的川息在眉下幽幽放逐，喬瑄的雙眼晶瑩剔透，她哭了多久，他一點都沒有察覺。

「為什麼？」

看著那汩汩的弧線，他終於忍不住心中的納悶。

「曾經有一個我非常……非常……非常深愛的男人，他跟你好像……好像……好像……」她濮著淚水，顫抖的聲音接近崩潰。

「看到我就讓妳想到他？」季凡諾不知要如何安慰，眼見她原本秀美的五官揪在一起，痛苦的嗓音也令他瘋舌，於是只能用最呆瓜的問法回她。

「我好恨！我好恨我自己！」

「……」季凡諾的表情更加茫然了，她臉色越見濃郁的滄圖，就越能感受到她不能止住淚水的恨！

「明明就已經封閉我的心了，但為什麼、為什麼你要出現？然後又要開始打亂了我的生活！」

只見她咆哮，怒罵不甘的口吻驚駭左右，她掙扎地吞著淚水，將剩餘的怨全部一口氣釋放出來，「是誰？是誰准許你這樣做的？是誰准許你毫無預警地出現在我面前的啊！」

「……」

顧不得喬瑄的淚眼婆娑，聽到這些莫名其妙的話，季凡諾顯得比她還慌，他有做錯了什麼嗎？沒有吧？但是旁人靜觀他們的眼神，就是一副「一定是你做錯事」的理所當然。季凡諾在神亂中極力尋求平衡，他看著她抖顫的雙唇，從櫻璃猝緊成為泖紅，她的激動更加注入到他心中深層的好奇之湖，他曾經猜想過的傷心過往果然歷歷在目。

他選擇了沉靜自己的話語，讓她發洩個夠，同時也讓自己像個做盡壞事的小孩，讓她罵個痛快！

季凡諾穿透著對面那女人的雙瞳忖忖疑想，那一個，曾經是她最深愛的男人……究竟是怎樣的一個男人？

六年前。

喬瑄在大四的最後一年，開始了蒙混一週只上一堂課且計畫著剩餘時間將全力打工的生活。在行銷系所學的，好像是一樁很輕易上手的事，所有該修的學分，盡是高分取得，師長對於其高標的學習水準，無不對她鼓勵繼續往上升學甚至是留學發展，但喬瑄就是不肯。

「因為家裡需要我趕快去工作啊！」她這樣回答她的同學們。

「拜託，妳家住天母耶！現在的房價隨便賣妳們家就有幾千萬入袋，妳還愁吃愁穿喔？」

「那不是我家，房子是我爸的，而且還是我爸媽離婚之後可憐給我們母女倆住的，我爸他現在是住在另外一個女人那邊。」喬瑄戳戳她們的背，示意著她要趕去打工了，有別於那一群踩著散漫慵懶大學生的步伐，一溜煙地消失在校園裡。

她在台北火車站後頭的補習街上，窩了一個班導的工作，面對一群既不青稚單純也盡是叛逆不甩師道的

國中生，每天絞盡腦汁學習要如何跟他們相處，前頭總是跌跌撞撞，時常有氣不過的事情發生。後來喬瑄發現，只要多付出關懷取得他們的信任，日子久了國中生總也會有一點半生不熟的社會性行為，講講道義就可以敬你三分。

如此這樣快度過一個學期，自己在社會化的過程所面對的困境也逐漸難不倒她，與母親相依為命的家庭，也安然地上了軌道。

「老師，妳有沒有聽說，最近對面那一棟百貨公司的西餐廳內，來了一位帥哥歌手喔！」幾位女學生在休息時間，聚集在櫃檯前跟喬瑄打著哈哈。

「沒聽說。」她正在忙著印考卷，準備期末的考試測驗。

「老師妳該去看一看的！妳不是還沒有交過男朋友嗎？」一位女學生半注意她刻意忽視的眼神半調侃著，「妳看了包準妳會愛上他！」

「愛？太誇張了吧？」

「是真的誇張，但我不是在開玩笑的，他的吉他彈得好有情調，而且那一頭黃褐色的髮型與帥氣瀟灑的臉孔，我真的好愛好愛唷！」女學生裝可愛地拉高音調，像五嶺鑵鶯，急著找尋春葉上的蜜蟲。

「愛什麼啦……」

不理會那一群思春的少女們，喬瑄專注地數著考卷的張數，突然之間那位女學生揚起愛瘋的高檔手機，炫出一首現場版的歌曲，內容的彈奏與歌聲悠揚旋幻，少女們像合力要搬回甜餅的螞蟻窩簇著手機。只見喬瑄的影印機又開始嘎嘎作響。

「唉唷，老師，妳很吵耶！這樣我們都聽不到了啦！」

「少來！明明就播很大聲！」

「老師，來聽聽看嘛！妳一定會愛上他的！因為我也好愛好愛他喔！」女學生一聲亢奮，差點就快尖叫了起來。

「如果我真的愛上他的話，妳怎麼辦？」喬瑄忍不住吐嘈著。

「那我就跟妳共享人夫啊！」

哇靠，連這種話都說得出來，到底是帥翻天到什麼地步了啦？喬瑄簡直無法與之理喻，女學生的瘋狂似乎是沒藥可救般，她立馬端出敬業的精神。

「廢話少說！等等測驗題沒給我考九十分以上，妳們就死定了！」喬瑄眼色一紅，女學生們不敢繼續造次，搭著鐘響紛紛回到教室裡頭，等待今晚最後一堂課的完結。

當天晚上，喬瑄載著滿身的疲憊正準備前往火車站搭捷運回家，晚餐因為吃得太急而顯得有些脹氣難受。寒流登臨的夜，身體不由自主的蜷縮起來，火車站前仍然是人潮不退的燈火通明，只見到光卻感受不到熱的環抱，於是經過一家便利商店，稍稍愁顫的身體促使她進去買一杯熱拿鐵暖暖胃。

正當她拿取熱騰騰的厚紙杯之後，一陣溫暖似乎可以開始壓抑著已經強勢了幾個小時的胃酸，她突然有想要慢慢品嘗那份甜甜的滋味而不急著回家，眼光便往店內探尋是否還有空位子可以容她安享。

果然在靠近廁所旁有一個單人的桌面似乎是空著的，但是椅子卻呈現半拉開且角度歪歪斜斜的，桌面算是乾淨，雖說是單人的小桌子，其實是有面對面的兩張椅子共同拱起，而另外一張椅子卻被一整箱的台灣啤酒給霸佔著。

喬瑄左瞧右瞥也沒有什麼人是暫時離開或有想要往內走的趨向，於是就舒服地往那個空位子上坐了，接著暢然地享受這一份可以舒緩胃絞的窩心美味。

「真是的，中午沒吃晚上又狼吞虎嚥，以後可不能一直欺負自己的胃腸了。」心裡一陣檢討聲過後，呼著發冷的手背，坐定自己的身軀，她盤算著這幾個月的工作，已經是接近正職的薪資，原則上還算滿意，足夠給媽媽一份紅包以及日後的生活計畫，如果可能，她還蠻想搬離天母到南部買間小小的透天去住。因為對她的媽媽而言，離了婚卻還將就在一個早以外遇之名切斷關係的前夫所留下的公寓，同時也不得安寧地被前

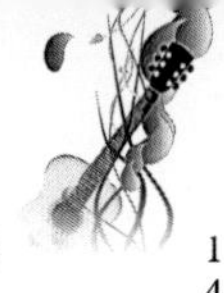

夫的新女人不定時上門按鈴或揶揄嘲諷，除了對她每天的精神是一種磨難，對她的媽媽更為煎熬不堪，婚姻失敗就算了，繼續住在那裡，簡直是容許別人任性地往自己的傷口上狂撒鹽粒。

「那個女人，就是想逼我們走！」

當媽媽關上門，她記得最清楚的，就只有這一句話！她的父親怎麼能夠如此無情與窩囊，想要回房子何不乾脆一點，硬是派一個小三當打手？這個沒用的男人！懦弱的男人！

與其受盡屈辱，倒不如消失在他們的面前。

她多想搬走啊，但以現在她的能力真的不行！而且是非常難的地步。

「一個月兩萬二，一年就二十六萬四千元，媽媽的收入不算，應該可以存到二十萬，但是畢業後還要做這一行嗎？」她握著逐漸變冷的杯子，臉上的愁容也變得越來越沉重，頓時胃裡的酸氣又開始升溫。

「疑？小姐，那是我的位子……」

從喬瑄的耳旁最先聽到的不是這一句話，而是一淙馬桶沖水聲。一位染著黃色頭髮的男人，身材高挑，身後疑似背著一把吉他，喔，沒錯，是真的有一把吉他貼在他的脊骨上，他從廁所走出來冒然的這一句話，讓喬瑄從深層的思考中乍醒。

「你的位子？」

喬瑄才從對她爸爸的憤恨思緒中回到現實，猶似被爆開的瓦斯，隨即用低劣的眼神上下撇了幾秒，重新確認桌位—廁所—吉他—馬桶聲—黃髮男子的關聯性。她不由自主地起一屢小火，不客氣的口吻搭配蠻野不爽的眼神說著，「請問一下，這桌子有寫你的名字嗎？」

「沒……」那男人一副漆黑的眼鏡，嘴唇才剛開半口，又被喬瑄給打斷。

「從我剛剛坐在這裡，也已經過了好幾分鐘了，你老兄才出現說那是你的位子，是哪裡來的王八鴨霸啊？」

「我先……」

「還有，小心我馬上報警喔！你在夜晚還載著墨鏡是怎樣？是通緝犯嗎？啊、對對對，你背著吉他去上廁所，你是有什麼問題嗎？是在處理贓物嗎？還是犯案之後從裡頭喬裝出來準備逃離？你的行為舉止也太奇怪了吧！」不顧旁桌的眼神，喬瑄的怒火正衍燃上引。

「小姐、小姐，STOP！STOP！請妳聽我說好嗎？」他用雙手急忙地在喬瑄面前打了個暫停的手勢，誇張搞笑的動作，使得喬瑄的眼神稍微降了點溫度之後，那男人才慢慢放下他身後的吉他，呼完一整口好長的氣，他才開始搖著頭，嘴角順便露出一抹微笑。

「笑什麼？」喬瑄狠瞪著正移向對面椅子旁的他，「小心我真的按下110的人民保姆鍵喔！」

「慢著慢著，千萬別衝動。」他把那一箱的啤酒給搬下來，然後像是找到舒服的大床般，坐姿呈大剌字，兩腿攤開地放鬆拉直著。

「喂！那是店裡的啤酒，幹嘛擅自動別人的東西啊！」喬瑄用那還剩半杯的重量用力地扣著桌面。只見對面的男人又笑了。

「你的坐姿可不可以不要那麼醜陋啊，你這個變態！」

「這是我買的啤酒。」話一出，終於打斷了喬瑄不吐不快的聲樑，「而且我從廁所出來只是稍微驚訝了一下，我沒說一定要坐妳的位子啊。」

「你怎麼不早說……」喬瑄的口氣明顯地收斂許多。

「從一開始妳似乎就已經設定了我的角色，所以……好像沒辦法阻擋妳。我剛剛只是想說我先拿走我的啤酒就好了。」

「但是你怪異的眼鏡跟醜陋的坐姿還是擺脫不了變態的可能性。」喬瑄不太想直視這個傢伙，撇頭喝著剩下的拿鐵。確實她已經設定，搞不好他的褲襠拉鍊還故意沒拉，只要他再廢語下去，姑娘她可就要閃

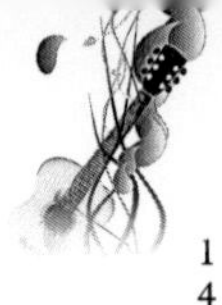

人了！

「小姐，做我們這一行的有點怕是非，些許刻意的裝扮只是為了以防萬一。還有，從妳剛剛的眼神當中我已經清楚妳對我的誤會在哪裡了。我背著吉他上廁所也是萬不得已啊！臨時肚子痛我有什麼辦法，還有，這把吉他實在是太貴了，我怕被偷啊！而且，」

這男的似乎還在調整褲襠，喬瑄立馬閃躲掉半面的視窗，「因為清空了屁股裡的廢物，所以我的姿勢是放鬆了點，真是不好意思啊！」

儘管他已經坐正許多，喬瑄嘆了一口氣，她在心裡嘟囔著：「剛剛的兩隻大長腳耍廢，也太放鬆了吧？」雖然口氣已經沒有先前那樣暴雨如柵，但還是倖然地說了一句：

「果然是神經病。」

她說完就要起身走人，沒想到卻被他拉住。

「幹什麼？放手！」黃髮男的行為又讓她開始點燃怒苗，剛才遮熄的灰燼又再度揚起蒙煙。

「抱歉、抱歉，我無心的，我只是想請妳繼續坐下來好嗎？」說完他立即放手，並且換他起身，他倏地將吉他晃到他的背上，然後抱起地上那一箱啤酒，「希望有緣再見嚕，美女！」隨之沒幾秒鐘，他就消失在這間店裡。

是不是高挑的人腿都比較長走那麼快，一溜煙而已。喬瑄捧著冷掉的杯子，莫名地看著空盪盪的對面，彷彿與那個人的對話從來沒有發生過般，唯一的差別就是那箱原本落在椅子上的啤酒不見了。

以及，地上竟然多了一本歌譜。

「歌譜？」喬瑄離開位子彎腰拾起，它被捲曲得皺巴巴的，卷角上的破損斑駁可見被翻閱無數，裸露在外頭的那一頁，是一首光良的〈傷心地鐵〉，上頭排列著好幾個大小不一的正字標記，像是在記載次數般地凌亂。

「是那個人掉的嗎？」她心裡疑想著，「幹哪一行啊？需要在晚上載墨鏡出門？又不是藝人明星。」突然腦海晃起波瀾，她想起今天補習班學生們所說的在西餐廳駐唱那一號少女殺手級的人物。

沒錯，針對國中女生而言，她在補習班上戲謔地封這號人物叫「少女殺手」，既然叫做「少女殺手」，相反地就是對本老娘不管用！

然後記得女學生說：很會彈吉他、黃褐色的頭髮，俊俏瀟灑的臉龐？嗯，夠了，別再形容……他載墨鏡，沒看到。

會是他嗎？歌譜會是他的嗎？

想著想著，胃又開始鬧起了脾氣，她揪緊腹腔，冷掉的拿鐵已經沒有特別的功效，她還是勉強將它飲盡，不知不覺中，她順然地就翻閱起歌譜，不僅有最近熱門的歌曲，也有過去風靡在1990年代的國語流行經典，像是一本拼裝訂起來而非制式練唱的歌譜，每一首曲子的空白處，都有註明演唱技巧的提示，應該說是自己的筆記或是心得？總之看起來他是一個非常用功於彈奏與歌唱的人。

「還真的是對音樂瘋狂。」喬瑄嘴邊不經意地吐息著，她隨後看著手錶上的時間，已經是晚上的十一點左右了，說真的還沒有那麼晚離開台北站前商圈的，她急著打一通電話給在家的媽媽，說今天晚了一點才下班，現在正要趕著搭車回去。於是她起身，就在丟棄幾乎不留下痕跡的紙杯到資源回收桶時，她猶豫著要不要把那本歌譜交給店員，好讓那個人回來找歌譜時就可以順利取回。

但，她似乎猶豫著。

「也許親自交給他會比較好。這麼重要的東西，要是店員不小心弄丟了，那個人的工作不就會產生困擾了嗎？」

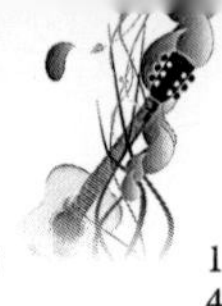

喬瑄她邊想邊往店外走，歌譜被她緊緊地握在手中。

逆著冷峻的風堅持往前挺住，胃又開始隱隱作痛。喬瑄苦悶著今晚怎麼會特別難受，正當她扣著歌譜往腹部上方搓揉之時，才走出門外沒多久的距離，沒想到方才眼中的那個變態，竟然喘呼呼地迎向她跑來，邊背著吉他邊跑著，還順著擺臉對她微笑，動作十分滑稽，他似乎還記得喬瑄的樣子，高興地喊著：「嗨！」然後一回頭就不小心地撞到了前方的路燈桿子，「唉唷喂呀！」接著便一個趔趄趴倒在地。

「怎麼像個笨蛋啊？」

「哈……沒注意。」他翻身仰在地上，吉他老早就安然躺在他的身旁，臉朝上看著喬瑄的下頷，額頭已經被礪紅了一片。

「可以不要在晚上戴墨鏡嗎？可以嗎？」她憋不住想笑的欲望，卻被寒風僵住表情，連說了兩次「可以嗎？」

「否則你下一次撞到的可能不會只是一根桿子了。」喬瑄在他的瞳鏡中倒映著，十足地像個勝利者正插著腰，揚起下巴，輕斜嘴角，大吐穢氣，諸多的動作竟然讓他目不轉睛。

「喂喂喂，你有病是嗎？你是想躺多久啊？你不冷嗎？」喬瑄持續隱忍著想笑出來但又不想給對方發現的苦，故意用這種不客氣的態度說話。

「冷吧。」

「冷吧？」喬瑄見他匍匐地爬起，立即反射性地轉過身，「我看你穿著薄薄的外套而已，趕快回家穿厚一點的外套，也別太神經大條了吧！」

「沒辦法，因為妳太美了！」他摘下眼鏡，喬瑄連瞥都沒想要瞥一眼，他急著說下一句，「我一看到妳就砰然心動。」

「神經病。」

只見這三個字隨著冷風飄啊飄地從他的耳邊略過，他向前追著她的背影，過了兩個十字路口，進入地下街，他就這樣無聲地跟著倉促疾走的喬瑄。

「你是變態是嗎？你再跟，我就要去跟前面那位警察先生報案了喔！」

「別這樣，我只是想……」

「門都沒有！」喬瑄有點惱火，要不是因為人潮依然不退，自己也怕丟臉，她早就想大喊有跟蹤狂了。

「我只是想跟妳拿回我的歌譜啦！」

「歌譜？」喬瑄差點忘記那本破爛的東西還拿在手上，並且還繼續當做緩解帶一樣在搓揉自己的胃，她驚訝著他怎麼知道她拿了他的歌譜，也忽然想起了最早想要帶走歌譜的目地。

「妳的肚子不舒服喔？」

「不用你管……拿去！」她任意讓手掌向上拋出，只見那人的高挑身材一個箭步就接到了歌譜，也順勢站在喬瑄的眼角頂上，他輕拍她的肩膀一下，然後快速地脫下吉他封套，那叢黃褐色的頭髮像是有節奏感地在跳動著，他清新俊逸的臉龐瞬間佔滿了喬瑄的靈窗。

「讓我唱首歌表達我的謝意。」

「不用了……」正要迴轉身架，喬瑄聽見被音弦輕聆透入腦中的美妙音色，那人不顧前後繼續仍在流動的人潮，自己輕閉著眼睛，快速地鏗鏘起和弦哼唱了起來：

「黑色的夜燃燒著風，無情的細雨淋得我心痛。最後一班車，像是你的諾言狠心離去，濺濕了我的心。一個人走在冰冷的長街，想起分手前熟悉的臉，淡淡地留下一句，忘了我吧還有明天，心碎的聲音有誰會聽得見。告訴自己愛情早已走遠，可是胸前還掛著你的項鍊，逃離這城市，還剩什麼可留在心底，忘記你不如忘記自己。」

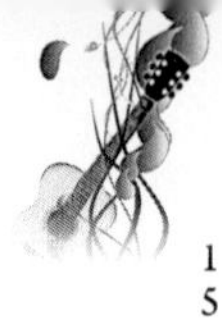

撥彈六條弦上的隨意與清澈，搭配柔和美妙的歌喉，哇！不由得喬瑄在內心裡頭尖叫著！已經有路人甲乙丙爆出滿分的掌聲，也不用她的嘴巴出馬了。那男人非常淡定，似乎他已經非常習慣掌聲，也對這種大眾場合與萬目睽睽之地信手沉醉的專注，豪邁的演出展現相當的自信，而且是非常具有水準、十分精彩的自彈自唱，拿已經出過唱片的歌手相比，除了天王天后級的人物以外，恐怕也沒有幾個人能超越他。

但她突然聽見有路人阿姨說，「是在求婚嗎？」

「不是啦，求婚怎樣會唱忘記妳不如忘記自己啦。」

「那……他是要挽回女朋友才這樣唱的嗎？」

「這樣唱不是會讓女朋友越聽越火大嗎？」

「忘記自己不就是癡呆嗎，誰還會跟你復合啊?小哥。」一位老太太輕拍他的背，像是在鼓勵他似的，害他只能尷尬地笑，隨後老太太補了一句：「那位小姐的脾氣我剛剛也看到了，自己小心一點，只會唱歌是沒有用的，聽懂沒？」她又拍了他的胸膛，像在勉勵又像騷擾般，接著搖搖頭離開。

只見他撫著吉他一臉無奈，不知該哭還是該笑的好，沒想到這張逗趣的臉，竟可惹出喬瑄哈哈大笑。

「喔，接受我的謝意了嗎？」

「不差。」

「過獎了。」

「我可以回家了嗎，跟蹤狂？」

「可以。」他笑起來像飲著淡淡的桂花釀，又甘又醇，讓人怡目。

「你怎麼知道是我拿了你的歌譜？」

「感覺。」

「呿，別造出一段浪漫的愛情故事，我是不會參與演出的。」

「那偶然巧遇的一見鍾情喜劇怎樣？」

「我像是搞笑的人嗎？」

「給你體會錯失良緣的悲劇如何？」

「有病的人才想去體會！」喬瑄不想跟他抬槓下去，夾好包包準備離開。

「這就怪了。」

「啊？」她猛然回頭，那勾著懸疑的口氣，惹得想再聽他還要胡扯些什麼的表情。

「其實，我從剛剛就一直覺得，妳看起來肚子好像很痛的樣子，妳……是不是因為身上沒帶衛生紙，所以才想把我的歌譜拿去擦屁股啊？」

「你給我閉嘴，誰會那麼沒衛生啊！我肚子是不舒服，但不是想拉的那一種，況且我還有帶衛生紙！」

喬瑄脹紅了臉，只見他咳咳地笑，才恍然大悟自己中了他的計。

「妳真愛生氣。」

「你這個人實在是……」喬瑄騰起怒濤，握起拳頭顫抖著。

「我好像一看到妳，就覺得自己會愛上妳的樣子。」

「……」受到這句莫名其妙的話，平時早就破口大罵的喬瑄，竟然嘴唇僵住不動了。

「妳好，我叫季元方，不是藝名喔，是本名！目前在站前那家百貨公司內的民歌西餐廳擔任駐唱。我只唱週五跟週六兩天。」他擺起溫厚的笑容，恭敬地遞給喬瑄名片。

「你的職業？」

「算是，半個歌手，半個唱片公司的幕後創作，以及在森林裡彈著吉他的與大自然共舞神魂的精靈。」他停頓一下補充說著：「增加一項，就是重機的愛好者。」

「還有，令人作嘔的跟蹤狂。」喬瑄懶得理他了，這回鐵了心大步地向前，決定擺脫今晚這個糟至噴飯的際遇。她心裡想，他會不會跟上來繼續死纏爛打？想必是吧，尤其是出現那一句莫名其妙的話之後。

沒想到他就站在原地，在離捷運入口處還剩十幾公尺的地方，喬瑄出乎意料之外地回過臉容，竟然不是她所想的那樣，那清秀的五官舉起了他的雙手，用力地向她揮著。

「再～～～～～～見～～～～～～～～」聲音漫過人群伴著喬瑄穿過入口門板，那驚人之舉，讓他們成為眾目睽睽的焦點。

「我相信，我們會再見面的～～～～～～～」

從那麼一丁點的距離開始，彼此之間的吸引力卻不斷地放大。

「喔，差點忘記給你鼓鼓掌了！唱得真是不錯。」

曾經，他唱給她的那些歌曲，

在那之後的某些年，她總是聽得如癡如醉，就哭了。

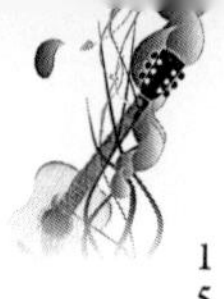

第六章 喬木擁千

回到公司，王凱斯準備要送鞏智恩回去，而黃亦泰則要送利美去坐捷運，唯獨張皓強想要留在公司裡頭獨處一陣子。也許他已經明白他在喬瑄心裡的份量，在這一個禮拜之內遠遠地被那個吉他男給擊潰。鞏智恩臨去時提醒著他要理性看待，不能強求。

張皓強只是勉強露出一點微笑，沒應聲就進了公司的門。

「唉，放那麼重，單戀失敗真的很痛苦。」鞏智恩在王凱斯的車內托著腮低聲地說。

「妳也有過嗎？」王凱斯打開雨刷，台北惡黑的景象，在喧嚷的車陣當中，又增添了煩人的雨滴。

「是啊……年輕的時候。」她摸著王凱斯車上的巨型欠揍貓玩偶，若有所思。她是王凱斯車上最常見的嘉賓，只要是因公應酬客戶的時候，王凱斯也常會陪在現場，偶爾尹碩傑還要跟著客戶續攤，他怕鞏智恩太累，就會請王凱斯先載她回去。有一次回來的時間比較早，王凱斯就提議去逛逛夜市，這隻欠揍貓就是鞏智恩說它好可愛的當下買來的。

「對象是季凡諾嗎？」

「你怎麼知道？」

「怎麼？竟然不想否認？」王凱斯稍微驚奇地看著她。

「想必，你們聊得不少，他會上來台北的原因，你也應該都摸得很清楚了，所以我否認也會被你質疑到底的。」

「那妳就不怕傳到Paggy耳裡？」

「你不會出賣我的！」

「為何？」

「因為，」鞏智恩眼神一定，拋出相當自信以及兼具撫媚的氣息，「憑我跟你的交情啊！」

「呵，聰敏的女人，我真的很喜歡妳！」王凱斯的視線離開前方，轉過旁去仔細打量著她，遲久都沒有說話，最後只是哼哼兩聲地笑著。

「幹嘛啦？笑什麼？」

「妳不覺得妳有三重人格嗎？」

「三重人格？」

「對Jay像個小女人，對我則是可以發出真性情的知己，對季凡諾就像個似戀非戀的親人。」

鞏智恩愣了，原本臉上還伴隨著王凱斯的笑聲而有的歡紋，但一聽到這樣的詮釋，她反而垮下臉。

「我有三重人格？你在開我玩笑嗎？」

「應該說是三種感覺，很詭異多變的感覺，我只是在提醒妳罷了！」

鞏智恩並沒有意外，她自己非常清楚，對於愛情她始終有個憧憬，從最早的季凡諾開始，她天真地以為純純的愛就是愛情，也許是自己太過早熟，所以她對他的愛始終得不到回應，就這樣因為外出求學的關係，與他的感情也就淡定了下來。

出了社會自己不懂得什麼叫做付出，或是如何體會愛她的人到底是可以給她什麼，每次都糊里糊塗地結束，然後很快地又撞進了另外一個戀愛叢林中，無論哪一段的感情，她得到的只有一次又一次的受傷。因此，有太多不好的結局，導致她現在時常有一股莫名其妙的得失心，偷偷地潛藏在她每一次觸碰尹碩傑的胸懷裡，讓她直接懷疑目前處於愛情中的甜蜜感並非那樣真實。

說來好笑，這不就是她一直以來非常渴望的愛情嗎？

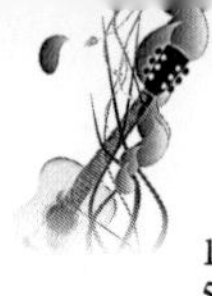

然而更好笑的是，現在的她卻變得十分搶手。她就真的在王凱斯面前笑了出來。

「妳笑了？」王凱斯一陣意外，「我眼花了嗎？剛剛一瞬間我還以為妳要罵我呢！」

「你覺得我現在很熱門很夯嗎？」鞏智恩那種刻意裝起的笑容，隆起淡淡的腮紅，雖然一整天下來已泛著油光，卻仍然豔麗動人。

「不懂，是指什麼？」王凱斯稍有閃神，他力求鎮定，就快到大安區她的租屋處，路口的紅燈才正上演。

「我迷人，還是不迷人？」她笑得更積極綻嫵了。

「喔？妳是在勾引我嗎？」王凱斯失笑，一手把她的臉給蓋住。

「你昨天才說喜歡我而已呢！今天就變啦？男人啊，果然沒有人肯捧著真心對待我！」鞏智恩猛搖頭嘆了大口唉唉之氣。

「原來妳有在聽我講話喔！嘖！」車子重新前進，一眼就到她平時會下車的騎樓，「感覺妳有開始自抬身價的企圖。」王凱斯深深地搆亮眼窩，順勢拉起嘴角像在挑釁般。沒想到鞏智恩卻望著自己的宿舍大門，呆滯地凝望著。

「怎樣？不想回去還是因為我的話生氣啦？」

「怎麼會。」

「那妳怎麼又沉了下來？」

「我只是在懷疑我自己而已。」

「啊？」王凱斯不明所以，雨刷在擋風玻璃前，像雙人舞般不停地在左右擺動著。

「我所認識的男人，對我付出過的真心到底有哪些是真意？我到底哪裡好，值得你們這樣對待我？」鞏智恩的臉一擰，從剛剛的長嘆變得嚴肅，像易碎的玻璃心，極力尋求最佳的戒護。

「我是真的喜歡妳，也許現在就跟季凡諾一樣，做相同的傻事，然而妳現在有Jay，妳難道希望我們去公平競爭，然後使出渾身解數之後妳才會了解誰的真心最濃，誰的真意付出最多嗎？別傭人自擾了，珍惜現在，好過我們較勁後都受了重傷，妳也不會快樂到哪裡去的！」

「說得也是。」鞏智恩開了車門，「今天謝謝你囉！」

「不請我上去坐坐嗎？」

「下次吧，我的男人正在等我的電話呢！」

「最好是喔！」王凱斯向她揮揮手，他笑著，然後關上車窗，從後照鏡看著她呆立在騎樓下的樣子，笑容漸漸消失。

六年前在接近農曆春節的那個週末，喬瑄在補習班放寒假前的最後一天，一堆女學生又開始在她的面前提起一、兩個禮拜前的那位歌手的事情。

「老師，妳去聽過了嗎？」

「聽什麼啦？講義都拿了嗎？」喬瑄依舊擺著撲克臉，絲毫不肯放鬆緊繃的五官，「整個寒假給我好好地寫，退步的話就給我試試看！」

「好啦，妳那麼年輕卻比我媽還會唸，妳這樣會老很快喔！」

「才不會勒！」

「新年快樂喔，老師！」導師的威嚴仍在女學生的笑臉嬉皮下不呈氣候，一陣七嘴八舌的喧鬧之後，她們準備離開喬瑄的視線，直到一位女學生拿著印著季元方三個字的小海報卡晃出，喬瑄才停下了手邊的工作，「等等，妳手裡拿的是誰的海報？」

「啊？不是跟妳說過嗎？這個人超帥氣的，今天提前下課剛好又是週六，我要去聽他唱歌啦！」

「他唱得很好嗎？是不是很會彈吉他？」喬瑄故意試探性地問，眼光仍然投射在書稿中故意裝忙，只不

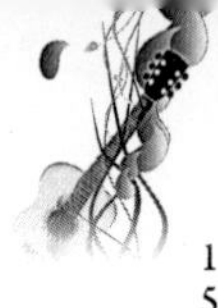

過女學生似乎用不可置信的表情回頭看著她。

「老師去聽囉？妳不是不屑嗎？有聽過的人都會說他這個人很會彈吉他啊！」女學生展了笑靨，然後隨著心花怒放綻起更大的歡顏，「老師妳說，是不是很棒！」

那位成績不算太差的女學生竟然會迷那個還未真正發過專輯只唱幕後的小咖歌手，簡直到了癡狂的地步，幸好她的學業都在前茅，那晶瑩剔透的雙眼透著理智，也許那是紓解功課壓力的最好方式吧？想當初自己也是這樣啊，才大她們七、八歲而已，是沒有什麼格拿高俏的資深來教訓她那所謂的瘋迷吧。

「我沒去過那裡，但是有聽他彈過唱過……」

「啊？老師妳在耍我啊？沒去過那裡，怎麼可能聽到他的歌聲啊？」女學生僵住笑容，似乎還一臉憤慨，「據我所知，他還沒在西餐廳以外的公開場合上唱過歌呢！」

「哇咧，妳不高興什麼啊？我開開玩笑不行啊？」這回換喬瑄笑了，這青春期的女孩是怎樣？

「我就知道老師在耍我，再見！」

「他通常在那裡都唱到幾點？」喬瑄望了她的背影一眼，淡淡地問。

「不知道，他很隨性，有時候很high就唱久一點，有時候臨時有事就走掉了。其實我也沒那麼多錢每週都去啦……」女學生聳聳肩，用背影為臉揮一揮手，隨即快步地追上與她同一群的夥伴們。

「臨時有事就走掉？」喬瑄聽到這些話，還真對歌手這個身分不敢恭維。那傢伙應該是很懶惰吧？一個禮拜唱兩天已經夠涼了，竟然還那麼不敬業，「隨性？我看是隨便吧？再過不久他的老闆應該會炒他魷魚吧？」

她在心裡批判著，眼底漸漸堆上不屑這兩個字的灰塵。但在與其他同事互道新年快樂離開補習班之後，她的步伐卻不知不覺地往那家西餐廳走去。

「我沒有好奇，就只是單純地來看看他到底是在臭屁些什麼而已！」她給了自己一個這樣牽強的理由。

週六西餐廳裡的客人，真的多到有點誇張，不但高朋滿座，連最後頭的走廊上也都站滿了人，不是純粹來這裡吃吃過午的便餐，喝喝下午茶而已嗎？台上正在整理休息，只留下單支的立式麥克風與後頭的一組鼓與keyboard，台下人雖多卻沒有太多的吵雜，他們低聲地交談，和徐地在岩燒盤上樽起酒杯，氣氛果然不像一般的婚宴酒席，格調上算是保留了高尚優雅的層次。

真的沒有位子，最後頭的走廊並未真的可以用餐，但只要願意繳出最低消費點杯飲料，就可以在裡面欣賞歌手的演出。喬瑄看了價目表，還可以接受的兩百元，於是她點了來自台東卑南的普悠瑪咖啡，這款還沒有嘗過的在地品種咖啡，入喉沒有苦澀反而有一種甘醇香甜的味道。

「這咖啡有加奶精嗎？」喬瑄走回吧檯，想詢問是不是給錯咖啡了，花了兩百元買高檔咖啡，總要追一下CP值。

「味道差了嗎？」那服務生低著頭，沒有穿著跟其他服務生一樣的制服，頭戴著鴨舌帽，後頭在燈光下竄出黃髮斑斑。

「是沒有不好喝啦，只是沒喝過這種咖啡，我納悶的是我明明就是點無糖的，怎麼會有甜甜的口感，那是接近半糖的程度了耶！」

「小姐，甜與美是這種咖啡的特性，就跟妳一樣。」

「ㄜ……」怎麼會有人這樣回答，實在是非常突兀，喬瑄面露些微的靦腆，她用稍低的眼角看著那位服務生，他的帽緣依舊可以烏黑地掩著看不清的五官，他仍在忙著沖泡下一壺咖啡，雙手熟練地研磨咖啡豆，然後將落下的粉又快速地灌進濾壓壺中，在高壓熱水還在滾沸之時，他又身手敏捷地沖洗濾網與上一壺的壺底，只見來回地在檯後左右移動，感覺他是位很資深的老手。

有其他的客人上前也要點杯咖啡，他竟然說出：「請找裡面其他的服務人員好嗎？我只是臨時來串腳的，謝謝。」

「啊？」什麼啊？喬瑄簡直不敢相信她的耳朵，花了兩百元的咖啡竟然是被這一位臨時來插花的串腳泡的？喬瑄忍不住蹙眉，後來又想想算了，這杯咖啡已經一半在自己肚子裡了，論真來說除了稍甜之外也沒什麼好挑剔的，也許其他店員泡的會更甜也說不定。

但她仍然有一點小不甘，於是找到機會刻意問了另外一名已經忙完客人、真正穿著制服且有姓名牌的店員，她直接挑明了問，戴鴨舌帽的那個傢伙到底是會不會泡咖啡啊？

不料竟然得到了一個令她十分費解的答案，「小姐，妳第一次來對吧？他是個高手耶！」

「什麼？」咖啡泡那麼爛還敢說是高手？喬瑄一臉不可置信地看著那個帽男，是自封的吧？還是今天她的耳朵臨時中風，將惡評聽成佳話？

只見他依然低首，陰沉的影子緊貼在他的帽下。

算了算了，喝咖啡本來就不是今天來到這裡的目的，她不免四處張望，看能不能找到她那位對季元方非常著迷的女學生，左右環顧，似乎沒有找到。她又開口向那名店員問了，「季元方的演出是幾點開始？或者是已經結束了？」

「喔、妳說他啊？」那位店員突然把頭轉到他的左側，似乎是想要直接用手指標示出答案的方向，那個方向在原本鴨舌帽男站立的位置上標了個空。

「咦？到哪裡去了？」

「什麼到哪裡去了？」喬瑄捧著半杯不到的普悠瑪，忖著疑問。

眼見沒辦法用手指的，那店員看看自己的手錶，眼鎖放開略有得到提示般地只好用講的，「他結束第一階段的表演會休息半小時，現在時間也差不多快開始第二階段了，所以才不見蹤影。」

「不見蹤影？什麼意思啊？……」喬瑄更困惑了，通常演唱者的休息時間不都是在後台休息的嗎？指的不見蹤影不就等於廢話嗎？她失笑著那店員似乎是故意在逗趣她的。

「這位大美女，妳真的是第一次來耶，妳都沒注意到嗎？剛剛在……」

「什麼啊？」那店員的話聽起來就是想跟她搭訕，喬瑄不太想繼續聽下去，躍下長腳椅就想離開吧檯。

「剛剛幫妳泡咖啡的就是他本人啊！」

「咦？」

那個傢伙就是季元方？

那個黃髮的吉他狂也會泡咖啡？我有沒有聽錯啊？喬瑄的大眼瞪得比平常益發雪亮。

難怪，才會泡出味道那麼離異的咖啡！

「你說的是真的嗎？」

「沒騙妳啊，那個戴帽子的就是他啦！」這回換店員訕笑著與其他店員哄哄地亂成一團，好像就在嘲諷第一次進大觀園的鄉巴姥姥一樣。

「他平常只會在週一到週四的非表演時間來這裡搞咖啡，很少在他有表演的當天闖進來亂，喔不，幾乎是沒有過呢！他今天是吃錯藥了嗎？」說完裡頭又是一陣嬉鬧。

天知道？你們都不知道了，我哪知？喬瑄在驚訝中啜著最後幾口不到的咖啡，其實說句良心話，因為沒喝過這種咖啡，所以剛開始顯得突兀陌生，後面半杯的口感確實有越來越甘醇爽喉的美味。她看著台上被亮黃的引燈照得刺眼，卻依舊空蕩無人，台下滿席的排餐作客暫時舉箸閒聊的空檔，卻也不失屏息以待的氣氛。

不是時間快到了嗎？她的內心還真有點期待究竟會有什麼樣的演出描繪在她的眼前。

那個跟蹤狂，我就是要看你有多大的魅力，可以把我的學生給迷得團團轉？

「這杯給妳，喝喝看！」

突然一個輕輕的力道，倘過喬瑄的右肩，碰觸過的長版風衣外套上，似有一股溫熱，她糊里糊塗地接過

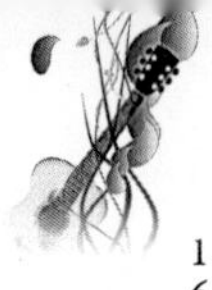

手，回頷後的雙眼只有注意那杯純美式黑咖啡的上頭，有一張白色標籤浮著文字寫著，「我們有緣，真的又見面了！美式咖啡請妳！」仔細盯完之後，再仰起頭只見著那個鴨舌帽男的背影，後頭黃褐色的頭髮略有熟悉地發亮，然後他直接躍上舞台，工作人員替他提上吉他，後頭的鼓手與鍵盤手夥伴，也陸續走上幕前。那七彩繽紛的燈光頓時照耀整個舞台，舞動十色伴隨著台下不止息的尖叫聲。那天晚上曾經映在她印象裡的容貌，終於在他脫下鴨舌帽之後，完整地與現場本尊全然重疊。

喬瑄一晃眼，終於發現她的那位女學生就坐在舞台前的第一桌。果然她早就來了，真是瘋狂。

女學生說的那個人，還真的是他！真是夠了，我今天竟然也為了看他——的表演而來到這裡，我是不是瘋了？她意識到手裡的那一股烘熱，她細看著那幾個字，然後抬眸看著舞台，只見他走向他的樂團夥伴，好像些許地做了幾句交談，那兩位夥伴便離開了舞台，沒多久他架好一本歌譜，翻到他想要的那一頁，然後無風定灼，喬瑄的眼神竟然也跟著炯炯不散，全場的嘶叫聲嘎然而止，他擬好麥克風落在不到唇邊一公分的位置，輕輕地說了一句。

「這首歌，要獻給一位剛認識的女孩，真的才剛認識而已，但好像就是我……一見鍾情的女孩。」聲音淹沒整個廳所，台下呼聲緊接湧上，他的眼神成了兩條平行細線，筆直地穿透人群停留在喬瑄被風吹起的瀏海波緣，隨後他刷起和弦，她手中那杯溫熱的咖啡霎地也像音符一樣跟著旋律舞動著。

「曾經在素淨髮上，繫一束清新消息，
那芬芳就如此蜿蜒地流到現在心裡。
曾經在胸前口袋，藏一絲清香祕密，
那氣息曾貼近心情，醞釀著女人的心。

為了綻放，所以和晨風靠近。
為了緣份，所以與你相遇。

你可以如此猜想我的世界，在茉莉花的深情，
安安靜靜沈澱自己的心事，點點滴滴流洩細微的美麗。

你可以如此看待我的生命，在茉莉花的日子，
沾著露水流轉到你手裡，不曲折卻不容易忘記。」

〈茉莉花的日子〉原唱：曾淑勤／詞：姚謙／曲：伍思凱

尾奏完畢，隨著他吐出的一股興奮，台下觀眾熱烈地報以如雷的掌聲。喬瑄的左胸悸動，這是她前所未有的感覺。四目交接的平行線，筆直地再看了彼此一眼，喬瑄被台上襲來的紫光曖昧，氳得動彈不了。

「那個跟蹤狂，竟然害我這麼緊張……氣死我了！」她握緊那杯咖啡，眼神悄然地又對那一小行字啄了一遍。美式咖啡？他泡的嗎？嘴裡似乎還有一點剛剛普悠瑪的醇粕，要馬上喝嗎？等等，他是把我當試驗品嗎？又不是星巴客買一送一，就不相信你這個業餘的泡得有多好。她帶著一點得了便宜又賣乖的表情碎唸著。

嗯，還真好喝。

歌也真好聽，連聽了幾首，又加上兩杯咖啡，這兩百元是不允許她說出口的值回票價。

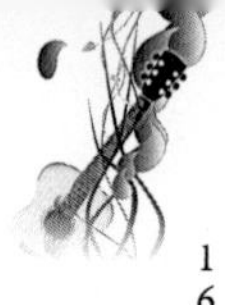

沒多久，竟然聽見他在舞台上說，他要去找他的女孩了，所以他下班了！新年快樂！

喬瑄的那位女學生簡直詫異不已，她立起身看著季元方別起墨鏡，背起裹著黑色皮套的吉他，就這樣由台下略過她的眼前，她與眾粉絲一樣，循著季元方走過的路線，越過了十來桌的方陣，走到了最後面靠在玻璃牆上，捧著咖啡站立的長髮女人，可能燈光有點昏黃看不清楚，女學生跨出步伐往前縮短那瞳孔間的焦距，隨後那張熟悉的臉孔剎那間讓她目瞪口呆，她印著大大字體的季元方小海報瞬地踉蹌撲倒在地，只看見喬瑄一臉驚徨與羞澀，整個像是快要脹破的紅色氣球，在眾人的哄堂歡呼中，逼得喬瑄倏地往外頭逃離，而季元方立即擋住門口，轉過身大聲地再度對著大家說：「新年快樂！還有，」他回顧追尋一下那長髮尾女人的方向後，又補充一句：「提前過過愚人節也很快樂喔！」

然後，隨著他自己的大笑，同時也被眾人的埋怨噓聲給送出了門。

新年快樂！

還有，我的愛人。

又是一個週一的早晨，光華科技總部依舊潮來紛亂的踢踏聲，淹進了大廳，灌滿了各自心思浮動的樓層，鞏智恩一群人回到工作崗位上，大多顯得有些疲憊，喬瑄更是哈欠連連。

「妳沒睡好？」

「嗯啊……」喬瑄揉揉惺忪的眼睛，一臉沒有精神就算了，眼球還帶著血絲，妝也沒畫好，只剩還可以看的衣著，卻被她的散漫給打敗了。

「妳看妳，都快要跑出黑眼圈了啦！」

「是嗎？呵呵……」喬瑄很想直接趴在桌子上睡一覺，因為昨天太晚回到家又沒有睡飽，這一趟的舟車勞頓，簡直比上班還累！

「他……回去了嗎？」鞏智恩在電腦螢幕的另外一頭，與喬瑄正對面的角度，看不清楚她的臉，喬瑄握著滑鼠，眼神雖然倦態，仍能讀取她的心思。

「他，是指誰啊？」

「凡諾啊……」

「我說姐姐啊，不是我愛說妳，這次去玩妳也有他的電話了，妳可以打給他問候他啊！幹嘛要一直問我這個外人呢！」喬瑄探頭看著她，閃亮的土星環耳飾刺得鞏智恩別過頭去。

「他累了，當然就回鄉休息啦！」喬瑄到底還是說了。

「他累了？」鞏智恩不懂這句話的意思，尤其是從喬瑄的口中說出來，好像她還要比她更了解他似的。於是為了掩飾多少浮在臉上的酸漫，她端起剛泡的咖啡，雙手捧在那活靈活現精緻陶塑的兩隻魚肚上取暖。

「妳不累喔？我覺得我比他還要累呢！」只見喬瑄打了個哆嗦，同時放聲地嘶喊著。

「累什麼啦！」此時黃亦泰經理闖了進來，一副精神抖擻的樣子，「兩天一路上都是我開車耶！說真的，妳們這些年輕人怎麼都這麼沒用啊！」

「呿！死光頭，一大早來就想吵架啊？」喬瑄白著眼看他。

「有沒有看到小強？」隨即，他一臉嚴肅。

「幹嘛？今天還沒看到他啊！」

「慘了，搞失蹤了！」黃亦泰又變了一個超級滑稽的表情。

「什麼意思？小強他今天沒來上班嗎？」鞏智恩放下咖啡杯也跟著嚴肅起來，「手機的line也聯絡不到

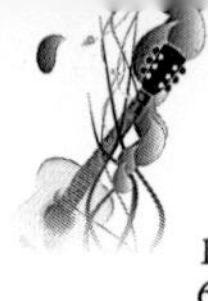

他？」

「是啊！他的報告還沒交給我，我等一下要怎麼開會啊？」黃經理忽然焦躁了起來，開始在辦公室內左右踱步。

鞏智恩似乎是知道問題點在哪裡了，「昨天他回公司門口的時候，說不回家要進公司窩一下……」

「完了，完了！這就是原因了，都是妳害的。」黃亦泰的手指硬是對著喬瑄，並且裂起雙頰，噗喫喫地猛笑著。「趕快搜查這整棟大樓的每個角落，尤其是洗手間，搞不好經不起失戀的小強已經……」隨即他上演著一條絲帶倒掛起脖子、吐出長舌的樣子出來。

「不會啦，經理您想太多了！」鞏智恩不免被黃亦泰的搞笑乖張給逗悅。

只有喬瑄白了他一眼，然後用一種很不輪轉的台語喊著，「哩雞雷西更桃，各人造業各人擔啊！他失蹤干我什麼事啊，不會去報警尋人喔！」

「尋人幹嘛，我要尋報告啦！」

「報告自己亂寫就好啦，你平常不是也很愛唬爛？相信我，這種事絕對難不倒你！」

「哇哩咧……」

眼見黃亦泰鬥不過這個伶牙俐齒的女人，他在踱步之中隨後又轉了另一個話題。

「喂，小瑄瑄，妳昨天幹嘛臨時要跳車啊？那個鄉下來的老師有需要妳這個台北大美女親自送行嗎？要送也不是妳送，應該是智恩送吧？我昨天都傻了妳知道嗎？妳突然大叫一聲要我緊急停車，我被後面計程車老大的喇叭給轟假的！」

喬瑄看了一下鞏智恩，似乎在確認對方的某種眼神，然後故若自態地回著，「他的吉他留在我家附近的飯店，忘記帶了。」

表情雖然裝著稀鬆平常，但看在鞏智恩眼裡卻有不一樣的源遠流長。

「忘記帶？原來是這樣啊！」黃亦泰摳著自己頂上的黃澄鮮亮，他壓根就沒有任何季凡諾背過吉他的印象，有也只是聽他們在講而已。

「妳下車就只是要告訴他這件事而已？」鞏智恩似是放心的表情，嘴邊的細問卻不自覺地溢出些許的微笑。

「對……」

「不對！妳不是有他的手機嗎？為什麼一定要親自下車找他啊？怪！」

黃亦泰一語，讓鞏智恩收回了微笑，喬瑄則默默地敲著鍵盤。

爾後沉寂了數分鐘之後，喬瑄看著那隻依舊在裡頭來回踏步的禿鷹礙眼，終於忍不住明示著：「黃老頭，你待在這裡太久了，你要不要趕快去報案協尋張小強啊？」

「靠，趕人了咧！」

黃亦泰最不喜歡在深深的思考之中被猛然打斷，他不悅地看了看手錶，臉孔猛然遽變，「靠腰，已經十點了啊？要去開主管會議了啦！……幹！死小強！會開完我要是全身彈孔走出來，我一定會去找專門打你的拖鞋，而且一定會把你打得扁扁的！」說完便奪門而出。

頓時兩個女人在這間辦公室裡，眼口瞬間停擺，她們聽著外頭的風吹打窗戶奏起一陣嘶厲嘈雜，感覺風相當不悅，很少出現如此的淒然撇耳。

喬瑄突然湧起一絲不太理性的氣息，「智恩，我覺得妳該放下他了！說真的，我突然就想說這句話而且是非說不可，像妳這樣同時放了兩個男人在心裡頭，是很自私的，相對地，也對那兩個男人不公平，不是嗎？」

聽完，鞏智恩驚訝著平時待她情同姐妹的喬瑄，竟會用這樣的口氣對她說話，一種像在提醒或更像是在責備的口吻，她有點不習慣地聽著，為什麼喬瑄會因為季凡諾的出現而產生不一樣的改變。就只有那短短的幾天而已。

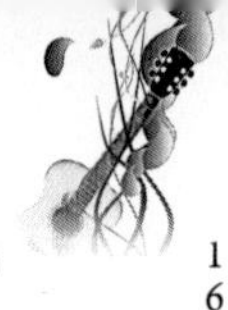

從那一句「他累了」開始，她聽得很深，也聽得出來這三個字非常非常有「譴責性」。

「我只是……」

「我只是覺得季凡諾太重感情，所以才會讓妳這樣予取予求，又不肯給回饋！」

喬瑄說完，自己忍不住意識到「後悔」這個具有遺憾味道的字眼，看鞏智恩滿臉像是被電擊觸碰到的僵麻，根本說不出一句話來，她轉而撇著低俯的臉，任流下的長髮盪落在頰邊，也任由沉默代替這段逝去的時間。

「對不起，我今天大概是吃錯藥了，我想要請假。」

她迅速整理了自己的包包，關了電腦，不管週一的文件企劃堆疊如山，她就這樣丟下她的好姐妹，獨自離開公司冷靜去了。

其實，

從第一次看見她主動牽起了他的手之後，

她的心就已經開始在發抖，

而今日，

她的心被人發現已經剖了兩半，久久不能話語。

「初次見面的那一個晚上，你到底是把那一箱啤酒抱到哪裡去了啊？」

「啤酒？」

那一年的某個晚間，他們大快朵頤完美味的碳烤厚切牛排與精緻的田園沙拉套餐後，他們手牽著手走在大直河濱旁，在夏至即將來臨的夜，那微風乘起河上的星光，波洵粼粼映照著神幽的靜謐，有美感、有觸感，在他們異手合十交扣，更有舒適到說不出話的甜蜜，他的手心很燙，像是要把她消融的焦油，一點一滴馴服著總是愛翻白眼爆衝性格的她。

「半年前的事妳記那麼清楚幹嘛？」

「那一箱啤酒到底是誰的？」她不死心地再問了一遍。

他摟著她，低眸的神情向她微笑著，「哈，妳有看過我酗酒嗎？」

「沒有，但那天就這一點最可疑！」

「拜託，我的皇太后，小季子想給您請安睡覺去了！」

「你少打馬唬眼，剛剛離開那裡之前，我看到你也叫人把兩箱的啤酒拿去工作室裡放，是因為工作室的夥伴愛喝，還是你自己愛喝啊？」

「寫歌或是錄Demo總是要有點醉意才有fu嘛！」

「喝咖啡就好啦！你不是很會泡？」

「會睡著。」

「啊？」她踢了他一腳，他瞬間叫痛，附近有一位正在拍攝月移星軌的老伯被嚇了一跳，差點就忘了怎麼調整剛剛所想的光圈差距。

「我聽你在放屁！」

「真的啦！咖啡是我的安眠飲料耶，我都是泡給別人喝，自己不太喝的啦！」

「隨便你唬啦！當我幾歲小孩還是國中生啊？總之，別再給我喝酒了！」她用力地掐住他的肝臟位置，「這裡要是變硬，就是我們分手的時候。」

「喔喔喔，知道了啦！瑄太后！」他的叫聲又再次吸引了老伯關愛的回眸。

「我姓喬，不是姓瑄！」

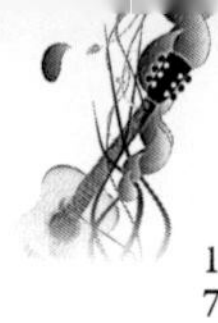

「好啦，愛計較。」

他糗糗自己酸澀的鼻樑，感覺涼風釀著濕氣讓他不太通暢而有堵塞的感覺，最後終於來了一個噴嚏給通了。

「畢業後還是要待在補習班？」

「也許吧，升上正職之後錢比較多，先窩個幾年再打算。

「不用那麼拚命，我養妳就夠了啊！現在創作跟演唱收入不錯，大概再努力一陣子就可以買棟在北投區的房子了，那裡我喜歡。」

「我又不是你的誰，幹嘛養我啊？」

「我一見到妳，就認為妳將會是我的誰了！」

「臭美！」

他們如膠似漆地在那位老伯後頭的長板凳坐了下來，季元方突然快速地剝下吉他皮套，指尖已經在弦上來回擦響，「我來彈一首〈月琴〉好了！嘿！老伯，送給您免費聽啊，好不好？我不是街頭藝人，不用給我打賞啊！要打賞的話一定要記得千萬別給我銅板啊！有沒有聽到啊！阿阿阿阿阿！」

「神經病！」

這三個字由老伯的口中奪出，喬瑄才剛要白他一眼，沒想到老伯搶在她前頭，大概是被他們嘈鬧太久失了雅性，所以才有如此兇猛的反應。

她失笑過後仍盯膩著季元方悠然耽美的唇喉，在連阿的幾聲後哼起了一段無厘頭的清唱，然後轉入那段思想起的前奏，配合當時的夜闌風靜，吉他的弦音就這樣響徹整條河岸，附近兩兩成雙的戀人們在不知不覺中，已經陸續地向他們的長凳為中心靠攏著。

「一首歌不過隱啦！再來一首。」季元方今晚的心情特別興奮，像抓了狂似的，指間快速地輪彈出另外一首輕快的歌曲，獻給仲夏的夜。

耗盡心神想不清　是不是每個人都要找個伴侶　酒精蒸發出久違的淚滴　在陌生pub裏尋找熟悉記憶
你的眼睛失去了焦距　愛離你而去也有幾個世紀　撲克算不出你的命運　你的愛與恨是一場巨大懸疑
用去最後僅剩的勇氣　終於你學會了沉溺　喝下最後一杯自殺飛機　進入蠻荒之地　在你將粉身碎骨
之前　請留一絲絲清醒　日昇日落你只能夠繼續前進　抓住最後僅有的機會　你千萬不要再猶豫　喝
下最後一杯自殺飛機　重新製造美麗　勇敢飛向閃亮的天際　賭一賭你的運氣　也許就在天亮之前
找到自己

（〈你的愛與恨是一場巨大懸疑〉詞：厲曼婷／曲：鮑比達／原唱：曾淑勤）

在那個夏夜星空的河邊，像微米型的演唱會，季元方的彈唱水準使得眾人的掌聲駸駸堤岸，連老伯一開始的鏽暗的表情也變得淡然。

有人認出那是季元方，搶著與他拍照留念，也有人求著喬瑄也要一起入鏡。從他們合照的高度看來有點落差，女的不算太矮，是男的太高了，他的身軀背起橫擺的吉他像是椿黑色的十字架，她總是叫他不要那樣子背。

「黑色十字架？妳也真幽默。」

「我在跟你講真的，很嚴肅的話題耶！」喬瑄非常生氣，她用力搥打著他的左手膀，竟然將她的忌憚與不安當成了笑話。

「好痛！喬太后，我不是已經改用提的嗎？」

「希望你以後都要給我記得。」

「喔。」他們正要往季元方停放的重機位置走去，季元方繼續扭著鼻子，「說到十字架，妳知道嗎？我

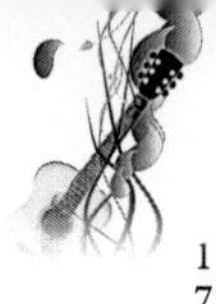

上過教會喔！」

「教會？你有信教？我怎麼都不知道？」

「妳當然不知道，妳有看過我禱告嗎？」他笑著。

「那你提教會幹嘛？白講！」

她向他翻了一個白眼，今晚的第一個白眼。

「因為有些教會的聖歌或大合唱還蠻好聽的，我是去吸取靈感的。」

「吸取靈感？我看是抄襲吧？」她忍不住吐嘈這個自稱是創作天才的傢伙。

「被發現了，確實是有那麼一丁點抄襲，怎樣？想告我啊！」

「沒那種閒工夫，我也沒有什麼好處。」

「呵呵。」

「說吧，還有什麼故事？」

「喔？妳想聽？」他驚訝著她的反常，以往她根本就不會想要叫他繼續講下去。

「你都開場白了，哪有不聽的道理？說，是你的初戀情人還是被你玩玩就拋棄的人？」

靠北，原來妳是想了解這種事所以才叫我繼續說的啊？

季元方在心裡頭咕噥著，原來妳是多麼地在乎我啊！

片刻他笑著不語。

「不敢說啦？」喬瑄用指尖壓著他的胸膛，眼神透著一股睥睨。

「才沒有。妳是我第一任女朋友啦！」

「騙人！」她立即回話，並且掐著他的心，「你都那麼老了，到現在才第一次談戀愛，騙鬼啊！」

「靠北，人跟鬼都騙，我沒那麼好膽啦！」季元方搔搔頭，表情翻得自信地說：「那我真的敢說，我是妳第一任男朋友，對不對？」

「不～～～對！」

「厚臉皮的女人。」

後來只聽到唉唷一聲，那男人似乎又被踹了一腳。

他說，去年差不多也是夏天的這個時候吧，常去北投的一個教會，久了就認識了裡頭很多人，其中有一位大姐姐還曾經送給他一串昂貴的銀色十字架項鍊。

「哪！好看吧！」他從上衣領口內掏出，銀色閃耀的十字，畢現鋒芒。

「難怪當你脫掉外套之後，你的胸口總是有光輝烙在那裡。」

不過令她好奇的是那位大姐為何要送他這種有鑲鑽的項鍊？少說也有幾萬元跑不掉吧？

「妳說這個東西啊？聽她說這些大小鑽加起來大概也有一克拉吧。」

「啊？」喬瑄的雙眼瞪得像牛睖一樣，卻在驚訝之餘又馬上使出一腳踢歪了季元方的腰，「說清楚，你是不是曾經被她包養過？」

「沒有啦！」

季元方撫著自己的腰際也同時機靈地往後一跳躲著喬瑄遠遠的，「這說來話長，以後再慢慢告訴妳，她是一位高貴又有氣質的大姐啦，因為有些不愉快的過去所以到教會懺悔，那段期間我因為贊助一個藝人朋友去那邊走唱，她說她很喜歡聽我唱歌，所以……」

「後來呢？」

喬瑄用纖細的右手食指，先是比著他，接著對自己的方向微勾晃動，要她的男人走近一點，不管畫面在路人看起來有點搞笑，季元方被她捏著耳朵，也要把故事繼續講完。

「其實我也只是想表達那個教會離妳家很近，當妳不如意的時候可以去那邊走一走啦！」

「謝謝你喔，我一向很樂觀，不會有什麼不如意的事！」

「那樣很好啊！」

「我告訴你，我可是非常在意那個曾經包養你的女人喔！」

「包妳的頭啦！就跟妳說不是了！」

終於戴上安全帽準備要發動車子，季元方忽然想到，「還有一回在那個教會外面碰到了一位年輕人摔車，我還緊急送他到醫院去呢！」

「到底是哪一間教會啊？有血光之災的地方我可不去！」喬瑄整理好她的髮絲，將它們藏在薄薄的外套裡頭，並且在他的背後拍著。

「早知道就不講了……」他感到懊惱。

「送你四個字，給我『謹言慎行』一點！」

「是是是，早知道就不講了……」他又低吟了一次。

他們就這樣，甜甜蜜蜜地交往了兩年。

某天月老所牽引的紅線突然斷了，她忍不住對著那位拄著長拐杖，蓄著白色長鬍的神像面前，大聲痛哭咆哮著。

凌晨四點，尹碩傑終於回到台灣，整整環繞地球一圈的奔波令他感到疲憊，即使他的父親幾乎沒給他任何壓力，但是自尊與自信堆起滿滿的包袱已上肩頭，他的喘氣是明顯的，他的懊惱是深切的，他的懷疑是膨脹的。

一頭熟悉的車輛在他面前停了下來，還沒有聯絡上對方，就已經來到眼底，他難免詫異，正如往常地開啟後門坐上位子時，才赫然發現開車的人是那張不討喜的臉容，以及他再也熟稔不過的Paggy。

「怎麼是妳？」

「嗨，驚訝吧！我拜託Case讓我開的，呵呵。」

「……」

「別板著臉孔嘛，人家特地趕來接你耶！」她用一種輕軟的嬌柔惝起音調。

「妳到底是想怎樣？」尹碩傑已經精疲力盡，加上剛下飛機的時差，讓他有一聲沒二氣地問著。

「沒想怎樣啊！肚子餓嗎？要吃點東西嗎？或是……」

楊佩怡似乎出發前做過梳洗一番，雖然沒有特別點綴自己平常的煙薰眉影，但配上金光閃爍的鑲鑽耳墜，輕巧的雪紡洋裝屈服在那腰扣上呈現出玲瓏有緻的線條，她是有備而來。

「現在凌晨四點，有沒有想要上陽明山看看星空還是去貢寮欣賞日出？」

只可惜，尹碩傑照樣不想多留一眼。

「我沒那個閒情逸趣，請直接載我回家，妳如果不想睡覺堅持想去山頭吹風的話，那我隨便搭一台計程車也無所謂。」

尹碩傑有點惱火，為何每次面對這個女人，她總是有種討人厭的感覺。她沒有很醜，反而是令青蜂花蠅都想靠近的那種野豔，大概是遺傳到她母親的美人因子吧，但從小高度的自滿與自戀養成了嬌生駐傲，縱使他們從小就「被迫」玩在一塊，對於彼此是再也了解不過的熟悉，這種熟悉是尹碩傑一直想要拋之腦後的牽絆。

「好啦！好啦！送你回家就是了！」

楊佩怡厥起嘴，總算收起原本想要對尹碩傑訴說很多話的舌根，她從後照鏡偷看著那副倦容滿滿仍不失飄英型俏的臉，在黑漆漆的路程中，她仍然受到自己本身荷爾蒙的干擾，讓雙頰逐步透紅。

「你不是很累嗎？不想睡一下喔？」看著那雙不願休息的眼睛，她忍不住問。

「不想。」

「為什麼？」

「因為給妳載我很沒有安全感。」說完他矛盾得閉起眼睛，刻意逃開楊佩怡隨時可能面對而來的表情。

「幹嘛一直都對人家這種態度啦！你不知道我有多……」

「好了！」尹碩傑把外套罩住自己的臉，「我想睡了，麻煩妳到我家之後叫醒我。」

「你！」這下換楊佩怡有點不太舒服，「你不怕我把你載到其他地方嗎？」

「量妳也不敢，我已經開給我爸GPS連網了，凱斯也知道。」

「Jay，可不可以一次就好，拜託你！」楊佩怡僵硬地握著方向盤，從嘴邊流出的卻是綿軟絲語，她從來沒有對其他男人這樣低聲呵求過，就只有他。

「如果你可能、可以的話，溫柔地對我說說話沒那麼難吧？就只有你跟我兩個人在一起的空間，好嗎？」

「妳為什麼要對我那麼執著，以妳的條件可以找到更好的男人，不懂妳非要我不可啊！」

聽起來不像是憤怒，尹碩傑難得用比較鬆軟的口氣，他露出外套的一角，緊盯著那一縷的濃妝倩影，深怕她一回頭就是個淚眼婆娑。

「因為我從小就已經很喜歡你了啊，你都不知道我從來沒愛過別的男人耶！因為我一輩子就只想愛你一個！」

「就連我要結婚的對象不是妳，妳也還是會愛我？別傻了！」

尹碩傑把外套盪下，臉隨即望向窗的另一面世界，或許在那個世界裡有些異趣、同時也會有些精彩與神祕，然而他撇下混沌，遠方無人的高架橋上，燈火仍是熠然，車內卻在這句話後變得淒冷。

尹碩傑察覺異狀，他只是深深地吐了一口氣，「又哭了？」

對方沒有回話。

「妳實在是……在別人面前就那麼咄咄逼人，有時候還會用盡心機，但為什麼就喜歡找我麻煩，從小就那麼愛哭，而且不去對別人哭，偏偏就喜歡哭給我看！」

這話回得既氣憤又帶著無奈。

「因為人家喜歡你嘛！」

一陣嗚咽，尹碩傑突然緊張了起來，「喂喂，妳這樣要怎麼開車啊？很危險耶！」他在後座頓時卯起身子伸頭想要往前座靠，他怕她的淚水模糊了視線，影響行車安全。誰知一個驚鴻鈍眼，楊佩怡轉頭倏地偷襲親吻了尹碩傑的左臉頰。

「妳幹嘛啦！看前面好嗎！很危險耶！妳不知道這樣會發生意外嗎？」他暴戾地罵了起來。

「那正好，我們可以在另一個世界當對鬼夫妻啊！」

「誰要跟妳啊！我還要活很久勒！」

尹碩傑雖然忿忿地退回後座，但他仍側著臉幫忙觀看左右來車，但不由自主地瞧起前面那張哭臉的次數竟是多了一些。

突然他意外著那臉的頷底，有一抹微揚。

「妳在笑？」

她搖頭。

「反正哭完了就對了？」

她又搖頭。

「懶得理妳了，給我小心開車，聽到沒有！我要睡覺了。」尹碩傑再度把外套給蒙上眼。

「到底要怎麼做才能讓你接受我的愛呢？」

他在外套裡，伴著呼嘯而過的車鳴風囂，依稀聽到，但他不語。

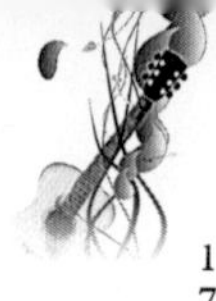

這是我第二次偷親到他了。
即使他仍然不是自願的，
即使每一次都是我硬搶來的，
說我用盡心機，
沒錯，我就承認吧！

因為，從小他給我的感覺，到現在為止，
我始終認為沒有淡掉，只有越來越濃。

季凡諾在那一晚，整整聽完了喬瑄對他侃侃而談的故事之後，他回到了梨山上的故鄉，繼續教著那一夥純真的學生們。面對學生們的圍剿，他只好含糊其詞地帶過，說台北有多難玩，還是宜蘭的風景漂亮，但路途真的遙遠，坐車真的太累，如果可以在那住上幾天就更美好了。

學生們才不鳥風景多棒多絢麗，他們只記得老師曾經說過，如果有最新的愛情花果，一定要第一個跟他們分享，只可惜他說沒有果實，只有落葉飄揚。

他不可思疑著自己，竟然會去村裡唯一一家的手機店裡，辦了一支相同門號的智慧型手機，可以隨時連上網路，原先的電話簿以及曾經通過話的對象，也被一一地複製到新手機裡面。

名單中，仍然沒有出現過鞏智恩的名字，此時此刻，他並不太在乎從過去幾年來一直都有的空缺。

不太在乎，這四個字反而讓他重新檢驗是否使用得當之後，顯得有點精神茫茫。

「愛情學分修完了嗎？」一句稔稔的音頻募進耳門，校長因為前一天感冒太嚴重而沒有到校，直到禮拜二才出現在學校裡。

「是的。」他走進導師室中，靠近季凡諾的藤椅，然後輕拍他的肩膀，季凡諾感覺有一塊東西掉落下來，那無形的意識中，他無法形容那是什麼東西，以及無法確認那是什麼重要的東西。

「智恩過得如何？」

「很好啊，有個好男人在照顧她。」

「喔……」

白髮麓麓，他的長眉分別向左右的頰邊垂落，他透過老花眼鏡的框下直覺地說，「那你已經自由了嗎？」

「我想應該是吧。」

季凡諾笑了笑。有一種看不起自己意味的笑。他望向毛玻璃的窗外，已經在集合場上準備放學的孩子們，心中有一股愁。那一朵朵橘色的帽子，男的是鴨舌形，女的則是寬邊大圓弧，帽底下則是正值青春蒸騰的思構。

「你們小時候就在那裡跑來跑去，打棒球打破玻璃，你們被罰站，智恩只會一直笑，她的笑容我到現在都還忘不了。」

「我也是。」

老校長坐在他對面的空位子上，猛咳了幾聲，略帶沙啞地又說一句，「回憶很美，但是人生都是要向前看的。」

「是啊。」

「你也該有自己的生活了，你爸每天都來煩我，說我怎麼教育學生的呢！」

季凡諾微微一抹，之後定眼對案，似是恭敬地問著曾經為其嚴師的老校長。

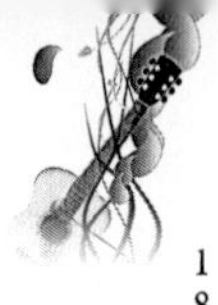

「老師，想要離開舊往的世界，無論它是好的還是壞的，滿足的或是遺憾的，所花的時間是否就會對等地必要與存在呢？」

白髮覆著正在輕盪的腦海，老校長閉起眼睛彷彿進入夢鄉，他讓季凡諾等得許久，直到五點的鐘響從學校坡頂上的鐘樓一洶洶地淹入這間導師室，老校長才緩緩打開沉目，他盡力敞開喉頭上的縫隙說著，「希臘哲學家赫拉克里塔斯，在兩千五百年前曾經說過一句話：『不受情感與嗜好影響的潔淨之心，是最聰明與最好的心。』幾乎所有的人都會受到情感的影響，無論好壞都需要時間恢復平靜，我沒辦法說時間一定會對等，但與其陷入回憶而忽視未來，倒不如常保最聰明的心，它往往可以看得到更重要以及更有意義的東西。」

「嗯……」季凡諾拚命地點點頭，「我……好像明白了一些事情。」

他笑出聲音，老校長立起身，像駝著沉重的殼，稍有吃力卻不失泰然地再度輕拍著他的肩膀，然後徐徐地走出教室，那秋風急滾闖入窗台的黃昏，季凡諾心中似有熊熊火燄，不冷，不像那個初秋在操場旁的堤堰坡上，對著鞏智恩悲唱的愁。

不願，也不再顧及那段苦悶的妄想，強摘未碩的果不甜，那就放手吧！

被老校長拍落的，是曾經的奢望吧！

他眼尾高高揚上，宛如振起翅膀，發現自己的身軀，好輕！

張皓強竟然連休了三天，公司單位急著跳腳，幸好同時轄管工程跟品保兩部門的黃亦泰經理，本事可大了，不但說服了工程部的其他主管准許他的連續臨休，也讓人事部的經理睜一隻眼閉一隻眼。原來張皓強跑去北投的教會裡頭禱告並且受洗了，為撫去徹底失戀的痛，連他引以為傲的髮型也都理成了大光頭。

「門診單開好了嗎？」黃亦泰在禮拜四的一大早，一腳就踩在張皓強的桌子上。

「喂！經理你幹嘛啦！很不衛生耶，我在吃早餐你卻在搞我……」

「誰搞你啊！是我被你捅了屁股還不知道你這個傻小子會來陰的勒！」

不理會張皓強的回話，黃亦泰馬上拿起文件夾往他的光頭K去。

「你是不知道公司的出勤規定嗎？不管你是不是高材生，只要曠職兩天不回報就是革職永不錄用，所以不管你是想自殺還是被殺，你的報告都給我做完交完再隨便你想怎樣就怎樣！」

「是是是，那麼兇幹嘛啦！我又沒有說要離職。」

張皓強低著眼偷瞄一下黃亦泰的禿頂上快要爆出幾條的蚯蚓攤面，平時搞笑幽默的黃亦泰現在生氣起來更顯詼諧，但他不敢笑出來。

「你是不是很想笑？啊？麵不想吃了是嗎？」黃亦泰似乎發現了端倪，他立馬加重語氣地說，「如果我等等爆不爽，就把你的麵粿起來黏在你的光頭上當假髮，你信不信？」

話完，鞏智恩跟著喬瑄走進辦公室，她們剛從外頭聽到肅殺又略帶著恐嚇的言語，才覺得納悶，張皓強似乎見到救星般喊著：「智恩姐姐，救我，我正被職場霸凌啊！」

但他那顆閃亮的大光頭立即引來哄堂大笑。

「你剪那顆頭是怎麼回事啊？」鞏智恩試圖穩住臉容。

「換換心情。」他彎起嘴，簡單的理由沒再贅述，之後像在等待公審般地沉默下來。

「張小強，你要出家了喔！」沒想到喬瑄竟然拿起她的手機狂拍，想搶下全光華當日的首發頭條夯照。

「才沒有咧！」張皓強的臉倏地閃躲，壓根都不想正臉瞧她一眼。

「不爽什麼啊？」說完，喬瑄繼續笑。

「不爽妳啦！」黃亦泰故弄打擺，一個鐵定的臉。

「我？干我屁事啊！」喬瑄調整手機的角度，「來，兩顆大光頭合照一下！」

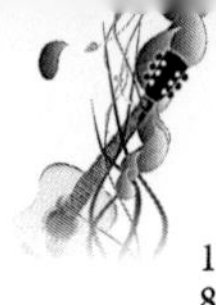

「靠腰！」他們兩人異口同聲地撇引後腦勺，完全不想配合入鏡。

「沒關係啊，拍後腦袋也行啊，讓其他同事猜猜看他們兩個到底是誰？」

「靠北……開會了啦！」

黃亦泰眼一尖發現了楊佩怡已經杵在辦公室門外一兩公尺的位置，一臉可能已經目睹了剛剛的喧鬧，焦黑的眼神就像個風紀委員逮到機會即將破口大罵的嚴肅。

原來一大早推廣部要和整個業務部研發部他們一起召開行銷月報，所以鞏智恩和喬瑄才會上樓路過張皓強所屬的工程部辦公室。其實這幾天他們也蠻擔心張皓強的連續曠職事件，好險他最後有接了黃亦泰的電話，所幸就把這場曠職鬧劇給擺平。

「喬小瑄！」張皓強叫住了她。

「幹嘛？」她依舊冷冷地回，只不過今天略帶點笑意，因為張皓強今天的大光頭實在是太好笑了，為何去受洗成為基督徒就一定要理成這樣，倒不如配他一個蟑螂頭會更名副其實。

「今天下班之後，可不可以借我一點時間？」

「為何？」

「想問妳一些事情啦！」

「不好！」黃亦泰從中攔阻替了喬瑄回答，「要約會改天，晚上給我好好加班，你的報告明天一定要給我！」

張皓強才不管黃亦泰根本還沒消氣，看到青黑的臉仍不顧其詆，「今晚就好！因為我真的很想知道答案！」

他的眼神充滿了堅持，是一種平常所沒有的超乎認真程度的正經。

「不好，你再問也只有那件事而已。」說完，喬瑄的長髮準備隨之飄逸遁入辦公室外的長廊。

「別再戀了，快給我完成報告啊，這樣我才不會被炮轟，你也不會讓我炮……」

誰知黃亦泰還在碎念之下，張皓強立即起身打斷了他，不管其他同事的眼光，隨即拉出嗓音對著門外一吼，「因為我想起了一個人，他叫季元方，妳認不認識？」

辦公室內外頓時安靜了數秒，門外依舊沒有動靜，不見喬瑄回頭的張皓強只好失望地坐回位子上，他有心理準備，他的臉即將要緊貼著黃亦泰憤怒的表情。

誰知平視之後他看到的卻是黃亦泰半面驚訝半面不解的臉孔，正當他感到莫名之時脖子就順著黃亦泰的手指揮去，喬瑄竟然扭緊自己的雙眉，站在張皓強的身後，似有一層暗鬱塗抹改造了她今天原本亮麗清勻的面容。

她的唇微微地開啟，拳頭不知不覺地綳緊，「你到底想問我什麼？」

張皓強默默地看了她一眼，「晚上見。」

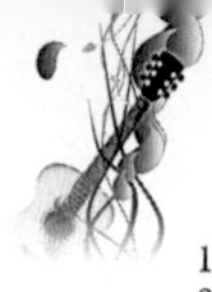

第七章 曾經的伴我一生

東區的車流持續不斷地堵塞著眼前的東西南北，這個地方最好吃的不是什麼百貨公司裡的亮麗餐館，也不是各家風華鮮靚的招牌下，而是在棋方格的大條馬路裡頭的巷弄中那各式各樣的小吃攤，在昏黃的路燈下頗有氣氛，也或有不怎麼起眼的平凡店面，裡頭卻別駐深藏特色的主題食堂，都是這附近上班族的最愛。

喬瑄和張皓強一前一後地走著，選定了一間木造竹編小屋，裡頭是日式丼飯系列，是他們平時下班後常聚餐的地方之一。這是喬瑄第一次與張皓強相約，而跟男人單獨共進晚餐，她已多年不曾遭遇。

啊，最近不就是有跟季凡諾了嗎？

她望著兩人座的對面，趁著張皓強去洗手間的空檔，她想著才在上週發生的種種事情。

那個單純的大傻瓜，就跟他一樣。

「呼！真要命，等等還要回去加班趕報告呢！」張皓強將外套掛在椅背，光亮的圓頂不若他原本臉部以下的黝黑，上頭的管照使那顆光明燈更加耀眼。

「ㄟ，你不覺得你很亮嗎？整間店都不用開燈了啦！」喬瑄還是忍不住笑。

「早知道這樣會讓妳笑，我就用這招收服妳了！」

張皓強不知道哪來的勇氣，這是他從來不曾對她用過的語調，似乎還帶著些微的遺憾。

「你沒那個天命啦！」喬瑄還是嗆了回去。

不意外，張皓強尷尬地笑著。不過此時喬瑄對於他的反應，感覺他比上週去宜蘭玩之前還要成熟一點。此時女服務生上菜，熱情的招待也帶了點止不住的笑容，轉移了張皓強再次被喬瑄拒絕的窘態。

「你看，連那個小姐都覺得你的光頭好好笑喔。」

「別吵，我要禱告了！」

「喔。」喬瑄看著他的動作，挺感新鮮，又確熟悉。瞬間她的臉沉了一點。

大概過了幾十秒吧，張皓強閉起眼禱告的面容像是閉目養神的禪師，真的看不出來他是信上帝還是在唸佛祖，令喬瑄從微悶的表情差點又要竊笑出聲。

「好了，開動！」

才說完這幾個字，只見對面的女人有種已經偷偷笑了出來卻又來不及收回的扼腕，那酒渦似乎不會騙人地在他面前打滾著，「妳是不是又在偷笑了？」

「才沒有呢！」喬瑄立馬裝起嚴肅，即使剛剛真的有笑出來也要否認到底。

「說謊不打草稿。」他也沒打算相信她。

「喂，你幹嘛突然想要受洗成為基督徒啊？」

這原本是今天喬瑄最想問他的問題，關於他為何會連翹了三天班的事情倒不是很在乎。

「不是突然，而是考慮很久了，因為家裡大大小小的兄弟姐妹或親戚早就是上帝的子女了！除了我以外。」

「為何會除了你以外？」喬瑄不解。

「因為不能確定自己愛的人會不會介意我是個基督徒啊！」

「你確實是想太多了！」

喬瑄吞下了第一口，瀝了口水沒啥咀嚼就往食道送，急地又隨口問了第二個問題，「那成為基督徒之後

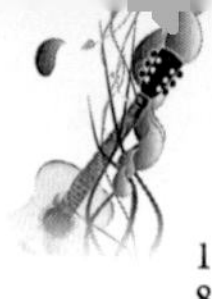

最想讓自己改變什麼？」

「棄絕自我，愛與被愛。」他深邃的眼窩，像被煉洗過了，顯得感受之沉。

「喔……」喬瑄默默地吃下了第二口飯。

「妳不覺得我變得不一樣了嗎？」

張皓強放下筷子，用右手的拇指與食指比了個「七」，然後貼在自己的下巴，在喬瑄眼底卻像隻戴著鋼盔的蟑螂，即將展翅飛舞。

「別噁了，快吃完你的飯回去趕工啦，不然明天黃老頭會殺了你。」

「別替我擔心，就一點點數字而已，等等回去亂寫明天交給他隨便都嘛能過關！」

喬瑄在心裡頓時嘆息著：「真是個荒謬的青年。」

「喂，要不要跟我一起受洗成為基督徒？」

「不，謝了。」

「那要不要跟我去火車站前的西餐廳聽歌？」

「廢話少說啦！到底要問我什麼問題？」

突然感覺到張皓強意有所指地在連續出招陷阱題，她的表情也跟著防衛機轉硬起來像隻穿山甲，原本鬆散的外殼忽地堆疊成固，保護自己的瞬間也變得沉重。

張皓強刻意賣著關子，他扭著自己的臉頰不說話猛扒著飯，喬瑄也安靜下來沒有再發出任何聲音，幾分鐘的沉默後他吃完了，喝了口水靜靜地看著眼前他最喜歡的女生，分著兩頰邊蜿蜒的長髮垂落胸前，她低眸地吃著，也試圖能夠不說話就不要再說。

終於還是忍不住，張皓強想問了，剛才所鋪的梗，究竟是要搭起來的。

「妳那一條銀色的十字架，是不是一位叫做季元方的人送的？」

喬瑄驚徨地仰起額端，黑亮的瞳色透出一點白犀，粉紅的唇瓣無法閉合，怎麼會?從上午開始她就覺得奇怪，張皓強怎麼會知道這個人？

這個已經深鎖在她心中很久的一個人。

不不，不無可能，季元方那時在大台北地區已經很紅了，會認識他的人應該很多，這很正常才對，只是，她不懂，張皓強怎麼會把她聯想到與季元方扯上關係。

「你認識他？」喬瑄不想回答他的問題。

「別傻了，當年紅遍台北西餐廳，大排長龍多少人想聽他唱歌啊！只可惜他就是不想簽唱片公司的約出專輯！」

「你跟我同年，這種傳說大家都有看過報紙，那還有什麼好討論的啊！」喬瑄故作自若，絞盡腦汁地想終止這個話題。

他沒繼續追著。而喬瑄似乎得以鬆口氣。張皓強離開座位去盛碗湯回來，又替她加點了冰咖啡，他坐回椅子耐心地等待喬瑄用完單點的牛肉丼飯。

「這頓我請。」

不顧喬瑄正嚼著一口飯無法明確回絕之時，他開始說出一段往事。

「那是在大學時候，大概是大三要升大四的夏天吧，那天下著大雨，因為社團活動的關係要去北投那附近場堪，經過一個教會門口，我不小心在那裡摔了車，摔得非常嚴重，當時有一位背著吉他的大哥，剛好從教會裡走出來，他竟然不帶任何的猶豫，馬上就跑到我數公尺的前方猛力地揮手，替我擋下了要往我這裡衝的車子，如果沒有他我可能早就被因為大雨掩蓋視線的卡車司機給輾斃了呢！」

「……」

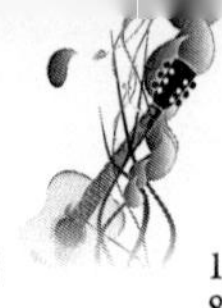

「這需要多大的勇氣？簡直是不要命了似的為了保護素昧平生的我！」

「……」

「之後他直接載我到醫院，急診費用啦、通知家屬啦，都替我辦好了，連車子也拜託他的朋友幫我修好，遇到這麼一個莫名其妙的好人，當下我竟然說不出一句話，總之，我相當感謝他。」

他沒有注意喬瑄眼內的空白以及微顫的指骨，繼續沉在他的回憶裡說著。

「出院之後去教會問才知道，原來他是在台北站前西餐廳相當知名的駐唱歌手，於是我去過幾次，歌真的唱得很棒，我一直想跟他當面道謝，但他下了舞台就匆匆忙忙與幾位藝人離開，沒機會接觸。」

厚摯的表情，他非常感性地瞧了喬瑄一眼，「最後在遲了幾個月之後重回那一間教會，我才碰見他，像遇見奇蹟似的鄭重向他致謝！」

「然後呢？」

即使聲音有略微的哽住，喬瑄極力掩飾垮下來的情緒，用她的長長的瀏海，幻成珠簾，希望沒有露出任何的破綻。

「那天他很開心，說不用跟我客氣，當時他的旁邊有一位四、五十歲的貴夫人正要幫他載上一款銀色鑲鑽的十字架項鍊，就跟妳現在載的一模一樣。」

「有點搞笑，你怎麼知道一模一樣？我一直都放在衣服裡面，你怎麼……」

「我看過一眼。」

「你找死啊！你是看過我不小心走光的彎腰動作嗎？」喬瑄用假裝的憤怒繼續掩蓋著對過往回憶的愁悶。

「不是啦！就有一天妳讓它露在上衣外頭了，當時智恩姐也有看到啊。」耿直的張皓強漲紅了臉，「我又不是色胚黃老頭，那種偷瞄人家的私密處我才不幹哩！」

「最好是這樣。」喬瑄撇過頭，她收拾著自己的包包並穿起了外套，一副準備要離開的樣子。「不讓你請客，我先付錢！」

「我早就付好了！」張皓強硬是看破喬瑄的手腳，她想逃避問題，越逃避就越有鬼，這時他特意使出一種很壞的笑容，「別急著走好嗎？」

喬瑄定住她正看向櫃台的臉龐，不語。

「那是他送妳的吧？」

「……」

「妳別生氣啦，其實我真心想說的是，如果你們真的有過曾經或是現在仍然是進行式的話，那我就不會再覬覦那個令我尊敬的老大哥的愛人的。」

他說得斬釘截鐵，眼神也像祈禱上帝般的求知求解，他啊，也想解脫啊！也多想棄絕自我一直所喜的愛，與追求下一個被愛的可能啊！

「但是，」

這兩個字聽起來格外沉重，背對著張皓強，喬瑄卻能感受得出那種壓迫且兼帶鋒芒的穿透力，「令我最疑惑的是，現在再也找不到這個人了。這是為什麼？是轉職了？隱退了？出國深造了？移民了？還是……總之沒有任何的消息，連媒體也都沒在報導他了，就好像從來沒有出現過這個人一樣。」

張皓強舉手投足，情緒有點激昂，他的疑惑竟然深藏多年，他覺得他已經找到正確的對象，他渴望今天晚上這個謎團能夠從喬瑄的身上得到解答。

「不是他送的。」喬瑄乍然起身，「謝謝你今天請客！我走了！」

「這麼急？這不像原本的妳！妳總是吃完才走，從不浪費的！」

她肩起包包，包包被張皓強的手給兜住，她感覺為之一沉，透過眼角才發現那杯冰咖啡碰都沒碰。「不像就不像，你可以鬆手了！」

「喔，其實我明白，早該放手了。」他笑了笑，然後鬆了手。

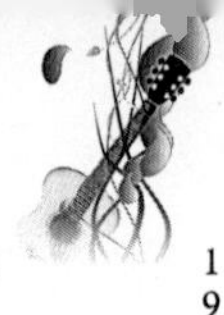

喬瑄不回頭，跨出張皓強的身後一步，只聽見他又說：「那季元方跟季凡諾，又是什麼關係？這個問題，困擾了我整整三天。」

無可奈何，她第一次這麼沒禮貌丟下一個請她吃飯的人，她逕自閃過張皓強的最後一席話，穿過店門，腳步越來越快，繞過小巷內住宅區旁的公園，急切地在大馬路旁晃過一燈又一燈的貼字霓彩，滔喘的呼吸無法調整，她撫著距離身軀最近的公車站牌，一臉痛苦地被冷風折磨的喘息。

冷風被莫須有而冤鳴著，她想起了當時的那些話。

「有一回在那個教會外面還碰到一個年輕人摔車，我還緊急送他到醫院去呢！」

「到底是哪一間教會啊？有血光之災的地方我可不去！」

「我一向很樂觀，不會有什麼不如意的事！」

「黑色的十字架好不吉祥……」

氣息逐漸平和，她掛上兩串熱淚，涮起她紅通通的臉頰，沒有多久，熱熱的感覺在那很短的瞬間內化為冰冷。她又想起，在交往的第一年冬天，他載著她到北投，說是要來望望彌撒，聽聽教會裡頭〈奇異恩典〉大合唱的震撼，當天晚上，他將銀色的十字架項鍊，從他的項上取下，轉贈給她。

他說，她是上帝賜予他的奇異恩典。

「奇異恩典，樂聲何等甜美，拯救了像我這般無助的人，我曾迷失，如今已被找回，曾經盲目，如今又能看見……」

他用他的吉他輕盈地伴奏，用很破的英文唱著，撩起她的淚珠，調戲她知足的笑容，在那奇異恩典下，不必禱告，她就是他的神。

回國之後的尹碩傑不斷地針對日前所發生的貨品異常以及恐怕是被自己人惡搞的毒品置入事件，積極展開調查，但完全沒有人肯承認與這件事情有關。尹碩傑一向溫和的個性卻屢屢在會議中顯得焦躁且易於震怒，因為相關負責的人員沒有一個願意承認做錯或坦白疏失，他沒聽進去他父親給他的建議以靜制動，反而一再地苛責相關主管的監督與管理能力。

尹華喻面對自己的兒子如此地失去理智，在會後把他叫上了董事長室。

「血氣這麼衝，虧你是學管理的，你罵這些主管，他們最多也只是回去虛應幾天，然後隨便交差，如果有犯案的人在裡邊，他就更懂得防備，你哪能捉得住他啊！」

「真的沒有理由找不到！可惡！」尹碩傑仍然暴怒不止，一腳踢翻了門邊的垃圾桶，一股烏煙瘴氣立刻填滿了整間辦公室，「沒有人肯承認的話，那我就全部開除，重新換上另外一批人！」

「你以為交接那麼簡單嗎？為了一顆屎要把整鍋我熬了很久的湯給倒掉？臭小子。」

尹華喻的火煙也瀕臨祝燃，只差音調還沒有跟得上來。他暗黑下的眼神不曉得是如何地看待那個正攤在沙發上並且顯得坐立難安的兒子。

「董事長，你是老了嗎？這顆屎不清掉，公司日後要怎麼生存？這件事情已經貽笑國際，未來如何在全球化的貿易軌道上立足啊？請你清醒一點！」

不等尹華喻回應，「現在隨便去問哪一個人，誰都會贊成我的說法的！你說對不對，Case？」尹碩傑轉

頭望向站在一旁的王凱斯，只見他若有所思地鈍上一會兒才對上話。

「啊，是……是啊……」

「你怎麼了？昨晚沒睡好？」

「沒事，只是輕微感冒，精神不濟。Sorry……」

尹華喻瞥了一眼王凱斯，靜默的眼框底下沒有洩出半點情緒，然後從辦公桌上的菸盒中抽出一條昂貴的Habanos雪茄，接著用一種依然可以鼎得住混亂局面的氣勢說話，彷彿天底下沒有什麼是可以讓他覺得崩毀的大事一樣。

「我講的話你到底有沒有聽懂？媒體我已經替你搞定了，他們沒有大作文章就已經不錯了，內部管理我現在就請Case幫忙盯著，這樣Ok嗎？你只要去衝業績就好！現在國外部的幾位業務新人都還要你積極訓練呢！」

尹碩傑還是有不吐不快的憤慨，他扭開領帶，表情一臉不悅，似乎是沒達成共識般的無奈，他準備起身，「隨便你啦！反正公司是你的，我也沒有什麼股權，倒了也不關我的事！」

此時如轟雷巨響，他不敬的態度終於觸動了尹華喻的肝火，「你他媽的兔崽子，我要是突然死了，我現在所有的也是你的，你有種跟你老子再幹一次剛剛的鬼話！」

尹碩傑不想回應，只聽見老傢伙不爽地摔出那根未點燃的雪茄，逕自掛斷在辦公桌前的一隻八爪金蟾蜍銅雕上。

「好了好了，董事長請息怒！Jay，你就道個歉，先出去吧！剛剛董事長吩咐的事我會好好地……」

「不用他道歉！」

尹華喻簡直氣到五臟六腑都快起轎逶境般，一股血壓爆衝似乎是無路可走，鉚得滿頭透出老皮的青筋遍遍。他打斷王凱斯的中穿和語，「我告訴你兔崽子，你跟Paggy的婚事我已經決定了！」

「憑什麼？我的婚事不用你管！」

「我會管！我會控制你到底！混帳東西！」

尹華喻的深色雷蒙鏡片已經晃出眼框，「從小你就跟你媽一樣，教都教不會，我的話沒有在鳥，總是我行我素，是上輩子欠你們太多是嗎？」

「對！幸好我像我媽！」

尹碩傑轉過身根本就不在乎目中是何許人也，他厲盡了眼瞪著，「你根本就不愛我媽！這三十年來你只愛那個女人！而你現在也趁人之危，偷偷摸摸地介入別人的婚姻，搞起婚外情，別以為我都不知道！」

在這間董事長室，瞬間已成了煮沸的鍋爐，上頭天花板是正在跳動的鍋蓋，迦出的祭眼血絲是蒸騰出的清煙，滾滾的湯面是這對父子彼此叫囂的情緒，王凱斯雖吃下驚訝，卻也不失理智，他收起詫異反倒是有些歡愉，直到尹華喻意外地再度鬆開扣緊的法令紋面，他才裝回一本顗謹。

「她是我最珍貴的夢寐以求，我再活也沒幾個十年了，你不懂的。」

「我是不懂，糟老頭，那你為何輕易地就想毀掉我的夢寐以求？」

「你不清楚我的想法，回家我再說給你聽。」

「不用、不用。」

他揮揮手，用領帶勾起門把，走了出去。

頓時整間董事長室變得安靜，偶爾有幾通電話打了進來，尹華喻示意王凱斯不要接聽，他緩著隱隱的怒氣說著，「給你看家醜了。」

他嘿嘿地低笑了幾聲。

「抱歉，我實在是不應該在場。」王凱斯恭維地點個頭。

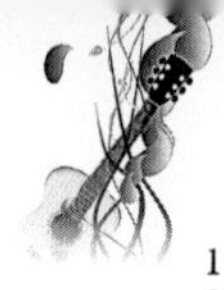

「那小夥子的事，你就幫我一下吧。」

雷蒙眼鏡下有道利光，劃破了王凱斯剛剛自以為竊笑絕不被人知的思維，他稍微心驚了一下，又立即揚起機靈，「沒問題，包在我身上。」

下一秒在王凱斯的心裡，

原本只有嘿嘿幾聲的狡黠，

轉為數十個宏而亮的哈然大笑，不停地迴盪在他不易顯露的臉孔之後。

黑色保時捷從地下停車場駛出，這是尹碩傑回國之後的第一個週末，原本他要他的Sweet——鞏智恩打扮好之後，再通知他到她的租屋處接她。從台北信義區到大安區的距離不算遠，週末南來北往東流西竄的車輛並不會比上班時程間的量還少，尹碩傑想要提早出門，他顯得急躁，極欲趕快跳脫這段壅塞的車潮，親吻擁抱他的愛人，然後逃離這個令他煩悶的台北城。

而相對的時間，王凱斯已經按下了鞏智恩住處的門鈴，她才剛上好妝，正準備在挑選衣服的時候，由對講機顯現出影像的男人竟然不是尹碩傑，令她十分地驚奇。

「你怎麼會來？還一大早就……」

問是這樣問，但她還是不等他回答就習慣性地讓他上樓，讓他進了充滿香水味的套房，並且讓他肆無忌憚地直接躺在她的床上。

「吃過早餐了嗎？」

王凱斯一副休閒的裝扮，白亮的上衣T恤，以及淺藍色的休閒褲，一頭球帽，感覺就要出去旅遊或是登山打球之類的。

「當然還沒啊，你要請喔？」她還在翻著衣櫃，苦惱著要穿什麼款式的洋裝，今天陽光乍暖，是初冬剛下完陰雨難得的好天氣。

「看妳很煩惱的樣子，要不要我幫妳選？」

上來多遍，王凱斯已經太熟諳她那六、七坪空間大的套房中任何一處的擺設，尤其是鞏智恩那間總塞到爆滿無路可走的更衣室。

「好啊，你幫我選。」鞏智恩已經上了粉紅底色的雙頰，以及搭上朱色眼影，微燻成酒桃，加上令人陶醉的火豔唇瓣，簡直美不勝收。王凱斯呆了幾秒，直到被鞏智恩叫了一聲才恍然初醒。

「喂，怎麼呆了？」

「因為妳今天實在是太美了！」他推推無框的眼鏡，逕自走進那扇落地門的衣櫃。

「不是早就知道的事嗎？」鞏智恩整臉自信的樣子還真是一種習慣。

「一個租屋的地方還有個專門給女性租客的更衣室，這可算是豪華的女套房呢！」

「是啊！當初我特別中意這棟房子的設計，就是專為單身女租客裝潢的擺設，而且租金也很平價。」

「平價是正常的啊，這裡不是租給師大生就是台大生嘛……」

「哪，就這件吧！」他挑起一件桃紅色的平口洋裝。

「好啊……」她不避諱地走進更衣室裡頭，外頭的他自然地聽見原先穿在身上居家衣沙沙的落地聲，然後轉眼門打開，煥亮的美麗，耀眼動容的氣質讓王凱斯再度呆默幾响。蕾絲群擺邊到大腿中段即收邊，凸起的胸線在腰際間緊束，完全暴顯出鞏智恩的好身材。

「好看嗎？」

「好看！」

「好看是指這裡？還是這裡？」她俏皮地比了自己的臉蛋，然後再旋著自己一身的洋裝。

「都美，但可惜不是跟我出去。」他攤攤手。

「別這樣，改天有機會。」她緊接著站在落地鏡前梳理自己的長髮，然後從鏡中他看她的眼神似乎有些異樣。

「今天要跟Jay去哪裡？」王凱斯用低沉的口氣問著，感覺對那個與自己無關的答案顯得無力。

「不知道，總覺得他最近心情很不好。」

她順手拿起手機，看看有沒有最新的訊息傳來，「講電話的時間變短了，幾乎充滿忙碌不能跟我繼續說下去的態度，在公司就更不用說了，像個高高在上的主管一樣，擺起鐵面無私的臉色。」

鞏智恩雖然有點生氣但又可以接受的口氣，沒辦法啊，大人物就是該那樣子，而她只要當一個小女人就可以了吧。

「他沒跟妳說嗎？」

「什麼？」她滑完手機，似乎索然無味，狐疑地就坐在王凱斯的旁邊，想看看他認真說話的表情。

「他要結婚了。」

「你說什麼？」鞏智恩攤大了眼皮，裡頭有數不清的百里游蛇，手機也差點拿不住，隨後只看到王凱斯畫過雙頰邊鼓起的曲線。

「騙你的！」

「王凱斯、你真的很討厭耶！」她用力地拍打他的背，假裝氣憤不過的猙獰，差點就弄傷了她的腕，

「你讓我受傷了啦！」

「對不起對不起，誰叫你幹嘛亂打人啊？」他的背雖然沒有經常去健身房練體格的尹碩傑來得壯闊如山，但是可能因為遺傳他父親是中國北方人的高大骨架，看似斯文如玉，也有幾分硬底子。

「誰叫你亂唬我啊！」她嘟起嘴，轉向一邊。

「我又沒說是跟誰結婚，妳害怕什麼？」王凱斯把她的手牽起，「真的扭到啦？」

突然一股溫熱竄入她的心，那份觸感極致柔量，與尹碩傑的剛毅豪情顯得有些差距。

他不是我男友吧？卻讓她砰砰地心跳加速，耳垂尾已經不知不覺地燙紅了起來。

「我也騙你的，沒事。」鞏智恩立起身，再次梳理一次髮梢，準備別上特選的蜻蜓點水樣式髮夾。

王凱斯靜靜地看著她沒有說話，像睡著一樣，沉著眼神沒有表情。

「走吧，我們先去吃早餐，然後等碩傑來吧！」她從鏡中轉頭過來笑著，蜻蜓點水活躍在她的單邊額上，那翅膀似乎會翩翩地飛起似的。

「有時候我在想，」王凱斯用那雙像是沒入黑暗的眼神說著，「你喜歡上Jay真的是一種幸福嗎？」

他打斷她的笑容，雖然那個笑容原本就沒有非常燦爛，在王凱斯眼裡只不過是比虛偽還要真誠一點的笑而已，它其實是帶有點苦澀的味道。

「為什麼？連你也這樣說？為什麼？」她在訝異中，不由得起了情緒。

「不為什麼，為了愛你，解剖給妳聽，」

王凱斯立起身，離開她那香氣四溢的床鋪，背對著鞏智恩淋上一蓆不被祝福的咒水，「妳想想看，父親強力反對，兒子註定要跟他起衝突唱反調，你們要私奔的話，他可能會一無所有，就算好運一點妳嫁進去了，他繼承了一切，請問他會一直顧得了妳，還是只為了這樣龐大的集團公司活著而忽略了妳？」

「我沒想那麼多。」

「我有沒有聽錯？妳沒想那麼多？」他一臉不敢相信。

「我只是深信他會愛我。」

「真是夠了！傻瓜！」

在王凱斯轉過頭來的瞬間，反而震懾到了鞏智恩，他嚴肅的表情不再是平常所看到的一派輕鬆散漫，這是她從未見過的表情。

「我還以為妳是個聰敏絕頂的女人，沒想到愛情會讓妳的智商變得這麼低啊？」

「王凱斯，你這次真的傷到我囉！」

「徹底想一下，他真的不適合妳！」他向前一步握緊她的雙肩，如掐緊正在飆速疾風的重機手把般，「與其嫁入豪門之後的百般折磨，倒不如跟那個鄉下長大平凡單純的老師過一輩子！」

「你在替他說話？」

他弄痛她了，平口的洋裝上面，原本白皙的香肩熖出兩片爪紅。

「對不起。」

「你說話的口氣真像我媽。」

「是嗎？」

「就知道你今天一大早來這裡一定有問題！」她苦笑，看起來無奈的嘴角她堅持揚起。「我和凡諾回不去了！」

這話聽在王凱斯耳裡也近似空幻，他搖搖頭。

「我沒真的要妳回去。」

鞏智恩回到立鏡前重新整理自己的裝扮，「剛剛不是在替他說話嗎？真搞不懂你。」話還沒說完，王凱斯已雙手環在她的腰間，他的下頷頂著她的肩窩，「不，妳懂。」

幾字旎喃，鞏智恩動彈不得。王凱斯浸著她的香涔之時，他發現了在梳妝台旁有一個小木盒，之前不是沒看過，而是它今天是打開著，裡頭疊了數張黃色的祈紙，上頭的紅印蓋著來自南投竹山土地公廟的開運符文，只是早已褪色黯淡。

一個掐住她柔情依人的機會，他默然鬆手。

喬瑄那晚被張皓強的發問給困頓了兩夜，在第一個夜晚回到家裡，媽媽已經工作累到早就睡在沙發上，

她瞧瞧媽媽幫人家打掃破皮的雙手，她感到十分心疼，但想要搬離這個令人心酸的公寓還有一段日子要走，她輕輕地握起媽媽的手，那個破皮的手心，游游地撫在她的臉上。

她想起季元方曾經給她的承諾，如今卻像獨自睡在懸崖邊，甜美的夢在猛然乍醒之後忘了睡在哪裡，驚然徨徨地失足直接墜落深淵。夢醒就算了，沒想到還要粉身碎骨。

她恨上天的安排在玩弄她的人生，她的父親是個以薄情為刃的人，斬斷與她們母女倆的親緣。她選了季元方當她的第一個男人，但他卻又是個突然拋下已經付出一切真情的她的無情劊子手，這兩刀就夠重了，何故就連她想努力閉鎖自己，假裝死而復生，悠唱歡樂的單身日子，卻在遇見那個跟他很像的人之後，四年光陰即期，封印之符失效，平靜無漪的心海再度起了波濤。

第二個夜晚，她想打給那個跟他很像的人，自從他回到屬於他的鄉下之後，她無時無刻都在瀏覽她曾經撥給他的次數，以及那幾天無聊的簡訊對話。只是他那支古板的手機，不小心撥打過去就會聽到他那溫情柔和的聲音，她就會被住在心裡那永恆的月引向潮給捉弄！

他為什麼要出現，代替過往的他出現，毫無預警地繼續擾亂她的人生。她痛斥在那個天橋下被他擁抱的傍晚，她討厭鞏智恩的心猿意馬終讓他給追上台北硬是逼迫他與她相遇。

這麼好的男人鞏智恩想丟就丟，但為什麼要把他吸引過來讓我碰到呢！

還真奇怪，我怎麼老是遇到吉他男啊？

都什麼時代了，這個傢伙沒有想過要用智慧型手機嗎？

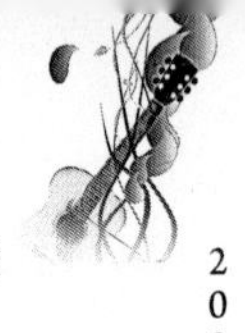

她被過往的恐懼給鎖住，導致她沒有能力也沒有勇氣再去喜歡一個人，即使他跟他很像、很像。曾被季元方刺過的潰瘍未癒，無情的性靈彷彿會被覆製到他身上，恐懼立即就張網抿柵，叫她要如何解開？

所以她抱緊他，尋找他曾經給她甜美的感覺。

所以她對著他流淚，像望著過往的他洗滌他曾經給她的痛。

所以她告訴了他有關於季元方一切的故事，同時也代表著在她的內心深處正莫名掀動著要去尋找一種與那段過去和解的可能。

她看著那串手機號碼，想得糊塗，隨著螢幕進入休眠狀態，她臥在床頭，也跟著睡了。

幾個小時過去，週末的清晨透著微風，那彿清颸令人舒服地想要繼續沉眠築夢，突有一陣聲響，是百葉窗片與穿過陽台鐵欄杆的颸，極似一種輕柔的吉他弦音，緩緩地進入喬瑄的夢裡，那是一首很熟悉的歌。

我雖然還沒走完我的旅程，
明天終究還是滾滾的紅塵，
為了你，我的愛愈苦情愈濃，
讓我哭，讓我笑，讓我痛。……

她微微地撐開雙眼，勉強地望向那晃動的葉片，漩入的清涼扯得出她露出半肩的雞皮疙瘩，她反射性地抓起棉被往頭蓋住，剛剛的那一組弦弄，是夢還是真實？誰又會在一大早就開始彈奏這般遺憾的苦？

是他嗎？不，他早就不在我的世界了！

但為何我總是忘不了他？

可惡，真的是好可惡的一個人！

為了忘卻憂憤，喬瑄情願躲進溫暖的被窩，即使今天當太陽高昇之後可能會悶到孔氣毛燥，她寧可假裝可以藉由涼薍閒聊舊憶，也不想起來面對活生生的現實。

因為現實好苦，折磨到她一直認為，這世間所有的愛都將離她越來越遠，除了媽媽以外。百葉仍不斷地間拍著，像是有條理得創著節奏，一板一迴之間，弦音又要送來。

「啊奇怪了，我的吉他擺哪去了啊？」

那一頭黃髮被上下搔弄，嘴裡帶著焦躁的口氣，急於找他心愛的樂器這一幕，喬瑄已經見怪不怪，一開始看他只是在東翻西攪牢騷一堆，最後還會氣得破口大罵，現在喬瑄反而會擔心這個玩音樂的人會不會越玩腦袋越空啊？

「才不會勒！」

季元方在工作室的一角找到了一把老舊的吉他，不是他原來的那一把，她看著他撫起吉他的背呆响了一會兒，似乎是音靈技癢，他先幫它擦拭身上的灰，短暫撥弄過六弦之後，開始扭起前端的銀色弦栓調音。

「妳沒聽說過，常聽音樂能活化腦細胞嗎？這種人最不會得到老人癡呆了！」

「聽你在屁！」喬瑄邊改著補習班的作業，邊吐嘈著。

「嗯，音色還可以。」他沒搭理，又弄了一回和弦。

「那是誰的？你們團員的嗎？」

「不是，是我叔叔的。」

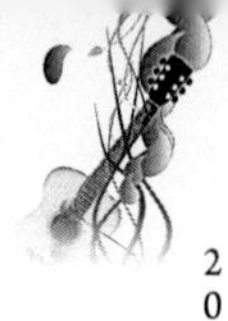

「你叔叔？」

「基本上是我爸幹走我叔叔的，當初他想學吉他，結果呢？拿來快二十年了都沒看他彈過一次。」

「呵，你爸還真有趣。」喬瑄難得呵出一嬋笑聲。

「我就是因為它開始的。」

「難怪你剛剛傻愣愣的，聽起來……這一把吉他是你的初戀囉？」

「我的初戀是妳。」

「厚臉皮的歐吉桑。」

喬瑄用撒柔的聲音回應著。隨即又聽到和弦彈起，季元方閉起眼睛，兩手自然地浮游輪動，像天神般靈巧輕逸，奏出的音色已如神韻，在沒有其他團員練唱的小小空間裡，他胡亂地興起一段間奏，是王傑的〈伴我一生〉，但他不是從頭唱起，而是從中段開始：

為了愛，我的心愈走夢愈久，
讓我悲，讓我喜，讓我憂。

只要你伴我一生，共度那無盡晨昏，
這個夢疊了一層又一層，不再有寂寞的人。
曾經是浮浮沈沈，總害怕緣淺情深，
而你讓飄落的往事，安靜地不再揚起前塵，伴我一生。

喬瑄抬起頭的臉龐，意猶未盡，歌詞的展現搭配著季元方的豐采聲調與沉浸的表情，有一種莫名的感動，季元方狐望著她欣悅的美麗，在吉他奏止斷音前，突襲地吻了她一下。

「唉唷！我要聽歌啦！誰准你過來親我的啊！」

季凡方得了便宜，歡愉地笑著：「王傑以前是個浪子，歌聲中總是充滿了沒人關懷的孤獨與滄桑，我超喜歡！」

「這我知道，然後呢？」

「但這首歌也反應出他對平淡幸福的恐懼，所以後來又……」他攤著手笑著，「但他依然是我的偶像。」

「你會跟他一樣嗎？」

「當然不會，我又不是浪子！」他繼續旋緊音箱，不看譜又接續鏗鏘起美妙的旋律。

「但是，你的吉他到底是流浪到哪裡去了啊？」

喬瑄實在是很不願打斷那悠揚絕美的天音，不過看到他剛剛那一臉的臭屁自得與過份翹起的下巴就想吐嘈一下。

「對喔，靠北，一定是被別人幹走了！」他突然慌張起來，馬上放下老吉他也同時丟下喬瑄，往工作室外頭的西餐廳舞台後方尋找去了。

過沒多久，他回來了。帶著一臉畏首畏尾的表情回來。

「找到了嗎？」喬瑄依舊低著頭在考卷上劃棵。

「昨晚……昨晚……喝多了……」

「然後呢？」

「放在一個藝人朋友家了。」

「哪一個藝人朋友？我認識嗎？」

「妳……妳不認識」他注目著喬瑄急停下來的筆尖，心裡忐忑地繼續述說，「不過我跟妳保證，我們是一夥人去的，絕對絕對沒有玩轟趴之類的東西。」

「一夥人？不會玩轟趴？騙誰啊？」

不見喬瑄白眼或是暴怒，季元方繼續圓起鬍渣子，假裝沒事地侃侃而談：「我們都是很正經地在玩創作！那種感覺很high的，創作就是要激發一種玩樂的high，這樣才能寫得出來！妳說是不是？」

「玩什麼創作？是在創作台灣啤酒罐堆起來的金牌啤酒屋吧？」

瞬即喬瑄立起身，把考卷一疊捲起放入袋中，做示準備回家，「好好創作你的啤酒金字塔吧，最好是能夠得獎，再見酒鬼！」

「親愛的，別生氣、別走嘛……喂喂喂，別走啊……」一嚷男聲追尋女的身影，然後消盡在長廊看不清的深處。

她做了一個夢。

再度夢見那個曾經說他自己不是個浪子卻又突然消失的男人。

他不告而別，流浪去了。

尹碩傑把急駛而來的車子停在鞏智恩的租處騎樓旁，打開雙黃燈，他撥打了幾通電話卻不見那頭常喚甜柔的聲音，於是用line傳了訊息，告訴他已經到達，要她趕快下來。

「還在睡嗎？」

也許吧，他看了車內液晶螢幕上的數字八點十七分，簡直比他平常起床的時間還早。於是他晾著車子，乾脆就用車內的網路電腦搜尋公司的公務郵件，看看有沒有什麼重要的事情需要知道的。

「Shit！」

沒有幾分鐘，他忽然想起今天是要做什麼事來著？不就是要脫離一切光華的繁忙業務，刻意要跟鞏智恩去過個兩天一夜的放鬆之旅嗎？他恍然大悟地發現他被他的父親從小就訓練成一頭會為他的公司賣命的狗，即使他是他的親生兒子也一樣，兒子賣命，自己卻跑去逍遙！

一想到這裡就氣，說他是尹華喻的繼承者也未免太過冠冕堂皇。

憤懣遊走一遍腦沿，他決定關掉螢幕，突然一眼晃到還在猶豫的指尖前，發現了一封匿名信阻擋了尹碩傑差點就要與close鍵相接的指紋，這封信件的主旨名為——「我已經知道是誰在搞鬼了！」

赫赫的驚奇，澎湃地震動心臟也同時挑起了他的怒火，摻著振奮也有懷疑，這是誰發的信啊？而且是由公司外部傳來的匿名者呢！

他打開郵件，主旨下緣落下了一大片空白，將捲軸慢慢地往下拉，才發現有一行字，正重複著主旨，主旨下方又下空了一大段，然後才公佈答案似得寫了大剌剌的幾個字。他驚紅了眼球，簡直是動魄駭然得不敢相信，早上剛撫定的髮型被慌張的手給弄亂，隨即趴在方向盤上力求鎮定意識裡的兵慌馬亂。

他關掉車內的電腦螢幕，再度撥起鞏智恩的一指通話設定，手機依舊無人接聽，尹碩傑已經無法再等，面對這樣的衝擊，姑且不論是真是假，他感覺他的腦袋即將爆炸，他已經無法穩住即將失控的理智、繼續平和地多待在台北一分一秒。

加上這是他第一次等待他的女朋友超過半小時以上，這是從未發生過的失聯狀態。他不管了，他打算下車直接去按樓下的對講機，即使這一棟都是學生身分的房客，他們都是習慣性的晚睡晚起，也許沒有人會願意幫忙開啟大門讓一個陌生人闖入，他打定要猛按門鈴，最糟的情況頂多就用個幾百元當作開門的小費補償打發。

「早就要求她搬到離家更近的地方住了！真是麻煩的女人，說什麼這裡的環境最令她感覺到學生時代的朝氣與安詳，說什麼也不想搬……嘖！」

他同時也苦惱著早知道去備一份她的鑰匙跟電子磁扣，可是她令他不明所以地就是不肯。她想保有一個

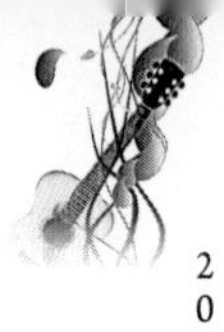

自我的生活空間吧，算了，這也是他當初並沒有強迫她去備份的原因，愛她就要多給她一些空間，而這個空間是一種信任，是一種貼心，不是嗎？

對講機依然沒有回應，正要打擾同樓層的其他樓友時，突然間他聽到一對男女有說有笑地從這棟大樓的轉角處傳來！那個女聲是熟悉的音色，他盪下自己的手臂，心裡有底了，無數個預想的畫面宛如無數的魍魎從地下冒出，在這光天化日之下無術自生，那四個字母像是催咒魔文一樣，任由將他心中憤怒養成的邪魅無盡散出。

「咦？碩傑，你好早喔！怎麼會這麼早啊，你嚇到我了！」那一身的桃紅與柔甜的聲音，沒有緩和他的怒氣，反而令他益發譴諏，「吃過早餐了嗎？我們剛剛才去買回來，你那麼早來一定也還沒……」

「你們？」

「對啊，我們一起去買的，凱斯請的喔！」

這個『我們』，不是尹碩傑自己加他的女朋友，而是別的男人加上鞏智恩的我們，尤其她親匿地喊了「凱斯」這兩個字。真的很怪，以前都不會覺得怎樣，現在聽起來卻格外刺耳。鞏智恩見了他的臉色不對，直覺地帶著恐慌扭曲了自己的表情，「碩傑，你……怎麼了嗎？」

「你們？」

他重複著那句。

隨即尹碩傑的臉上迸出惡意的笑，不管周遭已經有多少人略過彼此的身旁，那多少瞮過的眼神已感到惡趣，他看著自己的女朋友，噴衝的血脈帶上指尖向著站在她後頭的那個男人，「你們一大早就在一起，然後替我買了早餐？」

「是……是啊……」那些微的調諷讓鞏智恩的聲音出現了疙瘩。

「這是什麼？演給我看心安看爽快看感動的嗎？你們昨晚是不是早就在溫存了，沒料到我會這麼早來突襲，被我發現才掰出這種爛戲？」

「我們沒有！你不要亂想好不好？」

鞏智恩主動要扳下他掟著王凱斯的手指，憂愁的臉孔極力想要安撫尹碩傑的情緒，今天的他跟平常她所認識的尹碩傑完全不一樣，然而她感覺到他針對的不是她，而是王凱斯。

「你自己講，有沒有你最清楚。」

「OK，今天我也許該要好好地鄭重地告訴你。」

王凱斯終於說話，原本無框的鏡片後邊的眼神極為平穩無波，一晃在鞏智恩看起來卻是冷峻陟凜。

「我們有你想像不到的……」話還沒說完，尹碩傑奮力衝向前給予王凱斯重重的一拳，王凱斯承受拳面不支倒地，他的鏡架碎裂飛往騎樓下的排水溝旁，尹碩傑促起手勁將他撈起，再補一拳，旁人見狀紛紛閃走，避開這突如其來的暴力現場，鞏智恩撕喊無用，她阻止不了尹碩傑的激動，於是轉而去扶助那鼻血直流，臉孔已是瘡痍的王凱斯。

「我實在料想不到妳會去站在他那邊……」

「因為我擋不住現在的你啊！」

「多久了？」尹碩傑的右手發抖著，每一指關節上沾的血漬也跟著抖落。

「什麼多久了？」

「你們這樣已經多久了？之前每一次的應酬，他載妳回家，每一次的夜晚他陪著妳出去逛街，而我只能尋問妳去了哪裡？又為什麼他可以自由進出妳的住處而我不行？這是什麼的待遇，我不懂！」

「碩傑，事情不是你所想的那樣！縱使我和凱斯表面上比一般的同事朋友還要親密，但你就不能相信那只是紅粉知己的層面而已嗎？」

「知己？這就是我給妳的信任養出來的知己？」

「我再說一次，我沒有對不起你！」

「我不太能確定知己跟愛人或是好朋友之間那一條清楚的界線到底是什麼，至少這傢伙一直到剛才為止

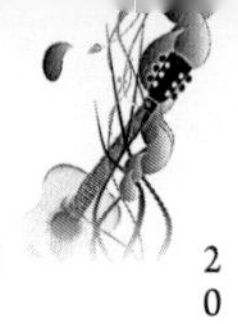

是沒有否認的！」尹碩傑飆著怒氣，頤指著還攤坐在地上流著鼻血的王凱斯。

「聰明如你，你刻意把它們模糊化了！我再說一次，我沒有對不起你！除非你執意要斷了你我之間的關係！」

鞏智恩終於使出可以應對的理智，她實在不願意這樣，她真的不願意說出這樣的話，因為她寧願學習當個小女人才能保住戀情，這是一直隱藏在她體內的強勢，誰也不能招惹誰的強勢。

她一度地感到莫名，為什麼她總是得面對一些無理的蠻橫或指責，然後才逼使自己的理智出場？幾次戀情的失敗，都曾是以此為基礎，不是嗎？

「很棒的口氣。妳確定妳是我的女人嗎？」尹碩傑錯笑，一種把笑容錯置在憤恨臉上的情緒，他撇過頭看著一旁緩緩站起的王凱斯，「欸！我以前都沒有看過她這樣耶，紅粉知己兄！你看過嗎？」

「你……」鞏智恩驚訝地看著尹碩傑，他那帶著尖俏的嗓調已轉為挑釁，挑釁他們之間的愛情，以及挑釁他與王凱斯之間的友誼。

「說來可笑，」尹碩傑不管遠遠的方向已經傳來救護車的音響，似乎有路人行俠仗義報警或撥打119了，他被激怒的表情已經扭曲到不曉得要如何恢復原狀，「對我而言一向是十分敬重的大哥，以及我最深愛信任的女人，如今都成了我人生當中最大的笑話！我除了要當我父親的狗以外，還要當隻戴綠帽的烏龜！」

「……」

看著尹碩傑的歇斯底里與接近癲癇發作地撥亂他的頭髮，表情亦哭亦笑，感覺非常痛苦。鞏智恩加重心驚意寒，她選擇不再說話。

「你都知道了？」

這時候王凱斯沒頭沒尾的一句，鞏智恩聽得出來話中有話，她狐疑地看著他，只見尹碩傑哈哈大笑。

「哈哈哈，原本我還不太想相信呢！沒想到你是不打自招啊！喔不……」尹碩傑再次勃起腎上腺素走向前再補上一腳，「是屈打成招才對！」

「你不要再打他了！尹碩傑！」鞏智恩撕開喉嚨，力阻那個無法控制瘋狂如斯的男人。

「沒錯，是我故意設計惡搞你的！」

王凱斯有著打定不還手的堅決，似乎要對那樁出貨問題做出甘願受罰的內容，「與其說是惡搞你，倒不如說是要替我父親討回公道而已。」

嗡嗡的鳴笛聲已經放大到耳邊，救護車緩緩地停在尹碩傑黑色保時捷的後方，救護人員緊急地湊近王凱斯：「發生什麼事？你還好嗎？要通知警察嗎？」

「不用，只是跟朋友發生了一點衝突。」王凱斯的嘴角與鼻頭仍然鮮血汩汩，他婉謝了救護人員的揪義仁慈。

「你說這話是什麼意思？」

尹碩傑稍稍降了剛剛接近沸騰的溫度，他甩了甩自己已經無力的手腕，用鱷冷的表情反問著。

「你父親因為我父親的資金東山再起才有今天這樣龐大的事業，我父親原本佔了百分之八十的股份，尹華喻竟然用了卑鄙的手段，在我父親離世之前做了非自願的股權轉移，到我手上就只剩百分之二十而已。」

「哈！又是一場王子復仇記是嗎？」

尹碩傑聽起來並不震撼，畢竟他了解狠起來會作些街下鼠道的事，也是他父親的一種特色。然而他才稍稍明白，這就是他背了上代黑鍋的原因。

「然後呢？這樣就會搞垮光華嗎？」他繼續大笑著。

「當然不能……但就只是好玩而已。」王凱斯接過救護人員給的紗布之後，慢慢地走向鞏智恩。

「好玩？」

「對，好玩。」

「Case，你是瘋了嗎？我不懂！這樣對你有什麼好處？你也有光華20%的股權啊！搞垮光華你確定是一件好玩的事嗎？」

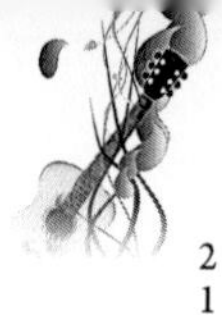

「呵呵，你剛才不是說這樣不會搞垮光華的嗎？」

王凱斯蓋著蠹紅的紗布，嘴角朝上勾了起來，「原本我是多麼在意我父親被坑的這個故事，心裡一直在找機會討回公道，但這幾個月下來我開始慢慢覺得那是件多麼不重要的事情！」

「然後呢？」

尹碩傑的臉孔隨王凱斯的移動而擺，他走到鞏智恩的身旁，那一個聽了如此震撼對話而呆愣半天的女人，他牽起她的手，不管她恍得出神而有些許的掙扎。

「與其搞不垮尹老頭，倒不如就讓你忙一點吧！這樣我就有更多的時間，可以跟我所喜歡的女人在一起了！」

「哈哈哈……OK！OK！」尹碩傑聽完大笑，他索性拍起手來，「很好很好！」他笑裡聽得出來有一絲的悲。他笑王凱斯竟然如此坦白，也笑自己的愚蠢固不了原屬於自己的椿，這樣的拱手讓出是多麼出乎自己的意料之外。

「那麼鞏小姐，妳也是這樣想的嗎？」

「不是的……碩傑，我其實是……」

「別說了。我看妳的手就知道了……我們分手吧！」

遠處又傳來警車的鳴笛聲，這回非走不可了！

「謝謝你的成全。你放心，我會離開光華不會再惡搞你了，你這個光華繼承者……未來80％的股權你就慢慢享用吧！」

王凱斯頓時攤軟地坐在地上，鼻管上突然爆出大量濃稠的血漿，引起了還未離席的救護人員的驚慌，他緊緊握住鞏智恩的手，眼皮卻沉重地闔了下來。

「碩傑……你真的要分手嗎？」

她脫離不了王凱斯刻意的掬握，隨著救護單架上下起伏，即將要陪同上救護車之前，她淚水脈脈地問，一身的桃紅襯著橫躺的那一窩血紅，一早王凱斯為她所選的洋裝，成了敬輓這段戀情的喪服。

「妳的心會晃動，其實我早就知道。」

「不是這樣的！我……」

「記得之前跟妳說過，我會越來越忙，妳要體諒我的身不由己。但……」

他強忍眼框裡的酸楚，她的不甘寂寞，似乎是一種罪。

他勉強想起他父親告誡過他的，曾經她與多少男人在摩鐵廝混的這一段話，剛好可以襯托出這個越來越膨脹的理由，一個足以大到很有質感，沒有證人證物就自行認定為千真萬確的分手理由。

「沒關係。無論是鄉下老師或是Case都好，因為他們都可以承受得了妳的多心，但我不行。」他呆立著，一抹微笑地送她最後殘酷的結局。

隨後，她沒回話，在救護車內隱沒。

他留下自己的名片給警察，稍稍描述剛剛發生的經過，他不避諱任何事情，即使明天就要在報章雜誌上出現自己的照片與這些路人親眼看到他情緒失控的新聞。他不在乎，因為從小就已經失去了媽媽，只是二十年過後的現在，又失去了一個兄弟與一個心愛的女人而已，他也不太在乎會再失去什麼了。

離去時，他突然想起了那個鄉下老師——姓什麼來著？

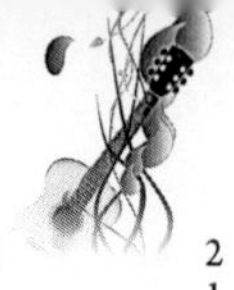

喔！姓季，叫做季凡諾的樣子。

他那種無私的追逐，追了十年，想了就好笑。

這十年那個守在鄉下的老實人得到了什麼，一場空不是嗎？

而過去他自認輕鬆地就追到了他所謂一見鍾情的女人，幸好也只是浪費一年的青春而已，雖然最後也沒有什麼成果，但相較之下，他已經省下很多了！

省下了很多的光陰。

他在飆往南部的高速公路上，馳騁在保時捷速度上限的邊緣。

他大笑著，激動到襯衫已經汶濕了一片都不知道。

第八章 失、空、斬

一直在半夢半醒之間，終於來到中午，喬瑄被她媽媽叫起床，明明是週末，媽媽還是挽起手套與穿起外衣，她說她想要去找看看有沒有哪一間社區還缺打掃的工作，喬瑄在朦朧之間只說了不用那麼累了啦……之類的話，後來依稀媽媽的輕語被帶進她的耳朵：「我幫妳煮麵了，趕快起床去曬曬太陽見見光明的世界，那份光亮，喬瑄，我說真的，那真的會給人希望的！」

她在床上又翻了兩翻，那場夢讓她睡得沉重，整顆頭像是把榴槤戴上去當作帽子的重，她努力睜開眼睛，終於見到已經是明潔灼亮且還稍微有點悶熱的十二點鐘。

風停了，百葉窗片也不再動了，整個房間悄然無聲，只有她的呼吸略有阻塞，像是鼻涕倒流的酸澀，突然猛咳了一會兒。她感覺她的體溫偏高，要稍微使點力氣才能擺直她的上半身，她的雙腳正在嘗試按著平常的力道站挺起來，讓細肩帶的棉質長板睡衣落下，她頓時深感暈頭轉向，勉強地走到客廳常用的櫃子上抓起耳溫槍，一測真的體溫高達三十九度，「天啊……難怪！」

幸好家裡有退燒藥，而媽媽真的也已經出門了，喬瑄索性就撈起麵條先墊墊胃，看來等等還要回到床上再去夢一場吧！她手持筷子差點就拿不穩，吃了幾口之後，越覺無力地想要退下坐椅，不由自主地打了冷噤。她裹起外套，往窗外的風和日麗一看，下頭的車水馬龍之間似乎沒有她可以去的地方。

她吐了口氣，還好不算難受，她想打電話給媽媽，請她買一瓶感冒藥回來，鼻頭的搔癢感已經讓她兩孔的噴涕聯姻，她盛起開水準備讓黃色的藥片滑進食道溶解在胃裡頭，多少次的發燒經驗，都是這樣子解決的，只要不遇到經期來臨，否則多半睡一會兒就會好很多。

她拿起手機滑進通訊錄裡，她不自覺地略過了媽媽的電話號碼，很自然地直接往下面季凡諾的電話探去，在那個夢之前，她也是這樣做的嗎？她彷彿不能確定。最後只有望著螢幕沒有任何的動作，遲疑之間逐漸被退燒藥給酥軟，她躺回床上，她的秀髮已經變得礨礨罥沉，但她蹬著眼皮，在意識下的方圓舞台上，反覆演練著剛剛那場夢境裡的劇情。

她握起拳形，兜了回憶一圈之後馬上熱淚盈框，無法轉念的她又開始蹭恨起夢境裡的季元方，給她情深意重的春風，消融她的冰天雪地，最後卻送她太過意外的幕落別曲，徒給其心添一道裂縫，至今仍然血流不止。

「可惡的男人！」

淚水在她燒燙的頰面昇華，她硬是閉上眼，卻沒能關掉那一層又一層的懸念。她撥亂自己的長逸，也沒有勇氣去剪掉那十萬煩絲的糾結。

突然她的手機響了，莫名的打擾讓她在憤恨之中更不願接聽，她將手機朝下，與她一起蓋上暖暖的被窩，任它吵鬧無趣之後自動安靜下來。誰知在十分鐘後，頭繫昏沉仍不能成眠的她，又聽見從被窩裡傳來第二通的聲響，她在猶豫之間把手機翻過來正面，才驚然發現來電者竟是那個傢伙。

她真的猶豫了，看著那一閃一閃的文字寫著他的名字，是過去一個禮拜以來想撥卻又不敢撥的電話號碼，她聽著設定輕快的音調，恍然才想起那是她特地為他的來電所選的答鈴。她將手機緊緊地捏著，思量一陣之後，在對方手機差點放棄掛斷前，將接聽鍵滑了過去。

「喂……」

「嗨，喬小姐，您好，方便接電話嗎？我是季凡諾。」

「嗯……」

「抱歉，有沒有打擾妳，最近好嗎？」

「有什麼事嗎？季先生。」

電話裡頭的聲音，十分孱弱且刻意裝起陌生，季凡諾聽得出來。

「其實我沒有什麼事，只是想打電話給妳，問問心情有沒有比較好一點而已。」

「不勞你費心。」

聲音聽來依然做不出印象中的熱情高揚，隨意回應而不做喜相逢的態度，就像是完全沒有認識過或曾經牽扯過關係的樣子。

「那就……」季凡諾感到微微的訝異，同時也有絲絲的失望。

不過他的理智告訴他，這樣就可以了。

「你還有什麼事嗎？」

「喔……我是想告訴妳，我換成了智慧型手機，有辦行動網路，我的line是我的電話號碼，想請妳加入好友，如果妳不嫌棄的話，不知道可不……」

「不可以！」

隨即電話被掛斷，季凡諾在她那接近無情無緒的拒絕下，沒有追著，只是輕嘆了一口氣，而另外一頭是什麼樣的表情，他不敢想像。

喀啦響個墜地的聲音，她的手機瞬間落在床下，無怨地承受一句：「可惡的男人！」

「那天雨後的相遇，我有時候在想，究竟你的熱情是一種真誠還是一場假戲？有時候過程實在走得太快，讓我沒辦法分辨。

但我可以確認的是，在月台上那個滿臉淚水的妳，是一個接近崩潰卻依然假裝堅強的人，同時也是一個以為可以自我療癒成功的病人。

然而那傷超過妳的想像，妳卻病得越來越重。」

他傳了這樣的簡訊給她。

沒有絲毫的保留，那完完全全是他最真實的感受。

「怎麼喝這麼醉？」

楊佩怡出現在清境農場附近的酒吧中，看著已經幾乎沒有平常的神風異采、自信翩然的尹碩傑，眼裡沒有太多的驚訝，反而有更強的憐惜感。看他扭曲的襯衫，貼著蜷捲如蛇的皺痕，還沾上些許紅色的唇印跟酒漬，吧臺上的數只空瓶，可以想像他今晚的沉淪。

他的現金因為在稍早前上了歡場酒店給發光了，皮夾似乎也不在身邊，所以才撥了電話，當下可以選擇的人，竟然只剩下楊佩怡。

他錯著酒氣，留下半點理智在做牢騷，然而她二話不說就驅車南下，大老遠的一個女人闖著黑夜就到了他所指定的地點，她坐定下來目不轉睛地看著他，深翠的眼眸，帶著心疼的溫度，這是他從來沒有認真看過的容纔。

瞳孔裡倒映著她的身影，尹碩傑隱著心裡說不上來，確有一絲感動。

「喝那麼多，要怎麼回去？」

「要不要喝一杯？」

他沉著眼皮抖笑，那一抹近似虛浮。沒等她說好，就順手擱了一個吧臺上乾淨的高腳杯，逕自斟滿紅紅

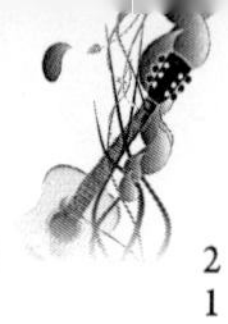

的川陽。楊佩怡發現了他右手拳關節上的傷口，紅腫一遍，雖然心驚了一顫，但她沒問。

「我也喝的話，那誰要載你回去啊！」她略為搖頭地灑下一點無奈。

「那就都不要回去啊！」

「是嗎？」她笑了起來，索性就乾了那一杯。

尹碩傑無意識地再揚起酒瓶，無聲地作飲，他幾乎快忘了旁邊還有一位坐在燈黃霣染之下映著亮眼彩妝的女人，正當他要再度斟酌之際，楊佩怡拉下他的手臂，她纖細的手觸碰到這個男人身體的當下，第一次沒被他撥手排斥，除了成年以前兩小無猜的那段時光之外。

「你別喝了，我要喝我自己會倒！況且，我還不能醉。」

「哼！還是醉得比較好，以免看透更多事情讓自己痛苦不已。」說完他甩掉她的手，滌滌地再將杯子給倒滿。

「你的手怎麼了？」楊佩怡還是問了，打從她的心裡憂起。

「痛毆一個混蛋！」

「喔……」似乎沒有太大的驚奇，楊佩怡將縈蔓的波浪髮絲全伏在頸後，然後就趴在尹碩傑的頷下，煙薰過的眼眉盯著他看，「那喝酒又是為了什麼？」

「慶祝恢復單身！」

他用被酒精過度燒傷的沙啞喊著，那一聲顯得音消無力。

「這樣啊！確實還蠻值得恭喜的喔！」她立即用雙手環住他的肩胛，然後直接一個熱吻，吻在她心目中永為白馬王子的嘴唇上。

「……」

「這次不想逃啦？」她瞇成一對媚眼，用很溫柔的聲音質疑。

「其實我很想知道，是那個女人放棄你，還是……你放棄她？」

「這是我的私事，與妳無關。」

他欲拉開她的手臂，但繡美的指甲彩繪有讓他多停留幾秒，而撇下的力道不像以往不知憐香惜玉的狠勁，直到那玉琢之手滿足地自動離開之後，他才又繼續用幾乎已無刺激感的酒精灌滿他全身的血管，而對於這個女人想問的，他剩餘的理智告訴他，不必回答。

「那好，不說就不說！」

酒已經一滴不剩，尹碩傑招了手，在服務生迎來之前，他撇頭問了一句。

「有帶錢或卡吧？我們喝點不一樣的！」沒等楊佩怡回應，他用了禮貌性的口氣對著服務生說：「麻煩你，雷司令！」

「真的別喝了，你今天到底是怎樣啦！要慶祝恢復單身也喝太多了啦！等等吐了怎麼辦？」

「妳有帶錢嗎？」他的表情似乎是因為過度焦躁而嚴肅起來，他那麼怕喝不到雷司令這種東西嗎？

「真奇怪，那你的錢呢？」

「沒了。呵呵！」

楊佩怡不懂，她失笑著，「聽不懂？什麼啊？」

「沒了，什麼都沒了，像在耍我一樣，全都被扒走了！」

「被扒走了？」

楊佩怡顯然不太能立刻理解他的話中有話，但看他在面前傻笑，一種接近瘋癲的傻笑，頓時感到些許愕然。

「對，被你最信任的人暗中扒走或是假裝成非常親匿的人從你身上偷走，這簡直就像在惡作劇，跟下午在酒店裡陪我玩的那幾個傳播妹一樣，在我身體上下磨蹭拿到打賞之後，一溜煙走出包廂就沒看到人了……就真的……再也看不到了……」

他用接近低頻的口氣，簡單帶過了今天一整天的故事。

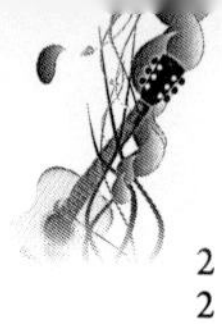

「所以，只剩下我？」

她直視著尹碩傑不離。

他見著她一臉正經，那嬌艷的五官雖然被他的話給嚇了一跳，但著實地更凸顯她對他愛戀的自信。

「只剩下我最值得信任，所以你才找我的嗎？」

沒等他回答，楊佩怡搶下酒瓶倒了半杯，穩穩地乾了。一股酒氣灌過腦門之後她笑著，撫媚動人的表情，在尹碩傑眼中是從沒認真看過的真摯純真，「我早就知道她是個情感豐富到可以四處竄流的女人，哪個時候才能修鍊到什麼叫做專一啊？像我就不一樣啦，我可是從小就一直喜歡你，長大之後更是愛著你，我沒有對任何一個男人動過情喔，除了你之外，你是我今生今世最想要嫁的男人！除了你，我誰都不要！」

尹碩傑在醉意漸濃的意識下，用一種很不可思議的眼神回顧，即使他老早就明瞭她從小的堅持。他只是聽聽沒有說話。而雷司令更加緊澀地鎖住咽喉，沒有暢通的痛快只有更加懊苦的悲鳴。

「怎樣？不相信嗎？我可以證明給你看喔！」

他說不出話，胃正在翻攪，這從小看到大的女生，現在不知怎麼地一直在耀眼著光芒，好像是他看過她最美的一天。

其實她沒那麼醜，他修正一直在腦中被他制式刻板的Paggy圖鑑，剔除她的驕蠻，可以稱得上是令人綺夢魂縈的女人。

「你知道我從什麼時候開始喜歡你的嗎？就是啊……，挪！」她突然指著就在吧臺上方有一架日本戰後的零式戰鬥機模型，堅然地掛在天花板上。

這家店的老闆似乎也是玩具模型迷，尹碩傑就是被那店外用一隻超級大的轟炸機招牌看板給吸引進來的。尹碩傑此時半趴的上半身，正在吃力地向上抬眸，在燈光過度得灑照之下，映入瞳孔的影像早已模糊不清。

「就……那個戰鬥機啊！你小時候也玩那個啊！尤其是壞掉的時候你專注嘟嘴努力研究看要如何修理的表情……呵呵，真的好可愛喔！」

看著她露著純真的歡顏侃侃而談，真不可思議，也許他真的不討厭她！但為何過去跟她相處的每一刻裡，都讓他感到厭惡而不自在呢？他想不起來究竟是從什麼時候開始的，而厭惡她的究竟又是什麼原因？

他閉起眼，又想起原本他最愛的那個女人，卻……

他一杯盡入蘇湖。

「原來天下的傻瓜不是只有季凡諾一個啊！原來這就是楊佩怡為了愛他使出無所不用其極的方式也要愛到手的起點。」

他在心裡想著卻說不上話，也許是過度地讓腦袋翻轉，隨即有點像嗑過藥的暈眩，他沒試過那種東西，但直覺有一股噁心感突指喉頭，瞬間壓抑不了傾洩而出的酸物，整個下午到這個入夜以來所喝進的芒刺湯液，簡直全部地都往楊佩怡的身上吐去。

尹碩傑只聽到一聲的尖叫，一聲而已，隨後無聲無駭，他感覺到平穩的呼吸在他的臉旁上下起伏，他的狂嘔尚未止息，然而這個豔麗的女人卻可以從容地輕撫他的背，無聲的溫柔，頓時也讓他痛哭失聲。

王凱斯在急診室裡做了簡單的包紮，鼻樑斷裂，口腔內受到尹碩傑拳力的衝擊而讓自己的牙齒切傷，血是止住了，但是適逢假日外科醫師紛紛放假，也只能做最陽春的處理，原本因為失血而昏厥，在打了點滴之後的王凱斯像是無事一樣可以用走的離開醫院。只是他看著翟智恩的哀傷，內心卻是充滿了愧疚。

他們搭了計程車回到翟智恩的住處，從下午到晚上沒人走出去，也沒人說起上午發生的事情，安靜的空間裡與外頭的喧囂差異甚大，豆燈漆成的昏黃中只有她哭泣未歇，王凱斯就攤在門旁的地板上，默默地隔著

床上兀起的蠶絲被與鞏智恩相望。

桌上那三人份早餐，從樓下到救護車，再由醫院又回到這裡，原本乾淨熱氣蒸熨的紙袋早已露濕而扭曲變形，香醇燒呼的咖啡也變得冰涼。

「對不起，破壞了你們之間。」

在鞏智恩稍作冷靜的休憩之後，從床頭無聲地躬起身子，抓了面紙擤著鼻涕，王凱斯輕輕地開啟了第一句話。

鞏智恩擦拭著自己哭紅的雙眼，沒有任何語氣，只是搖頭。

「其實我很自私。」

王凱斯滑開手機打開一張照片，他將鏡頭轉向鞏智恩，「這是我爸，然後……」他翻過來向右滑開下一張圖片，「這是他的情人。」

鞏智恩淚眼模糊，還是努力地凝聚她的焦點，手機上的那個女人似乎略曾相識，雍容華貴的臉孔，稱得上是風韻猶存且保養得宜的美魔女，她突然迅速瀝掉眼周的餘淚再仔細一看，原來那女人她也見過，是曾經出現在尾牙的舞台上，麥格威的董事長夫人，也就是楊佩怡的母親。

「她是你爸的情人？」她總算說出一句話，是個問題，一個暫時好奇勝過悲傷的問題。

「對，她是童薇玲，多虧她，我爸的股權被偷偷移轉到尹華喻的手中。」

「那到底是怎麼一回事啊？」

他笑了，好不容易想到可以讓鞏智恩暫時移轉掉傷心的話題，他願意侃侃而談。

「聽我媽講，二十幾年前尹華喻曾經生意失敗而背負債務，現實的童薇玲也離開了他。大難不死的尹華喻，透過楊家的關係找上了因為股市投資大豐收的王力賈，也就是我爸——替他注資還債，並且成了吃下光華八成股權的大股東。當時的社交名媛童薇玲才剛嫁給了麥格威的楊茂生，他們都彼此認識而且早為世家，而楊茂生因為有天生的心臟病與家族遺傳病，身體一直非常不好，多半的公開場合都由童薇玲代為出席……」

王凱斯立起身子，似乎是有胃口了，一錠的止痛藥下肚之後，便打開那濕透破爛的紙袋，依然香氣四溢的超大滿福堡，他慢慢地咀嚼在口中。

「吃一點吧，邊聽我講故事。」

他拿給她最喜歡的香煎起司蛋餅，鞏智恩勉強撥懸她的髮絲用髮圈裹緊，然後聽話地握起帶著水氣氷過的知名人氣蛋餅，猶豫地置在嘴邊。

「剛才看過我爸的照片，他長得還不錯吧？」

「你跟他簡直是同一個模子印出來的。」她稍微有了笑容。

「於是他們暗地裡交往，一直到我爸死去才停止。」王凱斯繼續說起。

「什麼？你媽都這樣隱忍著？」

「對，我媽是個文盲，也從來不過問我爸在外面的一切。」

「咦？……感覺有點悲哀。」

「沒什麼好悲哀的，她常說即使她一無所有，只要有我這個孩子就夠了！但是像今天我這樣回家，她可能就會罵慘我了！」

「當媽的都會擔心吧……」她癟起嘴。

「是啊，媽媽都是偉大的。」

他抓住鞏智恩即將分心墜落的一瞬間，刻意提高語調地說：「楊茂生是個不孕症患者。」

「咦？」

這話聽得十分清楚，以致鞏智恩迅即露出驚呆的表情，她馬上聯想到王凱斯可能說出的下一句話。「沒錯，我和Paggy是同父異母的兄妹！」

「哇……簡直不可思議，這是證實過的嗎？」

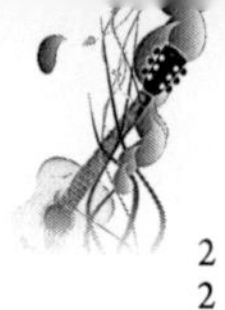

「嗯，是我爸死之前親口對我媽說的。」王凱斯攤攤手，「而且那些老傢伙們全都知道。」

鞏智恩簡直不敢置信。

「楊茂生知道自己的女人背叛了他，這是後來的事，而他親自命名為楊佩怡的女兒非己親生，一氣之下將他的持股全部交付信託，利益只捐給公益團體，並且立下遺囑明示不得配置給他的妻女任何的股份或資產。」

「所以，楊經理從沒在麥格威任職過而來到光華？難怪……這一點總是讓我們匪夷所思。」

「說個更勁爆的……」王凱斯搖搖自己的手指，然後笑了幾聲。

「什麼？」

「在Jay的母親因病過世之後，童薇玲又跟尹華喻勾搭上。」

「咦？……」

這是什麼情況？

鞏智恩意外的神情象徵著他們這權貴上一代故事發展的奧妙，她突然想起了尹碩傑曾經說過的，原來這就是他父親年輕時未完的夢……？

「雙魚座的女人……」王凱斯不經意地說出這幾個字，鞏智恩握著蛋餅皮心驚了一下。

「她原本就是尹華喻的舊情人，卻又同時找上了多個男人。我這樣說妳能想像嗎？」

「你要說的是她是個見錢眼開、風吹搖擺的女人是嗎？……但，不是所有雙魚座的女人都像她這樣子的……」她略微展出生氣的表情抗議地說。

「喔，抱歉，我收回那一句。」他突然想起眼前的她就是個雙魚座的女人。

「你繼續吧。」

「由於光華的成功，童薇玲苦無現金又沒辦法光明正大地從我爸手中轉移持股，所以她極盡利用情人的關係，讓我爸同意轉交持股給尹華喻，不知道什麼樣的內幕，最後只有兩成的股份繼承在我身上。那時我還年少，而我媽不認識字，不懂得如何爭取什麼，在我爸過世之前到底是交易或是脅迫等等不得而知的背景下，名義上是持股轉讓給尹華喻，卻沒有賣股之後的現金匯到我爸的任何一個戶頭。」

王凱斯把整個漢堡吃完，準備品嘗那仍帶有濃純香味的冷咖啡，只是晚間的低溫在入喉之後也沁涼了他半邊的胃。

「唯一的報償可能就是我受了光華的栽培，不但全家包衣包食、有定期匯到我媽戶頭的養老金，還可以讓我出國留學不花自己半毛錢，然後在學成之後無條件進到光華擔任董事長特助一職。」

「這樣不是很好？」

「妳覺得這樣等值嗎？」

「不是嗎？算了，我現在腦袋處於空轉，突然出現這些相當複雜的資訊我沒辦法立即理解得出。」

王凱斯聳聳肩，微微地嘆了一聲。

「早上聽得出來，Jay到現在仍然沒有任何的光華股權，其實並不意外。所以他才那麼氣憤……當然啦，那也只是他會抓狂的原因之一。」

一提到早上的事，翬智恩不由得肅起臉來。

「有些事情遲早要面對，妳說是吧？」

「……」

「就如同我之前跟妳說的一樣，妳跟Jay的感情被上一代所牽扯，而Jay的未來也會被家庭事業使命所擺佈。」

「說到這個，你為什麼要做那種事？」

翬智恩忍不住獇出反問，王凱斯看見翬智恩的疑惑，那種疑惑涵蘊著不解與哀傷，從她浮惦的聲音裡聽

得出她是在譴責他的不該。

「妳在想，如果今天我沒出現，是否你們就不會走到這個收場？如果我沒有做那件暗黑的事，Jay就不會如此憤恨地對待我也不會牽怒於妳，而妳仍舊是他的情人，今天早就在南部快樂地旅行了？」

「我……」

「唉……我還是要再對妳說一次，單就今天我來找妳這件事，我很愧疚，我不是故意要來破壞的。第二，就是我之前說過的，有些事情遲早要面對，妳不是有看過Jay可以為了事業而冷落妳的表情嗎？然而那個工作狂，如果沒有富二代或是接班人之名，你們就一定不會走上這個結局嗎？」

王凱斯晃著咖啡，無心的試圖想要晃出底部可能殘存的氣味，同時也矚定著翚智恩，見她不語，索性再往下講，「第三，我原本是打死不想承認我所做的那件事，就讓它永沉於黑暗，這只不過是我對尹華喻的小小報復而已，但是有人卻偷偷告訴了他！」

「什麼？」

「對，有人知道是我做的，而這個人……」

「是誰？」

「哈……已經沒有關係了。」王凱斯把咖啡飲盡，他查了手機裡的時間，也看了自己一身的紅漬斑斑，「該回家了，準備給老媽罵一頓了。」

「你知道是誰洩了你的底，對吧？為何不說？」翚智恩似乎被挑起了猶奇之欲，急切的口氣反應在她正熱衷在這個謎底的表情上，因為她知道這謎底也是最後壓垮她戀情的主要原因。

「因為目的已經達成。」

王凱斯將要旋開房鎖，他回頭看了一眼仍是桃紅的美麗，唯獨哭到紅腫了雙眼的美麗。

見他即將離去，她揪緊臉，一種沒辦法立即得到答案的失望。

「我會那樣做，全是因為我的自私，只希望在每一次他沒有空閒的時間內陪著妳，然而妳只是把我當成姐妹。」

「……」

王凱斯再回頭走近翬智恩，顧不得她的恍神呆愣，用手輕輕地撫順她的柔長秀髮，「因為擁有很多機會，所以我的私心越來越大，覺得每一次陪妳的時間越來越不能滿足我對妳的愛戀，妳說，我能怎麼辦？」

他嘆著氣走回門邊，搔著自己從早上雜亂至今的頭髮，然後把門向內折開，「我真的佩服季凡諾會為愛而勇敢割捨，但我卻沒辦法做到，這就是所謂的慘愛吧？妳說，我能怎麼辦？」

「妳的心會晃動，其實我早就知道。」

翬智恩著實地明白，

他沒辦法在家庭、事業之間，同時又可以撫平自己過往被拋棄或失戀的傷，

對愛情的恐懼失落讓我隨時會去找更強大的安全感，

只要有任何的風吹草擺，

他沒那個自信可以全神貫注地呵護著我，

即使他對我再好也沒辦法繼續經營下去。

而你，又能做得到嗎？

夜晚的風仍然涼勁，喬瑄拖著沉重的身體穿起只有寒流來的時候才會出櫃的羽絨大衣，溺睡了一整個下午燒已經退了，她緊握著她的手機，漫步在天母的人行道上。

媽媽才剛回來，不明事由地問晚上要出去哪裡？她笑著說只是出去走走。唇白上的痛苦，她儘量掩飾不被媽媽看見，而她下午發燒不適的事情，她也不打算說，於是匆忙地與媽媽擦身而過就奪出家門。

她想做什麼？或是要往哪裡去？此時此刻她混沌得無法確定。颼流的風像在嘲弄，拂過她的耳後亂了她的長髮笑著，明明就很想跟他聯絡，跟他講講話，聽聽他的聲音、彈吉他或唱歌什麼的都好，但是為什麼人家主動打來自己卻要拒絕呢？而且還故作冷漠地拉開距離？

「好煩！你為什麼要出現~~~~~~~~~」

她拉直腳筋開始奔跑著，任旋流飄搖自己的髮絲，在一路仍是車水持續奔流的街道上大喊著。

她的理性告訴她，他啊，只是個替代品而已，因為他跟他太像太像了！也因為這樣，對季凡諾是不公平的！

她寧可不要認識他，也不要跟他有進一步的牽扯，因為她已經沒有勇氣，再去信任下一個男人了！如果她執意，到最後也只會讓對方痛苦，倒不如就不要有開始。

不知道跑了多久，任她的腳步意行不羈，穿過了多少街口，不知不覺地她竟然來到了那個教會，季元方第一次帶她來的時候，她始終在門前不願走進去的教會。

「為什麼？既然都來了，就進去嘛！」當時的季元方極盡勉強她走進去看看。

「不要，原來你講的就是這間啊？我讀它隔壁的國小，從小就常在這裡附近玩，人家都說那裡面有吸血鬼……」

「誰說的啊？笨小孩。」才說完，季元方驚地看到喬瑄的銅鈴大眼正在瞪他。

「拜託，妳現在是成熟的大人了好不好？別像小時候被騙好玩的，可否？」

「不要就是不要，你要進去聽聖歌或望彌撒都隨你便，給你兩個小時，我在對面的麥當勞等你！」

拎起包包，將安全帽掛上，不管季元方還在嚷嚷，於是………

唉，幹嘛想起那些？

她的腳步停在風中，望著教會內的燈火通明，它的外觀與一般的透天住家沒什麼兩樣，屋頂閣樓上的十字架，如旗幟領著連排樓房列隊歡迎著她。處於邊間似乎也打通了隔壁兩棟，而且還擁著前坪與後院的大方草地、涼亭與灌木叢，鮮少看到如此裝點美麗園藝的教會。

可能因為她是無神論者吧，怎樣的吸引力會讓崇尚上帝的人如此深迷這裡？季元方曾聽他說沒事就會想來這裡，她也沒問為什麼，也許她很尊重他的私人空間，就像他也從來不過問她家裡的事一樣。他們都知道，自己不愉快的事情不用說出來給另一個人煩惱，這樣才有愛戀中真正的快樂。

她的眼睛對著那十字架，風似乎僵住她了，莫名地圈住一個人的同時，風發現了她臉上的濕薄一片，為了來得及的歉疚，它努力地退散，然而卻已凝結成霜。

「如果這世界上真的有上帝，那可否告訴我，那個男人為何不聲不響地離我而去？」喬瑄從胸口掏出那一串銀華，耀眼的十字架也在屋前的路燈下與頂上的輝亮相映。

「你是來自這裡的嗎？想不想回去？或是代替我去找尋你原來的主人，可以嗎？」

她深深地吸一口氣，吸入的寒風沒辦法吹熄攪燥著心火，反而讓她脹破聲帶，「我是否要這樣做？只有把你給丟棄，我才能真正的解脫？告訴我是不是真的要這樣做？季元方！」

像是劃破了空氣，她悲亢作響，驚動四方。

突然教會裡有一位穿著華貴的女人走了出來，她撫著正蹲在地上的喬瑄，似乎是聽完了她的吭愴，她輕拍著她的背，像母親般的呵護安慰，她陪著她蹲在那屋前的石階上好一陣子。直到啜泣歇了，喬瑄靠在這位

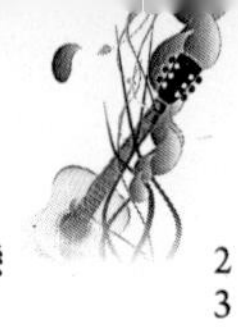

矜玉繫寶且香氣濃郁的長輩身上，從她的肩窩下往上瞧見她的五官，在濮濮的淚眼中驚覺出那是一張熟悉的臉孔，她掩著訝異緩緩地離開她溫暖的胸前。

「冷靜了嗎？年輕人。」

「嗯……謝謝您。」喬瑄並沒說破她知道她，而且也的確認識她。

「晚上跑來這裡哭，為什麼？」

「只是想找一個人。」喬瑄上唇咬著下唇，鼻下勉強地吸澆自己的鼻水，她加重語氣，「一個莫名其妙就失蹤的人。」

「什麼樣的人呢？」她又問。

「愛人。」

「所以……妳胸前的銀十字，他送的？」喬瑄的黑色上衣領口從心跳的位置叉開並未貼緊，銀色的光芒不知發閃幾許，那上了春色紫眸的女人早已瞧見。

「對，是那個薄情人一直在捉弄我的信物。」她滑下兩行淚，「想還了。」

「我明白了。」

那雍容氣質的長者牽起她的手，示意請她往教會裡頭走去，「外面風涼，妳體瘦不適，進來聽聽我的故事再走吧。」

喬瑄不置可否，裡頭正傳來澎湃的〈奇異恩典〉，那曾經是他的驚奇與嚮往，此時銀十字架在她的頸下輝煌疾耀，敦促著她到裡面一窺神侶。

「奇異恩典，樂聲何等甜美，拯救了像我這般無助的人，我曾迷失，如今已被找回，曾經盲目，如今又能看見……」

晚了兩天，真的在全國的報章雜誌上出現了光華少東與董事長特助不合互毆的新聞，此事震驚了政商界，由於事出意外，措手不及的尹華喻差點沒氣到腦中風。多方的媒體記者頓時湧入光華大樓，紛紛被守衛給擋在大廳。

公司同仁紛紛議起這個斗大標題的新聞，除了驚訝，也頗對公司高層的紛爭感到八卦和好奇，但不意外地，他們也只是對這個聳動的話題賦予一點連市井小民看來都沒用的價值，那就是增加在日常繁忙中的一種樂趣而已。

「據說王特助提了辭呈。我偷聽到人事部收了他的電子辭呈，只是老闆不准……」利美在張皓強旁邊說得極為小聲，好像是個不能傳開的祕密般。他們在鞏智恩的推廣部辦公室霍奇地聚集討論著。

「智恩啊，副總幹嘛沒事海K Case啊？有記者還拍到Case鼻青臉腫的樣子耶！以前這麼要好的哥兒們怎麼會變成這樣啊？真搞不懂耶……」

黃亦泰正用手機即時播著網路電視，「妳看，記者直接寫：『光華高層鬧疊戀，少東為愛痛毆情敵董事』……這什麼鳥啊？難道Case已經從副總那邊偷了妳這個女人不成？」

「經理，別亂講啦……」

張皓強看得出來鞏智恩的臉色凝重，但他反倒是比較在乎喬瑄的行蹤。

「喬瑄請病假，副總、特助今天也沒到公司。聽說更奇怪的是，楊經理竟然也沒來。」利美依舊藏在張皓強身後輕聲說著。

「Paggy沒來不關我們的事啦！」黃亦泰耳銳地聽到，卻一臉不屑地回著。他反而走近鞏智恩，歪著頭想要閃過她那刻意撥落的長長瀏海，「智恩啊，妳還沒有回答我的問題耶！」

鞏智恩暗沉的臉色一直沒有正面回應，她正努力抹平剛被斷愛而出現的悲哀痕跡，她勉強地摩出笑容，

「沒什麼，他們好像有一些誤會……大家就先別管報導的事，專心工作要緊。」

「新聞也有拍到妳耶……好像是路人偷拍交給電視台的，妳當時也在現場對吧？」

黃亦泰又油又亮的光頭，打著沙鍋準備揚起品保抽絲剝繭的追訴本性，他非常想知道到底是媒體亂講還是剎有其事，因為他不懂，明明那麼好的兩個人怎麼會突然間變成仇人了？

「好了啦，經理。」張皓強再度猛然打斷黃亦泰的追問，在使盡暗示停止的眼色無效之後，索性直接要推他離開這間充滿低氣壓的辦公室，臨走還帶了一句，「幫我問候一下喬瑄今天怎麼了？好嗎？」

鞏智恩點點頭，倦意之中那微笑顯得浮薄。看著對面空蕩蕩的位置，她突然意識到好像很久沒去關心喬瑄了，連聊天也都變得好少。

而這樣的變化是起自於……究竟，起自於……什麼？此時，她已經沒有心力去追究，她只是不願承認，一種莫名其妙誕生的聯結律──看到喬瑄，就會想起季凡諾。

「智恩姐，我……」

利美還沒離開，她輕聲地說了話，在寂靜的辦公室裡顯得宏亮，鞏智恩仍陷在一團無法吞噬掉的痛心氛圍。

「智恩姐，我……我是想問妳說……」

「利美？妳還在這？」鞏智恩由失魂中驚醒。

「對，我只是想問妳說，妳還愛尹副總嗎？」

「我……當然啊，怎麼這樣問？」

「那就不管別人說什麼，堅持愛下去不就好了嗎？」

「是啊……是啊……」她看著利美，無神地點了好幾次頭。

「加油！」

她看著利美一抹對她釋放著鼓舞的微笑然後消失在門旁，座落的次元瞬化空即。她低著頭嘆息，長長地嘆息，她捻緊自己的眉上與腦門低吟著：利美妳根本什麼都不懂，即使我還愛著他也沒用了啊，因為那個曾經說過愛我的他，已經不信任我了啊！

立即，兩行淚靜靜地紋成了雙軌，駛進了她的唇間。

造成他對我的不信任，真的是我的錯嗎？

我對天發誓，自己確實真正地愛過他，

但是，

我真的只要繼續堅持地愛下去，就能夠挽回什麼了嗎？

我不相信。

季凡諾在課堂上，正在講述著三國時代的某些橋段，他對三國時代的歷史撩若指掌，簡直是到了如癡如醉的地步，而台下的學生們也最愛聽他講故事了。

「現代的京劇裡頭，有一部貫穿整個諸葛亮後期用兵不順的戲碼，那就是《失空斬》，是由《失街亭》、《空城計》、《斬馬謖》這三齣前後連貫的故事組成……」

他侃侃而述，面對最喜歡的歷史在講台上滔滔不絕。

「《失》要地、《斬》奇才，是蜀漢最終敗亡的關鍵歷史，但最催人落淚的，仍然是最後的《斬》，老生諸葛亮和花臉馬謖相擁而泣的那部分。」

「老師，《失空斬》這三個字相當吸引人，拿現代的愛情觀感來說，『失』愛人、『空』思戀、『斬』

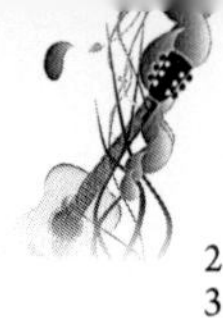

舊情，是不是也很貼切？」一位平常腦筋就動得很快的學生問著。

「不錯，你說的是愛情，但我說的是京劇，而且現在上的課是歷史，你的失空斬等等下課說給我聽，相信你的愛情故事非常精彩！」

說完，其他同學接著哄堂大笑。

「取這三個字，難免就是一個文藝表演者最想要突顯的意境，不僅關鍵，也很有驚心動魄的感覺。你們覺得是那種表達出來的意境會是什麼？」

學生們搖頭。

「那個意境就是遺憾！失空斬這三個字最終等於一個字，就是『悲』。是諸葛亮的悲。但一開始羅貫中就把『智』寫的很滿，到了最後尾聲的橋段可以讓它把悲給淡化，但遺憾代表的是什麼意思呢？那就是——最後人智也勝不了天意。」

「好難懂喔……」

沉默幾秒，整間教室只流出低冗的童笑聲。

「老師，假設您失去舊愛，卻守住空城，如果有新的入侵者來您是會斬掉她還是被她給攻陷呢？」那名學生又問。

季凡諾走下講台，到了那位學生的面前，然後摸摸他的頭，「你很聰明，我只能提醒大家，無論在愛情、親情或友情中，『失去』這兩個字寫很簡單，但是如果你以為永遠不會失去的東西最後真的失去了，『失去』這兩個字可能會傷你很重很重，所以千萬要珍惜。」

那名學生凝著肅穆的神情，點頭。他的周遭幾乎也跟著嚴默戚戚。

沒多久又聽見幾句聲音，「老師，三國裡面到底有幾個算是真正的美女？」

「老師那你最喜歡三國裡面的哪一位女生呢？」其他不怎麼會心的學生又俏皮地問了脫勾的問題。

「小喬吧……喂，你們問太多有的沒的了！回到課本上來！」

失、空、斬啊……

那段歷史的悲，正在反映現在季凡諾的愁。那名機智的學生，無心插柳地描繪出自己的心境。尤其是那一句，「您會被新的入侵者給攻陷嗎？」

呿，這小鬼……他吐著氣失笑。

學校鐘鈴一響，成群結隊的天真無邪們，慢慢步出校園行履在山邊林野，各自回到了各自的家，季凡諾也陪著幾位同路線的學生們往家裡移動。從足根下的畫面遠遠地向前盯矚，幾片彩霞映照在鞏智恩她家的屋頂上，整面牆瓦與寮圍被紅斑蓋滿，這種豔照下的異色不是沒有看過，只是又添了幾道愁思。

冬陽就落在身後，過沒幾步路，原本向上抬望的眼角慢慢低垂，赫然發現家的門口停了一台老舊的喜美，他無法認得那是誰的車，只是有種模糊的熟悉感又帶了點不算太淡的陌生。在後檔風玻璃上還貼著兩個亮麗的英文字母ＹＦ，底下圈起一個可愛的卡通男生造型圖貼。

「ＹＦ？」

感覺有點似曾聽聞，依稀在更早的年輕時代曾經有過片刻的印象，但沒有到讓他有興趣去回想的地步。

「回來啦？」

季凡諾的母親正燒好幾盤菜準備要上客廳的桌，父親收著茶具，感覺已經是泡了一整個下午的茶，大桌正在執行變陣，如同三國時代兩軍對戰時的攻防互異般。

一名白頭瑩輝的長者此時轉頭面向他，「好久不見了！凡諾！」

「喔？您是？」季凡諾露出無法理解的表情，他不太能認得出來他是誰，即使他跟他的父親長得有

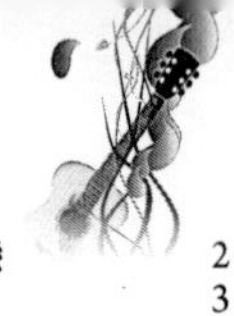

點像。

「他是大伯父啦！」季父搖著手要他趕快進來，並且要他坐在大伯父的旁邊，「這一別二十年，大概就是從你祖母過世到現在呢！」

「有那麼久？」季凡諾放下公事包，面受突來的驚疑尚未平靜，他不太執著這個客人跟他的近親關係，反而比較在意有一種讓他聯想到關鍵人物的感覺。

「你大伯父就夥著你大伯母都索性躲在台北不回來梨山了，你的記憶大概就鎖在八九歲的時候吧。」

「什麼躲？是定居好嗎？我是身不由己啊，你大嫂喜歡都市嘛！」大伯父說得無奈，他笑著拍拍坐定在一旁的季凡諾，「真的厲害，竟然跟你爸媽一樣都是老師，一直喜歡撕課本的小鬼還是很會唸書的嘛！」

「伯父誇讚了，我對您還有一點印象，尤其是門外那輛老車。」

「阿兄啊，古董車了，換一台比較安全啦！」季父建議著。

「免！我挺念舊的，這輛出生入死的夥伴，即使要我縫縫補補，我也不忍心遺棄它！」

大伯真的重感情！聽說他開了一輩子的計程車。他整整大老爸十七歲，臉上的皺紋與白髮上的光澤似乎也整整比老爸要濃上一倍，記憶中的大伯相當年輕，沒想到二十載的光陰真的會催人老，唯獨那明亮的眼睛好似不失當年熒燃的年輕意志般。

「大伯我敬您！」一擲小杯的青粱，季凡諾禮貌地向他點頭。

「喔！好好好……」大伯瀟灑地揮杯瞬間盡了，一口酥麻爽快入喉之後，他凝視著季凡諾過久了，讓正在夾菜的季凡諾有些愣然。

「大哥住一晚吧，別急著走吧！」季父起身拍拍他大哥的背，「我們兄弟倆很久沒聊天了。」

「有什麼好聊的？年節搭長途的電話還不夠多嗎？況且你這個最小的弟弟，還有二哥、三哥、四哥可以閒話家常，幹嘛念舊我一個嘛！」

「因為我跟大哥同星座同血型啊！一樣念舊嘛！」季父把酒填滿，「還有你忘了，喝酒不能開車啊，大哥！」說完二老哈哈大笑了一陣。

「你這小鬼頭！」他們馬上肩併肩夥在一塊，季凡諾倒是掃菜扒飯得飛快，一下子就說要回房間準備出期中考試的題目了。

「等等，凡諾。」大伯父酒過三巡已面紅耳赤，他仍然凝望著年輕人，有著一層很重的深切，季凡諾不太能解釋這種感覺。

「你今年幾歲了？」

「剛滿三十。」

「跟你兒子都是在中秋節附近出生的。」季父一旁幫腔，「凡諾小時候你都一直講說他跟你兒子小時候簡直就像雙胞胎呢！」

「是啊……我記得，我確實是說過這句話。」大伯父臉上一沉，像是一團鬱結在心中的大石掉落，紮實地砸在心裡最脆弱的區塊，「難怪，我一看到凡諾，那種……那種感覺瞬間就浮了上來……以為自己控制得了，但是……現在我似乎有點撐不住了……」

說完，他近似崩潰地老淚縱橫。

季凡諾不明事理，「大伯怎麼回事？」

只見季父拍著他的背，急著要撫平他的情緒，季凡諾也蹲了下來，他望不穿那老人家皺緊的臉頰，只好抬頭尋著他的父親。

「因為大伯想念他兒子啊……」

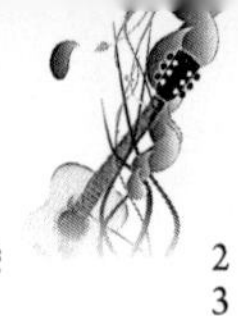

從上個週末開始，楊佩怡整整陪了尹碩傑四天，他們在中南部的各大景點區域，遊山玩水到處同歡，而且還拍下了許多親暱的照片，每到一個景點楊佩怡立馬就上傳臉書曬了幾張背景是風光美煥，前頭則是兩人溫馨相摟的照片，在尹碩傑不否認的沉默之下，她歡喜地定下感情狀態「穩定交往中」。

那一個晚上，當尹碩傑將滿胃的嘔吐物灑滿在她整件的連身洋裙上之後，她竟然可以從容地、假裝沒事地繼續泰然若潔，連她自己都覺得驚訝。就連在場的服務生見她滿身的惡臭狼狽也都蠻感髒汙，彷彿沒見過有人瘋狂嗤嘔的經驗。她只是借了浴廁沖淡了酸粺，隨後加了兩成的服務費直接買單，自己則慢慢地攙扶著尹碩傑離開。

她哪來的力氣？當下她只覺得能夠跟最愛的男人在一起，什麼困難的事情都會變得簡單。

她哪來的勇氣？他們在就近的汽車旅館中一起過了夜，她可以不遣任何的猶豫，就如同順理成章那樣地自然。

她將尹碩傑的車請酒店老闆代為保管幾天。他們去那汽車旅館之前路過小型的夜市路攤，她隨手各買了一套男女的冬季服，還包含了自己的內衣褲與他的，這是她第一次買這種之前在她眼中一直都是低劣品質的貨色。總覺得奇怪，這一個晚上從她過手付了錢買下這些東西的時候，竟然會覺得歡喜滿足，就像那一位夜市攤老闆等了好久都沒有客人上門，在快要絕望準備收攤前卻有生意降臨的喜悅般。

她停好車，用盡力氣將尹碩傑扶到床上之後，她迅速進去梳洗，這也是今生以來有男人在她的浴室外頭等待著她，而且是她最愛的男人。她換上了乾淨的服裝之後，緊接著小心翼翼地將尹碩傑滿是酒氣、同時也沾粘著殘餘嘔吐物的上衣給慢慢褪下，然後用吸飽熱水的毛巾擦拭著，她從來沒有看過尹碩傑成年後的身軀，她的細心多了一份珍惜。

為了掩蓋酒氣，她替他塗上些許的乳液，再幫他換上新的衣服，就連內褲和下身的褲管也都替他穿好了。她吐了一口氣，靜靜地看著他沉睡的臉，失了一莞的笑，「不會喝還硬要喝，傻瓜！」

燈臺灼亮，她摘下耳飾，搜取紅羅後將波浪的捲髮盪下，對著鏡子她呆看著自己，內心的悸動從來沒如此得劇烈，隨即在身後只聽見「甜……我還是很愛妳的……但是妳卻……」

她只是又長嘆了一口氣，她緩緩地靠近床邊，將整條雙人被攤開，抓住前頭的一角從尹碩傑的側邊蓋起，越過他平和的呼吸聲然後才到她的身軀，接著她將暖氣轉開，撥亂著自己引以為美的髮絲，她脫得只剩赤裸，伏在尹碩傑的胸膛上流著淚，柔柔地將他抱緊。

就在他們一同回到台北之後，尹華喻在紛亂的互毆新聞以及王凱斯突然提出辭呈中疲於奔命，他卻意外著經常忤逆自己的兒子竟然會乖乖地答應婚事。這一口答應，著實地讓他原本想要怒罵的火氣湮滅了不少，他萬萬沒有想到在互毆事件過後的效果會是如此之大，簡直就到了物極必反的地步。

難道這就是王凱斯的功勞？彷彿克盡己力完成了任務般，然而究竟是為了什麼原因非離職不可，這又讓他匪夷所思。

他們父子倆在董事長室內，四隻眼對望，只是尹華喻鬆開的嚴肅卻對上他兒子沒有絲毫喜悅的冷峻。

「我的條件是，希望你離開童薇玲！」

「什麼？你這兔崽子，憑什麼跟你老子談條件？」他訝異著尹碩傑開口說出的第二句話是個條件，一個近似威脅的條件。

「現在的社會講求的是公平，撇開我們是父子關係，你只是養我，卻沒給我應該有的，反而只是壓搾我、利用我而已。現在我願意跟Paggy結婚，原因是我拋棄了我的真愛，所以我希望你也能公平一點，拋棄你多年以來一直令人嫌惡的嚮往。」

「混帳……你確定你的角色有足夠的能耐跟我站在同一個平台上對話嗎？」

「那好，沒關係，小小的條件你也沒辦法承諾，那就算了！我告訴你，我也可以跟Case一樣，拍拍屁股離開光華，這種榮華富貴我也不是那麼需要，更何況你也還握在手裡，我有媽媽留給我的就夠我花了！」

「……」腦花已經被激怒的血液給燙死，尹華喻扭著嘴巴回不出話來。

「聽好了，你如果不在乎我這個兒子也無所謂，反正你根本就沒愛過我，你只愛那個女人！她的老公快死了，你卻在助紂為虐！很好啊，叫她再幫你生個兒子來，代替我頂冒我都行！」

說完，尹碩傑冷酷的眼神，直凌凌地定著他的父親，那黑色的雷蒙罩下，沒有過去的那種高昂銳利，只看見兩條法令紋明顯地在顫抖著。

尹碩傑不想再看那張高傲嚴肅且永遠看不清真實眼神的臉，他蹬步就要離去，尹華喻在沉悶過後終於說話了，「我不是不愛你媽。我只是恨她離開得太早！」

「少胡扯了。」

「信不信由你！」

尹碩傑立在門邊，用他的背影阻絕了他父親被他控訴之後所做的反駁。

「其實我早就有安排要將我的持股轉贈給你，只要你一結婚，就馬上過給你我目前在光華的50％持股。」

「怪了！當初你跟Case的父親所做的投資協議，你原本就只有百分之二十，是什麼時候拉高那麼多啦？」

「你……」尹華喻不敢相信他所聽到的，「你怎麼……」

尹碩傑用手指揪緊鼻心搖著頭，表情甚是複雜，「剩下的百分之三十是不是在童薇玲手上？」

「……」尹華喻憋著胸口似乎繃到氣無法流竄而咽不出聲。

「我查了一下，應該是說……那剩下的百分之三十是握在童薇玲在外頭自設的創投手裡，我說得沒錯吧！」

尹碩傑回頭瞧著他的背，一個無聲的背影。「難怪你希望我和Paggy結婚。」

「你不懂的，你不懂……那個女人到底有多貪！」尹華喻握緊拳頭，猛地敲個銅重裂在桌上。

「貪？我真搞不懂你們上一代在玩什麼把戲！當你跟她爬上晚涼的床席，到底是你貪還是她貪？我真的是看不出來耶！」

「你給我閉嘴！」尹華喻簡直快從大董椅上跳向前去，他推開深色的雷蒙，終於讓黑色的雙眼蹦出，伴著熠火擲瞪他的親生兒子。

「把原本該屬於王家的，還給人家吧！」尹碩傑不顧他老子的暴戾噴絕，夾帶著毫不退縮的口氣將大門推開，一字一字宏亮而鮮明地吼著：「你這種不義之財，我不屑！」

聲音穿透幽深晦暗的董事長室，震撼那整面古董擺設背後恍約匿藏多年祕密的廚櫃，八角金爪蟾蜍的長長舌根，受到那尖銳刺耳的音波振動影響，隱隱地彈晃著，那舌根上頭的珍珠似乎就要滾落下來的樣子。

第九章 尋找最真與最後答案

喬瑄請了第二天假，即使感冒好很多但她仍不想回到工作崗位上，公司群組已經多達幾百則短訊壓根就不想打開，有關光華的人事物，她完全不想理會。原本是那一群好同事眼中的熱情開心果，怎耐一個宜蘭出遊之後淘出熱情汰掉虛偽，她的身形變得極為輕落，外皮也呈現略帶憂鬱的藍色，這才是真正的喬瑄吧？

她一個人漫步在台北火車站的周邊，表情看來輕鬆，卻有一種被流放到邊疆的愁悵。

「不吃了！」她索性丟掉感冒藥，疾走在寬廣的人行道上，想要趁著風和日麗的早晨，當個叛逆的病人，她尋著她最愛的美式咖啡，走上一座再也熟悉不過的天橋，明明不是要去上班，卻仍然循著與日常相同的足跡穿梭那裡，從橋上望著那下方川流不息的車陣，立即反射出今天的散漫。已經過了尖峰的潮水，橋上已無急躁的步調，就在她往下走的空白裡，只有隱隱想起了那一天的萍水相逢。

「有了，就是你了！」

從一下橋的斜對面望去，一家不曾買過的平價咖啡攤前，喬瑄如願以償。才剛捧在嘴邊便聽到一陣手機鈴聲，是鞏智恩，不過她真的不想接。即使曾經跟她如斯地過從甚密。

鈴聲最終還是失望地熄了，如此她才有繼續聆聽自己內心的專注力。她為了什麼來到這裡？絕對不是為了買一杯熱的美式咖啡。她不太能思索這樣做到底有沒有意義，只是傻呼呼地跟著一股在腦內不停流竄的想法，在不知不覺中就走向了台鐵的購票台前，她的情緒存著一種淡而漩匿的衝動，也許她想確定一些事情，也許那只是在昨天發燒後短暫出現的荒謬，於是在沒有幾分掙扎的眼神中刻出堅毅，她付了幾百元的車資逕自踏上月台。

一班前往南部的火車上，喬瑄喝著不怎麼順口的美咖，那杯面印著一位搖滾歌手，背著電吉他高舉拿麥克風凌空劈躍著，杯子那條從裡頭透光亮出的水線，蠻橫地切過那隻左手，感覺不是十分協調的畫面，喬瑄再度啜飲了幾口，讓那條水線降至與那把電吉它琴身垂直的位置，然後才把她的手遠離。

喬瑄看著那條水線因火車緩緩啟動再度離開月台，左搖右晃的線成了流動的波紋，像是會跳動的音符，那音符隨著火車快速得行進間一稍有接軌不順便有不定律的高低起伏，喬瑄定住了瞳圍讓音符帶著走，然後進入了記憶的循環裡。

「妳認識這些豆芽菜的意思嗎？」

「不知道。」

「那唱名會不會？」

「不知道。」

「別這樣嘛！熱情一點啦，我難得有空耶……」

「你有空我沒空啦！吵死了，我只知道點名啦！」喬瑄把她那一杯普悠瑪咖啡喝完，丟在他的大腿上。

「為人師表，喝完的垃圾應該要丟到哪裡啊？」

他指著垃圾桶的方向，但她吐吐舌頭，擺明了就是要他代勞。然後她俏皮地問，「什麼是唱名？」

季元方沒好氣地搖頭，「唉唷拜託……唱名就是Do－Re－Mi－Fa－So－La－Si－Do啊！」最後的那個『啊』字語調偏高，嘴角的凹痕透著一抹邪意。

「幹嘛？你那個表情擺明了就是嘲笑對吧？」她作勢要弄自己的指關節，威嚇的眼神從剛剛季元方的故意挑釁開始就沒有中斷過。

「沒啦，妳幹嘛那麼敏感啊？妳之前不是一直問我怎麼寫歌的嗎，我只是晚幾天回答妳，妳就搞哀

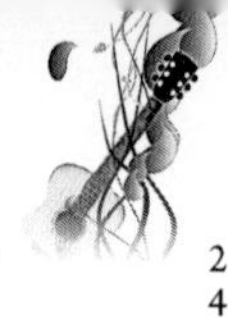

怨！」

「然後咧……」喬瑄稍稍鬆軟了自己的手掌，然後一個不留神就眼巴巴地讓他握起她的手。

「來，貼緊，最下面的那根弦最細，越細就越高音，相反越靠近妳的音越低。」他彈起吉他，也順便操弄她的手指頭，清新柔暢的旋律第一次從她纖弱的指頭上發送出來。

之後她只記得壓和弦好難，但是會通曉音譜的人更厲害，季元方對於音樂旋律、把玩樂器與歌唱寫作的天分，簡直是到了令人驚歎的地步，喬瑄慶幸能夠與他邂逅，也感恩著神賜予他在她的身邊。

「如果哪一天我不能彈樂器，那我肯定活不下去！」

「這我明白啦！沒有吉他比沒有我還痛苦對吧？」

「對……」才剛拼完『對』這個字的音，季元方瞬間意識到他已經誤入了她的口語陷阱，眼角斜線三行地看著她。

「你剛剛說『對』……是嗎？」只見她正用發亮的眼看他，那亮度如夏季炙陽般的烈灼，在步入冬天的晚上，烘得季元方的汗珠隱隱冒出。

「我不是那個意思啦，我只是想說如果沒有手，我就沒有賺錢的工具，沒辦法賺錢那要怎麼養妳啊，妳說對不對？」

「我沒說要讓你養！再見，瘋狂吉他。你今晚就抱著它一起睡覺吧！」

「幹嘛又翻臉啊……喂！別走啊，美麗的老婆大人！」

「誰是你的老婆大人啊？很抱歉，我不配！」

「別這樣嘛……」正當季元方對著她哀求時，他的手機響了，原本還在猶豫要不要接，卻馬上想到與其繼續看著喬瑄的臭臉，倒不如轉換一下氣氛，換一口新鮮的空氣，同時也可以減緩她的小彆扭，索性就接了起來。

「喔？真的要去那裡嗎？真的嗎？太好了！就這麼決定囉！不准改喔！」

簡單地談沒幾句他電話一掛，季元方樂得跟刮中彩券大獎一樣，他握緊拳頭超誇張地往上跳一個劈躍，如超級瑪莉猛力敲破磚頭而喜獲金幣般一樣振奮。

喬瑄隨即冷冷地問：「要去哪裡？」

「是要到美國跟幾個知名樂團做交流啦，那是我夢寐以求的行程，現在終於要實現了！」

「什麼時候計畫的？我怎麼都不知道？」

季元方瞧了她的冷眼斜睨，那是一種她被蒙在鼓裡的不悅表情，他知道非得要跟她細說重頭不可，否則將會被她處以冷落一陣子之刑。

「是這樣子的！這是在認識妳之前……聽好囉！是認識妳之前喔！就跟我們團的經紀人規劃好的，大概已經有兩三年了吧，妳看看我這兩年跟妳在一起我都沒提過對吧？想說不太可能會成行所以就沒講。」

「那為什麼現在就能成行？」她打斷他的話。

「我也不曉得耶，也許我現在比較有名啦……哈哈。聽說是一位樂團前輩引薦牽線的。」

「喔，何時要去？去哪裡？去幾天？幾個人？有沒有女人？我可不可以跟？」

「可能是年底吧！」季元方只回答一個，其他的問題都被他吞進肚子裡了。

「哼！愛搞就去，別說我擋你的大好前途！」喬瑄恢復了平時不刻意裝兇的溫柔臉孔，同時綁在季元方臉上的緊繃也隨之跟著鬆弛。

「我會努力的。」他靠近她拉起她的手。

「來拍張合照吧！」喬瑄突然提議著，她拿起她的手機，往他們倆閃下大頭輪廓的光圈，她笑得雖然甜美但有一絲的無奈，而他的表情卻是一種很遼闊的喜悅。那笑容，充滿了自信與興奮，她一輩子也不會忘記。

只是，那是她最後一張，用手機拍下他的笑容。

喬瑄無意又近似有意地漫遊在手機相簿裡，點開一個被埋沒很久，儲藏在最深最隱密的資料夾中，那張曾經是最彌足珍貴，卻也是現在最蹭恨傷痛的照片，如遇見天使撫手又猶若魔鬼捉締，她始終不懂那是什麼原因。就在此時火車穿入了漆黑的隧道，螢幕中照片的光亮也立即被她關掉，她慢慢閉起眼的當下，沏淨的淚洗著她的臉，也洗濁了她的回憶。

「咦？不會吧！」

辦公室傳來張皓強的驚呼聲，「喬瑄又請假？」

「你的意志力真強啊，還繼續幫她買早餐？」黃亦泰猛搖著頭，他們一夥人又在辦公室裡為了下週推廣部的行銷活動，工程部要配合設計如何展現出公司成品的優勢特點，預計要開始加班討論這個活動作業的進度。

「怎麼搞的，她也學我搞失蹤？」張皓強把文件丟著，無奈地吃起了第二份早餐。

「感冒不知道好點了沒，line不回手機也不接……」鞏智恩揪著沒睡好的臉蛋，隨即不發一語安靜地在整理資料。

「我們這一群人是怎樣？怎麼從宜蘭回來之後像是被詛咒了啊？瞬間不知道什麼原因就莫名其妙搞得四分五裂的……」黃亦泰顯得有感而發。

「都是那個吉他男出現之後，才……」張皓強意有所指，然而他瞧了一眼鞏智恩的表情之後就不敢再繼續說下去。

「你還好意思說，回來之後你是開第一槍出狀況的人耶！」黃亦泰突發神經地猛鎚著張皓強。

「我也是受害者耶！經理你說說看，原本我們這一群都很麻吉的不是嗎？要不是那個吉他ㄋ……」

「他叫季凡諾！不是叫吉他男，他有名有姓。」

鞏智恩稍有情緒的口氣衝了出來，讓張皓強整個露出驚怵接著便連聲道歉。因為他從來沒看過鞏智恩如此肅穆的神情，連在一旁的黃亦泰都覺得訝異。

好像不准別人任意羞辱她的青梅竹馬，即使她沒有愛著他也不行。

「好了、好了，看來今天不用討論了。」黃亦泰吐了一口好大的氣。

「這兩週的變化實在太大，Case原本是這個行銷專案的督導，現在辭職了，換成了尹副總又尷尬到智恩，喬瑄又沒來，張小強也在耍白爛，今天就放輕鬆一點不討論了！」

「我哪有耍白爛？」張皓強抗議地說。

「不，經理，該做的還是要做，我個人還可以搶下一些進度，喬瑄的部分就暫時由我統籌規劃，聯絡廠商與駐點展覽我都很熟練，不用擔心。」鞏智恩雖然一度臉色不太好看，但隨即復了原本的大方優雅，讓張皓強鬆了一口氣。

「大姐真的可以嗎？您放心，晚上我就到喬瑄家看看，順便罵罵她怎麼可以這麼不敬業讓大姐這麼忙碌呢？」

「哇靠！你還好意思說人家咧，人家是生病請兩天，你是無故曠職三天耶！更何況，你敢去喬小瑄家罵她這件事才好笑！大家都知道你在喬小瑄面前膽子早就萎縮掉了，跟你下面的兄弟一樣。」

「喂喂喂，經理你別太過份喔……」

「而且你現在還蠻大膽地坐在她的位置上吃東西！」

黃亦泰不但打斷他的回話還猛踢坐椅，一臉使勁調侃地說，「你要是讓她知道，你知道她會說什麼嗎？」

「滾！對吧？」

「才沒有那麼簡單！她應該會說，我要打死你這隻小強！」黃亦泰作勢拿起文件夾正要往張皓強K去。

接著張皓強用他未吃完的蛋餅皮當盾牌擋著，還皺起臉不甘示弱地說，「經理，你也要小心一點喔，我會告訴她你一直踢她的椅子！」

「哇靠！你恩將仇報啊你！」這回黃亦泰不再客氣了，馬上火起來猛勒張皓強的脖子，直讓他求饒哀號，此時鞏智恩的手機突然收到一封簡訊，伴隨著清亮的鳥叫聲當做答鈴，霎時讓眾人都豎起了耳朵。

鞏智恩滑開畫面，一臉驚喜地看到傳送人竟是喬瑄。

「是喬小瑄傳來的！」

「真達？她要來上班了嗎？」

張皓強仍然泛著為之愛慕的欣喜，只是下一秒的鞏智恩，在她的角膜閃過數道藍光之後，彷彿被發狠的天打下了數道雷霆，整個原本五角端顏完美的臉孔變得不成初貌。

「怎麼了嗎？智恩姐？」

「她……」鞏智恩抖竄著唇衣，目瞪著自己的手機螢幕，一時不能言語。

「是怎樣了？她發生什麼事了嗎？是被搶劫還是得流感啊？」

「呿！你的頭殼裡面只裝這些東西嗎？盡說一些壞的事。」黃亦泰又K了張皓強一拳。

隨即他撇頭，用一種過於誇張的紳士口氣，鼓勵著鞏智恩說出她不敢言明的事情，「說來聽聽。來，你先深呼吸……」

鞏智恩閉上眼，她真的照著黃亦泰所建議的，先深深地吸了一口氣，然後睜眼，最後嘆氣。

「她說她這個禮拜都要請假，而且……」

「什麼？到底怎麼回事？」

「插什麼嘴？智恩都還沒說完呢！」張皓強頗為訝異，但更讓他吃驚的還在後頭。

「她說，她正在前往梨山的路上，她要尋找一段已經遺失很久的愛，而那個愛，季凡諾會給她一個最真與最後的答案。」

為什麼？

尋找一段已經遺失很久的愛為什麼要跟季凡諾拿？

她不懂。

鞏智恩在心裡又問了一遍「為什麼？」

喬瑄這個突如來的舉動，她是不是已經真的愛上他了？

季凡諾在前一晚聽完了有關大伯敘說著他的兒子，也就是他堂哥的往事之後，原來大伯車上的「YF」，那可愛的男孩造型圖貼，就是他的堂哥。他比他足足大七歲，都是處女座的男生。季凡諾幾乎不認識他，而他倒是在音樂界赫赫有名，難怪在大學時代的印象中有些時日聽過他的名字。

但一個幾乎都在台北生長卻壓根不屑回到故鄉的傢伙，對於同一個祖母出殯，連上山捻個香盡大孫的孝儀都沒有，季凡諾對這個堂哥頗不以為然。

即使大伯也解釋過了，那時他剛好到美國學搖滾吉他，來不及回來。

不過又聽說祖母很喜歡他，這個大伯的獨生子。

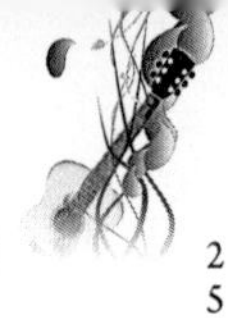

回想著他的爸媽講過，祖母在生前，他還小的時候確實也有北上去住在大伯家好幾年，直到受不了都市的空氣才又回來梨山安養天年。而祖母最疼愛的堂哥卻始終沒有出現在梨山上過。

由於要趕著學生的學期考試，教育的使命讓他到了學校之後就開始投入精神且不遺餘力，一下子就忘了有關於那段故事與其他事情的許多巧合。

午休時間，季凡諾重新在安靜的空間裡，慢慢又想起了大伯昨晚的傷心欲絕。忽然發現他的意識裡有某個故事的片段，隱藏著一時之間無法聯結起來的煩悶感，想了很久依舊沒有絲毫的進展，想睡又睡不著，乾脆無聲地滑開手機，把玩個小遊戲起來。

突然之間，在無聲的畫面中映著一串既熟悉又覺得令他忐忑的電話號碼，無數的圈不斷地在螢幕上由中心點向外擴散著，像一顆石頭投入心湖中的漣漪，季凡諾驚訝著這個畫面，那個漣漪不是水面擴散的平淡無奇，而是一種向心裡頭鑽得很深的悸動。

於是為了不吵到其他同仁的休息，他大步地走出教師辦公室門外，就在差不多要達到停訊的臨界點之時觸碰了接聽鍵。

「我的ID是Capricornus0106，第一個是大寫C，其他小寫，限你三分鐘之內加我為好友，如果沒有收到你的回應圖貼，那我們就永遠不要聯絡了！」

「喂，等等！唸那麼快我哪記得起來啊！」季凡諾在校園鐘樓前的台階坐了下來，口氣充滿著急之外，表情也佈著驚慌失措，慌張著那幾個莫名其妙的英文字母該如何重新組合。

「唉唷！虧你還是老師，摩羯座啦！」

「喔……」

四天前，他向她要line才被拒絕而已，現在是怎樣？他始終搞不懂活在台北城的女人。

「你確定你真的辦了智慧型手機嗎？想開啦！古板的老師。」喬瑄在收到他的圖之後，寫下第一句話。

「不是我古板，深山之中原本就通訊不良，好在最近有電信業者在這裡架設一組基地台了！」

「喔？這麼巧，好像就在歡迎我來的樣子。」

「嗯？」季凡諾不解。

「老娘我……已經在豐原下車，剛剛才坐上客運，聽說到梨山要三個小時，不會吧？」

季凡諾簡直不敢相信自己的眼睛，他揉揉雙眼，仔細地再瞧了一遍，「在豐原下車，坐上客運，到梨山……」

她真的打上那些令他凸眼的關鍵字，他的水晶體確定沒有混濁，才滿三十就眼花還得了，他先傳了一個超級驚訝的圖，然後又打上：「妳在跟我開玩笑嗎？Taipei girl！」

之後，過了好幾分鐘都沒見她回覆，只有出現已讀的兩個白色字體。緊接著手機卻直接震動，差點就讓季凡諾拿不穩。

「你覺得我有在跟你開玩笑嗎？」

對方似乎是在生氣的調子，季凡諾傻愣之餘，還真不知道要怎麼開口講出下一句話。

「我……只是覺得……妳跑來梨山幹嘛？再怎麼想也不太可能自己一個人跑來吧？」

「為何不可能，你倒是說說看！」

「因為……」季凡諾結舌凍唇，遲疑了幾秒鐘他還是說了出來，「幾天前妳不是才拒絕當我的line好友嗎？是哪一種傲慢讓妳忘了之前妳對我說過的話？」

這回換對方停頓，她思考後反擊著：「那又是哪一種偏見讓你對我這個台北女孩感到如此地憤慨呢？」

字眼雖然堅硬，但聲音近乎柔雅，季凡諾的心跟著鬆軟。沒錯，他剛剛是有點借力使力，稍微用一點小藉口，產生一點與四天前他所感到極為落差的口氣與情緒，因為感覺好像被整一樣，忽高忽低的態度，讓他有點招架不住，這個女人不是個精神病患，要不然就是……

「啊，我懂了！妳根本就不是喬瑄，要不然就是那天對我超冷淡的女人是別人！對吧？那個人擅自主張

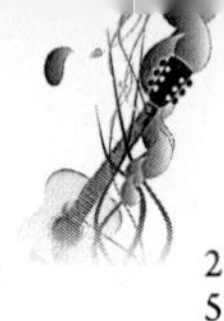

接起妳的手機，然後潑了我一桶超冰的水……」

「對對對！有沒有想過你也可能打錯電話啊？」

「咦？應該不會吧？」

「噗！」沒想到這個女人竟然笑了起來，而且是接近狂笑的那種地步。一聲聲的哇哈哈哈，盪在季凡諾的耳根管裡。

「笑什麼啦？」季凡諾還在仔細聽著她的聲音，看是否有破綻讓他分辨出喬瑄的真偽。

「季凡諾，你真的是一個很有趣的男生耶！回到梨山之後，你是不是已經恢復成往日的智商水準了呢？」

「哪種水準？」

「比較笨的水準！」她擺明了就是要調侃一番。

「……」

「我承認啦，那天我感冒發燒，一直在作討人厭的夢所以情緒是真的有點不好，還請多多包涵啊！」

那個聲音確實是他記憶裡、初次見面時的那種柔美的聲音。

「所以妳……真的是喬瑄？」

「厚！我都已經講那麼多話了，怎麼你還在懷疑啊？」

「那我問妳，智恩在不在妳的旁邊？」

「不在、不在，幹嘛？你想她喔？」

「不想、不想，妳別岔開話題，妳現在人一定是在台北，而且妳還在上班對不對？」

季凡諾打死都不想相信她會跑來這個深遠偏僻的山中，絕對。

「你覺得呢？」

「我覺得妳在耍我……」季凡諾嘴角偷偷揚起，只差沒笑出來而已，他彷彿很有自信地可以破解這種時常都看得到的惡整戲碼。

「對吧，妳在耍我，沒錯吧？」他確問一遍，對方沒立刻回他，此時季凡諾得意的表情更加張亮了起來。

喬瑄等他講完之後，吐了一股低頻說著：「你覺得呢？」

「沒辦法囉，因為要慶祝妳肯重新選擇加入我的line好友，我就原諒妳對我的惡作劇……」

話還沒說完，本來還想要對她發出「哈哈」兩聲，沒想到喬瑄竟然直接掛了電話。

「喂喂喂！真是沒有禮貌耶！這個台北女孩真是……」季凡諾握著他那支光滑銀亮的新手機，面板微微黏上幾章紊亂的指紋，他差點嚷叫作聲，然後猛瞪著手掌心上通話已結束的畫面。

「果然，瑄字輩的女生都不能惹……」他嘆息著。

下一秒，line上面那個顯示著日本漫畫《銀魂》內的角色——伊莉莎白的大頭貼，聊天對話框裡的Capricornus0106，接連地打出三段文字：

「你給我等著！」

「等一下老娘真的出現在你面前的話，」

「你就死定了！」

語帶恐嚇呢！還真是個愛惱羞成怒的女人。鐘樓已降下銅鳴，季凡諾莞爾一寫，「要上課了！最後的兩堂課，今天會早一點離開學校，車站離梨山中小學很近，希望妳不會迷路，哇哈哈。」

季凡諾調侃地打了這些字傳送她。

一樣，已讀不回。

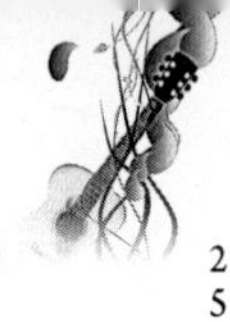

接著他戲謔地又補了一句：「我等妳來殺我啊！但是期限只到今天為止喔。」

隨後，他笑著走進教室。

尹華喻來到了天母的某個教會，屋頂上的十字架無論白天或黑夜一樣晰亮，在他的座車離去之後，他獨自站在門前的遮陽棚下，雷蒙眼睛映著逐漸墜落的陽光，溫暖卻不刺眼，他西裝筆挺地沒有與白色的長椅背相貼，反倒是與那矮樹叢去爭搶著西方日照。

沒多久，童薇玲從後面的那扇門走了出來，靜靜地就坐在他的身後。熟悉的氣息讓尹華喻倒退了幾步，把光讓給了矮樹叢，自己退守在它們的背後，獨吞影子的黑。

「他快死了。」

「唔……」雷蒙眼鏡下，依舊不識其眼，他，沒有表情地看著前方。

「回想這一生，自己好像爭得太多了……」

「後悔自己太貪了？」尹華喻忍不住揶揄。

「你不懂！」那雍容華貴的上段羽絨，包緊了她急迫想要剝去的矛盾，然而卻徒勞無功，「你不曉得被一個因為難產的母親給遺棄的嬰孩，會是什麼感受？」

「我不曉得。若不是養父母告訴妳，妳還會記得這個事實嗎？」

她面無表情。風吹來，讓她的唇縫還是微微地透出聲音。

「我記得我說過，我後悔沒跟緊你，卻跟了一個吝嗇的男人跟他結婚，他什麼也不肯給我！」

「妳也報了一箭，不是嗎？」他呵呵地笑。

「是啊，但依然無法彌補我失去的青春。」

「誰沒有失去過？」他往她的臉方向瞪去，「妳說說看，妳讓我等了多久？」

「現在不就回鍋了嗎？」她硝了一口淡煙，往深暗色的雷蒙鏡面吹拂，尹華喻也順手掏了一根雪茄，兩人在雲中沉默了片刻。

「我兒子叫我把該是王家的全都還了……」

只見童薇玲的指頭鬆了，那輕薄的淡菸墜在地上，原本發紅的菸頭隨風黯淡飄熄，「Case知道這件事？」

「紙包不住火，更何況他母親，也就是妳的親大姐還健在。」

「呵……」她傻笑一度間，隨即把綑緊在頭上的一梳華髮給挑散了，「爭什麼？我姐也要來爭什麼？從小就有母親的她，怎樣我都沒有虧欠她什麼吧？更何況以後也都會留給王家的血脈，只不過是我先佔有罷了！」

「哼……人家Case沒有說要拿回來，妳剛剛沒聽清楚，是我兒子說的。」他扶起她的長髮，嗅取她濃濃的廣藿玫瑰香水味。

「你兒子想當聖人嗎？呵呵，真無乃父之風啊！」

「是沒有，他還差我遠著！」他放下她的髮絲，整個香氣飄散，讓尹華喻倒抽著氣，他驚訝著手頭那一根厚重的雪茄竟然輕易地被那隱形的玫瑰花給埋葬掉。

他停在無言柱辭，也許是老了，腦中空白幾許之後才又開始說著：「直到今日我也想來到這邊懺悔一些事情。」

「喔？是真懺還是偽懺？」她不由逆阻地自己笑了。

「妳笑我？呿！倒是妳，來到這邊有用嗎？上帝肯原諒妳過去的一切？」

「我沒一定要上帝原諒我，但曾經渴望過。」

她緩緩起身，再度燃起菸管，站在即將淪落消失在那山頭的夕陽前，尹華喻看著她的背影，他似乎還想

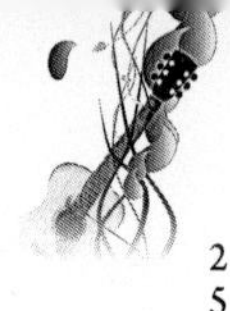

聽她的故事，假藉舌眫，安靜無聲。

「曾經有一個年輕的小伙子意外地來到這個教會，他迷人的歌聲救贖了我，我真的一度相信那是上帝肯原諒我的恩賜，我徘徊在他代替上帝之口傳來的神籟，你不會相信的，我真的在那個時候曾經想放棄一切、全然依附著他的純真與浪漫……」

尹華喻摘下雷蒙，端詳著她轉過身來的暮影，「但他卻像是個短暫捎過我髮尖的天使，他的眼神並沒有停留在我的身上，隨即消失回到上帝的身邊。」

「為何年輕小夥可以救贖妳，我就不行？」尹華喻將他的法令紋加深，雙眼直瞪著眼前這個女人。

「當年你失敗就注定失了格，現在你成功，依然沒有那種份量。」

「呿！不愧是貪心的女人，連天使都貪。」

「我問過上帝，為什麼祢讓天使來又讓祂離我而去?但祂沒有回答。」

「呵，也許妳不夠真誠。」

「是沒有。直到今日我也蠻驚訝你會想來這邊懺悔一些事情，原來你害怕被審判的那一天啊？」

「妳的臉皮很厚啊！那還要紅妝上牆幹嘛？」尹華喻大笑地猛搖著頭。

她不理會尹華喻的反諷，接著說：「幾天前，我遇到了一位小女生。」

「喔？」

「她像刻意地出現在這裡，我的直覺告訴我，她應該是那個小伙子最重視的人吧！但幾乎在同一刻，我和她忽然的一霎間，都失去了那個天使。」

「怪了，在同一刻？」

「對，所以我仍要在這裡尋找。」

「守株待兔？」

尹華喻不可置信地看著她，笨蛋才這樣做。

時也無可靠刦。

「說說你自己吧，以後都要來這裡陪我？」

「不……我一向腳踏實地，真要懺悔也會真的去做，只是……」

「哼，不就跟我一樣，找不到引領你的人？」童薇玲的菸在夜幕將垂風勁接狂之時盡了沒了頭，手指頓

「我可以直接用一句話說明嗎？」

童薇玲微笑著點點頭，迴旋的冷流稍稍蒸掉黃熟，她裹緊上衣，這一回她不想掙扎了。

「我的救贖，大概只有我兒子而已。」他立起身準備踏上屋前的石階，「妳卻不同，即使有天使大概也沒能把妳拉至天堂。妳似乎是被貪婪刻蝕入骨，此生已無從褪淨。」

她沒有任何怒顏，只是望著他離開，新的一口淡菸又開始繚繞，纏住她想將慾念剝除卻怎樣也無法成願的矛盾。

是怨吧？一段從小就沒有母愛的怨吧？

總之，她沒後悔破壞與背叛婚姻的事。

只有那歌聲，才能讓她享受天使的溫暖窩心，以及，真正擁有懺悔的感覺。

還可以聽得到嗎？

校園的鐘樓於三點一刻響起，結束了季凡諾今天的課程，原本想要留下來搜尋一些他校的考古命題，做成隨堂測驗來加強學生的記憶，但因中午沒有休息又加上昨晚的故事衝擊而顯得有點混沌，新的學期裡剛好沒有帶導師的職務所以有些自由，他索性拎起背包跟其他老師告辭，試圖想要走出校園清靜一下。

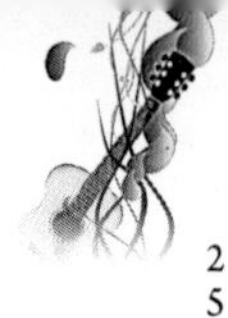

滑開手機，那個摩羯座的女人沒有留下新的訊息，因此更加認定中午那席突然聯絡的對話，是個過份的玩笑，使得這個叫做line的玩意兒對季凡諾而言，一時感到有些意興闌珊。

他在離校園圍牆邊不遠的小溪旁坐了下來。不算晴朗的天空，冬來的鋒面在梨山上總是白茫茫的一片，就好似讓他在霧裡看花，一切都顯得習以為常。即便在霧裡，這裡的景象他可是再也熟稔不過，唯獨那朵都市裡的花兒卻偶然綻放，時而凋零，瞬為七彩，忽眼黑白。

他忍不住對著群巒之下的小溪流碎唸起來。

「唉，小溪你知道嗎？台北女孩都開得了這麼大的玩笑耶……我們怎麼都學不來啊？一下子喜兩下子怒，一會兒熱情四溢再一會兒變得無情冷漠，現在又騙我她要來這裡，幾乎所有的情緒全部都上來了，真搞不懂她是什麼樣的女人耶！」

「小溪你呀，看過《千面女郎》沒有？她就是這樣的女人。」

他喃喃自語還沒完，後頭忽然出現一個聲音，他不假思索地回應著，「妳怎麼知道？」

沒等回話，他轉頭才發現是那個曾經在腦海裡記憶過幾天的臉孔，那個反反覆覆變著顏色的台北之花，那個千面女郎——喬瑄，真的出現在他的眼前。

季凡諾簡直嚇了很大的一跳，心都快蹦出來的一跳，他的緊張止抑不住，看著那散逸的長髮隨風飀形，貼緊她骨架的風衣似乎不太厚重，但修長的身影卻搭配得非常合宜，她應該是穿著比較保暖的連身窄裙，才得以在膝蓋下頭兩寸的位置被兩條黑色的長馬靴給包覆住。

季凡諾驚訝地說不出話來，只得雙眼胡亂滾動，不知所措。

「還記得剛剛我掛上電話之後寫的那幾句嗎？」

淡薄的語氣、典雅醉人的眼神，卻是威脅蜜劍，她緩緩地彎下腰輕靠在他的耳邊說著。

「妳……妳……哪位啊？我不認識妳。」季凡諾倒是像一隻駝鳥處理比較快，靦腆地撇過頭。

「你少來學我這一套，裝陌生裝不熟咧！手機拿來看看，說話要算話喔，季老師，是你說期限到今天，太陽還沒下山我已經在這裡了，你是要讓我殺呢？還是……」她抓著季凡諾的肩膀，眼神偽飾殺氣，季凡諾嚇得逃開她十呎之距。

「喂！妳今天真的不用上班喔！翹什麼班啊？我還以為台北人勤奮工作，妳不會真的那麼隨性敢一個人跑來這裡，我賭百分之一萬妳在開我玩笑呢！」

「那你真的是輸慘了！連命都賠掉了。」她準備咧嘴大笑。

「妳真是個不按牌理出牌的傢伙。」

「那你不用上課嗎？跑出校園混水摸魚喔！？」喬瑄話還沒　完，那溪裡真的有一條小魚躍出，隨即遁回水中，「哇！真的有魚耶！」她眼裡閃著光芒，好似沒見過這幢景象般。

「從小在台北長大，沒看過？」他慢慢走回她的身邊附近。

「沒看過。」

她傻傻地專注水面上的一舉一動，看是否還會有魚再次躍出龍門般的精彩。

「第一次來這裡？」

「嗯。」她小聲地說，眼睛仍在定著那淌川水。

「喜歡這裡嗎？」

「喜歡。」她移起眼，轉投在還沒完全西落的紅陽上，「我喜歡這種大自然的靜謐悠閒、自由清澈。」

「好意外，妳是Taipei girl耶！」季凡諾顯出開懷的笑靨說著。

「我從小就想離開、逃開那個地方，而且永不回頭！」

「什麼？」看她說得憤恨，他的表情卻寫滿疑惑。

「不想相信？」

「不是不相信的問題，只是驚訝啊，都市裡頭資源豐富，反過來說這裡很不方便的！妳來這裡花了多久的時間妳就可以體會多少了吧？智恩就是受不了這種偏僻，所以才……」

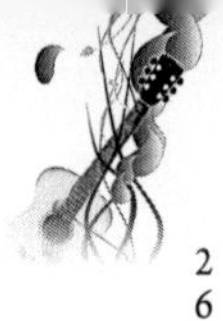

「我又不是她！」她瞪大了雙眼，眼裡透著疲憊與血絲，嘴唇已裂出乾涸呈現慘白，頓時身體支撐不住地蹲了下來。

「怎麼了？」儘管仍然驚訝著她的反應，但眼前她的攤軟反倒是蓋掉那一瞬間她竟然對鞏智恩有些許敵意的感覺。季凡諾急忙也蹲了下來，就離她幾公分的距離測著她的氣息。

「妳是不是感冒還沒好就到處亂跑？而且這裡海拔高也比台北冷啊！」只見她微起嘴角像是滿足，季凡諾已經將他的大外套覆在她的肩背上，那厚實的重量以及殘留的溫度，讓她著實感覺心暖了起來。

季凡諾眼尖地發現她揪緊腹部，感覺相當痛苦難耐，剛才鏗鏘有力的氣勢完全消失。他不禁問起，「是肚子不舒服？」

「沒……沒關係，我只要沒吃什麼東西就喝茶或咖啡之類的就會這樣……」

「真是個笨蛋，那是咖啡因刺激胃酸分泌過多的結果，以後別這樣。」季凡諾不自覺地將手攤開向上準備要牽起她，「還可以走嗎？我帶妳去買胃乳吧。」

「你的吉他呢？」她沒理會他說的話，自己站起來撐了一個勉強的笑。

「在學校。不過我已經下班了！」

「去拿吉他，我想再聽一遍你彈〈傷心地鐵〉。」季凡諾被那虛弱到不行卻持續露出央求表情的喬瑄給駭住。

在那一瞬，季凡諾的腦庫回憶也同時被駭出一些電磁波，突然可以與昨夜大伯所說的故事會意相連，他想起了喬瑄在那一晚所告知他的故事。

喬瑄撓著上腹，看著季凡諾一臉癡疑的表情。「不想去拿？」

「妳大老遠跑來這裡，只為這件事？」

「不全然是……」

「我上去找妳就好啦。」

「意義不同。」她站在石階上，望著遠方正在靄靄降下的山嵐，似有形而近似無形，彷彿在山的另外一頭，有某種力量在召喚著。

意義不同？季凡諾不解。

看向遠方呈現入迷的她，他依然遲悟，因為那只是他熟料的家鄉景色。

於是，他朝著她的背影問了一句試探的話：「他……突然就消失不見了，對吧？」

「你還記得啊，我傷痛的歷史。」

「他……」在瞧見她越發泛白的唇頰間，季凡諾心軟地停住舌尖。

「什麼？你又想說什麼？」

「只是覺得妳是個笨蛋而已。」

「笨蛋？」

喬瑄似乎聽到情緒transform的關鍵字，整個眼神變得不一樣，她突然就惱起來，「十分鐘之內你已經罵我兩次笨蛋了！過去只有我能罵對方，從來沒有人敢這樣罵我！」

乍然之間她踩在不規則的石階上一個沒站穩，人就往季凡諾的身上撲去，幸好他抱個正著，她的長髮在空中旋繞，繞成一陣風，咻咻地環在季凡諾的四周。她淡淡的髮香灑在他的頸間，兩顆晶亮的雙眼被他給吸住，沒辦法飄移，連輕輕的眨動都不可得。

兩個人靜置地環抱著，喬瑄竟然不肯掙扎，只是讓他就這樣抱著暖著，一宿記憶中的熟悉感，依稀在挫斷後重生，隨後彼此的氣息聲喚醒了彼此，季凡諾先讓她安然著地，然後再把他的大外套重新披好在她的肩上，順便環顧四周，確定沒有被其他的老師或學生撞見。

他吞了一只口水，臉上泛起羞澀的焦慮，「好了，先帶妳去吃點東西，墊墊胃讓妳舒服點吧。」

「腿酸。」

「幹嘛？」季凡諾眼尾突然掛起斜線三行。

「走不動了。」

「然後咧？」

「你剛剛罵我笨蛋。」

「所以咧？」

「背我。」

「報仇是嗎？」

「要背我還是讓我殺？」

「妳這個樣子還想殺我？」

「我可以殺掉你這個老師的名聲，我去學校散播你對我始亂終棄……」

「好了、好了，夠了，我背就是了……」

季凡諾看著她一臉得意又盛作假無辜的表情，輕吐了一嘆，隨即拉起她的手，從後背拱起，沒說第二句話讓她伏上，他仍在環視周遭的動靜，步行幾十尺後，也就開始放然地走了。

第二次了，被我無意間抱住的那個身體，好輕。

是被相思侵蝕掉了一半的重量吧？

他忖度著，如果那個故事是事實，那到底該不該告訴她這個事實呢？

第二次了，被他無意間給拯救的，是自已經常失魂落魄的身軀。

好寬大的背，我狡猾地依賴著，如嬰孩似地需要這寬大的背來伏貼著，才能安心不懼地走向更遠更久的人生。

她思索著，如果重拾了愛，那到底該不該自私地把他當成另一個他呢？

「我祖母自從我有記憶以來，就跟我們住在一起，後來身體不好才又回到老家的山上去住，那裡的空氣聽說對她比較好。還記得她很疼我，但我卻沒能回來見她最後一面。」他坐在海邊，帶著數口嘆息這樣子對喬瑄說。

「其實我一直都想回山上看看的，想看看我的原鄉長什麼樣子。」他撥弄著六弦，唱著〈蘭花草〉。

「妳知道我的重機從沒有載過任何一個女人，老實告訴妳吧，其實妳不算是個女人，啊不是，其實是因為重機是我在外狂飆出生入死的兄弟，我不希望妳跟著我一塊出生入死，因為這對妳來說太不公平。」他嚴肅地說，眼神正在閃爍著為愛設想的光芒，喬瑄聽完就感動地把他的重機鑰匙給丟出窗外，他驚聲大叫狂奔下樓，驚動了左右鄰居一度還以為發生了兇殺命案，保全搶著來到喬瑄的家門問問狀況，只見她冷冷地回：「沒什麼，我只是丟了他的兄弟。」

「妳像是一場編織的惡夢，不知道是為什麼，總是不斷地纏繞在我身旁，可是卻又無法抗拒只好接受它……」他唱著王傑的〈唯一的可愛〉，唱完之後，他的臉上被狠狠地擰了一塊熙紅。

「我是你的惡夢是吧？那我就讓你體驗真實的惡夢有多麼難以醒來！」她擰完憤懣地說。

「那個貴氣的大姊很喜歡我，說我的歌聲能夠救贖她，我說我並不是天使。」他看了看喬瑄，「因為我的天使在這裡。」

「妳知道嗎？我爸竟然把我的ＹＦ人氣Ｑ卡給貼在他那台老爺車上，實在是有夠不搭的啦，人家會以為季凡方的歌迷都是ＬＫＫ的人吧？要買台新車給他開，他堅持念舊，不知道像到誰啊？」這話曾經惹得喬瑄噗哧地大笑起來。

「對了，你那個女學生曾經跑來找我簽名，她一開始很氣妳，說妳搶了她的初戀呢！哈哈，喬瑄啊喬瑄，妳夠屌的，竟然惦惦吃三碗公搶了別人的老公！」當然他說完，臉頰上又多了一股紅腫。

「妳問我為何學吉他？這麼簡單的問題幹嘛問啊？當然是為了求偶啊……啊……啊……」只聽到一陣拳打腳踢，之後喬瑄一臉痛快地離開。

她不知不覺地睡了，季凡諾卻有著被拳打腳踢的痛楚，「這女人真是的……是在做摔角還是格鬥的夢嗎？」他喃喃帶了不可抑制的笑，似乎是迸出了聲音。

「怎樣？嫌我重嗎？」

「妳醒啦？」季凡諾兩鬢間淅出了汗，明明在梨山上天候已經那麼地寒氣逼人，但他卻是氣喘如牛地耘著。

「可以放我下來了。」

「好多了嗎？妳的胃……」

「嗯，」她用些力氣立起骨架，並抽起懶腰，「唉唷～～喂呀！」

季凡諾驚訝之餘，又再度聽見一聲，「唉唷～～喂呀！」

「鬼叫完了嗎？」

「精神好多了！但還是要吃些東西才會比較舒服。」

「就是說啊，我說真的，別再當笨……」季凡諾還沒說完，已經被喬瑄瞪過來的大眼珠給震懾住。

「當什麼？你是不是又要說我是笨蛋？」

「沒有啦！妳別那麼敏感行不行？」季凡諾指著門牌號碼60號，「挪，妳醒的時間還真巧，我家到了！」

喬瑄驚奇地看著這幢老屋子，表面上有重新改造過成一般透天厝的門面，卻在隔壁的巷弄轉角有一排矮圍籬，圍籬後方可以清楚地看到是一座古老的三合院，她瞳中的畫面牽引著她走往巷弄的方向。

「我們以前是個大家庭，我爸他們五兄弟都在那三合院升柴造飯，只是現在沒人住荒廢了，只有緊臨馬路邊跟早期的建商合蓋這一整排透天，智恩家就在我們家的左邊。」

「喔，這樣啊……」

「來我家吃飯吧，我媽應該煮好了。」

「去你家？怎麼好意思。」

「遠來是客，妳是我特別的朋友嘛！」

「多特別？」

季凡諾不回答她只搖著頭笑著，「還有一件事，今天已經沒有公車讓妳下山了喔！」

「我知道啊，我也沒打算今晚就回去。」

「是喔，有跟你媽說了嗎？」

喬瑄翹起嘴唇，聳聳肩，也故意不答。

「那妳今晚要睡哪？」

「那你說該怎麼辦呢？」

季凡諾不現任何遲疑，「我家房間多！Lady check in please！」

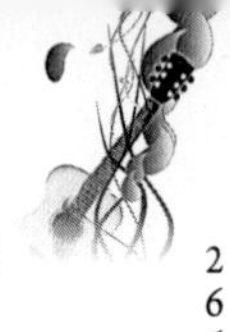

「Thank you！」她露出溫柔甜美的笑容說著。

第一次見到季凡諾的母親，喬瑄顯得害羞而語塞，沒有原始的野蠻態度與伶牙俐嘴，反倒成了一隻不太會說話的小羊。季凡諾的母親意外地見到了一位陌生的客人，還沒問清楚，季凡諾就要求她先上飯菜給這一位來自台北的朋友吃，而自己卻急著說要去學校拿回吉他，人就這樣往外頭跑了出去。

季母明顯就可以看出是個充滿智慧的女人，聽季凡諾說過，他的父母也都是老師，尤其他媽媽在這裡是溫柔出了名，很早就退休變成了賢妻良母，好不幸福！她放下包包，用行動來取代羞澀，她主動要求幫忙洗餐盤或擦拭桌面的工作，讓季母雖是驚訝也滿是欣賞。

這乖巧的孩子是凡諾的女朋友嗎？季母有一絲的雀躍。

「來，儘量吃吧！」

幾盤香噴噴的菜餚在數分鐘內已經盛立在桌面上，外頭雖不見足面的黑，但季家好像都習慣早早進餐，這五點還不到完全的日落就有得吃，好似田園般日出而作日落而息的返璞歸真，她好喜歡這種感覺！

「謝謝伯母！」

喬瑄依然不知道要說些什麼才好，只是低頭埋進熱騰騰的香菜與白飯，這才讓胃暖了起來，剛才的酸皺瞬間化解，簡直是奇蹟似的勝過千草百藥。

「別客氣、別客氣！儘量吃，只是別意外，我們都很早吃晚飯，跟你們都市人不同。」

「其實我……好喜歡這裡的感覺。」

「是嗎？妳高興，相信凡諾也會高興的！」

「今天其實是很突然地，我很冒昧來打擾。」喬瑄不好意思地點起頭，「是我故意來這裡找凡諾麻煩的。」

「是嗎？」季母兩張顴骨下的圓像是會笑的圓，有歡喜的波紋在跳動著，「我們家凡諾從來沒有主動帶任何一個女生回來的喔，妳是第一個！」

「啊？怎麼會？智恩不算嗎？」

「妳也認識智恩？」

季母稍微吃驚了一下，緊接著是臉上滿滿的疑惑。因為還在顧著沸滾的雞湯，她抽點空檔才能坐在喬瑄的對面看她吃著，也聽她說著。

「我和她是在台北工作的同事。」

「那麼巧？難怪難怪，這樣我回答妳的問題就簡單多了！」季母似乎意有所指，喬瑄看著她那兩條耳邊的髮絲黑得乾脆，完全不見有任何的一屢艾白，不像自己的媽媽早已蒼雪斑斑，喬瑄的心中頓生難過，但仍然強顏地繼續聽著對面長者的話語。

「那妳一定有聽說我們家這笨小子一直喜歡著智恩愛著智恩的事，對吧？」

喬瑄點頭。

「但其實他們倆從小就像姐弟一樣，智恩是從小就會跑來玩，是主動來，凡諾則是在家等她來。長大後智恩不來了，凡諾卻跑出去外面追著她跑……」

季母將騰滾的雞湯燉火給縮了，然後又回到了座位，「但是不是真的一直追到現在？我也不清楚，到目前為止我還不曉得他到底看開了沒有？」

他的故事又在喬瑄的心裡頭翻了一遍，同時也聽得出來季母很想知道兒子一直隱藏沒有告訴她的部分。

「妳會被他帶回來，足見妳很特別！」

「其實我……」

此時，門外忽然傳進一陣引擎滾滾聲，一台老舊的車子緩緩地停妥，已經牖暗的天色沒讓喬瑄注意到任

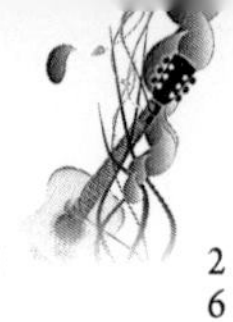

何特別的地方，只有看到兩位男性長輩徐著身子，有說有笑得走了進來。

「回來啦！大伯吃飯。」季母起身招呼著。

季父從門外就直眼看了一位年輕的姑娘定坐在廚房餐廳椅上，因為地勢的關係，廚房的設計較客廳要高出一呎大概兩個台階的位置，那女孩在季父的視窗上非常地清晰，稍有詫異的表情但仍併著唇擺沒有問起，反倒是先打了門前的大燈之後，將外套掛上，然後輕拍著自己的大哥，笑著說：「吃飯！」

此時喬瑄立起身，恭維地點起頭，季母趕緊介紹著，「是凡諾的朋友！」

「伯父您們好！」

「嗨，還沒進門我就看到了，真是標緻清秀的女孩子！妳好啊！」季父笑起來非常地紳士，原本深怕禮數不足搶先吃飯的喬瑄，頓時放鬆了不少。

她被季父擺手示意要她坐下來繼續吃，「不要客氣，當自己家裡！能讓季凡諾那個笨蛋請到家裡來的女孩子，已經是萬中選一，我們一定要好好對待，妳說是不是啊！」他轉頭對著季母再度大笑著，喬瑄聽了只有讓自己更加靦腆的份，臉孔就對著碗裡埋得更深了！

沒想到季大伯卻一直立在距離餐廳的幾步之遙，在客廳向上的台階前，他的表情摻入皙白的雪，面孔如殭。

「大哥，怎麼啦？快來吃飯啊！」

「……」

「您是怎樣？今天去三哥的果園幫忙太累了嗎？」季父緊張地向前想要攙扶他，但他卻無意地撥掉季父的手。

他略似疲態，兩眼裡頭的水卻是漾得越來越清，他的步履每提前一步就越沉重，喬瑄注意到了，這位更為龍鐘老態的長者眼中焦點是她，她有點莫名之奇，慢慢地放下碗筷，心頭升起不安的緊張感，讓她的脈象如亂馬奔蹄，躁動全身。

「這位小姑娘……妳……」季大伯欲語還休，他的黃齒在上下失序地律動著。

「請問大伯……是我太冒犯您了嗎？真的很對不起！第一次來這裡作客，我不該先拿碗筷的！」喬瑄連忙起身，向他鞠了個躬。

他揮一揮手，目睹著那一環銀十字，耀眼竄動如星光點點，淚就流了下來。

「大哥，您到底是怎麼了？怎麼哭了呢？」季父與季母真的不明所以，紛紛走到季大伯的身邊。

只見那駄老骨再向前看了一眼不知所措的喬瑄，鈍踱數秒，他抖顫雙唇終於問了一句，「妳是不是元方的女朋友？」

猶如聞雷失魂，喬瑄眼下的雙箸滾落飯桌，她不敢相信她當下所聽到的，突如其來的青閃，在入夜的梨山猛然地劈向這一屋子裡的所有人！

季凡諾背著吉他從學校方向回走，天色已黑得快速，屋前他的父親早已習慣性地開燈，但他驚訝著大伯的車子竟然重新回到了昨晚所停的位置上，他以為他今天一早就已經回台北去了。他背上的吉他弦音罄罄作響，他想起了剛剛想對喬瑄說卻沒有勇氣說出口的一些話，礙於她因為胃痛而唇白發寒的狀況，所以沒有啟齒，但此時此刻可以想像出大伯的身影，正立在她的面前，讓他覺得有即將攤牌的不安。

果然，他趕至門外，喬瑄早已聽完故事，像峭崖失去岩壑的支持，撒然崩潰。

四年前的冬至。

因為既定行程，季元方選擇不陪喬瑄過聖誕節，帶著他心愛的吉他與一團樂友出發到美國去。他只留下

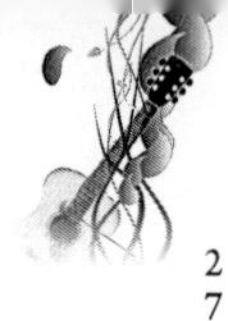

了一片CD，那是他自己在錄音室錄的Demo，有幾首是對喬瑄唱的情歌，還有幾句想要對她說的情話，反正就是甜言蜜語之類要哄哄孤身一人過聖誕節與跨年的喬瑄而已。但她也是一個可以讓他放心、個性堅強獨立的女孩子，所以，他自認為可以不必擔憂地飛了出去。

遊美期間行程大概是三週的時間，他許諾過年前一定會回來陪她過年，並且想要帶她去見他的父母親，他說他的老爸看到她的照片之後大嘆簡直比那些女藝人女明星還要漂亮呢！除此之外，他在CD裡也大談著結婚的規劃，還想說要用什麼樣的求婚方式喬瑄才會答應。還有演藝界裡頭幾位大咖的都會被他叫來免費歌唱開趴，以及蜜月想去哪裡，何時想生小孩……諸如此綸，無非就是在講他未來的人生行事曆。

根本就像八股文的計畫，喬瑄聽完自個兒對著空氣翻完白眼後只有淺淺地笑，但她笑了很久。最後也只是line了他幾句話，說結婚還太早，她還有媽媽要顧，要他別太早做這種夢。反正一來一往個互訊幾天，知道他們在美國的互搓樂技，用影音檔傳來的內容裡頭感覺似乎是非常棒也很愉快，而喬瑄也不知不覺地過了聖誕節。

跨年的前夕，就在喬瑄問了一句今天要去哪裡跨年的問句之後，季凡方自始沒了回音。完完全全地沒有，一連串的line訊息壓根都沒有亮過已讀的字眼，撥去的電話從那時起的無人接聽到此號碼已為空號，寄出的e-mail沒有回過，就連過去的團員、西餐廳的老闆與同事也沒有一個知道他的下落，倏地晃過四年，喬瑄就這樣孤零零地過了將近一千五百個日子。

她受不了突然間就被拋棄，一種完完全全地被遺棄，沒有原因沒有理由，她想不透她自己在哪一個環節上出了什麼問題，或是哪裡惹得他不滿意而離開了她？她努力地盡一切所能打聽，均毫無所獲。

之後她便成了一個行屍走肉的空殼，開始無法勝任補習班導師的工作，就連之前的那位女學生畢了業竟然因為再也看不到季元方而跑來諷刺她一番，「連自己的男朋友都不曉得到哪裡去了？真是個天大的笑話！我看妳已經被甩得遠遠的都不知道，真是笨死了！」

她無力反駁。

是啊！真是笨死了……

再怎麼堅毅的個性也承受不了這種打擊，因此陸續地反應在工作上皆連出錯而被整天劈頭痛罵，她乾脆辭掉那個原本可以安安穩穩規劃未來的工作，好似也一同辭掉過去的那段美好一般。最後她跳脫都市，逃離原本屬於自己應該還蠻享受那種熱鬧氛圍的生活，逕自獨往東海岸找一個地方療傷，待在太平洋的沙灘上，她每天對著深藍的海哭訴，但那海的深邃拒絕吞噬她的悲情，只有那淒涼的海岸，回應給她永恆且不可真知的冰冷。

是季元方欺瞞了她。

一個小小的保留，卻造成永不能彌補的錯。

就在音樂共修的幾天課程後，跨年夜的前一天他與幾位團友在當地租了重機，到充滿崎嶇山路與寬廣高原的亞利桑那州進行飆車活動，卻在路經一小段因為冬雪結冰的路面，季元方的重機打滑失控，撞上了迎面來的貨車，他的左手硬生生地被扯斷飛出，直直地落下幾百公尺深的斷崖，後來被緊急送醫撿回性命，然而在劇痛甦醒過來的那一刻，他完全不能接受自己已經失去了一條手臂。

他在醫院住了半個月之後被送了回來，他沮喪憔悴地告訴所有一起陪同他回來的團友，怎樣都不能對他的女朋友或是其他人說出他的事情，他要他們發誓，一切都要遵守他所要求的台詞封口一輩子，否則天打雷劈絕子絕孫。並且，他鄭重地向他們告別，永不見面。

過了幾天他獨自飛回的深夜，前來接機的父母，完全認不出來自己的兒子，雖有一樣幽暗的墨鏡，一把無恙的吉他，但他卻帶回滿身繃帶，臉容頹壞，以及一隻左手的殘缺。

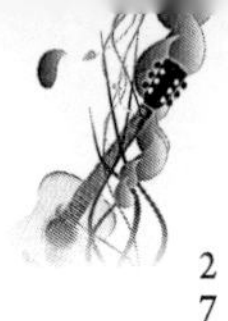

從此，西餐廳、演藝界、唱片業都找不到季元方，他像風一樣地消失了。當時喬瑄苦苦地追問幾位認識的樂手，他們都稱說季元方還在美國加州，暫時沒有回台的打算。這是喬瑄無法理解的事實，慌張憂心的她，如同尷尬莫名的歌迷，再也遍尋不著天才歌手季元方的下落。

「沒有了左手，他就再也無法扣緊弦脈，彷彿自己也沒有了生命，他說他再也沒有……勇氣活下去了！」

季大伯湧著淚，為這四年前發生的事情及季元方的人間蒸發，逐漸昭示給喬瑄這幾年來最想知道的答案。

「他說他最掛念的是妳，但如果給妳看到他那副模樣，一只殘廢的身軀，他感覺他再也不能擁有妳，緊緊抱著妳，或是給妳任何幸福！所以他決定，倒不如讓妳找不到，讓妳恨他，讓妳死心！」

「那然後呢？大伯……他人呢？」

喬瑄整個臉被自己的淚水不停地滾燙著，她的鼻頭儼然熟成一顆紅蛋，她用接近無聲的嘴形，咬著舌根，「無論他變成什麼樣子，不能彈吉他也沒有關係，我都會繼續愛著他，他人呢？是不是可以讓我見見他？」

不料季大伯續搖著頭，她的淚更加狂傾，雙手的抖勁已經讓桌上的盤碟砰砰作響，三位老人家沒能應對的時間內，背回吉他的季凡諾，快速走到她的身邊將她的手牽起，「走，出去吧！別再問了！老人家會更傷心的！」

「為什麼不能問？那是我找了好久的那個人、那個人的爸爸啊！」喬瑄失控的眉宇再度激烈地扭曲。

「妳需要冷靜！」

「季凡諾，你別管我！其實你早就知道了對不對？為什麼不早點告訴我？」

她嘶吼著，背對著季元方的父親，正對著季凡諾猶如落在他身上雷霆般的咆哮。像在找人頂罪般似的發洩，這四年來的痛苦一夕之間全數傾倒而下，傾倒在滿是歉意的季凡諾臉上。

「對不起，我也是昨晚才知道……這故事……」

「你騙我！」嗚嗚啞嗚，她哭到竭盡沙啞。隨即她轉過身尋回最清楚與最明白這故事的對象，「大伯，求求您告訴我他在哪，好嗎？」

她上前挽著那位初次見面的老伯伯，儘管他也已經老淚縱橫地攤坐在椅子上，她失去尊重地猛烈搖晃他皺皮如鬼的手臂。

「大伯，求求您告訴我他在哪，好嗎、好嗎？」

眾人無語，只聞喬瑄一聲接著一聲，「求求您、求求您、好嗎？」

「他已經死了！」

此時季凡諾再也忍受不住，鐵心地直接告訴她這個事實。嚎啕痛嗚的喬瑄嘎然停下，她聆起耳朵，仔細地重新拉回快要消逝在空氣中的振子，並且積極重組著她剛剛所聽到的聲音，在大腦意識的判讀之下，她懷疑著自己有沒有錯認那五個字的誕生？

「你……你剛剛說什麼？季凡諾？」

季凡諾倒抽了一口很深的氣，「我說，我的堂哥在四年前，消失在妳眼前的那個冬天，已經死了。」似冷靜又似悲傷，他的音調上帶著哽咽，他的瞳孔裡有一個女人慢慢地蹲了下去，然後攤倒，之後整間屋子再也沒了任何聲音。

他選擇自殺。

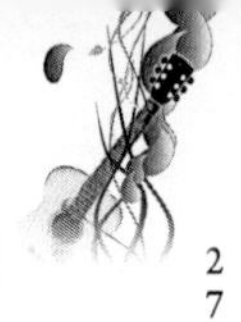

沒了左手，不能吃飯洗澡自理，連打個鍵盤都有困難。沒了左手，再也不能彈奏、創作。沒了左手無法剽悍地操控多段變速打檔的重機橫掃山林。沒了左手，不能瀟灑地抱起心愛的女人。

一切實在變化太快、太大了，像慧星撞地球一樣，整個安穩的幸福生活瞬間毀滅。疼痛是小事，但是日後所有的不習慣所帶來的絕望卻是大事，他覺得人生過得沒有意義了，原本是一場他可以親手主導繪出的美麗未來，如今卻禍降臨頭，如同墜落地獄，像開啟永恆的惡夢之門，他沒辦法接受還有心臟在跳動的每一天，端看著自己原本不應該存有的殘缺。

他最終沒能走過來而選擇在自己的房間內上吊結束生命。他留下了簡短的幾個字，除了對不起他的爸媽以外，就是對不起他那個曾經愛過、以及唯一愛過的女孩子，他要他們不要透露任何有關於他的死訊，低調地火化他，將他的骨灰與大海相容，永遠地消失在這個世界上，就當作他從來沒有來過。

他寧願她恨他的無情消失，也不要她因為他的殘缺他的死而悲傷難過。

「元方是帶著後悔與遺憾離開，別再怪他了。」

季母在給喬瑄寄宿的客房內，遞上一壺橘茶與溫熱的毛巾，她撫著喬瑄的肩膀，嘗試著鬆解這四年來已經固化的痛楚，誰知這女孩的瘦小膀子卻是硬到頸骨裡，撫慰的舉止差點使力不上，「看來妳今晚不好過了。」

「他真的很壞。」喬瑄啜泣著。

「他是真的敢放敢收，忍著自己的痛，捨棄最愛的人給別人照顧，遠遠地比拖累自己所愛的現實要來得好！」

喬瑄眼眈著房間內的木質地板，淚就讓它們匍匐成聚在那木紋上，然後順著片片之間的縫隙，陷入黑暗的夾層中。此刻季母的言語對她而言可能是太過理性了點，她可沒理由那麼快就放得開。

「雖然沒見過幾次面，但我記得從小元方就是個很樂天、放浪不羈的孩子，總是笑呀笑地，沒看過他生氣的樣子，為了夢想他很敢追吧，聽他媽媽講，他一向很懂得自己要的是什麼！」

「……」

「他是有錯啦！沒有告訴妳他去亂闖刺激性的事，他也太放縱自己的隨心所欲，他媽媽見到他這個樣子回來，哭與罵常常一起彈在他臉上呢！」

「真是個混帳東西。」喬瑄握緊拳頭，抨著自己的胸坎，氣極敗壞地起了一個結論。

「他走的前幾天，有回來梨山這邊的教會受洗。」

「梨山這邊？」

「對……他說他想看他的祖母。那是他第一次上來這裡。」季母把棉被給鋪平，將橘茶倒滿，示意喬瑄一定要喝完，然後接著說，「我問他為何不在台北的教會？而且幹嘛要受洗？我看著暗黃色臉孔的他，他沒有馬上回答，一開始我以為他對我這個小嬸不是那麼得熟，沒有得到答案很正常，但最後他說了什麼妳知道嗎？」

喬瑄搖搖頭。

「他說受洗是為了乞求原諒他所有愚蠢的一切，不在台北是因為有一個人一定會拚命得想要找到他。這麼多年過後，巧逢如奇，到現在我仍然覺得訝異，原來那個人就是妳！我兒子去了一趟台北之後就把妳給引來了。」

喬瑄再度滑落兩行珠瑩，她不解地看著一直立著吉他，站在門外的季凡諾。

「妳會不會第一眼就覺得季元方跟季凡諾長得很像？我告訴妳喔，季凡諾可是從來沒見過他的堂哥喔！」

「啊？……真的？」

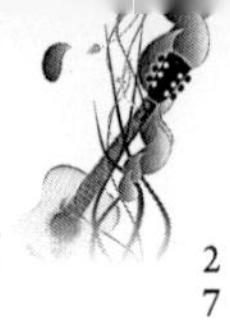

喬瑄透著淚眼模糊的光圈，實在很難相信他們堂兄弟倆怎會那麼地不親。

「他沒騙妳，他也是昨晚才聽到有關於他堂哥的事。」

季母繼續撫著不時地用面紙擦拭著眼淚與哭不停的女孩。

「元方回來梨山的那幾天，凡諾剛好在南部的國中實習，好幾個禮拜才回來山上呢，所以碰巧沒見到面。」

「媽，她該休息了……」

季凡諾在樓下好一陣子之後才上來，之後便沉重地倚在門旁，不知道已經等了多久，最後才抓到時機打斷他母親的侃侃而談，他知道她是想分散喬瑄的悲傷，才故意講了更多有關他堂哥的事。

但他覺得行不通，「她肚子痛一整天，又搭車搭一整天，現在又哭一整晚，要好好休息了。」

「好，那就不打擾妳療傷了，小姑娘！雖然真的沒那麼快好，但還是要努力當一天的傷心天使就好囉！明天啊，還是要繼續走下去呢！」

季母摸摸她的頭，起身之後與季凡諾比手畫腳一番，隨後她回眸再看了喬瑄一眼才走下樓去。

換季凡諾坐下，就在那日式滑門的軌距上。

「還想聽〈傷心地鐵〉嗎？」

「不了……」她背對著他，臉向著窗外。從裡頭望過去，一輪明月被屋後三合院裡的老梧桐給吃掉了一半，看圓非圓，倒像是一塊支離破碎的餅。

「季凡諾……」他聽著，低著頭，撫著弦，就這樣看著她的背，等待她的下一句話。

「我要如何才能學會真正的放下啊？那個人給我的無限美好被我積壓了四年已經變成了堅硬的石頭埋在我的心裡，我一直在等待他出現重新回到我的身邊來打開這塊石頭，結果他竟然就這樣懦弱地藏到另外一個世界去了！」

她轉過身，剛換上季母睡衣的領口，馬上就濕透一片。

「在我知道他真正消失的原因之後，那塊石頭卻變成了炸彈，……炸得我的胸口好痛好痛喔……」

她撫著自己的胸口不斷地揪緊，表情皺褶得不堪入目，季凡諾看著她的痛徹心扉，眼底有一塊不知所措，連忙拋下吉他向前給她一個擁抱，細瘦的身軀被窩入他的膛暖之中，任由她抽搐地震動他的全身。

等到她的抽搐告一段落，他哼起一段歌來。

「梔子花，白花瓣，落在我藍色百褶裙上，愛你，你輕聲說，我低下頭聞見一陣芬芳。那個永恆的夜晚，十七歲仲夏，你吻我的那個夜晚，讓我往後的時光，每當有感嘆，總想起當天的星光。

那時候的愛情，為什麼就能那樣簡單？而又是為什麼，人年少時，一定要讓深愛的人受傷？在這相似的深夜裡，你是否一樣也在靜靜追悔感傷？如果當時我們能不那麼倔強，現在也不那麼遺憾。

你都如何回憶我？帶著笑或是很沉默？這些年來，有沒有人能讓你不寂寞？後來，我總算學會了如何去愛，可惜你早已遠去，消失在人海。後來，終於在眼淚中明白，有些人一旦錯過就不再。

永遠不會再重來，有一個男孩，愛著那個女孩。」

（〈後來〉，原唱：劉若英／詞：施人誠／曲：玉城千春）

封印解除。

原來他，已經不在這個世界上了。
她再也不用找尋、再也不用掛念、再也不用等待，
因為往事都已經烙印在回憶裡，而未來也將不復在同一個人身上取得，
這就是所謂的圓寂吧？

她與他之間緣份的圓寂。

她睡了，隔世的他，好像在窗口，跟她揮揮手。

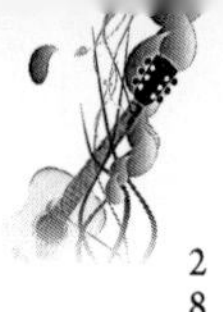

第十章 他就在這裡

整整消失了三天的王凱斯，出現在鞏智恩的宿舍門口。他鼻樑上表面的傷痕已經大致痊癒，僅是在孔內還有些許的血塊殘留，那裂骨尚未熔接的地方，似乎不會因為呼吸而有痛楚的感覺，他在他的座車裡等待她的出現，呼吸穩穩地，同時也夾帶著不可抑止的緊張。

其實心情蠻複雜的，上週六的那件事之後，他絲毫不敢與鞏智恩聯絡，而平時每天晚上都會跟他聊一兩句之後才會睡覺的鞏智恩，也沒打通慰問的電話，他想，她可能還在氣他吧！

還有，她被迫分手這件事，他很清楚地，最近她的心情應該是很糟糕透頂的。可不是嗎？所以索性就讓她有幾天的時間冷靜、整理。

全都是他的錯嗎？他有幾絲的把握，明智的鞏智恩不會全都把罪怪在他頭上，於是，他傳了一則訊息給她。

「要一起吃早餐嗎？」

剛好是比她平常出門搭捷運的時間要早了半個鐘頭。突然有一股搔癢感，他輕撫著自己的鼻頭，很輕很輕，很怕恍神之下的噴嚏可能又會流出血來。他的眼睛直泠泠地盯著螢幕，心裡產生一襲具有忐忑性質的涼意，事實上他真的很怕她已讀不回。

幸好她回了。不到兩分鐘的時間內。

「好啊……你在樓下對吧？」

「Yes」指頭迅速貼緊螢幕回著。

「等我一下，馬上……」於是王凱斯的涼意瞬間散了，從剛剛一直踩著煞車踏板的腳底，慢慢地升起一股熱流，然後順著他的毛線大衣，昇華到臉頰，讓他直呼著：「今天真熱啊……好像穿太多了呢！」

接著一笑。眼角被砰然的心跳所驅使著，要他死盯著那扇他上去無數次的大門看去。

在前一晚尹碩傑透過line上的貼圖苦笑著，說他並不意外，送情書的郵差都會成為最後的情人了，更何況是親自接送的司機呢？因為他的信任所以促成這樣的大錯，他在手機的另外一頭輕拍著自己的雙頰，敲上了幾行字，「不過就是自打嘴巴而已，沒有什麼了不起的。」

有時候覺得尹碩傑是故意的，故意要將鞏智恩送給他一樣。他其實可以想像著，那是他父親欠他的，然而他的兒子卻替他還。

還的不是股份不是金錢，而是個女人。

這個女人那麼有價值嗎？他心裡想著答案，他笑著，答案應該是錯的。

因為鞏智恩是無價的。

豈可用金錢來衡量一個女人？他暗笑著，笑著尹碩傑的膚淺。

「感覺跟我印象中的王特助比起來，你這隻新鼻子挺多了，比原來的更帥！」

「呿！」

他們在一家早餐店坐定，是之前的那一家，但鞏智恩並沒有觸景傷情的意思。這家以附近學區的學生為主要客源的店門口擠得水洩不通，但內部的雅座卻有幾桌的空閒。聽著鞏智恩一坐下位子的熱嘲，王凱斯感覺那是一種對他情感的回溫，所以她才像平常那樣說話，心中頓時歡騰不已。

「當學生真辛苦，站著等餐點做好，又沒有時間可以很從容地吃。」

王凱斯望著那高矮不一的男孩女孩，有種深深為他們的身分而感到同情。

「你沒有當過那種學生嗎？」

「沒有。我老媽都會幫我準備好早餐，我沒那麼累地上過學校。」

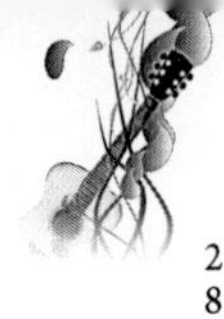

「有這樣的媽媽很幸福唷！要好好珍惜。像碩傑很早就失去了……」鞏智恩很自然地提到了他，臉色微微一淡。

「是啊！他不後悔當他媽媽的兒子，但卻後悔叫尹華喻父親。」

王凱斯飲著早餐店的奶茶，直呼好喝地一口接一口，沒管她的反應地繼續說著。

「為了妳他們常常吵架，還有為了他媽媽，他也經常數落著尹華喻跟那女人的地下情。」

那女人真有如此神奇的魔力？鞏智恩的表情似乎這樣寫著，但她依然沒有作聲。

「哈！」王凱斯接著覷笑一聲，「我應該是忘了說一件會讓妳更驚訝的事。」

「什麼事？」

「那女人是我媽的親妹妹。」

「啊？」鞏智恩差點就把塞在嘴巴裡的藍莓厚片給吐了出來。「你……在跟我開玩笑嗎？是因為我剛剛都沒在理你，所以你故意要逗到讓我笑出來或是吐得滿地你才甘心嗎？」

「我說的都是真的。」

「……」

「我很抱歉，我那天說的話，可能造成了妳的困擾。」

「聽說董事長退了你的辭呈。」鞏智恩不搭上他的話，聳肩之後兩手向外橫擺著，一副無可奈何的樣子。

王凱斯失笑地只好接下這斷軌，「只是現在攤牌了，回到光華對大家而言都沒有好處的。」

「你不回去？」

「絕不。」

「你媽媽還要靠你養耶！」

「這你不用擔心，你忘了我還有光華的另外一個角色呢！」

「喔……」羣智恩是真的忘了。

「我反而想知道，Jay有跟妳聯絡嗎？」

她搖頭，臉上有一艾暗綠，「聽說他們已經訂下終身。」

只見王凱斯面不改色，慢條斯里地品著奶香，「我知道啊，我妹妹她早就傳了訊息給我，說她把第一次奉獻給Jay了！」

「原來你早就知情。」

「所以，妳……還好嗎？」

沉悶數秒，羣智恩不知道去哪裡偷來的笑容，她猛然抬起頭嘟著嘴說，「怎麼辦？我真真正正地失戀了！」

「有失有得，還記得我曾經跟妳說過的話嗎？」

她繼續笑著，然後哭著。

「我和我妹都一樣，只要愛對就敢愛，而且始終如一。我跟她的差別是，她從很小的時候就堅持愛Jay一個人！而我則是在遇見妳之後。」

聽完，羣智恩看著自己只咬了幾口的藍莓厚片，一滴淚就這樣偷偷地滲入土司片中，不知怎地，她想起了那個從年少時代就一直堅持喜歡自己的那個男孩。但在此時的現實裡，她看著對方那雙通透的眼睛，突然覺得自己對於情感的那一份脆弱，遠遠不及於楊佩怡那一份對愛執著的堅強。

「覺得如何？」

面對王凱斯的追問，羣智恩又笑又淚的表情無力停止，紊亂的髮絲貼黏在她那濕漉漉的顴骨上，一清早原本美麗的妝顏盡被洗空，宛若在腦裡悔過一遍，她緩緩地編起舌調，摻入鹹苦的眼淚地說著：

「你只是讓我覺得，辜負了一個長期等待她或他的人，那種辜負，在他或她的心中是多麼地可怕！」

梨山上的早晨，雲霧中的光暉淺淺薄薄地透過無數個縫隙，形成直列列的線條，柔軟地灑落在這山城裡的每一處。清風圍繞在喬瑄的身軀，慘白的臉孔貼著鮮紅的眼軸，她在梨山中小學校的教室內看著季凡諾手執粉筆，認真揮灑粉塵，底下的學生聽他講故事、看他嚴肅地講重點、笑他的口誤趣事，這個老師在那些學生眼中望去真得好有魅力。從前的季元方是在都會區裡的舞台，有成千的歌迷喜歡他的歌聲與音樂；而現在的季凡諾則隱身在這山城小校裡，有百位崇拜他的學生，在台下聆聽術業與教誨。

看著他在講台上的昂揚神采，喬瑄回想在清晨時剛睜開眼之後的事，不自明地有安心如適的感覺。

在稍早露深清邁的六點，季凡諾突然被依偎在旁邊的身軀給嚇醒，昨晚她就在他的懷裡睡了，而且是因為太過創痛與哭得極為疲倦之後的那種沉睡，他自己也因為前晚的缺眠與中午沒有休息，需要補眠的他在撫完她的情緒之後，一整夜都沒開過眼就這樣直到破曉。她看著季凡諾驚慌的表情有一絲的淺笑，然而在棉被裡兩個人都衣衫完整的事實卻怎樣也尷尬不起來。

「剛起床就看到你那張臉，真有趣。」

「什麼有趣？妳還可以搞笑？」

「我一向隔天就會自我療癒。」

「是喔……那恭喜妳！」她看著潦草回話且正急於左右環顧，對著房間內外張望的季凡諾，感覺他的舉動相當滑稽。

「喂，你過來。」喬瑄內心發癢地想逗逗他。

「幹嘛……？」

她伸手捏了捏他的臉頰，「怎麼辦？這不是夢耶！我們一起睡了整晚，你要不要對我負責啊？」

「啊？」季凡諾被這句話給嚇退了幾步，瞬間漲紅了臉，「妳別……別趕鴨子上架喔，我可……可是什麼都沒有做喔……」

「這個時代有誰會相信蓋棉被純聊天的事情啊？看你爸媽相不相信？」

「平時他們很少上來這間房間的，他們沒看見就好。」

「可是你媽好像剛剛來過，看到我們睡在一起……」喬瑄忍不住撒點小謊，故作嬌滴滴的模樣看著他，惹得季凡諾的眼白倏地放大。

「完了，我要去跟她解……」

話還沒完，喬瑄上前從背後雙手如夾如擰地將季凡諾抱得深切，並且用鼻息緊貼著他的身體，很用力很用力地吸拂著，「昨晚真的謝謝你。如果你沒那麼做，我可能熬不過去吧……」

「沒那麼誇張吧妳！」

她微微地看著轉過身的他笑著。

「還很痛嗎？」

「你說哪裡？」喬瑄俏皮地反問。

「心。」

「當然還是會啊，怎麼可能說不痛就不痛？」

「不是說會自我療癒？」

「傻瓜。」

她起身，那一落的衣裙被窗外的明亮穿映出纖細的曲線，季凡諾撤出對眼的直線，不再沉溺於那悽影可奪的豔，他轉頭打算踅下樓去，就在跨出第一步的時候，從耳際聽見她輕輕地說：「昨晚好像看見他來跟我告別……」

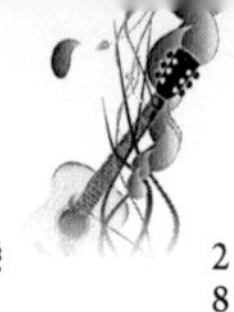

是嗎？那真的是太好了！

季凡諾讀在心裡，看著她望向窗外皙薄的背，沒有說出口。

「先別回去，今天我只有上午的課，在家裡等我一下，我帶妳去一個地方。」

「什麼地方？」

他們站在門外，就在那個原本季大伯車子停靠的位置，那老車殼早已消失，喬瑄懊悔著昨晚的崩潰來不及多探問一些有關季元方在那後面的故事，她想再知道多一些，哪怕只是一兩句話也好，哪怕自己無法承受也罷，但他老人家早已下山離開了。

至於要去什麼地方，彷如沒有比那探索多年無解的季元方之訊，最後終於找到了一只線頭要來得重要。

「等我回來吧！或是……」他低頭忖思一陣，然後翹起嘴角眨眨眼，「要來聽我上課？」

她選擇後者。

也許是帶點新鮮的好奇與暫時想抽離傷痛的企圖，喬瑄跟隨著季凡諾步入這校園。從無邪充滿稚氣的小學生到青春活力、半生不熟的青少年，各個睡眼惺忪地從他們的身邊走過。季凡諾是一個很受歡迎且十分被喜愛的老師，喬瑄看得出來，幾乎每一位擦身而過的學生們，一定會從背後叫著他，然後微笑地敬禮點頭，比較大的男孩或女孩，一定也會跟他閒聊幾句。他與學生沒有距離，而且也近是毫無保留的熱情相待。

「這位姐姐是市政府派來的督導，要看老師上課有沒有認真，拜託你們要多多配合喔！不可以亂問一些有的沒的唷！」

在台上的季凡諾對學生使出這種善意的謊言，還真的非常做作，忍不住喬瑄也跟著配合起嚴肅不阿的表情，與季凡諾互瞄起眼神，暗示著身分的偽裝成功。畢竟喬瑄也做過補習班的導師，至少她懂得如何讓想傳八卦的學生透過她瞪起白眼的穆然而閉上嘴巴。

國三的學測日子也不到半年的時間，季凡諾在前兩堂確實賣力認真，看著學生們的振筆疾飛，她想起補習班內那收取高額補習費的專科名師，當台下所有人都可以專注地聽他傳授的那種信任與吸引力，她隱約明白這是一種教學的驕傲，這深山裡的獨門，彷彿要比在都會區裡的市儈更來的精彩。

第三堂的歷史課，喬瑄驚奇著學生為何那麼喜歡三國時代英雄與美人之間的話題。

「老師，英雄真的難過美人關嗎？呂布過不了貂蟬，電影裡也有演關羽差點被綺蘭害到，那小喬有沒有害到周瑜啊？」

又是那位對歷史非常喜愛的學生問著。

「你真愛三國。」季凡諾同樣撫著那小男生的頭，「小喬愛周瑜，怎麼會害他呢？周瑜是染瘧疾跟被箭射中的舊傷潰瘍而死的，死的時候才三十六是有點早。」

對，謙厚有禮，才華洋溢的人都死得特早，在那個年代。

季元方也是。喬瑄的心盤被震了一下。

「老師上一回說過，在三國裡您最愛的是小喬，沒錯吧？」

季凡諾回到講台上，剁著手上的粉筆，在講桌上敲下一層灰，那學生笑嘻嘻地指著坐在後頭的喬瑄，「她就是小喬嗎？」

喬瑄豎起耳朵，冒出汨漉漉的雙眸。

「你為什麼覺得她是小喬？」季凡諾差點沒笑出來，因為恰巧她也姓喬，這是他在教課時沒有聯想到的事。

你笑屁啊？喬瑄發現了季凡諾的一角呿笑，在心裡喊著。

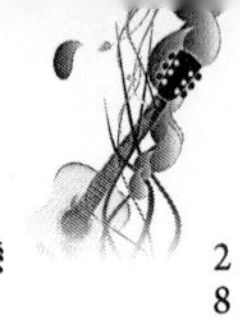

「直覺。」那學生回得直接。

「直覺？你很愛幻想耶。現在可不等於三國啊……而且，小喬是屬於周瑜的。」

「但是老師，周瑜那麼年輕就死掉了，小喬怎麼辦？她是如何熬過來的？」一位坐在前頭長相可愛的小女生問。

「小喬她……」季凡諾看了一眼喬瑄，儘管臉上仍然塗滿乾掉的哀傷，但那眼神卻比昨晚要來得堅韌，於是他帶過一抹盡是放心的微笑，走到那位女學生的身旁。

「如果是妳，怎麼辦？」

「我不知道。」她聳聳肩，並且回過頭往喬瑄的臉龐投射過去。

喬瑄看到了，那張可愛純淨的臉孔，猶如見到了大約十四年前的自己一樣，那個時候爸爸外遇，跟著別的女人出去住就很少回來，她曾經問過媽媽同樣問題，沒有了爸爸你怎麼辦？

她又被一股憂懼給壓著頸椎，不自覺地垂下頭，直到季凡諾開口回答那女學生的問題。

「誰都受不了愛人的離開，那種苦痛有的太過突然發生，一時之間想忘也忘不掉。但就算只剩下自己一個人，還是要繼續走上陌生的路、接受陌生的命運、甚至到陌生的國度、看陌生的風景，走向陌生的未來。」

季凡諾用很高的跳躍，跳過了這間一樓教室的小窗台，然後自己又探頭望回教室裡面，「某天，妳會聽著陌生的歌，看著陌生的事，在不經意的瞬間發覺，原本費盡心思想要忘記或極力想要擺脫永遠擺脫不了的惡夢時，就突然會真的忘記、淡卻了！新的世界，就像現在的眼前一樣，給妳一張白紙重新開始，好不豁然。」

像是在對她說話一樣。喬瑄眼底浮著感嘆，靜默地看著他。

學生們沒人回話，只是笑著季凡諾過度生動且充滿滑稽的探頭表情。隨後他爬了進來，「輕聲地說，校長看到我在爬窗戶了，快躲起來……」隨之哄堂大笑。

笑完，但，那學生們懂那一段話嗎？

他們哪懂啊？喬瑄卻跟著他們一起笑了起來，內心正猶豫著是否要關上哀愁的艙門，就被這一群天真無邪的笑臉給推了一把。

然而他們肯定不懂，大人的世界有時候是難以用笑來掩蓋憂傷的。

第四節，一個接近中午眼看就要飢腸轆轆的時間，還要來上這一段很耗體力的音樂課？季凡諾簡直是精通各科又體力驚人地連上四堂，這一回背著他心愛的吉他，來到了國一的教室中。喬瑄仍然往教室後頭靠著，但這個班級人數顯得更少。

「沒錯，是很小的班，小學部份讀完，大家都往都市去了。」他補上一句，「以後我恐怕要失業了，唉呀呀！」

不管喬瑄的疑惑，只有十個人的座位，他要所有的小朋友圍起一個大圈圈來，像要玩大風吹一樣，男孩女孩們面露喜悅地看著中心點上的季老師。

「妳，」他用手指劃著她，「也進來這個圈圈裡吧！」

「什麼？不是要當督導嗎？」喬瑄在心裡滴咕了一句，但還是配合地坐進這個刻意安排的圓圈裡。

「小朋友，會唱名嗎？」季凡諾刷起六弦。

唱名？

那個在腦海裡熟悉的聲音再度憶起，喬瑄的心微微地揪緊。

「會！」他們齊聲高喊著。

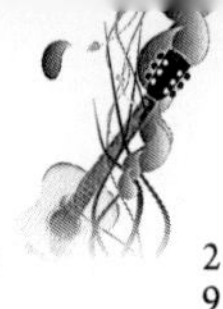

「來！一起——Do－Re－Mi－Fa－So－La－Si－Do……」

「很好！很棒喔！」季凡諾滿意著全班的活力十足。

「接下來，我們請這位姐姐先唱一首歌曲，請大家暖暖身子，幫忙打節拍好嗎？」

「啊？」

叫我唱歌？有沒有搞錯啊？喬瑄忍不住把悲傷丟在一旁，白了一眼季凡諾，但不管怎麼瞪他，這招好像對他不太管用，在學生面前拱起的光環，他顯得神聖不可侵犯。

「要唱什麼啦？」她一陣無奈與莫名，突然被季凡諾抓住右手腕，然後貼著他的手隨之擺在吉他肚上，他對她微軟一笑，那個再也熟稔不過的感覺猛然浮現，他真的跟他好像好像，不但面容相似度高，連那種溫柔、那種神情與彈奏吉他的那種韻味都好似他本人的重現。

在愣怔之餘，季凡諾已從口袋中掏出一張歌詞遞給了她，接手後她面露驚疑地看著他。

「喂，我不熟啦……」

但季凡諾不管，他彈了一節昨晚出現過的旋律，柔與勁的指法竝出召喚記憶的魔法，她眼巴巴地望向封閉著唇的他，只見他的下頷領著節拍，優美的弦音與學生們期待的眼神，逼使著她緩緩唱出雖然不太順暢卻很柔美的聲調。

「梔子花，白花瓣，落在我藍色百褶裙上，愛你，你輕聲說……」

「後來，我總算學會了如何去愛，可惜你早已遠去，消失在人海。後來，終於在眼淚中明白，有些人一旦錯過就不再……」

季凡諾的輕指柔不停止，聽著她的哽咽，惹得這群純真的學生上前抱著她安慰。

季凡諾承繼著將歌曲唱完，那一聲一聲，不顧她的哀切。

一字一字唱痛她的心坎，也唱盡了他的遺憾。

永遠不會再重來，有一個男孩，愛著那個女孩。

我大伯留了一個住址給妳，雖然不知道那是什麼地方，但一定跟我堂哥有關。

想去嗎？

當然要啊！

不過，妳要答應我，絕對不可以失去理智，看完了就離開，可以嗎？

好，我懂你的意思。

「其實，大伯這次回來梨山，就是要看他兒子的。」

他沉默了半晌，不知可否地沉默。

「這算是違背了他的遺願。」

季凡諾開著他爸爸的休旅車，毫不生疏地揚袓在山間，眼睛專注在那蜿蜒的路上，他仍可沉穩地細膩道出，大伯父為何一發現到喬瑄的銀十字項鍊，竟然就不經思考地做出這個決定，當下，如果他夠理智的話，可以選擇不要脫口而出。

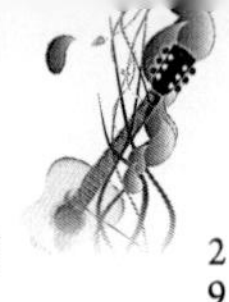

「什麼意思啊？」

「我堂哥的遺願有兩個。大伯破壞了一個，就是為了遵循第二個。」

「我聽不懂。」

「大概就是要在這裡作個了結吧？天底下再也沒有比這個更巧的事，妳突然跑來找我，我大伯一別梨山二十年竟然又剛好回來，在飯桌上他瞥見了這一串他再也熟悉不過的銀十字架。」

「……」

「我覺得冥冥之中有其註定，妳是受到他的牽引而來。所以不是真的要讓妳永遠埋恨，而是他在另一個世界裡所設下的補償。」

「什麼補償？他這樣只是讓我更加恨他而已！」

季凡諾話還沒完，就被喬瑄的咆哮給打斷。換他停了，閉著雙唇拖進一點時間，讓她冷靜。

大概就三十分鐘的路程，在往宜蘭的支線靠近武陵農場的山腳下，有一處教會的靈骨塔，季元方的骨灰罈就在這座山間，一陲谷豁，藍色的屋瓦，上頭矗立著十字架，底下盡是白色的牆身，連隱著黑框線條的百葉窗，都是深白色的透明。

看著喬瑄直打冷顫囉嗦，季凡諾想到平時放在車內季母備用的大雪絨外套，剛好可以派上用場，兩人下車，原本在梨山的午陽和暖，在這個地方已經不見蹤影。

「他大概就想在這個地方和最愛的祖母一起安息吧？」

「倒不如說，就是不要讓我找到他，所以才躲在這椿山林之間。」

喬瑄蹙緊自己的上眸，那眉間繩起長黑一片。

「妳真恨他。」

「我恨的不是他這個人，我恨的是他的懦弱。」

「那也不是他想要的，因為愛玩愛冒險而走錯一步險棋，懊悔的沉重沒辦法在最短的時間之內消化，他也想見到妳，但最後連他自己也沒辦法面對自己了！他失去一隻手，也失去未來，更害怕失去妳，妳難道不覺得他害怕得很有道理嗎？」

喬瑄不語。

「對，我替妳說吧！他確實害怕得很有道理，所以他自己預設了這個畫面，不顧妳的任何感受，擅自地決定妳和他的結局。也許他的假設是對的，妳會因為他的狼狽而不再愛他，也許妳會因為他從天堂墜下成了畝羽殘翼的廢物而唾棄他，也許妳會因為曾經他給過的美好或幸福的承諾而無法達到的窘態而恥笑他……」

「不會！不會！我不會！我不會！我真的不會！」

喬瑄受不了季凡諾的言語壓迫，終於再度崩裂了自己的情緒。

「我們說好的，妳別再哭了……」

季凡諾拉起她的手，順著台階走入了充滿聖歌悠揚的空間，他從沒有來過這裡，即使二十年前祖母安眠在這附近，他也毫無印象。但在聖歌的引領下，穿過了不知多少處彎曲的梯間與窄門，他們找到了他。

「好了，他就在這裡。」

季凡諾循著編號，拿起大伯交給他的鑰匙，輕輕地打開那一扇小門，門後無顯至奇的就是一罈容器，沒有照片，沒有姓名，只有一小紙條貼著「吉他歌手」的文字，以及那一張熟悉的YF可愛Q版小男孩的造型圖貼。

沒人知情的過去、現在，與未來。

小男孩已經安睡在這裡四年了。

季元方，曾經活躍在西餐廳舞台以及曾經是喬瑄最愛的男人，緣份多舛地相隔四年，她終於再度見到

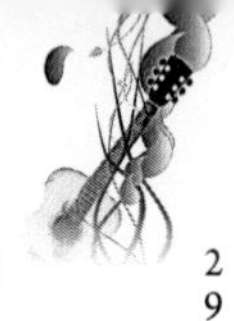

了他。曾經鮮活得可以觸及，有朝氣有夢想的男人，英姿煥發、音樂天分滿盈的他，如今成了骨甕中的一盆白沙。

喬瑄的眼神陷入了空洞，季凡諾只是安靜地陪著她。外面的白霜，像是前來凍結這一場夢般，穿過長廊繞在他們的身旁，像銀河系的旋流，凝滯了時空。隨後的無聲套入一種封閉在回憶與現實之間的氛圍，沾濕的雙手撫著那盆甕以及那張小圖貼，躍彈吉他的小男孩，瞬然間也暗下了眼神。

她撫得很柔很靜，像是訴不盡的心語，無情無緒。

不知道過了多久，彷彿找不到罈中主人的回應，她的手才願意放下。

裡頭有一小瓶裹著紅袋類似玻璃管的東西，季凡諾早就發現了季大伯所謂的交代，只是在等待時機。

「那個……在裡面。」他抓住喬瑄些微恍神的瞬間，平和地說出來到這邊的目的。

「什麼？」

喬瑄顫抖的雙唇強做鎮定，她從低眼的畫面向上抬望，什麼東西在裡面？不是只有白灰灰的遺骸而已嗎？難道……季凡諾看得見他？

「不是的，我沒那種本事。」

似乎看穿了喬瑄的思維，季凡諾沒有笑容地搖著頭，他肅起臉頰然後向前用他的胸膛掩了喬瑄的側臉，過手在那罈後取出一個紅布袋。

紅袋子像不聽使喚的孩子，不懼生死，不顧父母的千叮萬囑，從小扇門前隨性躍下，剛好就落在喬瑄的掌心。

「那是什麼？」

袋子太過輕盈，裡頭沒有裝上任何東西，讓喬瑄迅速浮起眼神的，是還留在上頭的那一寸亮點。

被紅袋子遺棄的玻璃管，就緊緊地靠在季凡諾的指頭上，管壁犀利地反射光澤，那約三公分高的裡頭盛了八成滿，「也許，連我也都假裝不下那過份虛偽的冷靜。」

季凡諾突然一陣鼻酸，「那是他的眼淚。」

「……」

「那是他在前一晚決定離開時痛哭的眼淚。」

聽完，喬瑄抿緊唇，很努力地試著不讓自己再度崩潰，只見季凡諾不斷地做著深呼吸，在冷峻的空氣裡不斷吐著白　，「我要說了喔！這是我受大伯囑託所說的最後一句話喔！」

喬瑄點點頭，很微小地輕頷著，也看著季凡諾紅了眼框。

「季元方的第二個遺願是：萬一，真的被喬瑄給找到，希望用他的眼淚吻一吻她的臉。」

季凡諾哽咽地說完，一句也讓自己感到萬分刺心的話，喬瑄在模模糊糊的視線中，對面那個曾經習慣走在一起的高度、以及幾近相同的臉孔，濮著淚水，瞬間季元方的影像猶若與他重疊，下一秒只聽見他說著：

「原諒他吧！你剛剛口中所說的……他的懦弱。」

然後他握緊她的手，徐徐地將她拉進自己的胸懷，撫著她的髮羽，環摟她的腰間，複製給她過往的那種感覺，那份熟悉的溫柔。不知道穿透了幾層殘念，在她的耳邊彷彿聽見悉數，最清澈與最沉痛的一句話，「原諒我吧！」

喬瑄將他抱得好緊好緊好緊，像揪著自己已經碎裂到成了粉塵再也無法拼湊拾起的心，就算雙手已經劃上滿滿血痕，她仍然捨不得放開、捨不得讓他走。

「不甘、不甘」，台語有一句詞叫做「不甘！」是捨不得的意思。如果連續唸了兩次以上，則代表著非常捨不得，是一種強調的語氣。

她不知道到底要讓自己多痛，才可以不讓他自私地離開。

但再多的不甘，也是不願，上天仍然在逼迫著她接受，並且變成甘願。

所以，淚如雨下。

她寧願，今生從來沒有遇見過他。

「怎麼像個笨蛋啊……？」

「小姐，做我們這一行的有點怕是非，些許的裝扮只是為了以防萬一。還有，背著吉他上廁所我也是萬不得已啊！」

「可以不要在晚上戴墨鏡嗎？否則你下一次撞到的可能不會只是一根柱子了……」

「沒辦法，因為妳太美了！」

「神經病。」

「讓我唱首歌表達我的謝意。」

「再～～～見～～～～」

「我相信，我們會再見面的～～～～～～～～」

她把那瓶眼淚，灑在自己的臉上。完成了他的遺願。

她感受到一汩溫熱，正在融化那四年來無情訣別所累積下來的冰冷，並且與自己的淚水合流，掉落在季凡諾的大衣上，被滲入吸取，然後無償地承受她的顫抖。

永別。

我那——美麗的眷戀。

尹碩傑接到了楊佩怡打來的電話，聽筒的那一頭傳來她正在哭泣的聲音，她不成語地斷裂太多字，讓尹碩傑壓根都聽不懂她在表達什麼。最後終於有個概況，她在醫院，他的父親楊茂生上午突然的心肌梗塞在浴室裡昏倒，搶救無效之後，已經駕鶴西歸。

「我馬上到。」

中午時分，剛開完會議的尹碩傑顧完倦容，撈著西裝外套就要往下樓去，電梯門一開，裡面異於平常的擁塞，今天竟然空礦冷清，唯獨一個人的身形，靜落的影子，像是一蠹正在等待報復的刀，冷冷地刺在他的胸口上。

那是鞏智恩，一雙眼底透著哀怨，她的表情近似冷漠地不發一語。那是他曾經的「甜！」如今卻接近陌生，尹碩傑面對那一身潔白整齊的優雅，想起過去可以自由地攫取她任何時刻的典美柔渙，心中自有一股說不出來的無奈。

「要出門？」還是翟智恩先開口了。電梯安份地從第十六樓往下墜著。

「嗯。」尹碩傑似乎想說些什麼，欲言又止。

「地下室一樓？」她就在電梯按鍵旁，以一般禮貌性地問著。

「你不吃飯去哪？」

「這，已經與您無關了。」

「也對。」尹碩傑吐了一口氣，像是突然間想到地說：「那個鄉下老師是個不錯的人！」

「你不會比我了解他的！」

叮的一聲，電梯垂降神速，直接劃斷了兩人的思語。尹碩傑跨出了電梯，驀然回首地用曾經熟悉的溫柔抵住了這個女人的眉心，他認真看著這位昔日的愛人，翟智恩來不及防備，雙眼就像被吸住般無力逃脫，她眨不了眼地在電梯門未關之前，聽他語重心長地說出一句話。

「原諒我的猜忌，雖然我努力事業，也曾經想過郵差送信、託人護花最後的結果就是拱手讓人，但是我曾經執著對妳的愛，在當下是多麼地真實！然而……」

「不必然而，說斷就斷，在那個當下對我來說也是多麼地真實啊！」

電梯門板悄然合起，再度隔絕兩人，尹碩傑只在門板後輕嘆一聲，翟智恩像在送行一般，電梯再由地下室一樓升至地面上，她走出大廳，對著外頭迷濛的細雨，沒有帶傘的她，細緻的雙腳就立在門口。

她彈掉輕輕滑下的一道淚珠，也同時在輕輕地遙想著，往年的冬天有來得那麼早嗎？有吧！她愛情的冬天一向都是如此，都是在她酣甜熟熱的時候突然斷掉，來不及存檔也找不到原因，許多次她都歸咎於自己的問題，別人似乎都沒有錯，所以每當回到梨山找季凡諾紓發心事，所談的一定不會有怪罪對方的話，她只是一直在細細地檢討自己，一定是有哪個地方做得不好，所以才讓對方討厭自己、離開自己、欺騙自己、背叛自己。

但可以肯定自己的是，每一次的愛情，她至少是無怨與無悔地付出，感情上的理性，讓她的療傷期都出乎意料地比一般人都短。這是她唯一慶幸的事，因為有一位好朋友在幫她分憂解勞。所以每次看到季凡諾的笑容時，像是在洗滌每一次的罪惡，洗淨之後，淌出水面的那一霎，就是全新的潔白無塵，而洗淨之後的污濁，則留給了季凡諾。

「那個鄉下老師是個不錯的人！」

不經意地又想起了剛才的那句話。也勾著諷刺地想到兩週前，尹碩傑還在季凡諾的面前大剌剌地親吻著她，宣示他的愛情堡壘，而如今呢？當時享受甜蜜的尷尬，現在想起來還真是好笑，這笑是種苦澀，她苦澀著尹碩傑當時的自信滿滿現在只剩下什麼？而自己當時的尷尬原來就是隱隱透露著自己不是那麼愛著尹碩傑，是嗎？

她忽然間反問自己，也同時在挑戰著從來都不敢去面對的問題，那時候的季凡諾，是什麼樣的心情？眼下豎起了幾根汗毛，讓她覺得自己無比的自私。

她突然好想打電話給他，接著更諷刺地，她竟然沒有他的手機號碼！因為她曾經無情地設下限制，這樣她才可以專心全意地去愛別人，享受著那種她夢寐以求的都會浪漫愛情。

沒錯，這條規則是她一以武斷地設定的，即使曾經宜蘭之行留過，但她仍然遵循規則地遺棄掉。

而，季凡諾也始終如一地恪守著。

十年就這樣一晃眼過去。

他就這樣守著她。

十年。

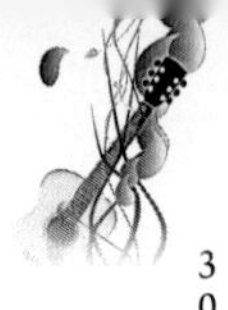

「嘿！在想什麼？」

一個輕拍，像在旋轉中的陀螺被突來其外的撞擊偏離了軸心，瞬間隨即歪斜傾倒不再轉動，她的瞳孔露出淡淡的驚虹，突然覺得那種溫和的聲音，不用回到梨山那種偏遠的小村就能聽到。

「你，會彈吉他嗎？」

「什麼？」她瞧了一眼王凱斯身上的皮外套，已經沾滿了雨水，不管王凱斯一臉的呆愣，她的手掌在他的肩上無意識地來回拍動著。

「你會彈嗎？」

「拜託，我又不是那個季老師，樣樣都會……」他雪白的牙齒，在她鼻尖上閃耀。

「那你會什麼？」鞏智恩感受手心上的濕涼，雙眼似是無神地看著王凱斯，等待一個標準答案。

「別犯了我的禁忌，把我當成他，我可是會生氣的喔！」

鞏智恩不再說話，然後用手指著前方的那家簡餐，示意王凱斯撐起傘準備起步，離開這開始稍有人跡來回穿梭的公司大門。

王凱斯在她的背後揚起一把大傘，深綠的傘花蔓在鞏智恩的髮上，鞏智恩踮起鞋根，深怕被水窪給濺透。她沉默許久，直到在那店裡與王凱斯共進午餐，最後她忍不住開口問著，宜蘭那一夜他與季凡諾到底都聊了些什麼。

「那個老師啊，是個不錯的男人啊！」王凱斯這樣下了結論。

一個了無新意的結論。

呵呵，你不會比我了解他的！

鞏智恩像是在笑著，這話又在心裡頭吶喊了一遍。

接連過了幾個寒流週期，終於即將快到了歲末。今年的農曆年節特別地晚，二月下旬才見到那滿滿的紅字，令許多上班族喝采的連續假期即將到來。同樣在這間辦公室裡，一樣的人群聚集著，他們正在討論普天同慶的春節連假，到底可以如何充實地度過。

「我提議來個環島，怎樣？」張皓強依舊是一馬當先。

「我有親戚要從國外回來，還有老友同學會、還要拜年走春什麼的，這次不奉陪。」黃亦泰看是興趣缺缺，最近被接連幾份客訴報告給搞得疲於奔命，他不再橫笑幽場起來。

「我也有計畫要跟家人去日本玩耶，機票早就訂好了，自由行……」利美小聲地說，深怕刺傷張皓強的心似的。

「那……大姐，妳和特助可以嗎？」張皓強不死心地找向鞏智恩。

「笨喔！他們當然要自己去玩，你是要當他們的電燈泡還是征露丸啊？」

「靠！好傷人耶，經理！好歹最近的客訴報告我也幫了你不少忙耶！」張皓強用憤恨的眼神吼著。

他的提議都沒有人要跟，心裡已是黯然神傷，還要被黃亦泰調侃，滋味看來相當難受。

然而他最在意的人他卻不敢問。那個人就在他的眼前，低著頭正在敲打著報告，依舊是直落落的髮絲掛在她的臉龐，想看她的眼神卻怎樣也看不清楚，更不用辨別她現在的情緒了。

「好啦，我就回報你一馬啦！喬小瑄，張小強的提議如何？有沒有興趣想跟啊？」黃亦泰乾脆直接了當地替張皓強問。

「什麼如何？」

「妳剛剛都沒在聽喔？」黃亦泰那顆大光頭正莫名其妙地閃著。

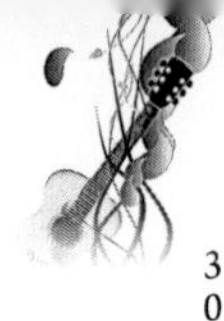

「嘿、小瑄瑄，我怎麼覺得妳自從放了半個月的假回來之後，整個人都轉性了？本來很會調侃善良敦厚的人——像我，或是張牙亮爪得嘲弄可笑的人——像張小強，怎麼去一趟梨山好像修行過了一樣，梨山是有少林寺唄？變得挺佛心的咧，實在是有夠超・級・誇・張！」

黃亦泰用尖亮的長尾音，秀出他對喬瑄近期回公司上班來的觀感。

「就是說啊！」

張皓強只敢背對著她說話，因為怕被她臭罵亂侮一番。但真的奇怪異常，喬瑄從梨山回來就再也沒有對他惡言相待過了。

「會嗎？」她笑了笑，「我只是要好好地專心彌補工作，上個月請了兩個禮拜，錢都不夠花，我看我的年終只剩零頭了。」

「哪有那麼誇張啊！公司福利好，員工偶爾有要事請個長假，扣不了什麼考績的啦！」黃亦泰雙腳就直接跨在桌上，一臉舒坦。

「小瑄的錢不夠花，我歌唱比賽拿到的獎金可以分一半給妳喔！」鞏智恩就站在旁邊輕拍著她的手臂，一種試探她情緒的笑。

「說到尾牙的歌唱比賽，智恩真的是夠跌破眾人眼鏡的，竟然拿了冠軍，我還特別練唱了幾個禮拜耶！」黃亦泰一副自嘆不如的表情。

「經理你那個破嗓就別提了，聽說分數是倒數的，我還私底下確認過那幾個評審為了不要給您太難堪，還在台下苦惱了很久要怎麼打你的分數咧……哇哈哈哈……」

「聽你在屁！死小強！看我怎麼用我的無敵夾腳拖打死你！」黃亦泰羞赧起臉地暴怒，隨之一陣鬧喊追著張皓強跑了出去，辦公室突然之間就只剩喬瑄她們。

於是，鍵盤砌恰砌恰的敲打聲看顧著三個人始終的沉默，自從喬瑄回到工作崗位上，幾乎經常如此，那個過去閒話家常的氛圍消失了，那場姐妹淘談心話情的畫面找不到了，究竟是因為什麼，她們之間一時半刻也找不到原因。

「嗯？……利美，妳還在這？」鞏智恩從沉靜的思維中驚醒，休息的時間應該早就過了，當她回到自己的座位時才發現利美，那嬌小的身軀就隱在喬瑄身後。

這個畫面宛然似曾相識。

「智恩姐，我只是……」她總是欲言又止。

「怎麼了？」

她依舊如常的溫吞大概過了十餘秒後終於道出，「我只是想問妳，妳已經不愛尹副總了嗎？」

喬瑄的指尖聞言嘎然停止，搭配著鞏智恩抽空的瞳沫，一股想問問題的勇氣伴隨而來，利美這回不再聲聲慢了，她繼續說著，「妳，為什麼就這樣輕易地放棄？我不懂耶……妳什麼時候停止愛他了？而他為何就這樣輕易地去愛別人了？到底是怎麼回事？」

「我……」沒想到利美的問題如此直接，像天上掉下來的一把刀，狠狠地插入鞏智恩的心盤，除了刺痛的感覺以外，她一下子不知道要如何回答。

「就不要管別人說什麼，堅持愛下去不就好了，不是嗎？」

「妳說得一點都沒錯，但是他幾乎不聽我解釋。」她看著利美，無神地搖了幾次頭。

「但是？」換利美搖著頭，她的眼神流露出一種傻勁，不僅充滿懷疑，而且還猛插一針隨即見了朱紅，這兩個字相當有震撼力地盪在這間辦公室裡。

「我所看到的，是妳沒有努力就放棄了！是因為妳有太多的選擇，所以就輕言放棄了？是不是這樣？」

鞏智恩啞口無言，一陣茫然之後，後來只聽見她說的最後一句話，「那麼，愛情對妳來說，只是無窮盡地拿一份關懷去填補妳每一次的空缺嗎？我真的好難懂妳耶！」

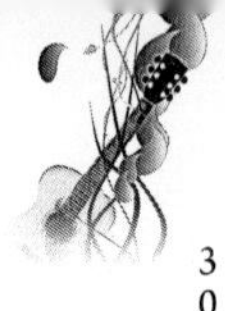

她無聲地退了幾步，閃出這間似乎對她而言是難以破解的謎室，沒了聲音。鞏智恩訝然的唇瓣沒闔上，平常安靜無聲努力做事的利美，出其不意的口氣是質疑又似責備，她是個路人，是一個一眼就可以看穿鞏智恩在愛情格局中慌亂的路人。

「她怎麼可以這樣子說我？」

鞏智恩回過頭來看著對面不動聲色的喬瑄，好氣又好笑地問著。

此時窗外被一陣又一陣的冬風打響，門板上的間格子被寒意包覆，鞏智恩縮回了那一雙想要向喬瑄兜取溫暖的手，靜靜地看著她半面沒有情緒的石刻臉，以及半面暗黑下的影子。

隨後，喬瑄只是轉過頭，漠而無答。

她回想起她從梨山回台北的途中，鞏智恩不厭其煩地再度地撥了她的手機，那些對話依舊濃烈地在她的思鍋裡滾燙，像找不到出口的蒸氣，不斷重複在鍋頂上亂撞胡竄。

「我們似乎好久沒有聊一聊心事了耶……」

「喔。」

「有聽說了嗎？那個內部的公板電子佈告嗎？」鞏智恩把那一天的事情說了一遍。

「為什麼呢？你們為什麼會搞成這樣？」

「可能是因為他不信任我吧，哈。」鞏智恩微微一笑，聲音幾乎與臉上的曲線不成正相關。

「妳在笑？」聽見耳裡，喬瑄突生一股很莫名的氣，「妳還笑得出來？」

「照道理講，我應該很想哭吧！真的，我是說真的，好像我無聊跑去遊樂園坐個雲霄飛車，然後任由裡頭數個大翻轉，我被載得暈頭轉向，一下子該哭的我好像哭不出來了，不該笑的也都在笑了。」

火車慢慢，這一句停在她的耳邊，一個字一個字，慢慢地被送進半規管，她試著想抓出最重要的字眼來取得平衡。

「是妳自己跑去遊樂園的。」

「是啊，我知道，不過就是咎由自取是吧？」

「所以，你現在到底是愛著Case還是尹碩傑？或是季……」

話就斷在這裡，喬瑄也驚訝著自己藏在舌尖上的冒然。

「能不能不要這樣逼我？」鞏智恩在那一頭，聽得出來有幾分的不舒服。

「我沒別的意思。」

「不，我懂妳的意思！」她深一口吸，然後爆出一陣響亮的答辯，「碩傑他就這樣不要我了，我還能怎麼辦？當時我也很意外很挫折啊！相對地Case一直在我身旁，他給我的感覺就是溫暖親切，能陪我的時間也比碩傑更長更久，那一種感覺我說不上來……」

「難道尹碩傑就沒有給過妳溫暖親切嗎？」

「有！有過，但那已是曾經。」

一陣無聲，那一句「已是曾經」，是誰都無法挽回的曾經。兩個人同時皆對這四個字感到無奈，尤其喬瑄倍份知曉那種痛楚。

「我很欽佩妳失了愛還能笑得出來，我就不行。」

「當然要笑啊！幸好不到一年，還不是很痛，應該說……一點都不會痛！」

我沒聽錯吧？……

喬瑄不可置信她的「一點都不會痛」以及她那像是洩了氣的笑聲。

也許鞏智恩真的可以，喬瑄始終覺得她比她美麗可人得多了！外觀條件具有多方優勢，怎樣都不缺男性溺愛的追逐。

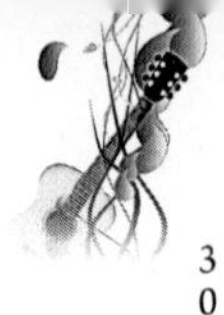

而喬瑄顯得是自卑嗎？因為父親刻板了一個男人最爛的面向，一向不敢愛的她卻意外地一頭栽了進去，之後就投鼠忌器地不敢再愛了，相反地對持續可以一直去愛別人的勇氣，她真的輸鞏智恩很多。

「不談這些了，怎麼會想去梨山？」

鞏智恩不想繼續當話題的主角，她轉回她最想問的那一塊，這本是她打電話來的主要目的。

「就想去啊，幹嘛這樣問？」

「因為妳說，妳是去尋找愛？這讓我好驚訝！」

「為什麼？」

「因為我認識的妳，不是一直以來都是個愛情絕緣體嗎？」

「是這樣沒錯。」喬瑄她沒否認，過去與光華同事相處的每一天，她幾乎都是這樣巧扮自己的，但此時從鞏智恩的口中聽來，卻有一種諷刺的味道。

「而那個愛，凡諾會給妳一個最真與最後的答案？」

沒想到，她記得這則簡訊。喬瑄些微傻愣地沒有回話。

「後來找到了嗎？」

「什麼？」

「那個愛……」鞏智恩說了這三個字，口氣顯然狼瘡，雖然表達不清，喬瑄仍然感覺得出她最在意的部份。

「有，找到了。」

不假思索地回答，讓電話裡頭停了些許分寸，微涼的氣氛在列車稍稍失去平衡之間，晃然的左傾而溢了出來，鞏智恩開口問了最澈真的一句話：

「妳，愛上他了嗎？」

喬瑄聽完，不意外也不震撼，她輕閉眼睛，將手機靠在心房，任胸口上的急遽起伏類作海洋上無邊無際的漂流。隨後她扣緊手機上的邊框，也由吊飾搖曳鈴響，同樣不再讓大腦過濾，直噴噴地訴出內心最真的想法。

「妳，終究是曾經愛過他，而且也是最愛他的，不是嗎？」

「不是……我是因為……」像是被針刺進皮下的痛，鞏智恩除了無法言語之外，還要另外防備那種被掀開內心深層祕密的驚慌。痛是有的，但要如何把針拔除，她還在思索著要花費多少工夫才能做到？

「那妳為什麼要說謊？」她的酒渦因為眉頭蹙緊而讓離形更深，彷彿可以裝進一池幽水，她隱著無奈，怎麼這通電話裡鞏智恩的每一個口氣都讓她覺得氣憤難挨呢？

「那妳為什麼要說謊騙了自己，也同時騙了他？騙了我？甚至騙了在妳周遭的所有男人？」真的氣憤難挨，喬瑄加強了語氣再問一次。

「妳是因為我問了——妳愛上他了嗎？——這句話才生氣的嗎？」

「不是，」喬瑄搖著頭，看著火車奔馳的窗外，她的口氣放緩，「我只是不喜歡……妳對愛情可以如此地灑脫！」

愛情怎麼可以如此地灑脫？說愛就愛了，說不愛就不愛了？

妳真真做得到？為何做得到？而我，為什麼不能？

「我不知道該怎麼解釋，也許我天生就是這副德性、就只有這條思路而已。」鞏智恩似乎在清著喉嚨，她語帶沙啞地繼續說著，「凡諾確實對我很重要，所以我……」

「既然這樣，那麼能不能對自己誠實一點，把季凡諾帶回妳的身邊呢？」

「妳不愛他嗎？」

「……」喬瑄突鈍地，像被塞進多餘的螺絲，引擎不能正常運轉，對方不但不回答她的問題，反而又再

一次追問著她相同的問題。

「妳不愛他嗎？」像回音一樣，仍在她腦谷裡迴盪。

她思索了很久，還是想下這個答案。「不愛，因為面對著他，就好像是面對著過去那個負我而去的男人一樣，好不痛苦！所以我若有愛，這對於他來說並不公平。」

「所以妳，真的不愛？……」鞏智恩問了第四次，但她的口氣似乎由緊而鬆了。

真的不愛嗎？此時此刻，這個問題的答案似乎還非常地遙遠，比不上鞏智恩現在意有所指的逼迫要來得令人激動。喬瑄很小聲地輕嘆，不管自己可能為了即將說出的這句話而可能破壞彼此間的感情，她鼓起勇氣，無論如何的意識下還是說了出來。

「妳，一定是不甘於愛情只沉浸溶解在同一種味道裡，對吧？」

鞏智恩不語。

「如果是，那麼，我就不可能因為妳的自私而讓季凡諾受到任何一點一滴的傷害！」

掛上電話，不管鞏智恩將會如何去承望那無止境的湖深靜脈，喬瑄抱緊自己的胸口，鼓著嘴形說著：

「我是說真的。」

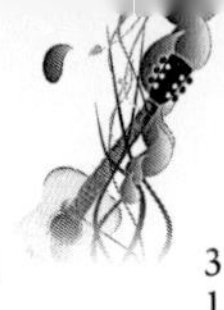

第十一章 去梨山過年

聳智恩拗不過王凱斯的堅持，在農曆除夕的前一晚，要在她下班的時候，等他來光華接她，王凱斯打算直接載她回梨山的老家過年。

就在公司大門的廣場，沒有多少空出的清閒平面，整個集團上上下下幾百人在同一刻裡往大馬路流洲，大家爭相互喊著「新年快樂」，黃亦泰與張皓強、利美等曾經與王凱斯交情不錯的人，正圍著王凱斯的車子閒聊，自然也不脫那幾句預祝的吉祥話語。

「皓強要一個人騎車去環島？」王凱斯驚奇地問。

「最近剛買了重機，想去試試。」

「沒有要載利美去啊？」王凱斯難得用調侃的訕笑，吐嘈這個年輕小伙子，在後頭的利美只是靦腆地搖著頭。

「她要出國啦……」

「是喔？」他對著她說，「小美，假設皓強只給妳一人的環島邀約，妳會捨棄出國跟他去嗎？」

「會！」利美二話不說。

「好的，我想皓強他會了解的。」

回頭只見張皓強整個身體幾乎趴在車頂上，右手在背後猛揮著手，似乎仍然對著利美隔了一道很厚的牆，他們倆一起露出沉悶的表情，完全沒有一點即將過年的欣喜。

「要放假啦，幹嘛不開心啊！等年後我請你們到我家喝茶唱歌，如何啊？」王凱斯拍拍張皓強的肩膀，隨後他依舊貼在車頂無力地笑著。

「還不是少了個她！」黃亦泰搖著頭，並且按照習慣地搭配一口長嘆，「這個癡情男，人家不喜歡你就放棄嘛，還有一個可愛的利美等著你，真是笨死了！」

「經理你少囉嗦！」張皓強馬上挺起腰桿，翻過身子換背躺在車頂仰天長嘯著，「等我環島回來，就會洗淨一切，然後上帝會給我一扇窗，重新開始的！」

這一喊周遭的人都放慢腳步地關注他的傻勁，不少女同事還為此笑了出來。

「哇靠，你瞬間紅了，剛剛那一陣鬼哭神嚎立馬有好幾位女同事被你電到了！」黃亦泰調侃般地推了他一把。

「有嗎？她們是在看特助吧？」

「嘿，我已經不是那個老傢伙的特助了好嗎？」王凱斯向大廳的深處探索著，「智恩怎麼還沒有下來？」

「不曉得，她們推廣部的剛剛好像有個會還在開，本來說要一起吃晚餐的，後來就不了了之。」張皓強癟癟嘴，繼續趴在車頂上。

「這樣啊……」王凱斯停止探索，然後頻頻地與認識他的同事點頭擦肩而過，足以顯見他在光華時期工作時所累積的優越高人氣。一個一個的臉孔接連飄過，他才剛撇清稍微僵硬的笑靨，最後落入自己眼簾的，竟是曾經情同手足而後杵藤相煎的尹碩傑。

兩人默默無語，一旁的黃亦泰與張皓強更是尷尬，場面瞬間變得肅然。他們驚訝著尹副總應該都是從地下室的車道進出公司的，怎麼會出現在一樓的廣場上？

「我從上面的窗台看下，立刻就認出是你的車。」尹碩傑悠然地開口說出第一句話。

「是喔……好眼力。」

「所以才想要下來跟你拜個早年。」

「不用客氣，大家都這麼熟了，每年都要這樣親自走下樓的話，也太累人了吧！」王凱斯淺淺地一笑。

「今年比較不一樣。」尹碩傑拉開自己的領帶，深深地調整氣息。

「為什麼？」

「因為變化真的太快嘛……」

王凱斯笑得更為悠揚，「人生不就是如此？總是人算無比天略！」

「是啊，我原本的女人變成了你的女人，而我突然發現一個我一直很討厭的女人是可以去愛的，這實在是太詭異了！直到現在我都還在懷疑是不是自己生病了？」

「你的新女人其實是那位老女人利用來裝金錢的容器，她是無辜的，但也確實是真心愛你的，所以放心，你不用去看精神科啦！」

說完，兩人都笑了。看得左右的那幾個人滿腦丈二。

「我知道你善良，上一代的過往雲煙就當作是他們在開玩笑就好了，別為我煩心，我不想要了！」王凱斯看著尹碩傑身後的那位曼雅走近的女人，「我只要她就夠了！這……其實都要感謝你的成全！」

尹碩傑微微地側過臉，寫進了她的彤影，那倩履薄薄地停止不動，他知道他還有幾秒鐘的時間。

「我爸會誠心跟你們王家和解，回來光華吧！咱們再一起努力！」

「呵……再說吧！」王凱斯打開車門，他拍拍張皓強的肩膀，然後對尹碩傑說，「這年輕人不錯，可要好好栽培！」

「這我知道。」他看著王凱斯坐上駕駛座，忍不住有一股衝動問，「要帶她回梨山過年？」

「你看穿了？」王凱斯有些許訝異。

「別驚，那是我曾經的要求。當時你也在場，不是嗎？」

「喔！」王凱斯專注地在點選導航系統的目的地，他低眼瞧著她立身於階上，不算太冷的風無禮地擾亂她的裙尾。「看來你也覺得我跟過去的你一樣，正在擔心著一件事情是嗎？」

「對……」尹碩傑靠著車門，有一息的輕嘆。

「呵，你倒是說說看？」

「山上的那個人。」尹碩傑說得很輕，意有所指的味道正拍著王凱斯的肩膀。

「哈！聽好了，我是絕對不會被『舊愛永遠最美』這句話給打退的。No confident guy！」說完他笑著，尹碩傑揮著手，淡淡地說了新年快樂，然後急煞腳步，轉身跨入鞏智恩的瞳孔之中，輕輕柔柔地對著她說，「誠實地面對妳內心真正喜歡的人吧，加油！」

隨後他走回燈火漸熄幽森垂垂的大樓裡，留下鞏智恩一臉沒有任何微笑的蒼白。不知怎地，她倏地接近倉皇的跳躍方式，無聲理會黃亦泰等人的新年快樂，恕眼漠然得坐上副駕駛座，沒等清視眾人的呆頰愣齒，只有王凱斯在倒車轉向馬路邊時，代為回敬他們一聲，「新的一年要來了，希望大家都有好采頭可以分享喔！」

她閃躲著利美那雙帶著斥厭意味的眼神，同時也在想著，尹碩傑是怎樣？也跟利美一樣想指責她嗎？什麼叫做誠實地面對？

她質疑著，感情是可以用誠實與否來判斷什麼叫做真正喜歡一個人嗎？

喔！舊的不去，新的不來，
舊愛永遠最美，不都是這樣子的嗎？
也因為得不到，所以遺憾最美。

但是，如果是自己一直刻意放棄的，
到頭來才發覺內心最真的想法時，
顯然，那是最笨的自己做了最愚蠢的決定。

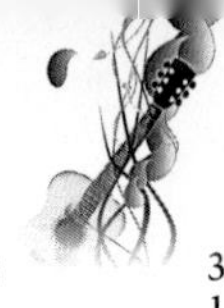

「嘿！竟然可以line？沒在上課喔？」

「敗脫，都幾點了，早就上完課放寒假了，好嗎？」

兩人在line裡，寫著。

「拜託，你是老師耶，還打錯字。」

「我故意的。」

「liar。」

才正要回覆，乍時他的手機響了，總是不按牌理出牌的喬瑄就直接打來了！傍晚時分，正在忙著張貼春聯的季父看著他那個傻愣的表情，滿臉胡疑地隨即爬下A字梯，瞪大了雙眼準備瞧個清楚。

「喂……喂……妳好，妳哪位？我不認識妳耶！喔！還沒吃晚飯喔？真可憐……」

季凡諾發現了他爸爸正盯著他看，他撇了頭，原本正在剪報試作新考題，餐廳旁的工作桌滿滿紊亂的報章文紙工具也不管了，他穿起外套作勢就要往外走，不給他老爸聽到任何的交談內容。

「小氣鬼，你就給我走遠一點，不給我聽就算了！」

不認識她，還會扯到有沒有吃飯咧！呿！想唬弄我可沒那麼容易。

季父在心裡嘟囔個不停，只見他兒子出門前對他眨眨眼笑著，然後頭也不回。

「妳說妳要丟下妳媽，一個人又要跑來梨山這裡過年？」逃到離家幾十公尺的小街道上，季凡諾把剛剛緊握的手機鬆開，螢幕表面不由得出現一襲薄霜被他溫熱的手心給凝滯成無數水珠，他總是要用手帕不斷地擦拭著。

面臨大寒與立春之間，梨山可沒有被來自北方漂來的雪凜給寬恕過，一陣又一陣的霖霧，從外頭的街燈下看過整條街，彷彿就要冰封了起來。

「妳身子太虛，來這麼冷的地方過年會不舒服的！」季凡諾用擔心的口氣，對著電話柔柔地說著。

「我不管啦！」聽起來對方好像蠻堅持的，一種恣意習慣累積而成的堅持。

「妳是要來看我堂哥的嗎？」

季凡諾的刻意一語，讓她沉默了數秒。

「我已經知道答案了，不是嗎？」

「嗯？」

「所以，我也已經不再被他囚禁。四年了，夠了！」

「說囚禁實在是……」

「你不也是。」喬瑄擤著鼻涕，「哼！我以為你懂。」

那口氣不算在生氣，但也許也可能正在嘲諷著她自己一樣，「人啊，只有面臨死期或是棋盤比賽遭逢死局，才會開始大徹大悟。」

「死期？大徹大悟？」

她在胡言亂語什麼啊？從「我以為你懂」開始，季凡諾就沒辦法一次導通自己的腦袋，這女人像是摻了禪學在裡頭，挺難懂的。

「是要搞出家唸佛了喔？」他不小心將這話溜出嘴巴。

「出你個頭啦！老娘可沒有一天二十五個小時都坐定在竹墊上唸經的天分！」

「還二十五個小時咧……要不然是怎樣？面臨死期的大徹大悟是什麼？」

「……」

「很難解釋的話，就先從『面臨死期』講起好了。」

「只是這兩個月讓自己過得不太好而已。」

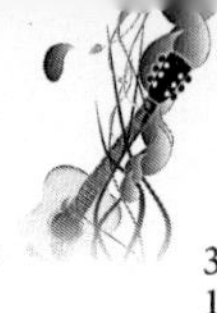

「不太好是怎樣過？」季凡諾嗅出她淡淡的哀傷。

「你想知道嗎？」

「說來聽聽。什麼叫做不太好過？是不好過還是太好過？」

「說出來會嚇死你！」

一句唬人味道的話出來之後，隱約聽到喬瑄的深呼吸，然後發出的聲音好像從很遠的地方傳了過來，一飄一渺地漫了過來，漫進季凡諾的耳裡，也漫進季凡諾的心裡。

「因為我一邊想著那個無情的人，又一邊想著你，你覺得我會好過嗎？」

「想著我？呵呵，妳別再開我玩笑了！」

季凡諾突然哈哈大笑著，那一句被貼在他心頭最嚮往的話，好像從來沒有在他的生命中聽過，但喬瑄的情緒無常，反而不能太快確定她所說的話到底是真是假，他只能用笑來回應。

「我沒在開玩笑啊！是真的！」

「好啦，別又發火了，請妳慢慢說可不可以？」

一個嗯聲之後，他們聊啊聊啊，從最近生活的點點滴滴開始，到彼此的興趣、從小的生長環境、求學過程、初入社會、喜歡過的人與被喜歡的經驗，以及繞回最近的故事。他們都發現了對方與自己的共同點，那就是從懵懂的青春開始到現在，他們都只有真真正正地愛過一個人而已。

「原來我們都是笨蛋啊！」

「我可沒有說我是笨蛋喔！」喬瑄搶著澄清自己。

「好啦，笨蛋由我來當，妳就當傻瓜吧！」

「你真幼稚。」

「彼此彼此，妳我的愛情IQ都不高。」季凡諾苦笑著。

「那麼，到底給不給？」

「什麼？」

季凡諾聽不懂那話裡的意思。要給她什麼啊？

而後喬瑄似乎是盹了，在話筒裡沒再出現一點聲音，季凡諾等了多時，猶是透過手掌上的熱氣讓螢幕的畫面白茫了一片，他才恍然發現電話已經掛斷。

季凡諾再度覺得莫名，才正要回撥之時，突然聽見了line裡傳來貼圖的聲音，那是一張她與季元方的合照，反射著螢幕上的藍光映入角膜，裡頭的恩愛甜蜜，季凡諾完完全全能夠感受得到在當時他們愛得深刻。

接著底下出現了一段文字：

「這是我最後一張跟他相見的照片。直到上來梨山之後才發現，原來與季元方交往的那近兩年的時間，只是一場夢而已。」

「妳覺得是做了一場夢？」

「對，覺得非常地不真實，我曾經恨那不真實不真誠的過去，我的青春，因為『季元方』這三個字而虛耗了整整六年。」

季凡諾看著那帶著略有不滿的幾句話，心裡確有想要為她擊鼓申冤的衝動，六年也算是個不短的時間，她在甜蜜了兩年過後，從天堂掉到地獄的落差，之後又像是被囚禁了四年一般，在那憂傷裡，沒有人救她，也找不到可以救她的人。

爾後她獨自走了出來，並且重新學會開朗微笑，她真的是一位很堅強的女人。

「從第一天見到你，我就發覺你跟他很像很像很像。」

「然後呢？」

「但我，並不希望把你當成他。」她停頓了一兩分鐘，先貼了一個正在抽著煙苦苦思索的臉圖，然後傳了一句：「所以，才決定一直假裝你是一個獨特的、意外的、陌生的過路客。」

「我知道。」

「你知道?我不相信!看你一副又呆又笨的樣子。」

「別瞧不起我,我什麼都知道!」

「騙人!」

「為什麼不用講的?」

「因為我怕我會哭。」

「為什麼?」

一句為什麼,讓她又遲了很久才回話。

「我不希望因為我的懦弱,想要去填補愛的缺口的懦弱,然後就自私地把你當成他,這對你來說……是很不公平的一件事。」

「舊愛永遠最美,不都是這樣子的嗎?」

她接連寫下兩段。季凡諾反覆地看著,從交談的聲音中斷之後的這幾段文字,他看著公車站前的電子時鐘,已經接近小年夜的最後一個時辰,然後沿著已近無人行跡的寂靜街道走回家,他在還披著明亮的家門前看著那隔了十來分鐘還沒有新訊息進來的版面,於是鍵入了這一段話:

「我對她的愛也放下了,轉移了,都是妳的功勞,不是嗎?但對我而言,妳可能也只是個替代品,妳怕了嗎?就因為那一句話?可悲的——舊愛永遠最美。」

喬瑄像是無時無刻地在守候著訊息一樣,立即讀取。

「所以,我怕我會哭。」

季凡諾沒有回覆，只有闔上了門，熄了燈。

如果我這次再度被刺傷，那我是否還活得了？

喬瑄告訴自己，活不了，大不了就去找他而已，不是更好？

到底誰要解放誰？

或許誰也不曾是誰的解放者。

除夕一大早，季凡諾就睡在樓上的窗邊，迎著朝陽旭麗，今日揮灑進入房門的光比預期地鮮亮許多，令他驚訝的不是蟲鳴鳥叫喚醒著他，而是一句特別熟悉且溫柔婉約的聲音印在他的耳邊，如記憶般那樣地深刻、那樣地習慣。

是從樓下傳來，那個聲音他立耳辨出，是鞏智恩回來了。雖然不是非常意外，因為這本來就是她每年都會做的事情，只不過在時間點上也太過早、太顯唐突了些，之後隱約伴著一個既不熟稔也不算是全然陌生的男人聲音，這才解了這個唐突的原因。

不再如往年般的興奮，他徐徐地起床打理著，耳邊的聲音消失了，沉寂在只有風林霍著霜葉的靜。心微微地緊些，這麼多年的經驗已經告訴過他，如果不放下那一份執著的話，終在每一次短暫的見面之後，心只會更為蹙緊並且擰出酸澀來。

他必須學會聰明一點，執著對自己完全沒有好處。但心為何一直都還有些許微薄悸動的反應？這只能說，她對他還有吸引力，只不過隨著距離，以及幾個月前在台北的會面之後，那吸引力已經越來越小。

「凡諾，智恩回家了，你等等要去隔壁找她嗎？」季凡諾一下樓，剛買完年菜回來的媽媽就這樣告訴他。

「爸呢？」他假裝沒有很認真地在聽。

「去找校長下棋了。聽說智恩的爸爸跟趙師傅也要去參一腳咧！真是，都還沒過年，他們已經要開方城門了。」季母放下碎唸的躊躇，準備在廚房內開始張羅今晚的年夜菜與明天大年初一的祭祀物品。

「智恩……是被人載回來的吧？」

「對呀，你怎麼知道？」她頗為驚訝。

「想也知道，要不然不會那麼早到。」

季凡諾穿上外套，他把媽媽買回來的早餐用袋子給包了起來，戴起了帽子也勾了爸爸的車鑰匙，穿上休閒鞋，打開大門在映著紅影金光的新春聯前，大氣中的晨霜已經被陽光給清蒸一空，他吐了一口白簿在空中立即被翻成數道無影的字，飄散在無知的未來裡。

「要去哪？」

「我去山下，馬上回來。」

「山下？」季母的表情變得不太舒暢，「好啊！今天除夕你們父子倆都盡往外頭逍遙，留我一個人在廚房裡忙啊？」

「老媽，對不起啦！今年就讓我任性一次，以前我也都有幫妳喔！」

「少給我在那邊翻舊恩情錄，去去去……」

季凡諾上前給他美麗的媽媽一個撒嬌抱，奪取了一個勉強的微笑之後準備出門。

他非常清楚，鞏智恩一定會照往年一樣，除夕的下午就會來找他出去，這是在車途順暢的狀況下，最慢的時間也可能在年夜飯後。但是，今年他的內心就是不願再照著這個劇本，永無止境地演下去，更何況還有另外一個男人在她的身邊。

他進到車中，那一台沒有看過的高檔休旅車，就橫亙在鞏智恩家的門前，搭配著剛醒來時所聽見的那一淙男人的聲音，那一張斯文又有高貴氣息的臉孔印象，就浮現在他的眼前。

他稍有遲疑地轉動車鑰匙，在引擎發動的那一霎間，他隱約有一降無法言語的錯亂，「等等，為何是王特助載她回來？」

「王特助載她回來的？」

車子已經浩浩蕩蕩地整軍起舞準備出發，季凡諾對著鞏智恩家門的那一雙凝望，卻已陷入混沌。

「她男朋友呢？這到底是怎麼回事？」

不明白的情況，他呆滯了一會兒，車裡的暖氣已經填滿飽和了，直至他的額頭已經擠出汗珠，像夏天裡的煎熬，擋風玻璃上的白霧已經受到內熱外冷的作用而汨現水滴，他才意識到自己已身處在白茫茫的車內。

他準備用雨刷刮除，好讓視線明眼透亮，以重新開啟未來。誰知，在刮除第一刷的水紋之後，他眼尖地看到鞏智恩與王凱斯手拉著手正要走出來，雖然僅僅就只有那一瞬間而已，他們即將做什麼、會做什麼？或是……

呿！那一瞬間也就夠了！他立馬放下手煞車，油門踩滿地往前嘯走。

他真不敢相信他所看到的，鞏智恩又換了一位新的男朋友了？而那個新的男人不是別的陌生男子，竟然是那宜蘭之旅中所認識的王凱斯。那是什麼情況？為什麼鞏智恩的戀情總是如此地周轉快速，而且是毫無眷戀地就轉移，這難道就是都會區裡的速食愛情嗎？

明明答應他要幸福地生活著，沒想到她的答應竟會是如此地脆弱不堪。曾經她對他說明拒絕留在梨山的理由，她要到都市裡頭去尋求一種她的渴望，她說，在這個偏遠之地，是無法取得一種叫做美麗的眷戀的東西。

她那一種美麗的眷戀到底算什麼？

每一場戀情像是膩了不玩的遊戲，這就是她所想要的愛情嗎？

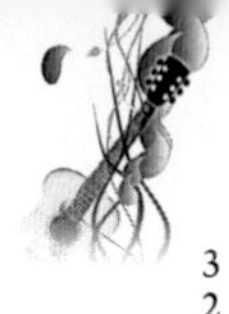

他真的不明白，從小冰清玉潔的她，怎麼會捨得自己到都市裡頭，付出青春與努力，結果換得一次又一次的傷疤和蹧蹋，她總是作幸地誤以為下一個男人會更好的箴言，到頭來只會滿臉淚水地回到梨山跟他說：她又愛錯了！

一次又一次地笨下去，她在那些男人的眼中，她算什麼？

而我又算什麼？

在鞏智恩的眼裡，在她戀情排軌當中的男人，再怎樣也都不會輪到他就對了？背了十年的信念，始終如一地信奉，如今確定這只是個可悲的笑話而已！季凡諾開始有了一種非常懊惱的假想，在這歡天喜地的除夕。

我——季凡諾在她的心中根本就不算什麼！

說得更明確一點，比在她身上的灰塵都還不如，那些灰塵，至少都還可以得到她拂袖撫抹的關注。

我不會是她的眷戀，永遠不會。

所以他下了一個結論：「我總算了解了我的平凡！」

他一弧自己的傻笑。

於是季凡諾緊握著方向盤在山麓間飆薞峰迴，不知已經迴過了多少個髮夾彎，突然他的手機響了，瞥眼看到那一組可以讓他冷靜安心的電話號碼，像是一只天外拋來的新火種，灼然地讓他的心從死灰中復燃！

因為正經急速的下山坡道而無法馬上接起，他只能暫時地讓它自行銷聲。他迅速地停在山腰的馬路邊，像急著尋求能夠讓他安下心神的天使般回撥給她。

「哈囉！吃飯了嗎？不對不對，應該是說要吃第二頓飯了嗎？哈哈，你這個飯桶，別真的跟我說你已經在吃第二餐了唷！」

「才沒……」

「喂，你先聽我說，我告訴你喔，早上出門的時候我為了要選穿什麼衣服，耗了我太多的時間，因為你說梨山冷嘛，所以我一直到半個小時前才上火車，現在才到桃園而已。但是太早打電話給你的話，又怕被你罵笨蛋之類的，你知道的，我超級討厭別人罵我笨蛋的，尤其是被姓季的罵。」

她十足地興奮，季凡諾的回電一接通之後沒等他說出任何一句的寒暄，就劈哩啪啦地講個不停。她的雀躍不已著實地傳達給了季凡諾。

「妳怎麼那麼固執啊！我有說妳可以來嗎？」季凡諾用最輕的口氣，試著打斷她的話語，讓她明白他有在聽，這樣說吧，也許還帶著即將浮盈濫出的喜悅。

「怎樣？是真的不歡迎我，還是假的不歡迎我啊？」

「不歡迎！不歡迎！我不是說過梨山很冷，妳太弱小了！」

「智恩回得去梨山，為什麼我就不行！？」那固執的聲音反倒是有點生氣了。

「妳跟她不一樣。」

「哪裡不一樣？」

「她從小就住在這邊了啊，還用問。」季凡諾逐漸放入笑容的口氣，還不小心呧出一句，「妳這個都會百合。」

「哼！住習慣不就好了？別瞧不起我。」

季凡諾聽著手機話筒的眼神漏出了半月空洞，他真的不太懂，在梨山長大的孩子就像聾智恩一樣拚命地想往外逃，而她這個台北女孩偏偏就想躲進來。

「妳笨喔！妳來這裡又不能做什麼，想種果樹的話，我三伯父那裡倒是有滿滿的一座山。」

「你認真？我是真的很願意喔！」

那開心尖叫的聲音似乎是要跳起來的樣子！「妳瘋啦？」

「我真的好愛那裡！我還想看那天從水裡跳出來的魚呢！」

季凡諾十分意外，呆晌了一會兒他才又說了一句：「妳……真的跟她很不一樣。」

「你很煩耶，到底是哪裡不一樣啊？」

「因為，妳懂得眷戀！」

話完，喬瑄沒了聲音，一度讓季凡諾誤以為山中的訊號被強大的落山風給吹斷，後來從耳旁潺潺地流進了一瀛很微弱又近似惶恐的聲音。

「那……你要成為我第二個眷戀的男人嗎？」

聽完，季凡諾再度放掉手煞車，他關掉臨停的警示燈改打為左轉燈，他柔柔地說著，「在豐原火車站等我，今晚的除夕夜不要上山了，我們去逢甲夜市走走吧！」

他突然想起了趙師傅曾經跟他說過的一句話：

「幸福要自己找，不是等它來。」

話說不回來吃年夜飯，季凡諾免不了被他媽媽給臭罵一頓，這是很理所當然的情況，就算是天下的遊子浪客在外飄蕩了一整年，到了過年這段熱鬧又帶著人情四溢的感動時節，仍然會想到家的溫暖而回到老家走走看看。但季母卻不懂自己的獨子為何在第三十個年頭硬起了頸子，直說破例個一年沒在家吃年夜飯又不會怎樣，他一整年當中天天都有陪著他們老人家吃晚飯，扣除去年到台北的那七天以外，了不起再扣掉這個農曆舊年的最後一天。

「我媽真的火了，難得被她唸那麼久。」

「誰叫你瘋了！直接帶我上山就好啦……幹嘛來這裡呀？」

「怎麼？不喜歡？」

「喜歡。只是……我不希望你被你媽罵。」季凡諾看著她一身的紅色連身毛線洋裝，搭著白色小披肩，上頭米色的毛帽掩不滿她的秀髮，只覺得一幌雲亮的黑絲快要甩脫毛帽掉出來似的。整體的感覺，她即使穿起厚重的冬衣，露出各半截的大腿與小腿，在紅色馬靴的修飾下，依然纖瘦苗勻。

「幹嘛盯著人家看啊！」

「喬小姐，妳真的太瘦弱了，該補一補。」季凡諾指著前面一攤非常有名的當歸鴨麵線，「走，我帶妳去我在彰師大讀書時最常去的那一間！」

「我一向堅強，所以不用……」

「少囉嗦，一向堅強個屁啦！真是個愛逞強的女人！」

「嘿！你……」

喬瑄敖不過季凡諾的熱血奔騰，隨著他在人潮中邁開大步，在這除夕的晚上，附近有多少人走過、有多少間炫麗閃爍的店面她都沒有入在眼裡，只覺得胸口悸動，以及手裡被他緊緊握住的溫熱。

店裡已有幾桌近似帶著全家大小的客人，就此入店當做圍爐繞著。老闆與他們猶是很熟地還一起飲酒互道恭喜。

明明就還沒大年初一呀。喬瑄感到新奇。

「胃還會莫名其妙地痛嗎？」

「不會……」

「你們的工作好像非常忙碌，分分秒秒都很緊湊，怪不得胃會遭殃。」

「呵……為了賺錢，不習慣也難。」

「不能習慣！」季凡諾鮮少有這種嚴肅的口氣，他用非常認真的口吻述著，「趁年輕要好好照顧自己，否則怎麼迎接將來安逸的退休生活？」

「你跟你堂哥同星座對吧？」喬瑄瞇著眼一臉不敢置信，「愛唸簡直一流。」

換季凡諾露出不可相信的表情，「我愛唸？這是我第一次這樣對妳吧？我沒看著妳，妳會好好地自己過生活嗎？」

「不會。」

「不會？妳這女人，剛才說自己一向獨立堅強都是騙人的嗎？」季凡諾忍不住用自己修長的手指，捏著喬瑄兩股紅通通的臉頰，她像是不會反抗的娃娃任他揉搓。

不同自己以往橫霸的個性，她用平和溫良的情緒試著珍惜與享受這份溫柔。

他們叫了兩碗當歸鴨麵線，在一處靠進洗手間旁的位置，面對面的兩張小矮凳上坐著，季凡諾的矮凳旁恰巧也擺了好幾箱的啤酒。

季凡諾注意到了，「老闆看來除夕夜是要跟親朋好友夜戰拼酒了是吧？」

他笑著，多年來已經沒有什麼機會再來探訪，這家店依舊是生意興隆，即使老闆早已對他沒有什麼印象了。

「沒帶吉他？」

「沒帶啊……」

「那請問，你會背著吉他上廁所嗎？」喬瑄眼神一落，輕輕地問。

「會呀！現在的世風，不看著自己的東西，風險太大了。」

「呵……」她笑著。

「笑什麼？」季凡諾看著她的笑靨一臉莫名。

「還好意思說，上次還忘記它放在天母，就想急忙回梨山了！你這個老師其實腦筋還蠻大條的！」

「呿，那麼久的事，記那麼清楚幹嘛？況且……」

「況且什麼？」

「我知道喔，妳剛剛在聯結什麼……」

喬瑄的臉微微地縮著，那勉強的笑就要收起來之時，她的手被季凡諾給緊緊地圍上，他們似乎用眼神在訴說著什麼，兩造無聲，只有周遭那幾桌的談天說地，以及附近不斷傳來過年節氣必播的傳統歌曲，正在歡喜地唱著。

餐後閒著步伐，來到了夜市外的逢甲大學校園內，意外地發現裡頭的大草坪上，在除夕夜竟然還有活動，真是十足地叫喬瑄亮開眼界！

「中南部的除夕夜很high喔！吃完團圓飯沒有待在家裡看電視的節目，還會出來逛逛夜市，甚至觀賞音樂活動？」她瞧著那一團人群聚集的地方，有幾個小孩子玩著仙女棒，各個亮點的後方是數個吉他樂團的輪翻演唱，是街頭藝人特地聯合舉辦的「行早春之歌」活動。

「行早春之歌？……什麼啊？真有趣。」他們走在由看板引進活動入口的人行道上，附近陸續有飯後的一家人循著同個方向，往那個小平面的舞台匯流。

「這一條人行道是正常的名字。」季凡諾牽著喬瑄的手輕聲地說著。

「什麼正常不正常？」

「這個校園裡頭有著名的『分手步道』跟『二一步道』，在這裡讀書的學生我想都充滿了忐忑不安吧……呵呵。」季凡諾說完，遙指著那兩條不懷好意的道名。

「呿，像是詛咒嗎？」喬瑄學了季凡諾的口氣失笑著。

「要去走走看嗎？遠遠的最外圍還有一條，就叫做『空等步道』。」

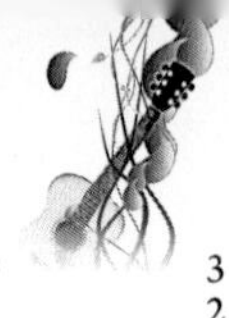

「啥？難道你想要被下詛看看？」

季凡諾笑著搖頭，「當然不，因為妳我都已『經歷』過了。」

是啊……喬瑄心有戚戚地笑著點頭。

他握緊她的手走向前去，就坐在那個燈火通明的小舞台前，草坪上許多人老早就在這裡欣賞足以讓自己對味的情歌，陶醉在這樣美好的氣氛與旋律之中。寒流剛過，天氣沒有想像中的冷，他們十指緊扣著對方，就在這個人潮的缺口中窩著。

喬瑄專注著這一個終端舞台上每一組不同的演唱者，似乎在尋著亮眼舞台上的某種味道。然而她是失望的，畢竟除了他以外，再也無法重製那種存放在回憶裡頭的歌聲，在聆聽數曲之後，更顯得索然無味。她看了一眼季凡諾的表情，只覺得他真的非常心神領會地在欣賞著也就不去打擾他。

大概有五組的歌手輪唱一遍之後，季凡諾終於說話了。

「我堂哥……他就像這樣嗎？」

喬瑄的表情有些許的錯愕，矛盾的她經季凡諾那樣一問，反而不願再被刻意地從記憶中抽取，尤其是失去的部分那一塊。雖然，剛才明明她已經先自行抽取過片段了。

「為何提起他？」

「沒有什麼理由，只是，我完全沒有在這種公開的場合唱過歌，所以很難想像在台上的那種享受激昂或是情緒亢奮什麼之類的。」

「我又不是當事者，你問我也沒辦法回答你啊！」

「我想說的是，過去的就讓它過去，饒了僅剩的自己，學會真正的堅強！更何況現在還有我！」季凡諾將她摟緊，那細小的身軀像被風吹空的枝椏，整個被柔化在他的胳臂裡。

「我沒有辦法像他一樣，只是……能夠的話，可以想像著他到最接近的程度……」

只是聽完，喬瑄卻刻意地將他往外推，出乎意料之外地甩了怒眼瞪著，「不必像他！你如果像他，拋棄了我離開人世，那我還能承受得了第二次的別離嗎？」

定著她的怒蓬，季凡諾先是呆滯了幾秒，然後微起龐善地說：

「我知道，雖然我像是個意外，闖進了妳的世界，但我絕對不會那麼隨意、那樣自私地離開妳！這個最平凡的承諾，相信我一定做得到！」

喬瑄靜靜地流下淚，風把它們吹得好冰好冷，像凍傷了她的嘴唇般令她無語。

「妳怎麼這麼愛哭啊。」

季凡諾輕輕拭去她臉上的濕涼，「因為妳的心房忘了上鎖，希望妳原諒我的闖空門，偷走妳的心！」

「不是我忘了上鎖，而是上天註定你有我的鑰匙，沒辦法囉，我原諒妳。」

喬瑄將季凡諾抱緊，用自己的額頭，輕碰著比她還高出一個頭距的他，然後閉著眼欣賞著下一首歌曲。

此時台上一位戴著鴨舌帽，綁著馬尾的女生，像是其中一團的團員也像是主持人的樣子，她手拿麥克風出奇地要招攬台下的觀眾有沒有自願想上來高歌演唱的，沒想到季凡諾一聽，立即舉起手自告奮勇地站起身來，他俯視著喬瑄，掘著她的驚訝，然後用溫柔的微笑說：「我送妳一首歌！」

他走上舞台，跟那幾位街頭藝人當中借了一把看起來最順眼的吉他，他將它掛在胸前，非常自然地把玩個幾聲，燈火映照著那把光亮的吉他，直接映入喬瑄的眼底，那一把跟季元方生前最愛的那把吉他，簡直一模一樣。

透過麥克風，季凡諾被主持人要求小小地介紹自己，緊接著要他說幾句新年好詞，季凡諾順口照辦。

「瞧他剛剛彈的樣子看起來是個高手喔！來！請問您要表演什麼歌曲呢？」

季凡諾微笑回應，直直地將眼光往臺下尋著，在喬瑄坐的那個位置上停住。

「來到這邊，除了回憶，也是開始，藉由這個機會，要請一個剛走出苦痛的女孩聽，讓我叫她醒來，做為惡夢的結束。最近剛剛練的，請多指教。」他從口袋裡竟然可以掏出歌譜，一陣和弦彈出，隨即掌聲響起。

「想當初，你愛著我，那有多溫柔，
現在，你隨風而走，不曾回來過。
多年前我愛著你，不是誰的錯，
是命運帶你來過，卻又將你帶走。
再愛的、再疼的，終究會離開。
再恨的、再傷的，終究會遺忘。
不捨得、捨不得，沒有什麼非誰不可，
就讓自己慢慢成長。慢慢放下。

這些年時間的手，無心地作弄，
牽著你不停的走，不曾回來過。
過去的就讓他過，我並不脆弱。
只記得當時的我，深刻地愛過。
我難過、我懦弱，學不會灑脫，
越想念、越失落，悲傷裡走過，
很久很久以後，終於找到心的出口，
現在的我勇敢放手，讓你自由。

想當初你愛著我，那有多溫柔，
現在你隨風而走，不曾回來過。
不曾回來過。」

〈不曾回來過〉詞、曲：陳鈺羲／原唱：李千娜

掌聲如雷，喬瑄在那一群立起身的掌聲中通紅了眼，在那晶瑩剔透的瞳影內毅然是季元方的化身，在那白亮的燈光照耀在季凡諾的身上時，那張臉容被點綴修飾，彷彿跟從前一樣，他就站在滿座的歌迷面前。

五彩繽紛的光線、嘹亮的弦與聲，優美極致地刻劃遺憾，是一首相當淋漓寫盡如她故事的歌曲，弦之末，尾音漸停，那道白色光芒的餘暈才逐漸脫離，落出原是季凡諾的臉龐。

他被一陣不停的驚呼給包圍著，台上台下喊著安可，但他只是不斷地鞠躬惠謝。當他下來走回喬瑄身邊之時，他的眼淚才讓她明瞭。

「你是怎麼找到如此貼切的歌啊？」喬瑄濮滿淚水地接過他的手。

「看電視的……」

「這歌不是只有送給我的吧？」

「被妳發現啦？」

喬瑄確認出他眼裡的傷悲，沒再說下去。同時也正要結束這場觀賞之行，他們牽著手轉身將要遠離熱鬧的音樂會現場，略過許多年輕少女對他的喊叫，「好好聽，可不可以再唱一遍！」「再來一首好不好？」還有依稀聽到一個女孩喊著：「好像季元方喔！」

喬瑄聽完一震，將手掐得更緊，季凡諾不語不回，微笑地從容地牽著喬瑄離開。

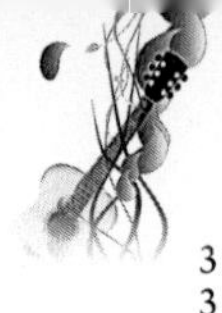

「話說回來，我想問你一件事，你怎麼會突然對我……」

喬瑄欲言又止，其實從早上結束手機對話之後，這個問題就一直想問出口。

季凡諾仰著天空，不回。

「你好像還沒直接叫過我的名字，對吧？」

「你牽過我、背過我、抱過我，跟我肩並肩坐著，看我哭過，也一起蓋著同一條棉被度過黑夜……」

喬瑄不停地說著，像敲打著鐘鼎，在山林裡，等待回音。

但季凡諾卻始終噤聲，他將喬瑄的手交扣得更緊了。過了一會兒，像是思索完畢之後的闡發：

「我也是剛好遇見妳而已，不管是不是上天刻意的安排，我想就照著這天意，試著愛妳。」

「我就知道，台北橋下的萍水相逢怎麼可能是你愛上我的主因？我想是我的主動追求、死硬著臉皮來賴著你，所以你才會受不了勉強接受的吧？」

「不勉強，因為我也是被某人給放出，自由了、沒有羈絆了，所以現在當然也想要從心所欲。」

「那，我是你的欲望嗎？」

喬瑄的眼睛笑起來真像個下弦月亮，搭配著好像會跳舞的那兩個酒渦，那甜美的臉龐像個天使，當她收起眼翼，原本已經又圓又大的黑瞳，現在更亮了起來。

「愛一個人，很困難嗎？」他反問。

「這條人行道叫什麼名字？除了那三條爆爛名稱的步道以外，你剛剛說這條有最正常的名字吧？」喬瑄假裝沒聽到，低頭指著正在跨越中凹凸不平的石階。

季凡諾稍作一愣地看著她，然後說了一句很輕的聲音：

「人行道。」

「什麼？」

在背後仍然一陣吉他與鼓共鳴的音樂夾響，喬瑄沒能聽得清楚。

「就叫做『人行道』啊……。剛剛轉進來的時候，那個入口處不是有寫嗎？笨蛋。」

喬瑄瞪大了眼睛，只見季凡諾早已鬆開她的手，飛快地跑到前方數十公尺遠的入口處，「嘿嘿！」遠遠地，他又喊了一次「笨蛋！」

喬瑄往那個充滿笑臉的男人追去，誰知季凡諾就在原地等著她，張開雙手迎接她的投懷送抱。

「喬瑄，我真的很喜歡妳。」

他將她抱得很緊，他的臉頰與她的頸間簇成互相交流的溫熱。

「我也是！」

一叢恰當的氣氛中，他們就在入口處擁吻著。

不管風吹來有著陣陣漸濃的冷意，沿著外套頭帽上的絨毛虛陳擺動，喬瑄的臉上仍然塗滿了笑容，不知怎地，那耳垂下像對波浪的鬋子隨風搖曳個不停。她臥入季凡諾的懷裡，那種溫暖與那份懷念的感覺，足以撫平過去所有的痛，然後期待新的天光啟程，愛的茲芽即將擺脫一切黑暗的囹圄，可以重新生長、矗立在她的心田。

就在以為愛不會降臨之時，讓回憶起來吧。哪怕冬天被深埋雪下，在春日的愛情下，種子終會開出鮮花。

From　日本動畫大師高畑勳〈愛は花、君はその種子〉

第十二章 解白

鞏智恩在年夜飯後，帶著王凱斯前來季凡諾的家中拜年，依舊如同往年般，大概從小時候就已經開始了吧，季母都會包給她一個紅包。這是從有印象以來，像是一種認定的感覺，季凡諾的母親是這樣想的，鞏智恩也曾經等同於滿足地等待著。然而不知道哪一天她已經沒辦法等待，不願自己繼續收下無親無故季母的紅包，就算她老早就逃出了梨山，她老人家還是會趁唯一年節的機會，強要包個喜給鞏智恩。

似乎勉強了好多年，她變得不再推卸，像是回到最初的那一副理所當然的收著，因為那代表著禮貌與敬重。收下紅包之後，像往昔那樣她會給季母一個擁抱。今年仍然如此，儘管她詫異著季凡諾沒有出現在除夕夜的家裡。

「說到這孩子，也不知道怎麼搞的，早上就開了車出去，沒有幫忙張羅祭祖拜神就算了，還不給我回來吃團圓飯，簡直要氣死我了！」

「呿呿呿！大過年的，別說死這個字好嗎？」季父飯後蒸了一壺杉林溪好茶，騰著白龍向上攀昇的水氣，就冒在鞏智恩與王凱斯的面前。

「智恩啊，妳也常常回來看看妳爸媽吧！他們就只有妳這個孩子，想想妳不在家，他們無聊一整年啊！」

「不是有您們在陪著他們嗎？」鞏智恩面帶滋美的笑容，看在老人家眼裡，久久看一次長大後的她，仍然會不自覺地比較起那個從小哭得時候很醜，又喜歡把糖果黏在她自己臉上的小女生了。

季父與季母覺得歲月如梭，孩子長大之後就像她這樣出了梨山，留下了守著古舊門板盼望兒女歸來的老人家，這個山中小城的命運越來越走得孤寂。

「伯父，我跟我親愛的老爸老媽談過，等我奮鬥有成，是想接他們到城市裡頭去住啦……那裡比較方便，資源又多……」

「真的？」季父一臉失神，每天相處聊話泡茶的好鄰居，對於這個計畫倒是隻字未提，此時聽完他與季母面面相覷。

不顧二老的臉色迥異，她忍不住問：「凡諾是去找誰？」

一旁的王凱斯默默地望過鞏智恩那張非常在意的臉。

「這小子沒說，反正晚上會很晚回來，要不然就是會在外面過夜，待會兒我再打電話問他。」

「喔……」

「要不要我幫妳問？」王凱斯滑動手機，準備翻找聯絡簿裡的名單，鞏智恩卻急著喊停。

「不用、不用了！」

「我也是要向老朋友拜年啊！都來到他家了，怎麼可以失禮呢！」只見王凱斯執意要撥打，季母把剩菜都收進冰箱裡頭後很快地在鞏智恩的身旁坐了下來。

「這位是妳男朋友嗎？」季母發出唐突地一問，王凱斯取消了撥號鍵，他無聲地看著鞏智恩。

「不是啦！」

沒想到鞏智恩竟然硬生生地否認，王凱斯此時握著手機的肘忽然沒力地滑落在腿邊，眼神立刻透露出一種為何不是的失落感。

「不是？可是感覺很像啊？要不然他幹嘛大老遠地載妳回來？」季母啃著瓜果，低眼瞧著這個文面書生，帶有與自己兒子相同的氣質，難怪她會喜歡。即使她否認的表情充滿了矛盾，老人家臉上只是呈了內心有數的莞爾。

「這位年輕人也是跟我們家凡諾一樣啊，年夜飯都不想在自己家過耶！」季父提了熱壺，壺屁股高高翹起，那一注白龍往下鑽進王凱斯手上的那一樽底。

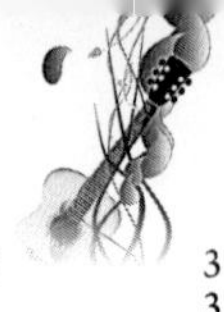

「呵呵，我們都是在為愛走天涯啊！」王凱斯以大笑應對著，他似乎不怕燙口地飲盡那一杯好茶，除了道謝以外，他還繼續說著：「相信我跟凡諾一樣，會各自為愛，努力在天涯中找到最真的那一個！」

「唷，不錯喔！年輕人，來！」

「謝謝伯父。」

季父撩起不再沸揚的壺耳，轉眼又將王凱斯的杯子給升滿，季母反而見著鞏智恩的滿臉尷尬，似乎在透著某種不能明言的祕密。

如今，追著鞏智恩的人都親自來了，追上梨山踏入家門，如此的積極對應季凡諾的消極，她的兒子最終一定還是會被淘汰，而那鞏智恩的否認，又是代表了什麼意思？季母感到新奇。

「好了，我要去校長家兜一圈了！」

「又要去？有沒有搞錯啊！整個除夕就剩我一個人在家！很無聊耶！」

「叫智恩陪妳久一點嘛，要不然妳就去她家啊！反正她老爸等等也會去跟我們會合的啦！」季父袒著執意妄為的笑，說什麼也要赴約，每年這個時分就是手癢難耐。沒幾下子就準備掙出門，難怪壺水倒光了也沒再煮沸，可見老傢伙歸城似箭啊！

「你剛剛說的，好像你很懂凡諾似的？」

鞏智恩靠近王凱斯的耳旁輕聲地說著，趁著季母送著季父背對著他們之時，總覺得王凱斯有神祕的表情卻故意不提。

「妳好奇嗎？」

她點點頭。

「真拿妳沒辦法……」王凱斯點開自己的手機，是他和張皓強的私下密訊，張皓強說他今天晚上不死心地又跑到喬瑄家，準備最後的告白，結果門一打開只有她媽媽一個人獨守圍爐夜，至於喬瑄人呢？

她的媽媽也不知道她去了哪裡，只知道是要去中南部找一位很要好的朋友，不準備回家過年。沒錯，怎麼猜都知道，那一定是兩個月前才去過的梨山。

而且，她一大早就十分開心地出門了，喬媽媽形容著，已經好多年沒看過女兒這麼開心、笑得好徹底了，就連她的酒窩都開始會跳舞似的！

張皓強在line裡一條一條地陳述著，映在鞏智恩角膜上的文字，也立即僵硬了她的臉。

王凱斯不再理會張皓強的最後一行訊息：「我被宣判死刑了嗎？」，任由它在提醒的畫面上遲遲未讀，鞏智恩忽變的面容，不僅被他注視，同時也被季母判讀著。

「在想什麼？」

「沒有啊……」

「表情怎麼嚴肅了起來。」季母幾乎已經啃光了盤中的所有瓜子，兩位年輕人不愛，都留給老牙磨蹭，但她倒是看著他們的表情變化意猶未盡，手就不停地抓進嘴裡，像在默默地掩飾觀察，即使電視上新春特別節目裡頭的歡喜喧鬧已經夠偽裝的了。

「沒啦……您看錯了！」

「呵呵，忘記我是心理學的老師嗎？更何況從小到大就看著妳，怎麼會看錯？」

「我……」

「是的，伯母，您沒看錯！」

王凱斯收了自己的手機，就在他回了張皓強「Yes」這三個字母之後，索性地將季父離開前幫他倒的最後一杯茶給吞下肚，不知為何雙眼竟帶著醉意般的迷濛，他近似刻意地說了一道話：

「您的公子今天晚上確定是與剛剛交往的女朋友一起在外面過夜了！是上次來拜訪的那一位小姐，真是恭喜您了！」

不管鞏智恩的悵然或季母的驚喜，王凱斯走出屋外，仰天大笑著：「舊的不去，新的不來嘛！真是新春

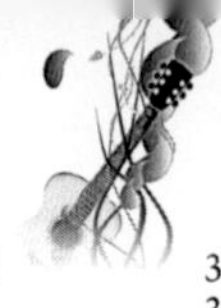

除舊歲，年年都會是個好年啊！」

「我想起了第一次跟你相遇時的場景。」

年後，喬瑄無時無刻地用通訊軟體，述著種種與季凡諾的緣起，最後哀怨地說著自己有多麼地笨，掉進去他所設的陷阱中。

「那個瞬間你到底有沒有看到我的裙底啊？第一次見面我就這麼糗！」

「一直到現在我都還會覺得，怎麼會這麼剛好就遇到智恩的朋友，你啊，要感謝智恩嗎？」

「就算我不認識智恩好了，我就不會遇到你了嗎？」

「如果你當初上台北自己找到了智恩，確定了答案之後，可能就這樣默默地回去，然後我就不會跟你有任何的交集了吧？」

「我現在倒是覺得你很處心積慮，在梨山等了十年，幹嘛要突然上台北千里尋愛啊？尤其是假藉智恩這三個字來台北尋找我？真會耍心機！」

「其實，愛一個人，也沒有什麼困難的。」

「那麼，請問一下，喬瑄這個女人，是你的欲望嗎？」

即使季凡諾要上課，總是要過了許久才會回她的簡訊，她也不厭其煩地繼續寫，繼續等，深怕久久才能見一次面的愛情就此失聯。

偶爾季凡諾會打錯她的名字，她會立即貼上：「別給我加人字旁或是木字旁，雖然我不喜歡跟我爸這個姓，但寫錯我還是會生氣的！」

「如果有人加上草字頭，妳會怎樣？」

季凡諾開著她的玩笑，難免就會被隨即打來的電話給怒吼著，季凡諾被陣陣的高分貝嗆著，臉上的表情卻是笑著，在季母的眼中，也跟喬瑄的媽媽一樣，已經很久沒看到她們的孩子如此開心了。

除夕的那個晚上，四處炮聲隆隆響徹原本安靜的林間，季凡諾仍然有回到家裡，並且載回喬瑄，兩人在季母已經入睡而季父還在通宵夜戰的大年初一，洗完澡並且一起睡在季凡諾日式通鋪的房間裡。直到隔日季母才發現季凡諾已經回來，而且是直接擁著第一個女友共眠。

季母並未提起除夕夜鞏智恩有來訪的事，而相當清楚地，按照這近三十年來的習慣，季凡諾當然知道鞏智恩會來找他，除夕一整天盡在山下外頭無非是想逃避一些事情。

因為今年鞏智恩不再是單獨歸鄉，而是帶了男人回來。

但逃避她是主因嗎？

「呵呵。」

季母在房間外笑了兩聲，即使今年的年夜飯整個家裡空蕩蕩，但充滿新氣息的年初一，她似乎覺得飽滿了很多東西進來家裡頭。

從擁著喬瑄的那一刻起，

壓著根茅挺直了心，他再也不會去想鞏智恩現在到底是跟誰在一起的事實。

因為，這一切已經與他無關。

他自我劃上了絕緣符號，也許是理性，也或許是一時情緒的非理性，

總之他告訴自己，他現在所愛的她，是一位歷經苦痛多年終於重拾歡顏的女人。

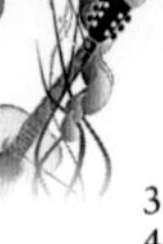

而他也是，重拾歡顏。

確定是。

給喬瑄：

走過黑夜，陽光已在眼前。

新年快樂。

麥格威董事長楊茂生死了之後，由於所有持股老早全部交由財產信託，受益對象全都是慈善團體，僅留部分現金遺產，令王凱斯驚訝的是，即使知道這個女兒並非自己親生，最後仍然選擇在生前低調地以贈與的方式給他名義上的女兒楊佩怡百分之三十的股權，而他法律上的太太卻連一股都沒有。

「我媽為這件事痛罵很久！即使在我爸的大體上，隔著冰櫃玻璃，仍然吼著叫他王八蛋！」

楊佩怡把這話，送給了她同父異母的哥哥聽。

自從過年後回到台北，王凱斯竟然抽起煙來了，以往不沾尼古丁愁的風度翩翩，現在反而破了業門，她不懂他為何如此反常。

「那妳覺得，妳拿得心安嗎？」

「當然心安，因為我是楊茂生的女兒！」

「哼……」

王凱斯呼出幾分善意的笑，他對這個妹妹大抵上沒有太深的認識，然而可能因為早就知道他與她的這個關係，在她來到光華之後，反而有種多了一個親人的感覺。

即便從小到大，他們完全沒有在一起生活過。

「才在想，妳要不要回來認祖歸宗，剛剛那一聲的斬釘截鐵，我想妳大概……」

「我媽不會肯的，更何況我媽要怎麼面對你媽？我承認當年我媽有錯，但你媽不會替我媽想的，當年的愛慾自由不被允許而現在卻比比皆是，誰會批評？又誰會記得那麼清楚？」

「呵，玩繞口令啊？妳怎麼知道我媽不會替妳媽想？」

楊佩怡似乎沒有理由，只是聳聳肩。

「她們畢竟是姐妹啊！」

「看我媽何時想得開囉！」

王凱斯把煙蒂埋在草堆，深綠色的葉脛因此一瞬焦黃，「我反問妳，如果妳嫁給了Jay，而他在外面又跟了其他的女人生了小孩……」

「不可能！」

楊佩怡似乎不願聽到如此瘋狂的假設，這不可能的三字鎚打算直接敲碎她哥哥的荒謬。

「我就知道妳受不了。」

「Jay不會這麼做。」

「妳又確定？現在都還沒嫁人呢！」

楊佩怡似乎不願再挨著打，「哥，我知道你想說什麼，我會看好Jay的，但我要求你，別讓翟智恩回頭來找他！」

「彼此彼此。」

兩人互微一笑，然後沉默片刻。

「我們都已經做到這個地步了，目前你的部份最有變數！」

天空忽然飄下雨滴，楊佩怡說完正想離開，她遙控著車鎖，BMW前後的車燈正閃爍著開啟訊號，她打開車門優雅地坐了上去，車體的闊氣與她手握方向盤的自信華麗，顯示著這位貴族千金目前得之所愛的幸福滿溢，散發的氣息已不見幼稚。

她突然想到了一件事情。

「你確定翟智恩從來沒有喜歡過那個鄉下老師嗎？」

「我從來沒問過她這件事。」

楊佩怡一臉不可置信的表情。「是你不敢問，還是你怕問了會傷心？」

只見王凱斯笑了笑，臉部露起有說不出的無奈，他沒有正面回答她，拍了拍她的車窗之後，轉身就走。

「回光華吧！這樣你就可以盯到人了！」

晃嘹一聲，王凱斯真的想回頭的時候，只有看到楊佩怡的車尾燈。

節後回到工作的崗位上，一團團和氣的新年快樂聲此起彼落，開春愉悅的氣氛，籠罩在整個光華集團的大樓內，尹華喻年前的年終獎金大方地放送給諸位員工，每一個人都眉開眼笑地向老闆問候道喜，臉上的滿足幾乎可以訴說著，能夠留在光華打拼奮鬥，實在是太幸福了。

而公司內部也已經張揚著尹副總與楊經理正在熱戀的喜訊，反觀原本是正牌女友的翟智恩，卻被流言寫得體無完膚，說她因為腳踏多條船，水性楊花，所以尹副總才會氣得與她分手，說她怎麼這麼不知羞恥、這麼不滿足，原來在鄉下的正牌男友的照片是真的，而她卻來台北釣富二代，真是個好有心機的女人！

諸如此類的蜚短流長，翟智恩似乎再也不能忍受，加上喬瑄在除夕夜與季凡諾開始交往的事實，被她本人承認之後，所有負面的情緒幾乎要讓她面臨崩潰邊緣。在人人諸喜的氛圍裡，唯獨她鬱鬱寡歡。

「我是否該離開了？」

「如果做得不快樂，當然是離開得好，我舉雙手贊成！」

淡淡的三月天，是她的生日，一個雙魚女人正要度過她第三十一個青春年華。王凱斯來到她的宿舍，在週末的夜晚，鞏智恩似乎慶幸著還有一個男人會來關心她。

「就跟你一樣瀟灑地走？」

「離開，就等於靜除一切，反正職場到處都是你來我往，更何況……我還可以養妳！」王凱斯依舊坐在她的床沿，離她穿著輕薄睡衣的身軀也只有短短的一呎遠，他仍然非常君子地毫無下一步越出矩禮的動作。

鞏智恩默然了一會兒，散亂的髮絲掩著她未上妝的素顏，她沿著睡衣的下擺抱著自己的膝蓋，斜著臉龐倚在腿邊，緊閉著雙眼。

「妳……也和喬瑄無話可說了？」

「……」

「她確定和他在一起了？」

「嗯……」

「那妳應該祝福人家啊？怎麼會鬧到無話可說？」

王凱斯用試探的口氣，對著那一頭黑亮的波浪說著。不知道她是怎麼度過這一天的，原本光鮮亮麗的女人像遇到了前所未有的困頓，竟然會整天把自己關在這麼幽暗的房間裡。

就像上回那樣。

「喬瑄打算要離開了。」她用最輕的口氣，輕到連待在這麼安靜的套房裡幾乎快聽不見，王凱斯差點懷

疑她到底有沒有發出聲音。

「疑？」

「為了他，她想要搬到離他最近的地方工作。」

「喔？你們還是有在說話啊？」

「真的……我真的不知道該怎麼說啊？我明明就很想祝福他們，可是就有一種矛盾說不出口啊！其實我從梨山過完年之後，我就知道了！以前……以前凡諾都會在除夕夜裡給我一個紅包，裡面裝著幫我去竹山的土地公廟求財求升遷求真愛的符印，每一年都如此，但是唯獨今年沒有……」

是的，王凱斯很清楚，那箱木盒最上面那一張確實是標記著去年的歲次，如今已模糊淡逐。

「沒有給……沒有給……」她悄悄地滑下淚。一連串含著哽咽的珠語聽得讓王凱斯感到些許的黯然，「我明明就很想祝福他們的啊！可是我從來沒有這種感覺，從來都沒有想到失去一位知己，竟然會讓我這麼難過……」

「是啊，你的知己喬瑄確定要離開的話，唉，會難過是正常的啊！」他刻意加了一個唉字，像在代替嘆氣，然後靠往棉被裡頭大概是她腳趾的位置，輕輕地碰觸。

「過一陣子之後你就會習慣的，反正會有新同事入替的嘛！」

「他不一樣！」

鞏智恩沒有真的說出口，那一句只在腦海裡響了一遍。接著埋著頭吸啜自己的鼻涕，王凱斯隨之起身，走向陽台不再搭理鞏智恩的傷感，他點起火，一口藍色的煙幕頓時隔離了床頭邊另外一團的憂鬱。

「應該要好好地祝福他們啊！妳可不要那麼沒有度量喔……雖然妳的小腹平坦，哈哈！」

他在陽台笑著，嘴角震得卻意有所指。沒有完全闔上的落地窗，王凱斯的哈哈兩聲之後，卻哨來陣陣無語的嘆氣聲。

「妳剛剛用了『失去』這兩字……其實，妳很在乎他對吧？」

王凱斯帶著滿身的菸味走進來，將落地窗關上，那一口的淡菸味衝擊著鞏智恩微酸的竇覺，看著他雙指夾著已經斷送完軀的菸棍，雖然並不怎麼刺鼻，卻跟他之前菸酒不沾的文儒模樣，顯得無法貼合。

他或是她？鞏智恩不問清楚，也很刻意地不言明，只是咬著嘴唇。就如同剛剛王凱斯的故作言誰，她也不想否認一樣。

「那為什麼不早承認？」

王凱斯看著她露出訝異的眼神，接著說，「如果早早就認了那一段感情，那麼現在妳就是喬瑄的角色，沉醉在愛河裡了，不是嗎？」

「……」

「人一生只要笨一次就好、錯過一次就好，可別錯過第二次，因為第二次的機會再讓它從妳的人生溜走，恐怕妳就要賠上一輩子的青春。」

「第二次就會比較好嗎？我遇到錯誤的人已經數不清有多少次了呀！還有差別嗎？」

「妳或許不知道，真愛是無時無刻都會在等妳，或是隨時陪伴在妳身邊，季凡諾就是第一種人，而我是第二種。」

王凱斯直接點破，他不是不知道她的刻意，而是給她空間。他認為他也可以耐心地等待，像在大湖邊釣魚，觀察湖面四方的動靜，他對魚標上的敏銳，可說是自信十足。

「你是我的紅粉知己，是好友、是像親哥哥的那樣……」

「我不要這種身分！」

「最近怎麼開始抽起菸來？」又是刻意，鞏智恩突然換了話題令王凱斯又吐了一口悶氣。

然後他像是不得已地苦笑了一會兒，「因為妳呀！」

「少來，我今天沒化妝，別替我的臉貼金。說，幹嘛抽菸？」她用手指頂著暗暗靠近的王凱斯的額頭，

暗示他與她的距離到這裡就好。

「呵，我本來就會抽，只是因為認識妳之後就捨棄了這個嗜好。」

「你別這樣，我沒那麼偉大，我……只是個一直都被雄性動物放生的女人啊！」

這句突然用淒厲的口氣說完，她猛地起身，竟然就如此放蕩地將整個睡衣褪去，她露出了全裸的胴體，展現在目瞪口呆的王凱斯面前，但兩人的距離始終保持在同一個尺寸之間。

「我交往過的男人，每一個人都對我獻過殷勤，讓我存下不少可以在台北買一間屬於自己窩身地的資金，但是，我不是個妓女啊！我也不想繼續這種角色！每一個男人都是這樣，在上過我的身體之後才說不愛我了！或不滿足於我用心所給的愛又去找了別的女人！」

她激動地啜泣，「我原本以為我可以戰勝所有愛情的曲折，但是，我的運氣實在是太背了……我真的看不太懂男人到底在想什麼？或者，只是要看能夠糟蹋我到什麼程度而已？」

「所以妳也認為我只是在覬覦妳的身體而已？」王凱斯仰天失笑，他不願意正眼投注在她玲瓏完美的肉體上。

「我知道你對我好……沒錯，同時我也是個不甘寂寞的人。但我問你，屢戰屢敗的我，會不會害怕？你會不會像踩酒店來的嫖客說走就走？或像你之前說的那個朋友一樣，腳踏兩條船之後才又回過頭來說愛我？又或是說，像碩傑一樣，認為我愛他愛得不夠堅定而離開？」

王凱斯的表情嚴肅，鞏智恩的這些話語像是雷鳴作響，轟隆隆地炸在他的耳邊，從第一句話開始，他多少有點明瞭她是在做崩潰前的自我發洩，然而他卻慶幸，是對著他發洩。

「如果可以一次滿足你的慾望，那就事不宜遲，今晚我不會拒絕你任何的行為，但明天過後，我將不再證明你的真心！」

她隨即躺下，輕閉起雙眼。不知道過了多久，枕頭已經被淚水濡濕，她只是從耳旁聽見王凱斯的輕語：

「至少我敢說，我等妳這麼久，日夜地守護妳，瞧首以盼是真心的。」

那身赤裸裸的身軀，由原本的皙白轉為紅通，雙頰浮著淚水，王凱斯只是靜靜地凝視著她微張的眼神，「穿上衣服吧，我們吃飯去。」

他體貼地往她的衣櫥裡翻，不曾害臊過她的所有內衣褲，自然且順手地東翻西找，直到他感到一股熱應暖意，他的背後被她緊緊地抱著。

「怎麼啦？」王凱斯像一個父親哄著女兒問。

「你會跟他們一樣嗎？」

她倘水的臉渾淶在他的頸間，王凱斯仍自顧地翻出一件紫紅色的內衣、衛生衣與毛衣，將它們拋在床上，並且轉過身將她抱起。

「我也是男人，面對像妳這樣美麗的女人會有一樣的衝動是很正常的行為，但我不作廉價的交易。」

他話還沒說完，先用棉被裹滿了翚智恩因為鬱悶過度而無力攤軟的裸體，然後蹙起眉，嚴肅地對她說，「自從在梨山被妳否認之後，我更打算一直等下去。」

「……」

王凱斯撇頭看了一眼那箱木盒，最上面那張印著歲次的紅色符印，彷彿曾經被淚水漬過乾掉的痕跡。

「妳自己應該很清楚。」

是的，很清楚。

那個人在妳的心中佔了很重要的地位。

有了他，

你當然沒有辦法專心專一地去經營妳的愛情啊！

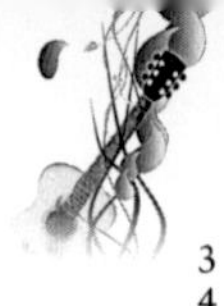

喬瑄即將離職的事情傳開，直到最後一週的禮拜五，一群平日與她比較有話聊的同事們，紛紛都來到這間辦公室裡，獻上依依不捨的祝福。聽在張皓強的耳裡，顯得不是那麼容易接受，他擺了一張看似非常哀傷卻又硬耍起無所謂的臭臉，像是被黃亦泰抓來的樣子，百般不情願地對她開口說了今天的第一句話。

「怎麼，因為交了男朋友就要走？怕遠距離戀愛斷得快啊？」他難得使出這麼有嘲諷意味的話，是第一次對喬瑄這樣說，但也可能是最後一次。

「真的謝謝你們的照顧了！」喬瑄已經收拾好她的東西，也不管她的主管尚未同意就任性寫的離職日，毅然就是要今天離開光華，不帶任何的留戀。

「尤其是你的照顧，張小強！」她用一種懇切的眼神，第一次柔柔和和地面對他，讓他臉紅了眼也紅了，他相信這可能也是她最後一次對他這樣子了，像是被震撼到，他想，他大概一輩子都忘不了她現在可以給的溫柔。

「真的一定要這樣嗎？非走不可？」黃亦泰拍拍張皓強的肩膀，試圖要他冷靜一些，同時也望向鞏智恩，「智恩妳也不打算強力慰留喬小瑄嗎？」

「我……」

她哽在心頭，第二個字卻沒能說出口。

「任何人都不必留我，我只是想避掉一些尷尬，以及想維持住我現在感覺可以長存的友誼，我想我這樣做對大家都好，真的感謝大家肯一直包容我！」她看看牆上的時鐘，即將接近下班時間，就剩最後的五分多鐘。

「祝福妳，小瑄姐，妳尋尋覓覓最後找到真愛，真羨慕妳！」利美就在張皓強的身旁，很自然地蜷起他的手，喬瑄一臉微笑向她說了聲：「加油！」

只見利美回笑著，張皓強卻突然淚水崩潰，一副非常痛苦的表情，他泣不成聲，嘴裡還是擠出無奈的碎唸：「為什麼……最後……妳還是選擇了智恩姐的那位……前男友？」

翬智恩聽到了張皓強不經意地說出「前男友」三個字，換作是以前早就否認到底了，或許是因為張皓強太過悲傷了，所以……

「妳最愛的……不是季元方嗎？為了他，所以才捨不得釋出愛，不是嗎？」張皓強剝掉利美的手，雙臂一攤，「我出局是我不夠出色，很清楚，我也認了，但妳不是也背叛了季元方季大哥了嗎？」

「……」

喬瑄停住了正在打包最後一袋文件夾的手，她的瞳仁僵硬地對向張皓強的憤恨不平，她知道他的難過，但沒想到他卻不顧一切地把季元方的事情給搬了出來。

「季元方？不就是前幾年很紅的那位西餐廳歌手嗎？而且還幫很多大咖作詞補曲的幕後製作，聽說是個年輕有為的創作天才，但是已經好幾年沒有聽到他這個人的消息了……」

黃亦泰在諸位面露疑惑的同事面前，稍稍地解釋了「季元方」這個詞彙，之前張皓強曾經問過喬瑄認不認識，原來這位鼎鼎大名的人物竟然會跟喬瑄牽扯上關係！於是數十隻的眼睛落在喬瑄身上，看著她的眼神們有一種好奇，是想要知道她那故事的好奇。

翬智恩的表情更是驚徨意外，季元方她是略有耳聞，然而以前的喬瑄是如何與他譜過愛戀？按照張皓強剛剛的口氣，是喬瑄變心轉愛季凡諾的嗎？

足令她髮指怯膛的是，原本親如姐妹的喬瑄，因為去年季凡諾的北上而改變了所有的氛圍，她與喬瑄疏離了，因為季凡諾。她與尹碩傑分手了，也間接地因為季凡諾。她到現在還無法接受王凱斯，還是因為季凡諾。

這到底是為什麼？是她的問題還是季凡諾的問題？

當時只要他乖乖待在梨山上不就好了嘛！？幹嘛要來台北啊？

都是他上來台北搞亂了一切！

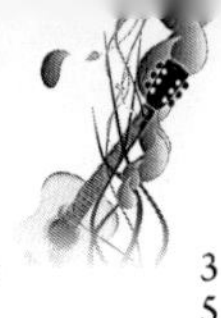

都是因為他，所以才導致現在這種結果！要不然尹碩傑要娶的女人，早就是她了啊！不是嗎？

他是存心的！

他是故意來搗亂這一切的！屬於她幸福的一切！

瞬間，她恨死了「季凡諾」這三個字！

「怪了，張小強，你又是怎麼知道那個季元方跟喬小瑄有過……」

黃亦泰磨著下巴才想問個起頭，沒想到他竟然被張皓強失去理智的眉宇給震懾住而停下嘴掰。

張皓強豁出去了，最後的逞強就逞到底，這也是他心中一直想要的答案，那天喬瑄不想回答的結果，無奈卻被拿來當作捨不得她離開的藉口。

「我真為季元方大哥感到不值！因為他不在身邊妳竟然就找了一個季凡諾來代替他！妳這個女人難道就這麼不甘寂寞嗎？」

張皓強索性就飆了，反正被她討厭也不是一時而已，是從一開始就是。

眾人默然，直到下班鈴響，沒有人聽到答案。原本的祝福馨語被張皓強的一個烏賊潑墨，惹了全都一身腥。

離別的氣氛仍在，喬瑄究是有一種解脫的笑靨現出。

「張小強，你不是已經受洗了嗎？上帝還沒有教過你釋然寬容嗎？所以你還不懂愛吧？」

「我……」張皓強剛剛的氣勢，完全被喬瑄的一句話給抵消。

「沒錯，我跟季元方交往過。」

眾人露出驚鴻，原本沒能得到的答案，被喬瑄緩緩道出。

「我愛他之最，是那種說不出的重，足以付與生命的重！你們懂嗎？但是……」喬瑄瞬間淚如雨下，像窗外臨時降下的三月淅淋一樣，沒有很誑很譟，但在每個人的心中卻印得如此深刻。

「因為他的突然消失，我苦苦等了他四年。一個原本你愛的人一下子無聲無息，音訊全音地消失在你的生活中，你們哪一個人能夠忍受？」

真的，沒有一個人可以回答她如此簡單的問題。

「很巧地，就在去年季凡諾出現之後，我終於得到了答案。一個負心人託付給他留給我的答案！」

「因為季凡諾出現就有答案？什麼跟什麼啊？他們是有什麼關係嗎？」

張皓強鼓起勇氣，再度挑釁地問。問一個老早之前就梗塞在他心中的疑惑，到了現在只是加了一點憤恨的口氣罷了。「愛上了另一個男人就說嘛，用這種相當離譜的藉口……呿！」

「那不關你們的事。」

「妳乾脆說因為妳不甘寂寞，所以就拿季凡諾代替季元方就好了啊！」

沒有想到，衝出這一句話的，會是翚智恩，喬瑄撐起眼框看著她，這可能是她們認識以來她第一次用這種口氣對著喬瑄說話，也許是這幾個月來喬瑄對她的冷淡與尷尬所累積下來的能量，飽和不了的最終要噴發，是質問也是反撲，是埋怨也是痛恨。

痛恨她自己本身。

「所以，妳也應該要感謝智恩姐的成全呢！對吧？我還真是替季元方大哥……唉唉唉。」張皓強像瘋了似的狂笑幾聲。

迎雨的窗面，雨珠沾滿了玻璃，像強為它上了花俏的妝，也漬濕了喬瑄的臉。她沉默數恒，硬是撐起了一種即使痛心疾首、面臨嚴言厲色的臉孔也要生出的笑，她在卑微中搖著頭，在委屈中擶起她瘦弱的身軀，像是使勁地直接想用完最後的力氣說著：

「我等了四年，最後只等到他竟然就在這四年之前，我完全不知情的情況下，他早就已經死了的訊

息……死了！死了！死了！死了！聽見了沒有？他已經死了！我還在以為可能跟他甜甜蜜蜜過完一生的時候，他就這樣死了！突然離開世間，而且還不讓任何人告訴我他已經死了的這個事實！我等了四年最後等到了什麼？請問我錯在哪裡？有誰告訴我，我錯在哪裡？」

那一聲，引來窗外的轟然巨響，一記春雷打在眾人眼前，砰動的衝擊同時也震透了每一個人的側隱之心。

她拭著淚，然後抱起了屬於她在光華僅剩的物品，「呵，這就是你們歡送我離開的方式嗎？」她看了看翚智恩，「真的……很謝謝你們！」

頓時，這間辦公室裡頭的每一個人不再說話，彷彿是做錯事情的學生們，沒有人敢移向她的身邊並且給她一點安慰，尤其是翚智恩，聽完之後顫抖的身體遲遲無法做出任何的反應。可能是太過雷霆破心了，連張皓強除了紅了眼框也不敢回頭看她，因為他終於知道答案，而且是他賭上與喬瑄這一年多來的友誼逼出來、死命絕情換來的答案。

喬瑄濛沙著雙眼，筆直地走向出口，楊佩怡就在這間辦公室的門外，早已靜靜地聽完這一段喬瑄的故事。她似乎是發覺異樣，那身形略為不穩，雙腳依稀被淚水抽盡而毫無血絲力氣的女人，正準備無意識地攤軟下來，她匆忙向前即時地抱緊了喬瑄。

箱子落地鏗鏘，一堆文具用品與咖啡杯碗筷全數散出，硬是急著想要出場揣摩主人瀕臨崩潰的情緒，喬瑄忽地在楊佩怡的懷裡嚎啕大哭，在這個曾經是他們口中歹心眼女人的懷裡。

楊佩怡抱著顫抖的那只枯瘦如柴，抬頭義憤填膺地怒目出聲應向了在場眾人的耳面：

「沒有人聽了她的故事不動容的！你們……真的是枉費當了她的朋友。」

她啊，也想解脫啊！

她比那個突然就去受洗的張皓強更想棄絕「曾經自我所喜卻是無緣的愛」，與追求「下一個被愛的可能」。

聽到喬瑄的哭聲，張皓強面對剛剛的所作所為，感覺到自己整身的罪惡如淵！

因為什麼叫做愛，他懂了，他真的懂了！

猶如那一晚他對她說的話。

他只是說了沒做，而喬瑄卻做了不說。

「謝謝妳送我回來……」

車子就停在喬瑄住的公寓前的馬路旁，旁邊那個公園就是第一次聽季凡諾唱歌的地方。

「原來妳住在這裡啊？我以前就住那裡啊，後來才搬走。」

「真的？」

喬瑄意外的表情看著她指著一條熟悉的方向，似乎就是喬瑄住的公寓後方一幢富麗豪華的社區，「離這裡不遠有個教會，我媽常去那裡。」

「……」

「說什麼妳也不會相信，我媽是季元方的歌迷！同時……」

楊佩怡帶了點無奈，一張臉想笑又略有哀怨的樣子，她看著喬瑄剛哭過的臉，最後還是笑了出來，「我媽很多情啦，知道我剛剛要講什麼嗎？」

「不知。」

「她那把年紀，竟然還愛上了季元方！妳說好不好笑？為了聽他唱歌，她常跟十五六歲的少女搶位子坐咧！幸好，我沒遺傳到她那種濫情的個性。」

她的手豪放地跨出車窗外，肆意地操作排檔桿，以一個女人來說，駕駛著一部豪華跑車的姿態是非常有

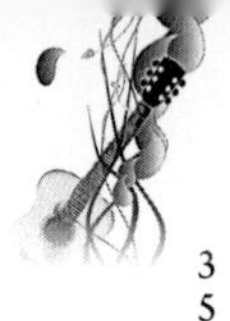

個性的，喬瑄早先就下了車，卻站在原地等著她那部面對公園死巷的車子，從容不迫地迴轉著。

「幹嘛？不回去休息？」

「妳媽知道季元方後來的事嗎？」

「不知道吧，但我知道後來的這幾年她變得孿自閉的！」

「喔……那麼，今天很謝謝你，再見。」

楊佩怡看著喬瑄黯然的表情，似乎還想知道些什麼，反正今天是她的離職日，以後應該也不會再見面了，那就大發慈悲，跟她混個時間吧！

「喂，喬瑄，我肚子餓了，陪我吃頓飯吧！」

於是她示意停好車，顧不得喬瑄稍有猶豫的臉孔，她遣著她就往那幢高級的豪宅社區走去。

「這裡的泰式料理相當好吃，這餐我請，當做餞別。」

她們坐了下來，在這個社區裡頭竟然藏著一條商店街，從小就一直住在這附近，沒想到自己會那麼冷漠，忽視這條熱鬧的美食街就隱在咫尺天涯的巷道裡。

「我也不知道我媽是怎麼認識他的……呃……該怎麼說呢？」

一句開場白，讓喬瑄的眼睛從地板揚回在自己的條案上，楊佩怡啃著泰式咖哩雞，感覺相當享受，她臉上的笑容比以前要多很多，不知道是不是錯覺，喬瑄不太想相信之前曾經為了鞏智恩和她對壘過，那副印象中令她厭惡的臉纘，如今卻遍尋不著。

「妳變真多，經理……」

「嗯？妳幹嘛這樣說？還有，別再叫我經理了，以後我們沒有任何的上下職稱關係，嚴格說來這餐之後，也許今生無緣，所以不用對我那麼客氣。」

她舔了留在筷子上的一陀香氣四溢焦黃的咖哩，然後打量了一下喬瑄，「我才覺得妳變很多，是因為找到了答案，還是愛上了他？」

「都有，也許是因為他……才讓我重新懂得愛吧！」

「哪個他？」

「嗯，梨山的那一個。」

「他真的有那麼好？」

看得出喬瑄一丁點的遲疑，楊佩怡索性再問，「有比季元方好？」

能比較嗎？

或是兩個人都一樣好，只是一個已經在另一個世界。

說到這兒，喬瑄突然間覺得，上天真的對她很好，給了她兩次愛上同一種男人的機會，所以她笑了，經楊佩怡這麼一問，這一次她非得要好好地珍惜才行。

她把這在心裡想過的話，原封不動地向對面的楊佩怡說了一遍。

「Perfect！」

楊佩怡跟著笑了，很自然開懷的笑，呈現在喬瑄面前的是跟自己一樣，那樣無陰無險的單純。

她夾了自己的松阪嫩豬肉給了喬瑄。

「妳太瘦了，多吃一點！」隨後又說了一句，「所以……妳搶了鞏智恩的前男友，所以她才那樣說妳？」

不帶修飾的口氣，一種楊佩怡的風格又再度出現，只是這回喬瑄不在意了，就算在意，她也不過是個即將成為陌生的過路人了。

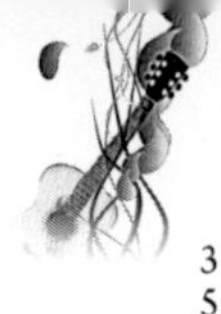

說是過路人顯得無情無義，記得沒多久前，她還不吝嗇地給她一個扶持的擁抱呢！

「我……和她之間，到底誰懂知足？」

「妳知道的，我討厭她。」

楊佩怡喝下酸辣湯的速度，簡直就像喝白開水一樣輕鬆自然，舌頭似乎感覺不到那尖銳嗆口的刺激般，反而隱隱透著十分享受美味的表情，儘管她的唇瓣早已騷紅掀亮了起來。

「我是不該對好友的男人動情……但她始終不肯承認，這是我最不喜歡她的地方！她喜歡過那麼多男人，偏偏就是對季凡諾最保護卻也最疏離！這到底是在想什麼？在後來的日子裡，我發現我越來越不能忍受她了……」

「聽起來，鞏智恩跟我媽超像！」

楊佩怡再度讓她媽出現在她們的話題裡，與其說討厭鞏智恩這個女人，倒不如說討厭她們倆共同的多情與濫情。

喬瑄喝了口檸檬汽泡水，也不願意再提到鞏智恩，她轉而想起了片段與童薇玲接觸的故事。

「我和妳媽……曾在那個教會見過面。」喬瑄指著不遠的方向，她們都很熟悉的方向。

「喔？」楊佩怡的雙眼沾染了好奇。「怎麼回事？」

於是喬瑄訴著大概就在去年耶誕節前的那個晚上，昶著虛弱的身體跑在天母的街道上，最後在那間教會外頭嚎啕大哭，那個離她家不遠，卻從來不願也沒想去過的地方。

「只是想找一個人。」

「找誰？」

「一個莫名其妙就失蹤的人。」

「對妳而言，是什麼樣的人呢？」

「愛人。」

「所以，妳胸前的銀十字，是他送的？」

「是的，一個薄情人捉弄我的信物。想還了……卻，無處可還，無人可還……」

「我明白了。」

門一打開，陣陣嘹亮的歌聲傳來，聲聲震撼著喬瑄。

「奇異恩典，樂聲何等甜美，拯救了像我這般無助的人，我曾迷失，如今已被找回，曾經盲目，如今又能看見……」

教會裡頭聖泗清亮，籠罩澎湃，究竟有多少人受到感動，喬瑄不知言詢，只是她可以停下淚，目睹一切猶如神就在你身邊的光彩。

「也許是上帝要我牽引妳，不知道妳信不信？我跟妳有過同樣的遭遇。」

「妳的男人也一樣莫名其妙地消失？」

「是的。」童薇玲婉容相倩，她深刻地注意喬瑄那雙迷惑的瞳圓，接著平常細故地說：「我當他逃了……反正，我還有一些不太懂我的男人可以陪伴我，所以我不算是寂寞。」

喬瑄顯然驚奇，但她自嘆著，只能勉勉強強用手貼著自己的心說：「但我不像妳，我的心，一次只能住著一個人。」

「那妳現在是恨這個人，還是愛這個人？」

「恨……」喬瑄不假思索地回答。

「妳如果是真的恨這個人，那為何不把他送給妳的項鍊丟掉呢？」這句話說得一針見血，喬瑄望著她的表情沒能回答可否。

「其實我知道，妳在等他出現，妳在等他回來，對不對？」

不見她的說話，童薇玲深吸一口如蔓坡延，然後緩緩吐出，「那妳就傻了！」

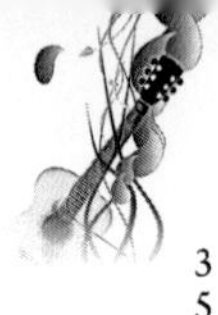

接著她笑得厲害，「像傻瓜的樣子活下去，沒有快樂，這哪叫活啊？」

「我天生就是如此啊……」

「天生？沒有人天生下來就在折磨自己的！小傻瓜！」

「可是我沒辦法……」

「是啊，確實……我不能否認妳那因為愛過所以才遭遇到的折磨……」

童薇玲她將自己胸前的藍十字摟出，光耀吸睛，像喬瑄佩戴的銀十字，只是內溝嵌入的是藍寶石，而十字的外圍則是鑲著銀鑽。

「真漂亮，簡直和我的一模一樣……」

「呵，妳的那個男人，是可以為妳守候、聖潔的冰，只為此一人地固守著。而我是浩瀚無盡的海洋，我想被一層冰給包圍，願被它給固守著，讓我可以不再晃蕩漂泊，但冰卻不曾守候過我。」

「為什麼？他沒有愛過妳嗎？」

「沒有，但我非常喜歡他的那種潔淨，像天使般地溫柔。」

「跟我的他，好像。」

「但他們都離開了，從我們的眼前消失了，不是嗎？」

喬瑄秉起唇，沉默。

「我知道，那冰不會屬於我，所以我當他死了。」童薇玲似乎覺得冷，她將她的大衣皮草給重新包覆在她的背上，「但妳的冰……願上帝可以替妳尋找。」

她作手祁禱，爾後畫點身形幻出十字，像在請求。

「謝謝您……楊佩怡的母親。」

童薇玲斗起迷濛的大眼，濃妝不失純真之色，略顯驚訝卻不誇張，然後她笑了。

喬瑄娓娓道來，還沒有吃完的咖哩飯，已經冷了很久，窗外的櫻花正受春暖的微波，悄悄地含苞待放。

楊佩怡宛若她母親那最後的表情，驚鴻著這一段境遇，雖然她們母女倆的感情不差，但平時忙於工作，童薇玲也晚出晚歸，甚至不回房門，她真的很難知道她母親在外的一切，包括工作、人際與私生活，但她卻知道沒有聽季元方唱歌之後，她母親確實是與她名義上的父親疏離得更遠了。

「妳的已故男友確切地影響了我媽很深很深！」楊佩怡展現了一抹不可思疑的微笑，那種笑喬瑄從來沒有看過，像是在感恩。

「也影響了我。」喬瑄苦苦地揚著嘴角。

「我想我沒妳那種能耐，假如我失去了Jay，那我……可能會活不下去吧！」話到這，楊佩怡竟有一絲的哽咽。

但她努力地不被喬瑄發覺，連忙胡亂問了一句，「那……在那之後呢？與我媽聊完了之後呢？還有沒有故事？」

喬瑄輕擺一副堅定，像是做對了選擇般，「從那一刻開始，或許妳不相信，在那之後有某種感覺很神奇地在我腦海裡誕生盤旋，隱隱地在催促著，所以我才有勇氣決定去找答案，那種上天或是什麼力量的，雖然不能確定那是什麼，但無論如何，祂，終於肯給答案了。」

「喔……這樣啊，所以是季凡諾？那個季元方託付給他留給妳的答案？」

她點點頭，後來不知為何，沉默很久。

直到最後送來的咖啡，杯裡失去溫度只剩一萍香濃，她使勁震著咽喉問楊佩怡：

「我不配擁有愛嗎？即使他真的很像一個替代品，但我真的不配擁有季凡諾的愛嗎？」

聽完，楊佩怡站起身，招呼著服務生過來結帳，手機條碼一現迅速地完成付款，然後她把手機放在包包

裡，不忘撥弄著自己的大波浪捲髮，接著親切順手地將喬瑄牽起。

「該走了……」

「去哪？」

「去完成那個未竟的愛啊！」

當晚，楊佩怡加了喬瑄的line，

她發出了一則訊息給喬瑄，即使到最後，喬瑄也將永遠珍惜著這段話：

「那是場美麗的眷戀，妳所擁有的過去、現在與未來，有一個人會來接續完成它，眷戀再也不會遙不可及，而是執手可得。」

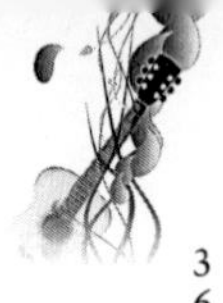

第十三章 利美的邀請

四月初，在喬瑄離職之後兩個禮拜，終於在梨山下的豐原市區找到了一份助理的工作，她與她的母親也在季凡諾的安排下，租到了季凡諾二伯父原本想要賣掉的老公寓，母女倆舉家南遷，終於完成了喬瑄在她很小的時候，從她爸開始外遇不歸起的願望。

「真的好高興，能夠就這樣擺脫那些所有不幸的日子！」

喬瑄的表情不勝言語，此時此刻她只想趕快安頓下來。雖然她不知道這樣的選擇到底對還是不對，工作上努力一點就能夠適應下來了，唯獨她怕的是她媽媽沒辦法適應中部的生活。

「人是適應環境潛能最高的動物，不用擔心。」季凡諾從車上將她們的家當全部搬上樓，大致的物品擺定之後，不顧氣喘噓唏就牽起喬瑄的手說，「這裡不比台北溫暖，妳太瘦弱，這樣的近距離可以讓我安心看顧妳，得要把妳養肥才行！」

「哼！這是什麼鳥藉口，你是怕我跑了吧？」喬瑄斂起溫柔，繼續瞪著她的男人，「或者是說，把我養肥之後就有理由把我給甩了吧？」

「哇哇，妳的城府很深耶！」

「你才深咧！」

正在打情罵俏之際，喬瑄的媽媽從廚房裡煮了兩碗乾麵出來，不愧是成熟的婦人家，馬上就可以在新的環境裡秀上廚廂大伙。

「來來來，凡諾，真的很謝謝你幫我們這麼大的忙，肚子餓了吧？先來吃個麵，這廚具都好新，我蠻喜歡的！」

「阿姨，不用客氣了，一起吃吧！」季凡諾極力邀著，即使喬瑄的媽媽始終說要去裡頭繼續摸索清理，最後還是拗不過眼前這位年輕晚輩的執意，勉強地坐了下來。

季凡諾看著喬瑄的母親，有種盡是人世蒼涼的感慨。

她媽媽也許是失婚又長期在生活壓力下燒灼青春，一臉活過了半百歲月，細狹的眼皮被不知延展至何處的紋絡給布滿，白髮斑斑，也不記得當年的黑調青春究竟是於何時消逝，這比起他的母親正在享受寬裕的退休生活而依然光華風韻的臉容差異甚大。

聽說喬瑄長得像爸爸，而她媽媽卻跟喬瑄一樣瘦得僅如枝骨，他真的難以想像，這對被一個曾經是一家之主的男人所拋棄的母女，是如何走過那段不堪的辛酸？這位偉大的母親究竟是如何拔養她的女兒長大成人？而最可憐的喬瑄，被曾經愛她卻又拋下她的兩個男人所傷，是什麼樣的天生堅強讓她可以苟存至今？一想到這裡，季凡諾滿滿的心疼快要湧出，她的勇毅堅忍著實地令他讚嘆啊！

「怎麼，我煮的麵不好吃？」

看著喬瑄一臉鐵青，她媽媽疑惑著。季凡諾從思維中翻醒，眼掙掙地看著那幕狀似病奄的五孔。

「沒有啦……是我的胃又不太聽話了……」

「唉，妳看，誰叫妳又不吃早餐只喝咖啡，妳常這樣三餐不正常，換了新工作又緊張壓力大，難怪會這樣。」她媽媽焦急地翻討她的百寶袋，看有沒有適合的成藥可以糊個就便。

「以後禁止沒吃飯就喝咖啡，否則不讓妳上梨山！聽懂嗎？只有笨蛋才聽不懂喔！」季凡諾趁著喬瑄虛弱無力的耳旁，細聲地警告著。

「你當我是你的學生喔！」她逞強地翻個白眼。

「喬小姐，求求妳以後可以不要這樣子好嗎？否則我會生氣的！」

難得看到季凡諾一臉的嚴肅不徇，隨即喬瑄搭上他的肩膀，弄起挑釁的眼神，即使胃不舒服而顯得虛浮，她仍然捏起柔媚的聲音說，「你生氣之後會拿我怎樣？嗯？」

「你說呢？」

「唷，敢跟老娘嗆聲啦？」

「為了妳的健康著想，當然敢！」喬瑄領受著季凡諾的認真，忍不住笑了：「你真的比他還敢耶！」

「敢？」

「對……敢！應該是說，現在的喬瑄比那個時候的喬瑄弱化多了！」

「哼！妳這個壞學生，比我教過的上千個學生還難教！」

「那就不要硬教啊，求求你，讓我去放牛班吧……」

「妳放心，我從來不會放棄壞學生或笨學生的！」

聽完，她想生氣翻白眼催瞪也顯得無力，乾脆就嬉皮笑臉地想要去玩弄季凡諾的頭髮，迅地他抓住她的手，輕輕地放在鼻息間，不顧她媽媽正尋好成藥走出房間，他吸取她的手香，緩緩地道出，

「清明掃墓，再去看看我堂哥吧！妳都已經來到這裡，不會太遠，不管離他離我，已經都很近了！妳告訴他，我會好好照顧妳，而我會告訴他，叫妳別再傻巄巄地糟蹋自己了……」

她半闔的雙眼，露出欣慰，然後躺在他的肩胛上。

「嗯。」

她的母親笑著退到房內，兩顴之上，浸了一片。

三年後。夏天。

喬瑄在光華群組中聽聞了張皓強和利美即將結婚的消息，接著她收到了利美傳過來的一張美美的結婚照片，個頭小小的利美被張皓強高高地舉在肩頭，兩人身穿禮服在沙灘上的碧海藍天前笑得燦爛且幸福洋溢，張皓強看起來成熟穩重許多，而利美依舊嬌小依人，兩人終成眷屬讓她頗為訝異。

這個群組已經荒廢好久，大概就從喬瑄離職當天，一段最殘酷的質問聲中開始，群組像是被時間暫停了，誰也沒有再投入訊息傳達彼此，就只有黃亦泰會定時私訊一些搞笑的圖影音等等之類五四三的過來，雖然沒有彼此新的訊息在這裡傳遞，但這三年來他們誰也沒有離開過。

也許他們早已另立新的群組，也許他們繼續維持著平時在光華裡頭的一切動靜。喬瑄應該主動退出這個群組的，只是為何要硬著頭皮尷尬地夾在這個群組裡頭，喬瑄的心裡五味雜陳，畢竟離開光華前的時光裡，快樂的日子應該大過於悲傷沮喪的日子吧？唯一最令她難過的，就是沒有人對那天的事情道歉或是表示安慰。

對，沒有人！

是否隱含著對喬瑄的暗聲譴責呢？喬瑄感覺是肯定的。

所以她沒有得到任何的祝福。

是否這些無聲無語，是對在光華一年多的時間，喬瑄與他們曾經濃厚的友誼，也只是一種定罪名為虛偽

的審判？喬瑄不想去證明什麼，但最終也得要去默認這些。

「不行，妳一定要到！」利美在一頭嘶亮的聲音，穿過了喬瑄的腦後，直直地鑽進季凡諾正在調音的耳朵裡。

利美打了電話過來，一開始是嚷著要地址寄上喜帖，說喬瑄是她的大媒人，一定要請她到哩！

「不了吧，我的禮金託人給妳就好吧？我真的……」

「怎麼了？」

季凡諾輕輕地搭著她的肩膀，矚著她猶豫的眉間，那雙眸之間伴著一股不知可否的掙扎，最後瞳孔的中心點定向她的男人，那一臉柔和與疑猜的表情，更加深了她的猶豫。

「小瑄姐，妳是因為害怕與大家見面是吧？」

「我……」

「對吧？我就知道，我猜得沒錯！」

「這個……」

「別這樣，都過了那麼久了，有誰還會放在心上？就一場喜酒而已，拜託來給我一個祝福，好嘛、好嘛！」

抵不過利美的懇求，配著一旁季凡諾的點頭暗示，喬瑄勉為其難地答應了。

時間就定在六月底，利美打算當個六月新娘。

其實這些年來，每一年陪著季凡諾在梨山過年，早已不見鞏智恩的身影，據季母的訊息僅是說她在台北已經買了房子，但不知道真正的原因是什麼，或許是鞏智恩太過忙碌而開始沒有辦法回來梨山過年，還要她的父母親特地找時間北上去看看她，偶爾也會住在台北一陣子。

與過去的季凡諾一樣，喬瑄自從離職當天的那一刻起，已經沒有再與翬智恩見過面或任何一通電話。彼此間都沒主動聯絡過對方，或許是因為即使搭上線之後，似乎也沒有什麼像樣的話題值得被一字一句地提起。

「為什麼？」喬瑄為了這個答應，特別問了季凡諾原因。

沒想到季凡諾卻擠眉弄眼地惹得逗趣，「問我原因？拜託……」

「拜託什麼啦！」

因為那個調調聽在耳朵簡直充滿了嘲弄，喬瑄想要生氣了，原本天使的臉容瞬間崩毀。她常常這樣，變臉的招式季凡諾早已不足為奇。

「其實妳也想去啊！幹嘛要問我啊……」

「我哪有！」

「妳有！」

「聽你在放屁！」

「過去的就讓它過去，去看看老朋友，有什麼不對？」

「我……」

「妳又沒有做錯事，幹嘛逃？」季凡諾開始在指尖撥弄著，信手和弦又起，「而且那個利美在我的印象中，妳好像都蠻照顧她的不是嗎？」

「還好啦……」喬瑄索性地不再彆扭，她想要靜靜地聽他的歌聲。

「想當初，你愛著我……」

「等等！」正當季凡諾才要投入旋律之時，喬瑄用手壓住了他的六弦，吉他的伴奏嘎然而止。

「幹嘛啦？」季凡諾一臉莫名其妙，被抽離了意境回到現實，他顯得有些不悅。

「你會答應得那麼爽快，該不會是有目的的吧？」只見喬瑄像蛇一樣，委委曲曲地蜿蜒在他的頷下，那雙大眼帶著撫媚，也同時摻雜著懷疑的口氣，她游游地把季凡諾的吉他給滑開，自己將嘴唇堵在他的下巴，大眼則盯在他溫和的眉心上。

「看著我，你是不是也很想期待見到智恩啊？所以才會慫恿我去？」

話一問完，季凡諾用雙手把她的頭給定住，然後嘟了一個吻給她。

「笨蛋才會避諱，我都跟妳三年如膠似漆了，而我也跟她不見不語，就算見到了，妳想我會怎樣？而她又會怎樣？」

「你會怎樣，我可能不太有興趣，重點是，你覺得她會怎樣？」

「蛤？」

一句似乎只有女人才懂女人的問題，季凡諾並不太能理會，只是深深地又吻了喬瑄一次，然後就把她甩在旁邊，順勢將他的吉他給拾回來。

和弦開始重複地奏響著，在學校裡頭一個春天即將結束，轉眼就要進入熬熱的季節，那梨山上的太陽酈育著滿山的翠綠，連西方稀薄的雲彩都顯得亮紅。

「你，要不要娶我了？」

「什麼？」

那話說得很輕，輕到只顧著曲指歌唱的季凡諾，完全沒有注入到他的腦海中。

「再愛的、再疼的，終究會離開。再恨的、再傷的，終就會遺忘……」

她閉上眼，與季凡諾背靠著背沉靜地聽著。

以及，會笑的酒窩也跟著沉睡。

兩個月後如期應約，喬瑄帶著內心的緊張出現在利美的喜慶婚宴上，她事先就跟利美講好，一定要把她的位子排到光華同事以外的桌次，這是她答應參加利美婚禮的底限。

「能夠看著妳被妳喜歡的人牽著步入紅毯，即使坐在廁所旁邊也好，我想我心滿意足，妳也不用再苛求我了吧？」

「好吧……」利美在電話那頭似乎是欲表未達，只能唯唯諾諾地答應喬瑄。

現場如預期地嘉賓滿座，屬於男女雙方的親朋好友正在席間繁忙穿梭，簽到桌上，喬瑄將她的長髮盤起，身著淡雅的小洋裝，獨自簽了自己的名字，立刻被利美的親友接待到了事先講好的位子，然後靜靜地等待婚禮開場。

舞台前的大螢幕上，輪翻播放著利美與張皓強甜蜜恩愛的結婚照片，以及雙方從小到大的成長照與家庭生活照。張皓強擁抱著利美的那幾張照片中，那貼切真摯的笑容，像當初他喜歡著她看著她的眼神，她發自內心地替利美感到高興。要不是那一天張皓強幼稚地攻訐她的那一番話，在離開光華之前她鐵定會給他一個臨別的擁抱。

「本來想找妳當伴娘的，可是……」

「喂！千萬別找我，因為妳未來的老公是曾經喜歡過我的人，真的不太行！妳很清楚的，千萬別拿石頭砸自己的腳喔！」

她想起了利美提過這檔事。想來有趣，是否因為她的離開而迫使張皓強轉而喜歡上了利美？這個問題她始終帶著疑惑也不敢直截了當地問，問了怕讓對方覺得自己有私心，也怕問了會戳破可能還留在利美心中的

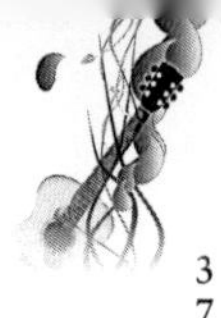

一片疙瘩，總之她是真心替利美感到高興的，那個好男人，利美應該可以永遠地收藏起來。

而季凡諾就在外頭的便利商店中等著，原因也是為了避開人諱，不是他怕自己被人指點，而是為了站在喬瑄這邊保護著她，雖然讓她獨自進了會場，像是單放她去叢林冒險般，但這不是一件喜事嗎？怎麼想得像鴻門宴一樣？

本來喬瑄還在恐懼猶移著，一度在會場門口左右躊躇，她告訴季凡諾，她實在是很沒有勇氣踏進去看到光華的那些人。

「西元前二零六年在舊秦故都咸陽外的新豐鴻門，劉邦和項羽端坐在東西主位上……」季凡諾不由得碎唸給喬瑄聽，惹得她搗起耳朵也順便鼓起勇氣地進到會場裡頭。

原來枯燥的歷史故事可以讓她得到勇氣。

她是早到了，其他認識的光華同事卻一個也沒比她先入席，無論在簽到本上或是現場的鄰鄰眾賓，也未曾見到她所熟稔的人，也許這三年來光華有大幅的人事流動吧？也或許大家都變得很多，讓她就算戴了放大鏡也認不出來？她開始放下徬徨低著頭滑開手機，靜靜地等待燈光暗下的那一刻。

過了半晌，怎麼主持人已經宣布婚禮即將開始，還真的不見任何一個她所認識的人。

真是怪了！也許利美只請了他們的親友吧，為了她，同事的部分完全謝絕？

這不可能吧，她不由得開始左右張望。隨著費利克斯・孟德爾頌的《仲夏夜之夢》響起，就在新郎與新娘走進會場時投射燈望過去的第一眼，她才發現她所認識的人都在舞台的最前方，尹副總與楊佩怡帶著他們的兒子與黃亦泰經理、王凱斯坐在主桌，他們是在張皓強與利美上了舞台之後，才由雙方的家長帶進主桌的。

唯獨令她訝異的是，在燈光全部恢復明亮之後，鞏智恩卻沒有出現在她眼前所有的視野中。

主持人侃侃而談地介紹新人，職業性的甜言蜜語與吉祥話，聽得雙方家長滿意十足，也換來在座的鼓掌歡呼。而令喬瑄意外的下一步驚奇，是在主持人口沫橫飛的好句連連之後，竟然不是喊著開始動筷用餐，而是將麥克風交給了新娘。

拋下了一句「新郎與新娘有話要說」的關子，主持人迅速撤到一旁催生懸疑，眾人張著嘴巴晃著空筷，穿著白花花蕾絲兼滾著緞面平口露肩的禮服，雙手套著雪白長手袖的利美開口說了一句話：

「其實這麼多年來，我要感謝一個人——喬瑄姐，妳是我幸福人生起點的貴人！」

誰是喬瑄姐？探照燈也找不到主角。在場鼓著玄疑之時，利美把麥克風交給了張皓強，喬瑄不知怎麼搞地，直覺心跳失了規律，一份緊張感跳慟銜演，只聽到他說：

「三年前，我一直喜歡著一個人，但無知幼稚的我，讓她受了傷害地離開，今天我要向她道歉，也要謝謝她，教了我什麼叫做『棄絕自我，愛與被愛』。所以我曾經盲目，但她讓我又能看得見，看得見原來也有一個真正愛我的人，其實一直在我身邊！」說完，他在眾目睽睽前走下台，全場再度漆黑，彷彿塗滿了寧靜，舞台的投射燈立馬開啟照耀著他的肩膀並且隨著他移動，一步一步地朝著喬瑄走來，張皓強一臉笑盈歉滿對著喬瑄的瞠目徊徨，他攤開手，投射燈在他們之間鐸亮聚焦，此時利美在舞台上大喊著，「喬瑄姐，謝謝妳！可以給我老公一個大大的擁抱嗎？」

會場所有人立馬報以熱烈掌聲，喬瑄抿起嘴，眼淚差點奪框而出，她笑著說，「張小強，你長大了唷！」之後，她的下巴頂著他的肩膀，雙手輕貼著他平滑柔指西裝布料的背，她感受著他的一聲輕語，「可以原諒那時無知的我嗎？」

「可以。」

「謝謝妳！」她的一抹微笑，離開了他的肩他的背，完成了張皓強一直沒能了結的遺憾。

正當喬瑄還未平息心中的澎湃之時，張皓強轉身走回主桌旁的隔壁走道，投射燈打向正坐在他旁邊的一對年老夫婦身上，那燈火耀眼，婆婆的眼幕沒讓喬瑄馬上看清楚是誰，那也隨之代表著婚禮現場的重要人

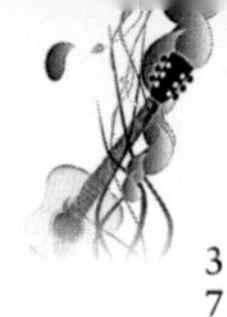

物，被張皓強透過麥克風的回音中，侃然述起。

「另外一位，我想要感謝的是，曾經救過我的命的一位重要恩人，這段奇蹟故事已經過了差不多快十年，直到三年前我才知道他早已不在這個世上了。」

這一句話直接震到喬瑄耳裡，像轟隆隆的晴天巨響，似乎知道張皓強會講什麼，她的淚瞬時滿坑滿谷地盡情流放著。

「我費盡千辛萬苦，終於找到了我那恩人的父母，於是強邀他們前來，說什麼也要請他們代替他來參加我的婚禮，讓我好好地答謝一番！」說完，他用力地抱緊那對老夫婦，那泛白的髮絲，蒼老垂淚的臉龐，沒錯啊，她一輩子也忘不了，是季元方的父親啊！

「我想要代替我的恩人，今生今世都要好好孝順他們。如果沒有他，我可能早就沒有命能夠站在這裡，愛與被愛了！」

感動的發言，激烈的掌聲，沒想到張皓強竟然可以念得起季元方曾經給的那一點恩澤，轉而報以窮其一生的愛，好棒的傢伙！她沒能做到的，他竟然做到了。不知為何，之前濃厚的焦躁與尷尬全部洗淨一空，代替的是無法形容、勿以言語的感動。

同時之間正在婚宴會場外不遠對街的便宜商店內，季凡諾拿著厚厚的一疊考試卷，為了避免喬瑄所擔憂的尷尬而避到這裡面，順手打發時間批改最近要參加學測的國三畢業生們所進行過的模擬試題。

他買了一杯奶茶、兩捲壽司和一個麵包，充當了店內的消費來賓，然後安安穩穩地在四人桌上改著考卷。

在喬瑄進入會場大約已有一個多小時之後，突然有一道匆匆忙忙遁進店內的人影，頂著可以擋下炙熱熬天的寬大陽帽，一身雪花點綴的連身洋裝，伴著修長的纖腿，踩著鑲上銀亮花石的包頭鞋，直直地晃過他的桌前。

她引起了季凡諾的注意，帽緣深黯沒能洞悉她的臉孔，同樣對方也沒有把他在店內批改考卷的誇張舉止收入眼底，矛盾的是這個女人急忙地進來卻又在提款機前左右跺步，似乎不能做出到底要不要領錢的決定，來回幾次，最後決定準備要打開皮夾拿出提款卡時，長裙勾到了擺在提款機旁一只已經裂邊脫出數條邊網的牛奶籃子，籃子似乎疏於汰換或整理，已經疊得太高幾乎就要頂到天花板，而且疊得鬆垮不牢靠，隨後聽到有人喊著結帳，一名倉皇的店員從裡頭的倉庫跑出來的同時，不小心撞上了籃子，瞬間那女人應聲受到強烈的拉扯被絆倒在地，整疊的籃子猶如山石傾洩，一晃眼落地砰砰。

「對不起、對不起，妳沒事吧！有沒有怎樣？」

長裙被刮劃出一條直達襬尾的散花，從她的背影望去，那女人似乎悲著臉，沉默地呆坐在地上，她的裙邊滿是從她的皮夾掉落出的卡片。

「真的是很對不起，妳爬不起來嗎？哪裡受傷了？」

店員見她這樣，越顯急躁，這店內似乎在這個時間點上就只有他一個人，等著結帳的人接續著將排隊的人龍拉得更長，又要面對不小心撞著了一個不願爬起的女人，轉眼間他不知道該如何是好。

「年輕人，你去結帳吧，我來幫忙。」季凡諾全然見著了這一幕，他起身先收拾亂躺成荒的籃子，然後蹲在那女人的身邊。

「還好嗎？需要幫妳叫救護車嗎？」

那寬大的帽子掩得更低了，季凡諾覺得怪異，「妳可以說句話嗎？」

「我……」

「沒大礙的話，妳的東西要不要先收一下？」

季凡諾打算攙起她伏在地上的手，但那被刮破的長裙，似乎已經叉高到大腿上，他撇頭不願正視地說，「妳的裙子不太方便了，妳自己起得來嗎？」

「你……」

那女的似乎開始聽進季凡諾的聲音，她瞬間打了冷顫，眼跳心驚如閃如電，攛進了內心的最深處，直達幽埋不見底的黯角，那個被封印的寶箱焦了，封印無效飛散碎盡，熟悉的聲音被大腦翻譯為曾經是記憶裡最深刻的名詞。

遲遲沒等到她回頭，她仍然手撐在地上，雙腿近似無力地橫擺在地板上，一隻胳臂微微地顫抖，另外一隻手像是正在扶著虛空的碗，掩著自己微垂孅細的頷隅。

季凡諾看著她的顫慄，不明所以，於是往她那單薄的背倚近了些，聽著她倉促的鼻息，耐心地等待她的回答。

「我沒事，不用你管！」

倏地她收拾起地上散落的多張卡片，然後奮力站起，邊掩著半邊的臉，又邊壓著寬大的圓帽，在擁擠的店內走道中即將略過季凡諾，然而她的身高橫越他的眼眸，髮絲飛揚掃過他的鼻尖，那個令他熟悉的香味竄入腦門。

「等等！」

季凡諾用手猛然抓住她，那隻抓緊圓帽的手，瞬間貼入他的掌心，圓帽墜落，就在她開了高岔的長裙下，仰躺無聲。

秀髮迅捷地掩了在珠亮耳環旁的臉，季凡諾對著她的後腦勺一陣弄匪作夷，「對不起，我覺得妳跟我所認識的人有點像，請問妳是不是……」

話還沒說完，那女的用她滑落的右手刻意地撥去長髮，乍肆故意地轉了過去，整個右半邊的臉像是被火燒燙過的痕跡，那份皺　扭曲的皮膚，驟然嚇傻了季凡諾！

「不是！」

啃了他的問句，季凡諾茫然地鬆開了手，那女的猶似滿意也放慢了倉皇，她用眼角餘光瞥了季凡諾一眼，隨即緩緩地低下腰去撿她的圓帽，起身之後她背對著他，用一種刻意低沉且極盡沙啞的音調說了一句：

「要騷擾我，也要看一下你到底配不配得上這張臉！」

口氣轡厲，卻又帶著諷刺自己的哀傷，季凡諾無語地看著她離開，對眼望去已經結完帳的店員，正露出愣怔的表情看著那個女的，煞是被那張臉給嚇著了，連下個客人進門時都忘了說聲「歡迎光臨」！

此時留在季凡諾眼底的，卻有一種說不清楚的躡心。他轉頭打算回到座位，一陣從門口闖進的風，吹落了桌上的其中一張考卷，考卷飄到那剛疊好的籃子邊，季凡諾不知為何嘆了一口氣，胸口有股鬱悶似乎無以言由，他走近籃邊正要彎腰撿起，赫然發現了一張身分證就躲在那一落的籃子底下，他小心翼翼地抽出，那張照片映入眼簾之後竟是帶給他一紋又一紋的暈眩，令他遲遲無法辨清現實與虛幻之間，他究竟是身於何處？今夕是何夕？或是中了什麼符咒，導致他兩眼昏花？

大概過了半晌，他仍然無法相信。

無法相信的，不是那張確實是那女的遺留的身分證，而是當他的手指觸碰方才所看過那張燒焦過臉孔的照片，那對稱的左半邊，竟是原本在他記憶裡的純白晰麗的臉孔，隨著眼內光圈完完全全地放滿在整張身分證上，那三個字，以及他所熟稔的生日年月，還有莫名出現的換發日期，時間就在兩年多前，翟智恩開始沒有回梨山過節的第一年起。

一九ＸＸ年（班次）三月（車）十日（號），猶如當年的那張車票。

季凡諾忽地驚醒，如隼如蜂地奪門而出，不知她往哪個方向，一時在車水馬龍之間找不到她的蹤跡。他頓時拆解為何會在這裡遇到她，該不會也跟這場婚宴有關？於是他往不遠的對街方向望去，果真有一道方才映過眼相的背影。

外頭原本敖熱的豔陽天竟然有一半在轉眼之間變得烏雲密布，南風急遽颼起萬層數不盡雲水的黑，地上

的空氣已沒那麼地蒸騰難耐，或許只剩下剛從有冷氣款待的店裡出來時所面對的那股溫差。

「智恩！」

季凡諾追著她的背影，那熟稔的曼麗身形讓他越堅深信。南風開始輕舞，它佈完局的天色只會讓大高圓帽顯得多餘。幸好她仍然在喜宴會館的門口徘徊，她望了望那張已經空無一人的招待桌，確認時間早已流失。

禮服演了二巡，從轉角撇見廚房內的大餐車上，甜點就快擺盤定位，原來，她的內心猶豫可以讓她如此蹉跎。

「智恩！」

第二次的呼喊，顯得近了，鞏智恩游游地隱約聽見。那熟悉的音頻催促著她邁開腳步離開現場，或許她要食言了，明明答應利美要來的，但無奈，卻遇見了一個最不想遇到的人！

這是出乎她意料之外的事，他為什麼不在場內而是在場外，這是上天刻意在捉弄她嗎？她壓住圓帽，不免露出苦笑的眼角已經匯入一幢模糊，季凡諾正直奔她來，那聲音越來越近，索性她放慢了腳步。

知道逃不開，所以，放棄掙扎。

「智恩！」

「智恩！」

「智恩！」

她用拖延不理會的方式，拉開與婚宴現場的距離，然後那股溫柔的聲音來到了她的耳後。

「喊夠了嗎？」

她用同一邊的側臉，加上怒盪的眼睛，直接嗆著這位來路匆忙的男人。

「這位先生，不是告訴過你認錯人了嗎？不要這樣死纏著，小心我會報警的！」她用憤懣的聲音，企圖想要嚇退他。

「不……我沒有認錯。」

季凡諾免不了一陣虛喘，但他仍故作輕鬆地遞給她身分證，只見她泛大了眼白，簡直無法相信她的身分證竟然會在他的手上。還來不及開口，突然一陣無禮的涼風將她的圓帽給穿走，遺留的不是道歉，而是讓她現出了一邊原是埃及豔后的臉孔，而一邊則是已被撒旦奪走美麗的圖騰。

「妳……到底是發生了什麼事？」

季凡諾問得溫吞的背景，是她不躲不閃的不得已，直接呈現給他看得最清楚的崩壞。縱使剛剛在店裡頭已經看過一次那半邊令他迫心的臉孔，而現在兩半突兀的落差，震撼著他仍然無法接受這張臉的主人，就是鞏智恩。

看著她臉上表情的裂解，他知道，她湊緊的五官正在極力扭轉鼻樑兩側的不平衡，決堤的淚水也洗不去那半張永不能回復的無奈。

「妳不躲了？」

季凡諾的心神已定，他接近她那顫動的雙手，完全不逃地讓他握緊。

「為什麼……會是你？都已經不回梨山了，怎麼……還會讓你看見……」鞏智恩哽咽的聲音，斷得沒有氣力，一字一字只讓季凡諾聽了更加難過。

「這就是妳不回梨山的原因？這三年來妳是發生了什麼事？可以告訴我嗎？當時那個王特助沒有陪在妳身邊嗎？」

季凡諾不知怎樣地急了，他問了好多問題，但只有看到他手上握著的女人，正瀕臨崩潰地大哭著，他突然意識到她的痛苦，然後將她擁起，埋在自己的懷中。

明明就曾經說過，我再也不要讓你看見我的任何脆弱的，

但……

「哈哈哈，喬小瑄，被我們設計了吧！誰叫妳都不跟我們聯絡！」席上甜點水果已經來到，黃亦泰跟著王凱斯來到喬瑄坐的這張親友桌，端起高腳紅酒杯來打個久違的招呼。

「死光頭，是你們先冷落我的吧！」

「我可沒有喔，俺是無辜的好嗎？」

「五姑？我還六姑七姑咧！」喬瑄白了一眼，然後與他們敲上了玻璃杯。

「怎麼樣？張小強最後還是娶了利美，而不是妳，開心吧！哇哈哈……」

黃亦泰仍然喜歡用惡語調侃著，就像從前那樣，跟年輕的女同事鬥鬥嘴才能增添一些樂趣，並且可以提高工作的戰鬥力，這是他的變態邏輯。但自從喬瑄離開之後，就沒有人能夠充當這種貧嘴相鬥的角色了。

「當然開心啊，我現在可幸福得很！」

眼看喬瑄一臉滿足，黃亦泰哈哈了幾聲，「是嗎？那位吉他男沒來啊？」

「他叫做季凡諾，明明你們都認識還一起出遊過，幹嘛要裝得很有距離又不友善啊！」

「喔？還在一起啊？我以為妳今天一個人來，是因為跟他已經……嘿嘿嘿……」

「嘿你個大燈泡啦！我們好得很！」

「麥gay喔，分就分，誠實一點，搞不好妳今天是來唱張宇的〈曲終人散〉的吧？哈哈哈……」

那光頭直嘴的熱嘲，喬瑄開始有點變臉的樣子，但後來仔細端倪原來黃亦泰已經醉了，滿臉通紅與渾身酒氣，難怪會這樣人來瘋。

她閃了一眼，這才發現站在一旁的王凱斯竟然出神得落寞，這是她所認識的王特助嗎？她凝視幾許確定他沒有喝醉，從他的臉上也沒有任何的喜悅可以讀取，只有一股莫名的黯然神傷。

「Hey!Case Wang , what's wrong with you?好像有一種很愁悵的感覺。呵。」喬瑄用試探性的口吻問著。

「特助怎麼會愁悵呢？他已經回光華還跟董事長和解了啊，現在身價暴漲，哪有什麼悲哀的事啊……哈哈，來來來！乾了！」

喔……原來還有這段故事，她試著繞過黃亦泰對王凱斯措意，請他到一旁，她想單獨跟他小聊一下。

王凱斯勉強擠出一絲笑容，他反問著，「怎麼變得跟Paggy這麼熟？真意外！」

因為在那之後她們變成朋友，而喜宴席間楊佩怡倒是早已過來跟她閒聊不少，一場久別相逢，不管是什麼話題都可以聊得盡興，尤其是小孩子的事。在王凱斯的眼裡看來她似乎特別喜歡喬瑄。

沒想到王凱斯竟然有注意到這些。

「我看見Paggy一直過來妳身邊跟妳講話，還抱她兒子來給妳玩咧！這就怪了，她到底是在跟妳說些什麼啊？你們兩個怎麼突然變得那麼有話講啊？」黃亦泰出乎意外地也有發現，他打著悶葫蘆，拎著全新未開的約翰走路，站都快站不穩地問，「妳們兩個女人以前那麼水火不容，現在卻變成水乳交融了，超扯得啦！還是我喝醉眼花了？那個……來跟喬小瑄聊天的不是Paggy？還是……妳根本就不是喬小瑄？……嗯？回答啊……」

對，你的確是喝到腦袋快報銷了……快滾吧，死光頭！

喬瑄沒理他，這句話沒說出口咻氣地不準備答腔，假裝死滑著她的手機一陣子。還好他已經頭腦混沌沒去注意對話停擺的時間已經過長，幸好有其他的主管找他敬酒去了，她的耳朵才能倖免於難。

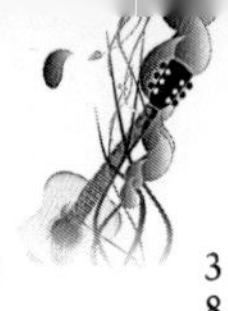

「在這裡談吧，妳是想問智恩為何沒有來嗎？」

王凱斯的個性依然是直接的開門見山，他總是知道女人很想問的問題。但令人疑惑的是，那對眼神仍是充滿灰悽的顏色。

「看樣子，你們沒在一起……很久了！」

喬瑄語氣果決，這是不難猜測的謎底，原本群組還會有他們兩個一搭一唱的對話，但在兩年多前就沉默了下來，雖然鞏智恩沒有退出，但就跟喬瑄她自己一樣如同隱形了，彼此間再也不見訊息交流，當然也不再知道彼此在那之後的事。

「是我的錯，是我讓她失蹤的……」

王凱斯眼底泛紅，他悄悄地拭掉一滴淚水，喬瑄清清楚楚地收進眼裡，只是不明白。

「為什麼這樣說？」

婚宴的嘈雜，王凱斯暫時給了空白，他撇了一個眼神，打算到另外一個空間去，他走向寬敞的梯廳門口，厚重的雙鳳競珠玻璃門儼然而立，因為也想知道王凱斯那種含意未明的話語，喬瑄順勢答應。

正當要起身之時，季大伯與季伯母也正要離席，她要王凱斯等一下，稍作整頓之後來到他們的身旁。

「不知道要怎麼問候您，我……」看著季大伯，喬瑄仍有止不住的淚水。

「凡諾沒來嗎？」老人家和藹地笑著。

「有，但為了避免尷尬，所以他沒有進來。」

「尷尬什麼？祝福人家是一件好事啊！改天也有人家會來祝福你們的啊！」

季大伯看起來相當開心，他沒有之前印象中的那種悲傷，這是第二次見到季凡諾的大伯，季元方的父親。倒是季元方的母親是頭回見面，她的雍容婉約，雖然略顯蒼老但不失氣質，聽季凡諾說過，她曾經也是一位高中的音樂老師。

此時她接替季大伯開口了，「妳就是元方生前的女朋友？」

「嗯……」喬瑄抿起嘴，頭微微地低了下來。

「很漂亮……」她的手輕輕地迴過喬瑄的臉龐，停在她的酒窩上。「酒窩搭配妳的雙眸，真美，難怪元方有一首歌寫到妳的酒窩……」

喬瑄沒有說話，靜靜地看著那母親的淚滑落。

「兩個很像的人，妳同時愛上了……只是……只是……」

聽完，她晃動著自己許久沒有去踐踏的心湖，那早已結冰卻淺薄如霜，目送著兩位老人家離開，她始終知道那母親心中的痛跟她一樣，想要凍結所有過往的一切，卻都只是表面而已。

被獨立在雙拼會場的中間玄關，玻璃的隔音出奇得好，面對外頭遠遠的峰林，落地窗已完全被塗上了山儼的烏黑，遠方匆匆而來的焦雲似乎驅走了黃道，幻化成一半湛藍一半濛灰，它們正急駕著風雷水霧，迅即地將來此舉辦狂歡派對，就像慶賀今天這場婚宴以及兼帶著喜相逢的盛事般。

「是智恩還沒來光華上班前，在前一家公司交往的那個男友，原本是一家年輕有為的中小企業老闆，為了追求復合，所以導致悲劇發生……」

「悲劇？」喬瑄一聽到這個字眼，忍不住問，「什麼叫做悲劇？你說清楚一點！智恩她有怎樣嗎？」

王凱斯只是懊惱地拚命搖著頭，他弄亂了原本梳展順暢、中分出亮澤有度的髮線，皺眉加劇地喚醒原本藏在臉頰裡面的那一層深刻黯然。

喬瑄只能緊張地看著他在試圖冷靜卻沒能一次到位的愴徨。會場外頭的烏雲正在團團地簇擁著，她知道即將來臨的可是傾盆大雨。

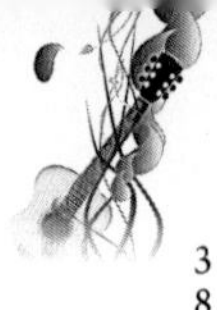

王凱斯在長嘆一口氣之後，終於可以掌握自己的呼吸，他勉強穩住自己的情緒述說著：

就在喬瑄離開光華的幾個月之後，他接到那位年輕老闆的電話，一開始說要敘舊實則是要來打探鞏智恩目前的交友狀況，那位年輕老闆說他認錯了，他想復合，卻被王凱斯一口否決，像他這樣對愛情不忠在外偷吃背叛的男人，怎麼可能會讓他再碰到鞏智恩，他死命得都要阻擋。但因為他們曾經交往過的關係，那位年輕老闆知道鞏智恩一直沒變過的宿舍位址，前前後後在下班之後的晚間，糾纏了好幾次，王凱斯甚至還狠狠地揍了對方一次。

「我嗆了對方，說我要和她結婚了！結果把對方給逼急了……」

「逼急了？」

「對……雖然一直以來，我和智恩並沒有真正交往的事實。」

王凱斯哽咽地停了一下，他壓抑著自己越來越強烈的激動，仍然準備要將整個故事說完。

「我會這樣說，當然是出自於試圖去斷阻他的繼續騷擾，沒想到隔天我因為開會開得比較晚，我收到：『其實我一直都看你礙眼的！我感覺得出來你也一直在從中做梗。之前你打了我幾拳，我就記得有多牢，不過你放心我絕對不會告你，但那個女人你既然那麼想要，那我就破壞一些東西之後再還給你吧！』的簡訊，一開始沒能意會出什麼，結果等我趕到已經來不及了，他竟然使出毀滅性的手段，也許是對我的報復，對方用潑硫酸的瘋狂行為，智恩一半的臉就這樣被犧牲……」

「什麼！？智恩……的臉……不會吧……」

喬瑄驚嚇到臉色發白，故事演變到這裡的震撼，讓她遲遲沒能發出下一語。

「都是我的錯！」

說完，王凱斯用力地將拳頭擊在牆壁上，壁皮委屈地落屑一地，而那男人的骨也皺了。

所以。那小老闆被關了，聽說也賠償了鞏家上百萬元。

但被硝蝕過度的半邊臉，已經確定無法復原，即使王凱斯承諾將耗盡所有身家也要幫她找回原來的樣貌，但她不願。從被送醫的那一天開始，她就這樣無聲無息地離開光華，所有人都不知道她去哪裡了，只有王凱斯知道原因。

從那一年的那一刻起，她就再也沒有回梨山過年，而她的父母也都是北上去探望她的傷勢。她已沒有勇氣去面對全世界，她拜託她的父母別對任何人談起，也要求王凱斯不准對任何人訴說，同時讓自己在群組間消失，與任何人失聯，就當從來沒有人認識過鞏智恩一樣。

「臉蛋是女人的第二生命啊……」喬瑄想像著那個畫面而驚心怵目，也跟王凱斯失去平常的標緻臉容同樣無法冷靜，窗櫺上被急來的雨滴砰打，滴滴動魄。

「難怪她都沒有回梨山，打電話從一開始的不接變成後來的空號，凡諾問她爸媽所得到的答案都只是說太忙了才不想回鄉下……」

喬瑄忽然急尋著下一個答案，「等一下，你剛才說失蹤？沒錯吧？這是……什麼意思啊？你不是一開始就應該一直陪著她的嗎？」

喬瑄抓起王凱斯的衣領，情緒激動嘶啞地吼著，與玻璃門內的熱鬧喧嚷成了分庭抗禮，當時的那個溫柔翩翩深愛著鞏智恩的王凱斯，喬瑄早就看得出來，然而他卻沒有陪在她身邊，他跟丟了！

還是故意跟丟？

喬瑄莫名地感到一股氣憤。

「你，該不會是因為她毀了半邊臉，就，不愛她了吧？」她用力地鎚入他正在抽搐的胸膛。

承受著喬瑄所給的厲鎚，肉體上的痛遠遠比不及那種失去的痛，他顫抖的舌尖失控地吼著：「我剛剛說了，我願意耗盡一切所有，也要讓她恢復成事情發生前的模樣！但是她堅持選擇默默地離開醫院、甚至還利

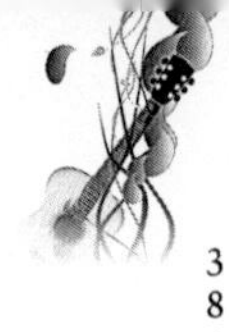

用半夜悄悄搬離了她的宿舍，她毅然斷絕任何的聯絡，我要用什麼方式才能找到她？請妳教教我好嗎？」

啊……

喬瑄整個呆愣，像被自己的回憶給電擊，麻木間無法動彈。

而她的作風，真像一個人！

喬瑄放下握緊的拳，不語。

也許他臉上的淚是真，但再怎樣也摸不透一個對面貌姣好有所期待的男人，當那面貌崩毀之後是否還可以固執於原先的愛？

喬瑄突然覺得，她不該懷疑的，因為誰也無法證明，一個人對愛人的找尋與等待，是出自於對真愛的揮之不去，還是拱手於緣份僅是如此而已？

沒錯，誰也無法證明。

就如同她當初所獨自承受的，那一段歲月終究是過得像無意義的空白紙張一樣。

「嘿！原來你們在這裡啊？」

此時楊佩怡似乎是從另外一個梯廳的休息區走來，意外地發現了他們。好像講完公事，她的手機才剛從耳邊垂下，粉色閃閃的高貴身影，直落在他們倆眼中的視線上。

「哥，怎麼了？」她是先瞧入王凱斯的悲沉，然後再見喬瑄的苦淚，便一臉像是看了悲劇後的不體貼表情問候著：「喂，今天是人家的大喜，你們兩個是太久沒見喜極而泣嗎？也哭得太誇張了吧？」

她不知道他們的故事而不免失笑地調侃一番，她才不管那麼多，因為她是我行我素的楊佩怡！接著沒理王凱斯，她便走到喬瑄的身旁挽著她。

「走，張小強說要光華的同事一起合照，怎麼哭成這樣？」

「妳剛剛叫王特助什麼？」

「哥啦！他沒告訴過妳嗎？他其實是我同父異母的哥哥啦！」

「啊？」

也許真的是太多年沒見，接收太多震撼的訊息了，喬瑄被訝異刺激的臉部肌肉已有些微的麻痺。她瞥見王凱斯點點頭，接著從他自己的襯衫口袋順暢地用兩根手指夾出一條菸管，另外一隻手則拿出名片形的打火機，迅即點燃……

「你有抽煙？」

「其實，從第一次上梨山回來之後，一直都有。」擦乾淚痕，他勉強地笑著。

好亂！喬瑄壓根就不去想合照這件事情，因為與王凱斯的話題尚未到達終點，只是楊佩怡的突然闖入抑然而止，她推諉不了楊佩怡的熱情，只得順應其煩。

「去吧，讓她幫妳補補妝吧！哭得那麼醜，不補的話，妳的男人可就……」

「他才不會！」

呵！他笑著。

他笑著自己竟然還有餘力可以去調侃別人。

然而，窗外頭不寧靜的大雨平衡不了他的悲哀，

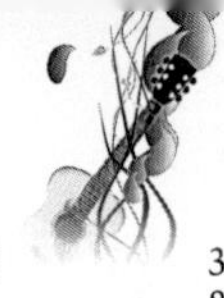

那口淡煙也沒能使他更為清醒。

雨下得好大。

滂沱的天送給地的禮物如此乾脆徹底、如此淋漓盡致。婚宴會館前，有個寬闊的前庭，與會的來賓紛紛領取了新人的喜糖逐漸散去，光華的同屬員工也簇在新郎新娘的周圍，在各自的手機、單眼相機的閃光聚鼎照耀下，幸福洋溢的感覺似乎在外頭雷聲連連、傾盆大雨之間漾成帷幔，盛夏的禮讚在這間婚宴會館中可以讓每一個人的歡笑盡收腦門。

前庭有一扇復古式的拱形窗，那窗口不大，卻可以筆直地看到外頭往右延伸的人行道上，突兀地站立著一對男女，淒楚地站在雨中，像在談判，像在進行著一場不可思議的最後決戰。

確實，是心裡頭的決戰。在今天之前，翟智恩一直不斷地在猶豫要不要來參加利美的婚禮。雖然清清楚楚地知道，利美曾經嗆聲反對過她的愛情觀之後，她們的話也變得很少，宛若她與喬瑄之間變得淡薄如煙。但利美還是希望在離開多年之後，可以邀她來參加她的婚禮，畢竟，因為張皓強當初想追喬瑄的關係，原本少話孤僻的利美，變成了屬於這個熱鬧小團體當中的一份子，翟智恩有著不可沒的功勞。

她總是要喬瑄找利美一起吃飯、一起出來玩、一起逛街……。

幸好過去她所留的網路信箱還是可以聯絡到她，也幸好她沒有已讀不回。但問題卻丟給了翟智恩，她躊躇著不置可否，只有打上「禮金一定會送到」的幾行字。但利美卻說什麼都不用帶，只要人來就好。

其實她可以只收信而不予任何回應的，但她卻想要證明一些什麼似的，任由自己沒意識地回了信。

利美這個強邀的舉止，多多少少也是在幫早已尋她千百度的王凱斯。她慶幸著翬智恩所有人的信都不回，就只有對利美這個特殊的角色肯回信而已。在光華工作時她們的關係不緊不密，對利美付出最多關心及鼓勵的是喬瑄，翬智恩反而像個對照組，利美曾經欽羨翬智恩想愛就可以愛得到的愛情，但當她看到翬智恩對任何感情的可能與模糊，卻一針見血地認為那種不堅定的愛情是一種錯誤。

誰可以容忍得了自己所愛的對方不忠誠？

在利美的眼理，那樣的不忠誠，是她所厭惡的。

然而在多年以後，利美卻想要對她說一聲道歉，因為她想通了，那是每一個人的選擇，那是每一個人的自由，所以，她希望能夠當面對翬智恩說聲對不起。善良單純的她始終認為，是她那天言語上的苛刻逼走了翬智恩！

遺憾的是，這一天翬智恩依然沒有出現。

從回信到婚禮當天之間的百般猶豫，最後她匆忙地來到這裡，似乎也只想要提領個現金，包個紅包過去即可，她並不打算要進到會場的，是堅持不能遇到任何一個她所認識的人的堅持，這兩三年好不容易躲得完美，可不想因為輕怠疏失而破功，要藏就要藏得永久，尤其不能被某人給發現到。

但，只要在簽到簿寫上自己的名字，不就等於坦蕩蕩地現身在此讓人注意了嗎？於是她又猶豫了，就在

那提款機前來回地踱著。

離開光華，也等於是離開王凱斯，這不是很自然的事嗎？她笑著，即使，她知道他是愛她的，但是，他能愛她已經毀壞掉的臉孔嗎？曾經是她最自信的臉孔以及可以吸引著男人愛她的臉孔，已經沒了！她還剩下什麼？

曾經她替自己留了後，就算愛情路上再怎麼坎坷，再怎麼滿目瘡痍，她都還藏著一塊最原始的真心，大不了回梨山去找他，那個最初的愛人、也是被她用最自私的方式對待的人。然而偏偏在這裡，她完全沒想過會用這樣的方式再度和他見面，也沒想過在唐突的相遇之後，依稀可以感覺到他似乎是回復真心地關懷著她。

「我承認，我自始至終都還保留著一點愛意的那個人，就是你──季凡諾！」

這些話，她沒說出口，面對那樣純真的他，一直存窖著家鄉氣息且充滿親情溫馨的他，經過這麼多年的洗禮，她突然覺得，她不能再這樣自私下去。

「為什麼不告訴我？」緩緩地離開她的身軀，季凡諾的手仍然緊緊地握住，那右邊從衣服透濕出來的上臂，裸現滿滿覆著不能盡除的酸疤，一黑一白地點綴在她的皮膚上，蜷縮的皮膚由頸後往臉延伸，被雨燙過的現實，更煮得出沸水裡頭滾滾的汙濁。

「告訴你又能如何？你能離開她回到我的身邊嗎？你可以忍心傷害她來促成我的滿足嗎？你沒那麼偉大！」她揚顫的聲調之中，恰似帶著譴責，要叫對方無地自容。

「因為我不知道啊！我一直以為……妳的身邊一定會有人在照顧妳啊！」

「對……沒錯，一直都有男人在我的身邊！」她昂起下頷，用那僅存半邊臉的驕傲側著，像從前極度自信的態樣，用閃亮的眼，目中無人地被瞻仰著，但頓時又自覺一陣虛晃，她只是掩著醜陋的另一半，耀著殘存的美麗。

「可是，現在一個人也不會有了！」

她嚎啕大哭，與雨聲叫勁。季凡諾聽得心絞不堪，唯一可以做的，只能再度向前將她擁著。他明白她的痛楚，但此時此間手足透軟的不能夠，連那呼吸也跟著無力的擁抱，這種擁抱從來不曾出現，也沒過如此地空虛。

是她先叫我放棄她的，不是嗎？

所以我才會放下對她的愛，去愛別人，我有錯嗎？

而現在我錯擁著不是愛人的愛人，我連我自己在做什麼都分不清楚了啊……

是啊！

明明就是我拜託你的，是我叫你去愛別人的，是我叫你別惦記著我的！

這樣，我才能……

認真得去愛一個人。

「喂！你們看那一對！」

黃亦泰依舊臉冒紅斑，腦繞金星，兩眼有神似無神地回頭呼著他的同事們，他的大吼一開始並沒有得到

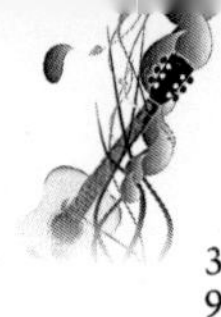

其他人的回應，因為大夥兒都以為他又開始準備泡出酒鬼瘋語。只有等到他的下一句話出爐之後，所有人才將眼球轉往那個窗外的人行道上。

「我怎麼覺得那個女的長得很像智恩啊……」

這一聽完，在驚訝之餘，所有人似乎都想驗證那醉漢所看到的到底是不是真的，尤其是王凱斯，他雙耳豎直地聽到之後就快速往那扇模口盯著，無數的雨線與那女的身影立在他的視窗之前，似是驚起他的虹膜，隨之不管身上的西裝與皮鞋有多珍貴，原本在一旁的喬瑄也擦過人群緊跟在他的後頭奔出會館。

眾人不明所以，只有在那窗台前注望著。

潛入雨中。

倏徨快步的匆忙，一步一步地踩在濕濘步道上，那就要崩亂的憂懼跟著上天的眼淚濺落凡間，鞏智恩在季凡諾的擁抱中即將垂眼的瞬間，又有人在喚著「智恩」了。

她聽見了王凱斯的聲音，她閉起眼不自覺地笑著。直到季凡諾轉頭的那剎挪，她才恍然地醒了！那個斯文的男人伴隨著雨水填進了她的眼裡，一絲一線，結滿了她的眼柩。

他認得她，兩年多不見，他認得她的傷疤，那個早已僵固卻還深深作痛的疤。

「凡諾……」

喬瑄的身影，季凡諾用他的背感覺。他輕輕地放手，沉默代表了解釋。

「對不起，我巧遇了她。」

季凡諾沒有多說，他不回頭看喬瑄的愣怔，而是緊盯著與他擦身而過的王凱斯。原本握緊的拳，在發現王凱斯走向鞏智恩時那種哀戚的眼神之後，他悄然地鬆懈開來。

雨仍然不肯歇緩，四人無語地被上天看不清的面容給操弄著。喬瑄明白，雨絲就像那無數條被上天操縱的線，精心地、巧妙地、無情地操控著每一個活在世間的人。

並且，捉弄著每一個因感情是濃是薄或緣份是多是寡而計較的人！

被雨聲與馬路上輪番揚起水濺聲給消融的時間差，王凱斯扭曲的臉孔，如攝躡著自己的靈魂，欲絕悲痛的淚反而流成一股肅靜，只有鞏智恩與他的面對面，似是任何人也無法來叨擾他們之間。

「終於，我要感謝利美！她讓妳來找我了！」王凱斯在雨與淚佔滿的唇邊笑著。

「你還愛我嗎？我只剩下這張醜陋的……」

話還沒說完，王凱斯親吻著她。沒說下去的話，被他激動的唇齒給吞噬掉！

「我那個時候只是想要讓妳好好地靜一靜，沒想到卻讓我找妳找得好苦、好苦！妳的離去讓我日夜都擔心著妳會不會想不開，我好急、好怕，但是現在看到妳還活得好好的站在這裡，我真的好高興！」

「你還愛我嗎？」

鞏智恩再問了一次。那雙浸在雨水數刻早已失溫的手，打著冷顫，抖振王凱斯的領間。他把她的手指緊扣，即使她那無盡的淚在腐成崎嶇坎坷的右頰上像蜿蜒的河流動著，王凱斯卻用他的臉不停地在抹除那疤上的雨珠。

隨即他顫起喉頭，大聲地喊著：

「愛！非常愛！我始終愛妳！無論妳變成什麼樣，我都愛妳不變！明天，我們就結婚吧！」

說完，他們緊緊相擁，泣不成聲。

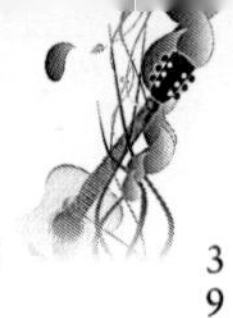

一旁的季凡諾在驚訝王凱斯毫不猶豫的宣示中，似乎理解了，原來王凱斯的愛遠遠地超過於他，這是多麼令他感佩的地方。他輕閉起眼睛，微笑著。然後他退了幾步，慢慢地拉開與鞏智恩的距離，轉頭牽起喬瑄的手，幸而從她的眼睛裡也看得到溫馨滿滿的淚，季凡諾的心也跟著放鬆了。

久別重逢的兩個人，交叉著這四人彼此的心，動人的雨中，也同時把這些年存在已久的複雜情緒都給全部洗淨。

因為他們都知道，經歷了種種對感情的考驗，他們似乎可以更懂得緣份、更懂得去愛一個人。

痛哭到無聲力竭之時，雨水似乎開始被老天爺給召回，那操縱凡人的傀儡之線被祂緩緩收起，喬瑄注意到了，雲層散得飛快，炙耀的金黃迅即如探照燈般落在他們倆倆相對的身上，天邊奇妙地劃起了難得一見的雙層彩虹。

喬瑄打開話匣俏皮地喊，「快看，雙彩虹耶！」

她遙指前方的山頭，兩道七彩一上一下，宛若喜上眉梢。但微笑似乎是屬於上蒼的，她的臉蛋立馬轉為烏黑一片，「季凡諾，你沒有乖乖待在小七裡頭，竟然背著我跟智恩姐姐出來約會，你完蛋了！」

「我……什麼也沒做啊！妳可以問問智恩！是不是？我很努力地改完考試卷，然後……智恩她……她是忘了拿回她的東西，所以我幫她送來了嘛！」季凡諾一臉慌張，像做錯事的小鬼，很努力地找尋藉口。

「我其實是想要他抱我一整個下午的，真可惜，才抱沒多久就被妳看到！真的是不能做壞事！嘻嘻！」鞏智恩終於不再避諱那半邊臉的歧異，露出昔日那種自信妍麗的笑。

她竟然落井下石，喬瑄順勢裝起自動反應機制的憤怒，「這下子你沒話說了吧？」

「天啊……王特助，念在我們還有同床之誼，救救我吧！」

「喔……很不好意思，我沒空耶，我還要去補一份大紅包給利美這個大媒人呢！」王凱斯擺了一攤非常抱歉的掌上空，「沒辦法，誰叫你要亂抱我的女人！」

「我……」

「這叫做自作自受！」喬瑄只是白了他一眼之後又緊緊地抱住季凡諾的手臂。

「凡諾，謝謝你！」鞏智恩趨向前對著他微笑，就像從前那樣美麗的笑。

「不謝、不謝！」換季凡諾攤攤手。

「瑄妹妹，我好高興，妳能一直替我愛著凡諾喔！」

「哼！妳終於肯承認啦？」

說完，喬瑄先是一眼睥睨，然後上前張開手臂，不管彼此的身上是多麼濕漉淋漓，她把鞏智恩抱得好緊、好緊。

陪我到最後的，看來就只有他了！

對吧？

我的好姐妹。

「人一生只要笨一次就好、錯過一次就好，可別錯過第二次，如果第二次的機會再讓它從妳的人生溜走，恐怕妳就要賠上一輩子的青春。」

第十四章 棄絕過往，愛與被愛

大約在七年半前。

季元方在他的房間內，盛起他雙頰滑落的淚水，保留在一瓶小小的玻璃罐中，然後密封。

他的遺書中寫著，為了減輕他愛人的傷痛，與其讓她承受永恆別離的痛，倒不如讓她先累積對他的恨，因為痛會永遠存在，而恨則容易透過移轉而放下。

至少他是這麼想的。

那麼自私地想著。

要是哪一天，那個女孩發現了這個祕密，請告訴她，他已長眠於海，別再找他！天涯之內已無根無影可尋，望她明白與見諒。

然而他的父母並沒有這樣做，而是讓他的骨灰回到梨山，與他最愛的祖母待在一起。

在那深遠寧靜的梨山上。

但如果，她哭到不行，就讓她看一眼他的眼淚，然後用他的眼淚吻一吻她的臉，並且在她哭完之後一定要告訴她：

「要棄絕過往我和妳相遇的錯與恨，追求來日的愛與被愛。」

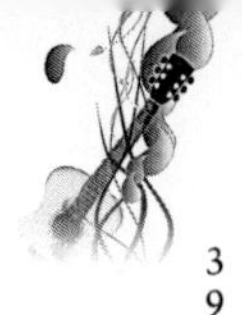

補記

大約是喬瑄在離開光華的半年之後，王凱斯在尹碩傑的牽線調解下，答應回到光華，並且尹華喻同意委任律師私下與王力賈遺霜做股權返還，把當年應該屬於王家的股權，用假交易的方式逐年分批還給王家。

童薇玲終於知道季元方已經自殺死去，從此她離開尹華喻，每天都到那一間教會為過往諸錯的自己禱告，同時也回頭地承認叫了一聲王凱斯的母親——姐姐。

王凱斯與鞏智恩在張皓強與利美的婚禮隔天，正式公證結婚。

見證人：季凡諾、喬瑄。

「她會幸福的！因為有我在。」王凱斯如那年在鶯歌後火車站，舉出右手拳頭，指向季凡諾，「別再那麼不放心了吧，年輕人！」。

季凡諾臉上浮出濃濃的感動，他抿抿嘴擰去自己的眼淚，隨後拚命開口大笑的同時也用右手握拳與王凱斯相互擊出聲響，並且大大地被這個專情不輸給他的老大哥擁抱著。

張皓強與利美生了一對雙胞胎兒子，一個姓張，一個姓季。

梨山中的幽靜，斜陽透著清風，熟悉的山嵐晃過一圈谷頭谷尾，喬瑄的長髮在嵐中飄瀏搖曳。

一個剛考完試的下午，學生們充滿稚氣地圍著她與季凡諾，在學校的鐘樓旁，一段小山丘的草皮上，喬瑄大剌剌地在說著他們的故事。

「我就說：那你上來幹嘛？找緣份？這裡大概沒有了……」

「他就說：妳是笨蛋嗎？到底為了什麼，妳不肯放下過去？」

「我就說：笨蛋？還不都是被你們男人騙了真情才會這樣！」

「然後他就說……」

「喂喂喂，夠了、夠了，這個故事已經講了好幾年了，最早聽到的那一屆都已經大學快畢業了啦！」

「師母，別理他，我們超想聽的，繼續說！」

學生們一哄，眾志成城，喬瑄得意地越講越有勁，雖然故事版本已經改得越來越誇張，季凡諾只是嘆息著無力翻案。他索性拋下吉他，就讓身軀躺下，進行無聲的抗議。

他的眼睛對著與之平行的牛筋草，腦海中印象的那個方向，似是當年他與鞏智恩一起坐的同個位置，光華的金黃斜坡，那美麗的眷戀終將成為回憶。而那首歌，訴說著千年不變的愛，曾經熟稔而今已不再苦唱。

季凡諾失笑地輕輕閉上眼睛。

那青春已經描摹成一片無邊無際的大海，愛雖然隨波逐流，對喬瑄而言，她不再是被愛遺棄的孤獨女人，曾經的眷戀，雖然給了她痛苦與磨鍊，但同時也給了她對愛永不放棄與追逐的勇氣。

我還記得那天在車上妳曾說過妳終身不嫁呢！

那為何還想嫁給我？

因為……
你是我在過去、現在和未來，
最美麗的眷戀！

〈酒窩〉

詞／曲：季元方

妳從哪裡偷來一對小酒窩，
貼在妳的臉上，
種在我的心田，
我問妳是不是故意，
用璀璨明亮的雙眼牽引我的人生。

我總百般思疑那對小酒窩，
喜怒妳的臉上，
哀樂我的心田，
妳問我是不是故意，
用自以為是的感覺牽引妳的人生。

我說親愛的美人啊！我的愛人！
我從上輩子早已築好的窩，
那幽幽愛意明顯給妳卻不肯承認，
蠻橫佔據我的心。

我說親愛的美人啊！我的愛人！
我從來沒有後悔與妳相遇，
那深深的酒窩已經住著愛我的神，
千萬別讓我遺恨。

（故事完）

釀小說106　PG2153

美麗的眷戀

作　　者　薩　薩
責任編輯　鄭夏華
圖文排版　林宛榆
封面設計　楊廣榕

出版策劃　釀出版
製作發行　秀威資訊科技股份有限公司
114 台北市內湖區瑞光路76巷65號1樓
電話：+886-2-2796-3638　傳真：+886-2-2796-1377
服務信箱：service@showwe.com.tw
http://www.showwe.com.tw
郵政劃撥　19563868　戶名：秀威資訊科技股份有限公司
展售門市　國家書店【松江門市】
104 台北市中山區松江路209號1樓
電話：+886-2-2518-0207　傳真：+886-2-2518-0778
網路訂購　秀威網路書店：https://store.showwe.tw
國家網路書店：https://www.govbooks.com.tw
法律顧問　毛國樑　律師
總 經 銷　聯合發行股份有限公司
231新北市新店區寶橋路235巷6弄6號4F
電話：+886-2-2917-8022　傳真：+886-2-2915-6275

出版日期　2019年2月　BOD一版
定　　價　490元

Printed in Taiwan

國家圖書館出版品預行編目

美麗的眷戀 / 薩薩著. -- 一版. -- 臺北市 : 釀出版, 2019.02

面 ;　公分. -- (釀小說 ; 106)

BOD版

ISBN 978-986-445-313-9(平裝)

857.7　　108000825

讀者回函卡

感謝您購買本書，為提升服務品質，請填妥以下資料，將讀者回函卡直接寄回或傳真本公司，收到您的寶貴意見後，我們會收藏記錄及檢討，謝謝！如您需要了解本公司最新出版書目、購書優惠或企劃活動，歡迎您上網查詢或下載相關資料：http:// www.showwe.com.tw

您購買的書名：____________________

出生日期：________年________月________日

學歷：□高中（含）以下　□大專　□研究所（含）以上

職業：□製造業　□金融業　□資訊業　□軍警　□傳播業　□自由業
　　　□服務業　□公務員　□教職　□學生　□家管　□其它____

購書地點：□網路書店　□實體書店　□書展　□郵購　□贈閱　□其他

您從何得知本書的消息？

□網路書店　□實體書店　□網路搜尋　□電子報　□書訊　□雜誌
□傳播媒體　□親友推薦　□網站推薦　□部落格　□其他________

您對本書的評價：（請填代號　1.非常滿意　2.滿意　3.尚可　4.再改進）

封面設計____　版面編排____　內容____　文／譯筆____　價格____

讀完書後您覺得：

□很有收穫　□有收穫　□收穫不多　□沒收穫

對我們的建議：____________________

____

____

____

請貼
郵票

11466
台北市內湖區瑞光路 76 巷 65 號 1 樓

秀威資訊科技股份有限公司 收

BOD 數位出版事業部

....

（請沿線對折寄回，謝謝！）

姓　　名：＿＿＿＿＿＿＿＿＿＿　年齡：＿＿＿＿　性別：□女　□男

郵遞區號：□□□□□

地　　址：＿＿＿＿＿＿＿＿＿＿＿＿＿＿＿＿＿＿＿＿＿＿＿＿＿＿

聯絡電話：(日) ＿＿＿＿＿＿＿＿＿＿＿＿ (夜) ＿＿＿＿＿＿＿＿＿＿＿＿

E-mail：＿＿＿＿＿＿＿＿＿＿＿＿＿＿＿＿＿＿＿＿＿＿＿＿＿＿